HEYNE <

LUIS SELLANO

Portugiesische Tränen

EIN LISSABON-KRIMI

WILHELM HEYNE VERLAG
MÜNCHEN

FSC
www.fsc.org
MIX
Papier aus verantwortungsvollen Quellen
FSC® C083411

Verlagsgruppe Random House FSC® N001967

Vollständige deutsche Erstausgabe 05/2018

Printed in the Czech Republic
Umschlaggestaltung: Johannes Wiebel/punchdesign,
unter Verwendung von © Altezza/dreamstime,
Pakhnyushchy/shutterstock, Tetiana Chernykova/shutterstock
Satz: Satzwerk Huber, Germering
Druck und Bindung: CPI books GmbH, Leck
ISBN: 978-3-453-41946-9

www.heyne.de

Für Rose und Walter

»Lissabon, alte Stadt,
der weiße Schleier der Sehnsucht
bedeckt dein Gesicht.«

Lisboa Antiga, Fado von 1937

1

JETZT

In der Rua da Regueira fraß eine Möwe eine Taube.

Vermutlich war die Taube bereits tot gewesen, bevor sie zur Mahlzeit wurde. Gegen eine Glasscheibe geflogen, einer Krankheit oder dem Alter erlegen und vom Dach gefallen. Die Möwe, ein Raubtier, das wegen der leer gefischten Meere in seinem natürlichen Lebensraum nicht mehr ausreichend Nahrung fand, verdingte sich nun als Aasfresser. Vertilgte ihresgleichen oder zumindest die nähere Verwandtschaft, indem sie ihren leuchtend gelben Schnabel in das zerrupfte Gefieder stieß und mit abgehackten Bewegungen blutiges Fleisch freilegte. Trotz seiner Anspannung lenkte Henrik Falkner diese bizarre Szene für einen Moment ab. Nur für ein, zwei Sekunden, in denen er nicht wegsehen konnte. Lang genug jedenfalls, um die Frau aus den Augen zu verlieren.

Wohin …?

Er sah sich um. Spürte die Panik heranrollen. Immerhin ging es um Leben und Tod, so wie er es Adriana noch vor Kurzem prophezeit hatte. *Bei mir geht es immer ums Sterben,* hatte er gesagt, ohne zu ahnen, dass sich diese Bemerkung nur allzu schnell als zutreffend erweisen sollte.

Verärgert über sich selbst und seine Nachlässigkeit, eilte er weiter. Das Alfama-Viertel war kein guter Ort für Unaufmerksamkeit, das wusste er schließlich am besten. Oft genug hatte er sich in den vergangenen Monaten durch den verschachtelten, am schwersten zu durchschauenden aller Lissabonner Stadtteile bewegt und sich in der Hälfte der Fälle auf die eine oder andere Art verlaufen – egal, ob er dabei nur einer Laune folgend durch die Gassen gestreift, zu einer Verabredung unterwegs, jemandem hinterhergeschlichen oder gar selbst auf der Flucht war. Das Labyrinth des alten Fischerviertels hatte seine Tücken und besaß zahllose versteckte Ecken. Das konnte ein Vorteil sein. Oder eben auch nicht.

Wie hatte er bloß so unachtsam sein können? Natürlich konnte er es auf den miesen Tag schieben, den er heute durchlebte. Genau genommen war es eine miese Woche gewesen, in der er bereits einige Blessuren davongetragen hatte. Äußerliche und solche, die tief in die Seele geschnitten hatten. Wieder mal. Zudem stand er unter Drogen. Irgendwas Wirkungsvolles, das die Nerven betäubte und alles, was ihm sonst noch wehtat. Leider beeinträchtigten die Medikamente auch den Denkapparat.

Wohin ist sie verschwunden?

Das war momentan die vorrangige Frage. Dicht gefolgt von der Überlegung, was sie hier überhaupt wollte. Sie war vom Hafen gekommen und in das verwinkelte Viertel eingetaucht. Dort, wo die Häuser sich so eng auf- und aneinanderpressten, dass nicht alle Gassen mit Autos befahren werden konnten. Im Alfama ging man ohnehin besser zu Fuß, wollte man schnell vorankommen. Oder jemanden abschütteln.

Davor hatte die Frau die Metro genommen und war am Terreiro do Paço ausgestiegen. Was es bis dorthin einfach für ihn gemacht hatte, sie zu verfolgen. Einfacher jedenfalls, als hätte sie ein Taxi herangewunken. Oder den Bus gewählt.

So konnte er auf Abstand bleiben. Auch noch nachdem sie das Alfama verschluckt hatte. Nur war das letztlich zu viel gewesen.

Und jetzt?

Auf dem steilen Terrain, wo über Jahrhunderte auf engsten Raum gebaut worden war, übereinander, ineinander, zusammengepfercht, notgedrungen in die Höhe, jeden Zentimeter Raum nutzend, verlor er schnell die Übersicht. Warum ausgerechnet hierher?

Hatte sie ihn trotz seiner Vorsicht bemerkt und war deswegen gezielt ins Fischerviertel geflüchtet, in dem Versuch, ihn abzuschütteln? Das zumindest war ihr offensichtlich gelungen, gestand er sich widerwillig ein. Vielleicht steckte aber auch eine andere Absicht dahinter, dass sie sich in dieses verworrene Labyrinth begeben hatte, in dem allenfalls kleine Innenhöfe existierten … Unmöglich, dass es hier genug Platz gab …

Stopp! Er durfte nicht durcheinanderkommen. Zu viel Schreckliches war schon geschehen, um sich jetzt mit Spekulationen und Theorien verrückt zu machen. Oder sich von taubenfressenden Möwen ablenken zu lassen.

Wohin …?

Er befand sich ganz in der Nähe der Igreja de Santo Estêvão. Vor nicht einmal einer Minute hatte er die Glocken der in leuchtendem Weiß erstrahlenden Barockkirche läuten hören. Siebenmal. Folglich hockte die Möwe über ihrem Abendessen. Vögel, die Vögel fraßen. Wahrscheinlich nicht einmal so ungewöhnlich. Er gehörte ja selbst einer Spezies an, die ihresgleichen fraß – wenn auch in den seltensten Fällen im wörtlichen Sinne. Er zwang sich dazu, weiterzugehen und die Möwe zu vergessen. Bald kam die Dunkelheit.

Und vorher musste er sie finden. Noch heute Nachmittag hatte er wenig Hoffnung gehabt, endlich Licht in diese Geschichte zu bringen. Doch dann diese unerwartete Begegnung. Er hielt an der Überzeugung fest, dass sie ihm sagen konnte, wie das alles hatte passieren können. Wie alles zusammenhing. Und, so hoffte er inständig, wie man es beenden konnte, bevor noch mehr Leute sterben mussten. Dieser Wahnsinn hatte bereits fünf, ja, möglicherweise sogar noch mehr Opfer gefordert. Was wusste er schon? Nicht einmal, ab wann er anfangen musste zu zählen. Objektiv betrachtet also noch viel zu wenig. Doch er war entschlossen, diese Sache zu stoppen. Um jeden Preis. Und dazu brauchte er die Frau.

Wohin also?

Henrik erreichte die Rua do Vigário. Keuchend. Der steile Anstieg brannte nicht nur in den Oberschenkeln, sondern auch in der Brust. Alles war steil hier und kostete Kraft. Und machte ihm seine konditionellen Defizite nur zu bewusst. Wie oft hatte er sich schon zu motivieren versucht, endlich etwas dagegen zu tun. Doch immer wieder schob er sein Sportprogramm vor sich her. Es half nicht, jetzt darüber zu lamentieren. Er wischte sich den Schweiß aus den Augen und sah sich um. Das Salz, das sein Körper ausschied, brannte wie Feuer in der Kopfwunde. Dort, unter dem Haaransatz verborgen, schien die einzige Stelle zu sein, die das Medikament nicht betäuben konnte. *Nicht darüber nachdenken! Irgendwie hält mich das Brennen auch wach.*

Unverhältnismäßig viele Menschen waren unterwegs. Oder es kam ihm gerade nur so vor. Jedenfalls vibrierte die Stadt in ihrem ewigen Rhythmus. So wie jeden Tag. Stillstand gab es nicht. Nur Wellen. Ein An- und Abschwellen der Massen. Jetzt um diese Zeit waren es viele. Touristen und Einheimische füllten die Häuserschlucht, die sich wie das Bett eines Gebirgsbaches talwärts wandte. Zu viele Leute, zu unübersichtlich. Einige musterten ihn. Er bewegte sich zu schnell, zu angespannt gegen den Strom. Passte nicht ins Bild, nicht auf die Motive, die von den Urlaubern unter künstlerischen Aspekten oder einfach nur aus Sentimentalität festgehalten wurden. Wer diese Stadt besuchte, wollte ihre Eindrücke, ihre Schönheit einfangen. Die Besonderheit der Architektur, das geschichtsträchtige Ambiente, die Einzigartigkeit mit nach Hause nehmen. Das Flair Lissabons, so lange es ging, mit sich herumtragen. Nicht nur im Herzen, wo es hingehörte, sondern auch digital. Es war wie ein Zwang – und würde doch nie gelingen. Das wusste Henrik. Genauso wie er wusste, dass über der Stadt am Tejo nicht nur die Sonne schien. Es gab Schatten, Finsternis unter dunklen Wolken, schwarze Löcher ohne Trost. Er hatte sie kennengelernt. War in ein paar davon hineingeraten und hatte ihnen wieder entfliehen können. Aber es lag auf der Hand, dass noch mehr dieser Löcher existierten, in denen die Gravitation von einer anderen Qualität war. Gnadenlos, tödlich. Auch deshalb war er hier. Weil er wieder eine Tür geöffnet hatte, hindurchgegangen und hinabgestiegen war in die nasskalte, herzlose Finsternis. In das Reich hinter den sonnenbeschienenen Fassaden. Sieben Tage war das nun her. Seitdem zerrte die Dunkelheit an ihm, die Dunkelheit hinter dieser Pforte. Und deshalb suchte er nicht nur nach der Frau, sondern auch den Weg zurück ans Licht. Doch dazu musste er möglicherweise erst noch tiefer in die Abgründe hinabsteigen, die sich ihm in der letzten Woche eröffnet hatten.

Unter den Menschen, die hinauf Richtung São Vicente de Fora und dem Panteão Nacional stiegen oder runter zum Hafen schlenderten, konnte er sie nirgendwo entdecken. Vermutlich war er zu weit gelaufen. Hatte die entscheidende Abzweigung verpasst. Frustriert eilte er die Kopfsteinpflastergasse wieder hinab. Er kam an dem Torbogen vorbei, durch den man in die Beco das Cruzes, die Gasse der Kreuze, gelangte. Und plötzlich wusste er, wohin sie unterwegs war. Die Erkenntnis platzte auf wie eine reife Frucht. Wenn er ehrlich war, hatte er es von Anfang an geahnt. Es war, als hätten die kürzlich erfolgten Ereignisse blinde Flecke auf seiner Netzhaut hinterlassen. Eine emotionale Blindheit, nicht nur hervorgerufen durch seinen desolaten Zustand, sondern auch durch die greifbare Aussicht, eine Erklärung für Martins vorzeitiges Ableben zu finden. Und damit eine Antwort auf eine der großen Ungereimtheiten, die ihn seit seiner Ankunft in Portugal quälten. Ein entscheidender Schritt hin zur Wahrheit und, das konnte man ohne Übertreibung sagen, zu seinem Seelenheil.

Auf der sehr engen, in Teilen aus Steinstufen bestehenden Beco Cruzes, in der sich die Häuser fast zu berühren schienen, waren weniger Leute unterwegs. Der Strom wurde rasch zu einem dünnen Plätschern, und bald war niemand mehr um ihn herum. Er hatte die Unterhaltungen, das Murmeln und Kichern, das Klicken der Auslöser und alle anderen von den Touristen verursachten Geräusche hinter sich gelassen. Er war allein mit dem Echo klackender Absätze. Sie war wieder vor ihm, vermutlich schon hinter der nächsten Biegung. Flink und geschickt bewegte sie sich in ihren hochhackigen Schuhen über das unregelmäßige Kopfsteinpflaster. Aber nicht lautlos.

Er folgte der Gasse und dem Stakkato der High Heels. Unmittelbar nach einem weiteren Torbogen erreichte er den Treppenabsatz, von dem aus er den kleinen Platz überblicken konnte. Die Laterne, die über den Vorplatz des Lavadouro gespannt war, brannte nicht. Doch noch reichte das Dämmerlicht der sich herabsenkenden Nacht aus, um sich zu orientieren. Die Tür zu einem der letzten öffentlichen Waschhäuser im Alfama schlug eben ins Schloss. Glaubte man der Tafel, die neben dem Eingang angebracht war, war es um diese Zeit längst abgeschlossen. Doch schon ein zweites Mal innerhalb von fünf Tagen war dem nicht so. Er sah hinauf zu dem Fenster, an dem er erst kürzlich gestanden hatte, auch wenn eine gefühlte Ewigkeit dazwischenlag. Sein Magen schnürte sich zusammen. Der gleiche Ort. Von den Absperrbändern waren noch einzelne Fetzen übrig, und sie flatterten heftig im Wind, der vom Fluss her die schmale Häuserschlucht heraufwehte. Die Böen strichen über ihn hinweg und verursachten ihm, schweißnass wie er war, eine Gänsehaut. Wenigstens löste das Frösteln seine Starre. Es war nicht zu spät, sagte er sich. Nicht diesmal. So schnell er konnte, hetzte er die Treppe hinab, nahm je drei Stufen auf einmal, ungeachtet des Risikos, sich den Knöchel zu verstauchen. Dann stand er vor dem Waschhaus. Hielt inne. Versuchte die Gedanken zu sortieren, die sein heftig pochendes Herz durch seinen vernebelten Schädel pumpte.

Warum hier?

Das konnte nur eins bedeuten. Streng genommen war es verrückt, was er tat. Leichtsinnig, sogar grob fahrlässig. Niemand wusste, wo er war. Doch noch während er mit sich haderte, legte sich seine Hand auf die Klinke. Er riss die Tür auf und betrat den gekachelten Raum. Es roch intensiv nach

Feuchtigkeit und Kernseife. In dem wenigen Licht, das die vergitterten Fenster hereinließen, erkannte er die Frau, der er quer durch die Stadt gefolgt war und die nun an einem der steinernen Waschbecken lehnte. Allerdings nicht etwa, um sich am Wasser zu erfrischen, das aus den alten, angelaufenen Hähnen tropfte. Es gab keine Lampen, denn elektrische Kabel hatten in dem stets feuchten Raum nichts verloren. Doch auch ohne Beleuchtung begriff er. Sie war nicht allein. Natürlich nicht. Er hätte es wissen müssen. Hinter ihm fiel dic Tür ins Schloss. Der Knall verscheuchte schlagartig die Benommenheit, und sie wich einer erschreckenden Klarheit.

Menschen fressen Menschen!

Nicht nur einmal hatte er mit Sorge darüber nachgedacht, ob dieser Irrsinn, den er in den vergangenen Tagen durchlebt hatte, weitere Opfer fordern würde. Noch mehr Tote. Seine dunkle Ahnung hatte er tief in seinem Inneren vor sich selbst verborgen, doch in diesem Moment wurde sie zu eisiger Gewissheit. Er hatte richtiggelegen mit dieser Befürchtung. Mindestens noch ein Leben würde geopfert werden. Nur hatte er bis zu diesem Moment nicht sehen wollen, dass es sich dabei um sein eigenes handelte.

2

EINE WOCHE ZUVOR

»Die Kiste«, gurrte Renato wie ein balzender Täuberich und deutete zum wiederholten Male auf das Regal hinter dem Schreibtisch, das wie alles in diesem Raum mit Büchern, antiquarischen Katalogen, antikem oder vermeintlich antikem Kram und vergilbten Aktenordnern gefüllt war.

Skeptisch betrachtete Henrik die Holzkiste, die zwischen den abgewetzten Dielen des Fußbodens und der Unterseite der Stellage verkeilt war. Es sah danach aus, als übernähme der Kasten eine stützende Funktion, und er hatte keinesfalls vor, noch mehr Chaos in der *Kammer des Schreckens* zu verursachen. »Wenn ich die rausziehe, begräbt mich das Regal unter sich.«

»Stell dich nicht so an, du stemmst dich dagegen, und ich ersetze sie schnell mit einem Stapel Bücher.«

»Und ich soll deinem Gespür für Statik blind vertrauen?«

»Zum Teufel, ihr *alemães* braucht wirklich für alles eine amtliche Genehmigung!«

Renato wollte unbedingt an diese schmucklose Kiste, die beim Verschieben und Umschichten einiger Kartons zum Vorschein gekommen war. Nur warum? Dafür, dass ihm sein betagter Mieter half, endlich Ordnung in das ehemalige Büro seines Onkels zu bringen, war er selbstverständlich dankbar. Aber seit sie vor einer Viertelstunde auf diesen mysteriösen Holzkasten gestoßen waren, schien der Alte an nichts anderes mehr denken zu können. Er benahm sich wie ein kleines Kind, das immer wieder um die Süßigkeitenauslage im Supermarkt herumstrich und sich quengelnd bei seiner Mutter beschwerte, dass von den zuckrigen Verführern noch nichts im Einkaufswagen gelandet war.

»Du weißt, was drin ist?«, fragte Henrik erneut.

»Nur so ein Verdacht.«

»Siehst du, und rein auf Verdacht riskiere ich nicht mein Leben.« Was so nicht ganz stimmte. Sein Bauchgefühl hatte ihn schon häufig in höchst brenzlige Situationen gebracht. Nicht nur früher, als er noch Polizist gewesen, sondern auch seit er in Lissabon Händler für antiquarische Bücher und verstaubten Ramsch geworden war. In der Regel ging es dabei natürlich um ganz andere Dinge als um eine banale Kiste, die Onkel Martin offenbar dazu auserwählt hatte, das Regal darüber vor dem Umkippen zu bewahren.

Es bedurfte einiger Monate und nicht zuletzt großer Überwindung, bis er endlich genug Motivation zusammengekratzt hatte, das Büro, das gleichzeitig auch Abstellkammer war, zu entrümpeln. Sorgsam zu entrümpeln, wohlgemerkt, denn nicht immer war auf den ersten Blick ersichtlich, ob vermeintlicher Unrat nicht doch irgendwie relevant war. Auch deshalb war er dankbar für Renatos Hilfe. Der Alte hatte seinen Onkel das halbe Leben lang gekannt und vermutlich das richtige Gespür, um Belangloses von Wichtigem zu unterscheiden. Das hoffte Henrik zumindest, denn leider stand die Person, der er bei dieser diffizilen Aufgabe noch mehr vertraut hätte, nicht mehr zur Verfügung. Wie üblich trübte der Gedanke an Catia seine Laune, und augenblicklich ging ihm Renatos Gebaren noch mehr auf den Geist. Voller Tatendrang hatten die beiden gleich nach dem Frühstück mit dem Ausmisten begonnen. Mittlerweile war es Nachmittag, doch lediglich die Ecke rechts neben der Tür wirkte einigermaßen aufgeräumt. Unglaublich, was in das etwa zwölf Quadratmeter kleine Kabuff alles hineinpasste. Zwar hatte er seit letztem Sommer immer wieder sporadisch die Kartons und Regale durchforstet, aber nie die Muße gefunden, systematisch vorzugehen, geschweige denn, einen Rundumschlag zu veranstalten, um endlich einen Überblick zu gewinnen. Oder, um es auf den Punkt zu bringen, die geheime Ordnung in Martins hinterlassenem Chaos zu finden. Seit er vor einem Dreivierteljahr erfahren hatte, dass ihm sein Onkel dieses Haus samt Antiquariat mitten in Lissabon vererbt hatte, hatten ihn stets andere Dinge in Atem gehalten. Allem voran die Herausforderung, sich dieses Erbes anzunehmen und sich mit Portugal als seiner neuen Heimat anzufreunden. Was weitaus nicht das Schwierigste an dieser Hinterlassenschaft war.

»Lass es uns versuchen!«, drängte Renato und strich sich unbewusst über die Narbe, die sich quer über sein Nasenbein wölbte. Die Wulst war auch nach etlichen Monaten noch deutlich gerötet. Und sie war nicht die einzige Verletzung im Gesicht des älteren Mannes, die langsam abheilte. Er besaß noch so einige Andenken von Schlägern, die auf diesem Weg eine Botschaft an Henrik vermittelt hatten, kurz nach seiner Ankunft in Lissabon. Nein, er war wahrlich nicht mit einem roten Teppich empfangen worden. Doch gerade diese Gewalttat, so hinterhältig und verurteilungswürdig sie auch gewesen war, hatte letztlich die Basis für das freundschaftliche Verhältnis zwischen Renato Fernandes und ihm geschaffen.

Der Mittsechziger, der das Appartement direkt unter dem renovierungsbedürftigen Dach der Immobilie bewohnte, war von Beruf Unterhaltungskünstler: Sänger und Schauspieler – mit dementsprechenden Allüren und exaltiertem Gehabe. Mürrisch, zynisch, aber gleichwohl ein Schelm, wenn es seine Disponiertheit zuließ. Außerdem war Renato schwul oder machte es die Leute zumindest glauben. Henrik hatte von dem Exzentriker bisher schon einiges über seinen Onkel Martin Falkner erfahren, den er selbst nie hatte kennenlernen dürfen. Tatsächlich war dieser Umstand mitentscheidend dafür, dass er Zeit mit Renato verbrachte, wenn es sich einrichten ließ. Selbst wenn das nicht immer gut für sein Nervenkostüm war. Aber der alten Geschichten wegen, die Renato zu erzählen wusste, nahm Henrik auch ab und an dessen Launen in Kauf. Allerdings war nun zu befürchten, dass demnächst einer dieser theatralischen Anfälle drohte, sollte er dem Wunsch seines Mieters nicht nachgeben. Es würde noch eine ganze Weile dauern, bis sie, eingehüllt vom Staub der Jahrhunderte, bis zu besagtem Regal hinter dem Schreibtisch vordrangen. Und offenbar brachte Renato die Geduld bis dahin nicht mehr auf.

»Von mir aus, lass es uns versuchen«, lenkte Henrik also ein und versuchte zu verbergen, dass er sich längst von der Neugier des Alten hatte anstecken lassen.

Was enthielt diese ominöse Kiste?

Eine durchaus berechtigte Frage, wenn man sich einmal die ganze Geschichte betrachtete. Martin hatte ihm zusammen mit dem Antiquariat einige Überraschungen vererbt, und man konnte nicht behaupten, dass die Auswirkungen dieser zufällig entdeckten Vermächtnisse bislang sonderlich erfreulich für Henrik waren. Vielleicht konnte der Inhalt des Holzkastens ihn ja endlich auch einmal versöhnlich stimmen.

Sichtlich entzückt, klatschte Renato in die Hände, stellte unverzüglich einen Stapel Bücher zusammen, der eine vergleichbare Höhe mit der Kiste aufwies, und setzte ihn daneben ab. Erstaunlich gewandt für sein Alter, ging er dabei vor dem Regal in die Knie. »Fertig!«, verkündete er und sah Henrik herausfordernd an.

»Es wäre sinnvoller, das Regal leer zu räumen«, wandte der in einem letzten Versuch ein, das Ganze vernünftig anzupacken.

»Bah!« Mit einer wegwerfenden Geste machte Renato deutlich, dass er nicht gewillt war, noch unnötig Zeit zu vergeuden, und Henrik erwartete einen weiteren Seitenhieb in Sachen deutsche Gründlichkeit. »Eine echte Schatzsuche ist zwangsläufig auch eine waghalsige Angelegenheit«, belehrte ihn Renato stattdessen. Und damit schien alles gesagt.

Mit einem Huster befreite Henrik seine Lungen von Papierstaub und Schimmelpilzsporen, dann stemmte er sich mit seinen neunzig Kilo gegen die Streben der Stellage. Um ihn herum war kaum Platz genug für ein derartiges Manöver. Die Enge der vollgestellten Kammer – mit dem Schreibtisch, den Bücherkartons und allem, was sonst noch im Weg war – verhinderte, dass er einen sicheren Stand einnehmen konnte, geschweige denn einen guten Winkel fand, der die Hebelwirkung unterstützte. Unverzüglich bemerkte er den Widerstand. Das immense Gewicht der überfüllten Regalbretter konnte er allenfalls für Sekunden gegen die dahinterliegende Wand drücken. Erschwerend kam hinzu, dass sich das alte Gemäuer zur Decke hin nach innen in den Raum krümmte und deshalb nur wenige Millimeter Spiel blieben. War Renato nicht schnell genug mit dem Austausch der provisorischen Stützen, würden sie beide verschüttet werden.

»Beeil dich!«, presste Henrik durch die vor Anstrengung zusammengebissenen Zähne. Er konnte nicht sehen, was der Alte unten machte, spürte lediglich die Erschütterungen, die durch die Konstruktion gingen, als an deren Basis gezerrt und gerüttelt wurde. Dazu hörte er ein widerspenstiges Scharren, begleitet von ein paar portugiesischen Flüchen, die er noch nicht kannte und die nicht sonderlich aufmunternd klangen. Er sehnte Renatos Zuruf herbei, das Gewicht wieder absetzen zu können. So lange konnte das doch wohl nicht dauern?

»Ich kann nicht mehr!«, stöhnte er nach einer gefühlten Ewigkeit.

»Du machst das prima«, lobte ihn Renato.

»Das will ich nicht hören«, keuchte er. Die Muskulatur in Oberarmen und Beinen fing zu zittern an. »Beeil dich!«

»Nur die Ruhe!«

Ruhe?!

»Renato!«, presste er hervor. Die Sohlen seiner Sneakers fingen an, über die Bohlen zu rutschen. »Ich setze es jetzt ab ...«

»Mach doch!«, empfahl der andere und lachte.

Er lachte?

Bereit, sich mit einem Hechtsprung über den Schreibtisch zu retten, ließ Henrik das Regal los, ehe ihm das mittlerweile schweißnasse Holz durch die Finger rutschen konnte. Seltsamerweise kippte es ihm nicht entgegen, sondern stand sogar stabiler als vor der Operation. Irritiert sah er sich nach Renato um, der nicht mehr zu seinen Füßen kauerte, sondern lässig gegen die Schreibtischkante gelehnt stand. Er hatte sich und die Kiste längst ins Sicherheit gebracht und wiegte das Objekt seiner Begierde wie ein Kleinkind auf dem Unterarm. »Ich wusste es«, ließ er freudig verlauten.

Henrik zwängte sich um den Schreibtisch herum und griff unwirsch nach dem Holzkasten. Renato grinste schelmisch, gab das Ding aber widerstandslos frei.

»Wenn es mit dem Antiquariat mal nicht mehr läuft, kannst du es als Möbelpacker versuchen.«

»Vai-te foder!«

»Na, na, wer bringt dir denn so was bei?«

Es war unnötig, sich weiter über den Kerl zu ärgern. Stattdessen widmete Henrik sich ihrem Fund. Von vornherein war ihm klar gewesen, dass die Kiste massiv sein musste, sonst hätte sie das Regal all die Zeit nicht an Ort und Stelle gehalten. Trotzdem überraschte ihn das Gewicht.

»Vorsicht mit dem guten Stück!«, mahnte Renato, während Henrik sie auf die Tischplatte stellte. Erst jetzt fiel ihm das asiatische Schriftzeichen auf; es war in den Deckel des gebeizten Holzes gebrannt worden, aus dem die Kiste einst gezimmert wurde. Er zögerte, suchte Renatos Blick.

»Nun mach schon, es wird dich schon kein Kastenteufel anspringen!«

Renato faltete andächtig die Hände. Behutsam schob Henrik den Deckel auf.

»Suntory Hibiki«, las er auf dem Etikett der Flasche, die einer geschliffenen Karaffe nachempfunden und bruchsicher in eine mit dunkelblauem Satin überzogene Form eingebettet war.

»Dreißig Jahre alt, o merda, der muss ein Vermögen wert sein«, kommentierte Renato freudestrahlend den Fund. Der bekennende Atheist ließ sich sogar dazu hinreißen, ein Kreuzzeichen zu schlagen.

Ein japanischer Whisky!

Er hatte davon gehört, dass die edlen Brände aus dem fernen Osten bei Prämierungen ohne Weiteres mit den schottischen Single Malts mithalten konnten, sie bisweilen sogar übertrumpften. Das Etikett war schnörkellos und neben einem großen, japanischen Kanji auch mit westlichen Lettern bedruckt. Der Inhalt funkelte bernsteinfarben, in der eher dunklen Farbnuance, die eine lange Reifung des Whiskys im Sherryfass vermuten ließ. Renato schnalzte mit der Zunge. Selbst Henrik verspürte das Verlangen, sofort zu probieren.

»Hat nicht Dan Aykroyd dafür Werbung gemacht?«

»Das war Bill Murray, du Banause, außerdem war das eine Szene aus einem Kinofilm.«

»Stimmt, mit dieser ... wie heißt sie noch mal? Merda, ich war schon Jahre nicht mehr im Kino.«

»Ich komm jetzt auch nicht drauf.« Renato drängte sich an Henrik vorbei und strich mit dem Zeigefinger zärtlich über das Etikett der Whiskyflasche.

»Diese Schwedin, wie heißt sie noch gleich?« Henrik war noch immer am Grübeln.

»Nie im Leben kommt die aus Schweden.«

Henrik schwieg für einen Moment. Dann sprach er laut aus, was ihm durch den Kopf ging. »Warum hat er den hier unten versteckt?« Oben in Martins Wohnzimmer – inzwischen das seine – gab es eine kleine, ausgewählte Sammlung feiner Destillate. Zwischen diesen Raritäten hätte sich der Hibiki ganz sicher wohlgefühlt. Stattdessen hatte der besondere Schatz versteckt und zweckentfremdet als Regalstütze gedient. Unter Henriks Zwerchfell bildete sich ein

Hohlraum, der sich allmählich mit Kälte füllte, einer Kälte, die sich Wirbel für Wirbel an seinem Rückgrat entlangbrannte. War das hier eine weitere Botschaft seines Onkels?

»Hör auf, hinter allem und jedem eine Verschwörung zu wittern«, ermahnte ihn Renato, der offensichtlich seine Gedanken erriet.

Henrik schnaubte halbherzig. »Das sagst ausgerechnet du, der Martins Herzinfarkt als natürliche Todesursache nach wie vor in Zweifel zieht.«

Die ausgelassene Stimmung des Alten schlug augenblicklich um. »Tust du das etwa nicht?«

Damit fühlte auch Henrik sich angegriffen. »Doch, verdammt!«, knurrte er. »Weshalb ich mich wundern muss, dass du der Art und Weise, wie Martin den Whisky verborgen hat, keinerlei Bedeutung beimisst.«

»Bedeutung, meu deus! Könnte doch einfach sein, dass Martin nichts anderes zur Hand hatte, als er merkte, dass das Regal umzukippen drohte. Letztlich hat er einfach vergessen, mit was für einer Kostbarkeit er das Problem provisorisch gelöst hat.«

Im Improvisieren seid ihr Weltmeister, ich weiß! Für Henrik war das keine befriedigende Erklärung. »Ich nehme an, der Whisky war ein Geschenk, und nachdem du anscheinend davon wusstest, kennst du sicher auch denjenigen, der ihn überreicht hat.«

Renato tat so, als müsste er überlegen, und wischte dabei nicht ohne Theatralik über sein kurz geschorenes, weißes Haar. »Geschenk hin oder her …«

»Ich warte!«

»Ja, ja, kann sein.«

»Rück raus damit, oder der Whisky bleibt verschlossen!«

»Ist ja gut jetzt ... Also, da war dieser Japaner. Vom Alter her schwer zu schätzen. Um die fünfzig vielleicht. Trug immer teure Anzüge. Italienische Ware, von Cucinelli oder Canali.« Renatos Gesichtszüge verklärten sich. Henrik hatte keine Ahnung, von was der Mann da sprach.

»Und weiter?«

»Ein Japaner passt allein schon seiner Körpergröße und gedrungenen Statur wegen nicht in solche Anzüge. Ist der Hals zu dick und sind die Extremitäten zu kurz, ist das meiner Ansicht nach eine Verschwendung des feinen Zwirns, auch wenn er offenbar ein paar Änderungen an den Anzügen hat vornehmen ...«

»Renato, verdammt, das interessiert mich keinen Deut! Komm auf den Punkt!«

Missmut braute sich über den gezupften Brauen seines Mieters zusammen. »Ich habe ihn nur zwei-, dreimal bewusst registriert, aber ich denke, er war eine Weile Stammkunde im Antiquariat.«

»Also kein Tourist?«

»Nein, dafür war er zu häufig im Laden. Vielleicht ein Geschäftsmann. Martin hat sich gerne mit ihm unterhalten. Ausführlich. Aber frag mich nicht, um was es ging.«

»Hat er was gekauft?«

»Er hat das Antiquariat nie ohne die obligatorische Papiertüte verlassen. Ja, er war offenbar ein leidenschaftlicher Sammler alter Bücher.«

»Und seit Martins ... ähm, hast du ihn da noch mal gesehen?«

»Ich müsste mich irren, aber nein, ich denke nicht.«

Das stimmte Henrik noch nachdenklicher. Viele Japaner besuchten die Stadt. Und das Antiquariat war durchaus ein

Kuriosum für die Asiaten, auch wenn dessen Entdeckung grundsätzlich dem Zufall geschuldet war. Die meisten, die sich hierher verirrten, begnügten oder, besser, *ver*gnügten sich damit, Fotos zwischen den Regalreihen zu machen. Gerade so, als besuchten sie ein weiteres der zahlreichen Museen der Stadt. Nur eben ein besonders bizarres.

»Bist du sicher, dass es immer derselbe Japaner war?«

»Hältst du mich für senil?«

Henriks Blick wanderte von Renatos empörter Miene zurück zu der Kiste mit der hochprozentigen Rarität. »Ich bin nicht sonderlich vertraut mit der japanischen Schenkkultur, aber falls der Hibiki ein Mitbringsel war, was hat Martin dann getan, um im Gegenzug mit so einem kostspieligen Dankeschön beglückt zu werden?« Er sagte es mehr zu sich selbst.

»Mich interessiert viel mehr, warum er ihn nicht probiert hat.« In Sachen Whisky schien Renato nicht an einer konstruktiven Zusammenarbeit interessiert.

»Vielleicht sollte ich ihn verkaufen, wenn er so viel wert ist.«

Die Augen des Alten wurden groß. »Ich erinnere dich gerne daran, dass Martins Hinterlassenschaft nicht veräußert werden darf! So stand das ja wohl im Testament.«

In der Tat gab es da eine recht streitbare Klausel, und Henrik bereute es im Nachhinein, sie Renato gegenüber jemals erwähnt zu haben. »Ich glaube nicht, dass der Single Malt zur Erbmasse zu zählen ist. Außerdem käme ich gar nicht in die Verlegenheit, aus allem Geld zu machen, wenn du regelmäßig deine Miete bezahlen würdest.« Dieser Seitenhieb musste sein, schon allein deshalb, weil ihn der Alte unnötig lang das Regal hatte halten lassen. Die Disziplin seiner Mitbewohner bezüglich der Wohngeldentrichtung ließ sehr zu wünschen übrig. Sein Onkel hatte sich in dieser Hinsicht eher als Samariter gesehen, sodass sich bei seinen Mietern der Schlendrian eingeschlichen hat – sie zahlten nur dann, wenn sie etwas entbehren konnten. Leider waren weder Renato noch die drei Jazzmusiker oder die indische Familie, die derzeit unter seinem Dach wohnten, in Lohn und Brot. Der Inder Ajit Bikkhu besaß zwar so etwas wie eine Festanstellung als Fensterputzer, doch Henrik konnte sich ausmalen, dass die außertarifliche Entlohnung im Gebäudereinigungsgewerbe nicht eben üppig war. Und Bikkhu musste davon sechs hungrige Mäuler ernähren. Alles in allem eine suboptimale Situation für beide Seiten. Trotz der unzureichenden Mieteinnahmen brachte Henrik es allerdings nicht fertig, Kündigungen auszusprechen. Dazu hatte er ein zu weiches Herz, weshalb er sich auch nicht wirklich zum Geschäftsmann eignete.

Renato grummelte etwas Unverständliches, während er sich wie ein Laborwissenschaftler über die Flasche beugte, als untersuchte er eine brisante Zellkultur, die eine revolutionäre medizinische Errungenschaft versprach. »Den kannst du auch gar nicht mehr verkaufen, der ist schon offen«, verkündete er schließlich mit der siegessicheren Miene eines zukünftigen Nobelpreisträgers.

Henrik nahm die Flasche aus der Kiste und stellte sie auf den Schreibtisch. »Die ist doch randvoll.«

»Aber das Papiersiegel über dem Verschluss ist durchgerissen, folglich hat Martin den Whisky zumindest geöffnet und seinen Rüssel darüber gehalten.«

Jetzt bemerkte auch Henrik den feinen Riss in dem Papierstreifen, der über den Glaspfropfen geklebt war. Sein

Onkel – oder jemand anders – hatte das Stück Papier danach wieder sehr sorgfältig zusammengefügt. Nichtsdestotrotz war es durchtrennt worden. Mit spitzen Fingern zupfte er an einem der Enden. Es löste sich mühelos vom Glas.

Er hielt inne. Das Kribbeln in der Magengrube nahm an Intensität zu. Was war hier los?

Da stand etwas auf der Rückseite des Papierstreifens. Er zog die Schreibtischlampe heran, um in dem fensterlosen Raum besser sehen zu können. In Martins unverkennbarer Handschrift war auf dem schmalen Papierstück eine Nummernfolge notiert worden. Sehr klein und sorgfältig. Damit war für Henrik jeder Zweifel beseitigt. Zuerst das skurrile Versteck der Flasche, dann eine noch besser verborgene Notiz. Erneut war er auf eine von Martins kryptischen Botschaften gestoßen. Ein Hinweis aus dem geheimen Archiv der ungeklärten Verbrechen, das sein Onkel über drei Jahrzehnte hinweg angelegt hatte.

Es fängt wieder an!

3

»Kümmere dich lieber darum, Catia zu finden, bevor du dir schon wieder neue Feinde schaffst!«, sagte Renato und prostete ihm mahnend zu. Henrik war zu sehr in Gedanken gewesen, um seinen Mieter daran zu hindern, den japanischen Whisky zu entkorken. Ehe er sich's versah, hielt er selbst einen der angelaufenen Zinnbecher in der Hand, die noch bis vor wenigen Wochen im unansehnlichen Schaufenster des Antiquariats eine Menge Staub angesetzt hatten. Renato hatte offenbar auf die Schnelle nichts Passenderes gefunden, woraus sie das edle Destillat hätten nippen können. Dass die antiken Gussgefäße dem vielschichtigen Bouquet des Hibiki nicht förderlich waren, schien Renato vollkommen egal zu sein. Und jetzt, nachdem er ihn soeben an Catia erinnert hatte, fand Henrik noch weniger Genuss daran.

Catia. Verdammt!

Catia war seine Angestellte und davor lange Jahre Martins rechte Hand gewesen. Sie hatten keinen guten Start gehabt, als er unverhofft in Lissabon auftauchte. Die Wunde, die der Tod seines Onkels bei ihr hinterlassen hatte, war noch zu frisch gewesen, als dass Catia sich hätte auf einen neuen Chef einlassen können. Obendrein auf einen wie ihn, der weder Martin gekannt noch irgendeine Ahnung vom Geschäft hatte. Henrik hegte nach wie vor die vage Vermutung, dass Catia darauf spekuliert hatte, das Antiquariat einmal selbst zu erben. Was es auch später nicht einfacher machte, mit ihr auszukommen.

Nicht dass jemals Respektlosigkeit zwischen ihnen geherrscht hatte. Henrik war schnell bewusst geworden, dass er sie brauchte. In erster Linie für das Antiquariat – aber auch, um irgendwann die nebulöse Person Martin Falkner zu verstehen. Neben Renato wusste sehr wahrscheinlich nur noch Catia mehr über seinen Onkel. Vor allem darüber, was ihn angetrieben hatte. Ein Wissen, das ihr letztlich zum Verhängnis wurde. Henrik war daran nicht unschuldig und fühlte sich daher doppelt schlecht, wenn das Gespräch auf Catia kam.

Im Oktober des vergangenen Jahres war Catia entführt worden, um ihn unter Druck zu setzen. Noch eine Person, die wie Renato dafür büßen musste, dass er sich seines Erbes annahm. Er war damals auf der Jagd nach einem Buch gewesen, das den einstigen Polizeichef Lissabons, Nelson Pereira, mit einem Mord in Verbindung bringen sollte. Obwohl Pereira längst im Ruhestand war, verfügte er nach wie vor über beste Kontakte bis hinauf in die obersten Machtzentralen, die diese Stadt regierten – was diesen eiskalten Mann zu einem unberechenbaren Gegner machte. Das erfuhr Henrik am eigenen Leib. Obwohl er schlussendlich heil aus der Sache rausgekommen war, führte der erbitterte Kampf, den er sich mit Pereira lieferte, zu keinem Sieg. Allenfalls zu einem Patt, das zu allem Übel auf Catias Kosten ging. Er konnte seine Mitarbeiterin nicht aufspüren. Und er hatte immer noch keine Gewissheit, ob sie wirklich in Freiheit war.

Natürlich gab es da diesen Brief von ihr.

Ein knappes Schreiben, das kurz vor Weihnachten eingetroffen war. Aus heiterem Himmel und nachdem er bereits eineinhalb Monate wie ein Besessener nach ihr gesucht hatte. Es war ihre Handschrift. Das hatte ihm auch Renato bestätigt. Aber der Inhalt war so fragwürdig wie ihr Verhalten. Catia war eine revolutionäre Hippiefrau, ein Relikt der Gegenkultur, die sich in farbenfrohe Tuniken hüllte und nach Patschuli duftete. Keinesfalls jemand, der sich versteckte, selbst wenn sich Schwierigkeiten ankündigten. Und doch teilte sie ihm in diesem rätselhaften Brief mit, dass sie, von Angst geleitet, die Flucht angetreten hat. Obwohl sie nur wenige Stunden in der Gewalt von Pereiras Handlanger war und man sie danach einfach hatte gehen lassen. Dieser Widerspruch in ihrer Mitteilung war zwischen den Zeilen zu lesen. Einerseits war es in den Fängen dieses Unmenschen gar nicht so schlimm gewesen, anderseits ließ sie sich von der Furcht verleiten und floh vor weiteren Konsequenzen. Henrik hielt das Ganze für äußerst zweifelhaft. Zumal sie schrieb, sie sei nach diesem Vorfall zu aufgewühlt gewesen, um sich unverzüglich bei ihm zu melden. In aller Eile habe sie nur das Nötigste zusammengepackt und Lissabon unverzüglich verlassen. Ihr Lissabon, für dessen Freiheit sie stets gekämpft hatte. Seitdem wohnte sie bei einer Freundin in Porta Delgada auf den Azoren. Das war weit genug entfernt, um eine Überprüfung ihrer Behauptungen zu erschweren. Außerdem hatte sie in ihrem Brief mehrfach betont, dass sie keinen Kontakt wünschte. Nicht solange die Lage weiterhin so angespannt war und Martins Feinde sie im Visier hatten. Eine gewisse Paranoia konnte er ihr nach allem, was geschehen war, nicht verübeln, aber dieses Vorgehen passte eben nicht zu der Catia, die er kennengelernt hatte. Verschwörungstheorien hin oder her. Der gleichen Meinung waren auch Renato und die beiden Menschen, die er zusätzlich ins Vertrauen gezogen hatte und die ebenfalls bei ihm im Haus wohnten. Paco Coelho, einer der Jazzmusiker, und die Inderin Jaya Bikkhu. An Letztere hatte er sich gewandt, um eine gewisse Basis zu schaffen. Ihr zu zeigen, dass auch sie auf ihn zählen konnte. Auch wenn diese Konstruktion noch immer äußerst fragil war. Jaya war es, die Martin damals tot in seiner Wohnung gefunden hatte. Bedauerlicherweise war sie auch nach einem Dreivierteljahr noch nicht bereit, mit ihm darüber zu sprechen.

Es war nach wie vor schwierig mit seinen Mietern, und leider hatte Catias Verschwinden seine Position innerhalb der Hausgemeinschaft nicht einfacher gemacht. Ja, wenn er sie heil zurückgebracht hätte, dann hätte er damit natürlich sein Ansehen und auch das Vertrauen in seine Person gestärkt. Hätte, wäre, wenn …

»Vielleicht ist sie tatsächlich auf São Miguel«, erwiderte er schließlich und führte erneut den Becher an die Lippen. Der Alkohol brannte ihm auf der Zunge und im Rachen.

»Das glauben wir doch beide nicht. Catia wäre nie einfach abgehauen. Ich habe dir schon mehrmals gesagt, ich halte es für höchst fragwürdig, dass diese Leute, die sie entführt haben, sie einfach so haben gehen lassen«, erinnerte ihn Renato.

»Es ist ihre Handschrift.«

»Papperlapapp. Das Ganze erinnert mich stark an die dunkle Vergangenheit unter Salazar. Ich kannte damals einige Leute, die von der Geheimpolizei gezwungen worden waren, Briefe dieser Art zu schreiben.«

Er hätte gerne erwidert, dass die Zeiten der Diktatur vorbei waren, aber er war nicht wirklich davon überzeugt. »Sie hatten keine Verwendung mehr für sie, nachdem Pereira aus dem Rennen war.« Das war ein schwaches Argument, das wusste er selbst. Es hatte auch keinen Sinn, diese Diskussion schon wieder zu führen. Nicht jetzt, da es einen neuen Hinweis gab und es ihm schwerfiel, nicht darüber zu grübeln, welche Bedeutung und Absicht hinter den Ziffern auf dem Papierstreifen steckten. Aber das wollte er Renato nicht auf die Nase binden. Dieses Antiquariat war mehr Fluch als Segen, Martins Erbe eine Bürde. Es gab einen roten Faden, der sich längst um Henrik geschlungen hatte und dem zu folgen er gezwungen war.

Irgendwie hängt alles zusammen.

Denn natürlich gab es für all das eine Vorgeschichte. Martin hatte in den späten 1970er-Jahren Aussicht auf eine vielversprechende Karriere bei der deutschen Staatsanwaltschaft. Doch er entschied sich dagegen und folgte seiner Liebe, dem Künstler João de Castro, nach Lissabon. In die wiedererblühte Hauptstadt einer jungen Demokratie, auf die sie ihre Hoffnung setzten. Es war anzunehmen, dass er sich nie zu seiner Homosexualität hätte bekennen können, wäre er in Deutschland geblieben, und offenbar war ihm diese Freiheit mehr wert gewesen als eine gesicherte Position im konservativen Justizapparat der Bundesregierung. So kam es, dass er gemeinsam mit João das Antiquariat erwarb und ein Jahrzehnt lang ein schönes Leben führte.

Bis zu Joãos Ermordung.

Danach erinnerte sich Martin wieder daran, was er studiert hatte, und nahm eine Mission in Angriff, die ihn bis zu seinem eigenen Tod nicht mehr loslassen sollte. Seine verbissene Suche nach der Person, die João auf dem Gewissen hatte, lenkte seine Aufmerksamkeit nach und nach – und zu Beginn sicher unfreiwillig – auf weitere ungeklärte Verbrechen und von den Behörden ignorierte Missstände. Indizien, Hinweise, Spekulationen, Zeugen. Und die Opfer. Diejenigen, die der Korruption und den Machenschaften von hochrangigen Politikern, gewichtigen Wirtschaftsgrößen und einflussreichen Industriellen hilflos gegenüberstanden. Zermahlen zwischen den Mühlrädern der Mächtigen und dadurch einer Ungerechtigkeit unterworfen, die Martin einfach nicht ertragen konnte. Henriks Onkel war ein Verfechter von Recht und Ordnung, und einen ebenso aufrechten Mann musste er in seinem Neffen gesehen haben, da er ihn schließlich mit diesem Erbe betraut hatte.

Ja, irgendwie hing alles zusammen. Keine Spur von Catia seit einem halben Jahr. Kein Ansatz in die Richtung, dass der Tod seines Onkels widernatürlich gewesen war. Was sich auch nicht mehr überprüfen ließ, da Martins Leichnam eingeäschert worden war. Also keinerlei forensische Beweise, weder dafür noch dagegen. Stattdessen unzählige Rätsel, über die er nach und nach im Antiquariat stolperte. Handschriftliche Vermerke, undurchsichtige Symbole, unlogische Anordnungen, die eine Bedeutung haben mochten. Ablenkung oder Absicht? Es gab ja nicht nur die Notizen und Aufzeichnungen in den Büchern. Daneben fanden sich auch Fotos, Ansichtskarten, Plakate, Landkarten, Radierungen, Gemälde. Nicht zu vergessen die Gegenstände und Möbel! Sekretäre und Schränke mit Hunderten Schubladen und wer weiß wie vielen Geheimfächern, die er noch nicht entdeckt hatte. Selbst die Platzierung des Interieurs in dem angeblichen Wirrwarr konnte eine Bedeutung haben und Bestandteil eines Codes sein, den es zu entschlüsseln galt. Dazu kam das Büro. Der Keller. Beides vollgestellt und zusammen mit dem Antiquariat bestens dazu geeignet, Geheimnisse zu hüten, bis einer kam, der sie zu enträtseln vermochte. Henrik machte fast täglich Entdeckungen, aber nur selten passte etwas zueinander. Was er besaß, waren Puzzleteile, und er hätte nicht einmal andeutungsweise sagen können, wie viele Bilder sich daraus ergaben. Wie viele Fälle ungeklärter Verbrechen hier überhaupt archiviert waren. Wie viel davon Wirklichkeit war und wie viel davon Täuschung, um die Wahrheit zu verschleiern. Wenn er etwas gelernt hatte in der Zeit, die er sich nun durch das geheime Archiv wühlte, dann einfach das Offensichtliche zu nehmen in dem Versuch, irgendetwas damit anzufangen, statt systematisch vorzugehen. Und im Moment hatte er eine Zahlenfolge auf einem schmalen Stück Papier, das eine Flasche Whisky versiegelt hatte. Es konnte ein Dechiffrierungscode sein, eine Kontonummer, Koordinaten. Und ebenso gut eine Telefonnummer, wenn man einfach eine Null davorsetzte.

»Lassen wir es gut sein für heute«, schlug er Renato vor und störte ihn offenbar bei seiner Überlegung, ob er sich nochmals nachschenken sollte. »Du kannst den Whisky mit hochnehmen.«

Der Vorschlag ließ Renatos Protest versiegen. »Solltest du auf die Idee kommen, die Entrümplung des Büros morgen fortzusetzen, dann ohne mich. Ich habe am Abend einen Auftritt und muss mich vorbereiten. Dieser Staub ist ohnehin Gift für meine Stimmbänder.«

»Du hast ja jetzt etwas, womit du sie ölen kannst«, erwiderte Henrik und drückte ihm die Flasche in die feingliedrigen Hände. »Wir machen weiter, wenn du wieder Zeit hast.«

Obwohl er seinen Mieter nun schon eine ganze Weile kannte, konnte er nicht mit Gewissheit sagen, wie viel er von Martins Geheimnissen wusste. Ob er tatsächlich ein Eingeweihter war, der einfach nur den Mund hielt und allenfalls das Nötigste ausplauderte. Oder ob Martin seinen guten Freund Renato nur am Rande mit seinen wahren Absichten vertraut gemacht hatte, um ihn nicht unnötigerweise in Gefahr zu bringen. Gewiss hatte es nicht in Martins Absicht gelegen, andere in Gefahr zu bringen, aber wer eine Verbindung zu seinem Onkel pflegte, war ohne Frage einem nicht zu verleugnenden Risiko ausgesetzt, denn seine Obsession war in all den Jahren nicht verborgen geblieben. Selbst wenn seine Vertrauten und Freunde unwissend waren, waren sie also trotzdem irgendwie in Gefahr. Von Beginn an hatte sich Henrik gefragt, ob es überhaupt jemanden gab, den Martin zur Gänze ins Vertrauen gezogen hatte. Bislang stellte es sich für ihn eher so dar, dass Martins Sammelleidenschaft von ungeklärten Verbrechen für seine Freunde nur ein Gerücht war. Ein Gerücht, basierend auf jener Liebesgeschichte, die vor drei Jahrzehnten ein jähes Ende genommen und Martin Falkner dazu herausgefordert hatte, die Suche nach dem Mörder seines Lebensgefährten selbst in die Hand zu nehmen.

Auch wenn er nie in die Offensive gegangen war, hatte sein Onkel sich im Lauf der Zeit damit viele Feinde gemacht. *Zu* viele. Und vermutlich waren darunter auch äußerst einflussreiche Leute aus der gehobenen Gesellschaft. Machthungrige Despoten, skrupellose Personen mit Verbindungen in die höchsten Ämter, sofern sie diese nicht selbst innehatten. Ab und an wurde einer von ihnen nervös und wollte wissen, ob irgendwo in Martins Archiven belastendes Material gegen ihn vorhanden war. Neben Einschüchterungsmaßnahmen waren die Folgen davon gelegentliche Einbrüche im Antiquariat, durchgeführt von beauftragten Verbrechern, die im beabsichtigten Chaos versuchten, die

Stecknadel im Heuhaufen zu finden. Und dabei auch vor Gewalt nicht zurückschreckten. Es war ein Vabanquespiel, und Henrik konnte von Glück reden, dass bisher alles relativ glimpflich abgelaufen war.

Meistens!

»Trügt mich mein Gefühl, oder willst du mich tatsächlich loswerden?«, fragte Renato in seine Gedanken hinein. Henrik erwiderte nichts, sondern wartete einfach mit verschränkten Armen, bis Renato sich mitsamt dem Whisky trollte und zwischen den deckenhohen Regalwänden im Antiquariat verschwand. Er hörte die Tür ins Treppenhaus zuknallen; man musste sie kräftig zuziehen, weil sie schlecht schloss. Das Haus war eine Baustelle, egal wohin man schaute. Ihm graute davor, aber eine Renovierung war bitter nötig. Und bereits geplant, beginnend mit der Fassade. Hier wartete er noch auf letzte Genehmigungen vom Bau- und Denkmalschutzamt. Zum einen wurde seitens der portugiesischen Behörden von ihm verlangt, die klassizistische Vorderseite im Originalzustand zu erhalten, doch andererseits kannten die Ämter keine Eile beim Bearbeiten der Anträge. Wahrscheinlich wäre er nicht einmal *so* weit gekommen, wenn er nicht einflussreiche Hilfe hätte. Anabela de Castro, die Schwester von João, verfügte über diesen Einfluss. Ebenso wie über das Geld, um das Haus wieder auf Vordermann zu bringen. Natürlich unterstützten ihn die de Castros nicht aus Wohltätigkeit oder Sympathie. Sie hatten Henrik einen klaren Auftrag erteilt, der darin bestand, Martins Mission fortzusetzen und Joãos Mörder zu überführen. Bei einem Verbrechen, das dreißig Jahre zurücklag, eigentlich eine unmögliche Herausforderung. Dennoch hatte er vor, sein Bestes zu geben. Bestärkt von der Hoffnung, dass

Martin irgendwo im Antiquariat bereits entscheidende Hinweise zum Mord an seinem Lebensgefährten gesammelt hatte. Hinweise, die Henrik schlichtweg noch nicht ausgegraben hatte, weil sie so gut versteckt waren wie kein anderes der vielen Geheimnisse, die in seinem Erbe verborgen waren.

In kriminalistischer Hinsicht hatte er mit Catia, Martin und João bereits genug Baustellen. So gesehen, war es glatter Irrsinn, hinter etwas Neuem herzujagen. Andererseits führte oft eins zum anderen – und womöglich zuletzt zum großen Ganzen.

Wie gesagt, irgendwie hängt alles zusammen.

Erneut betrachtete er den Papierstreifen, so intensiv, dass ihm nach dreißig Sekunden die Augen wehtaten. Im Laden war es einfach zu dunkel, daher ging er nach draußen. Das Glockenspiel über der Ladentür ertönte und erinnerte ihn daran, dass es heute noch von keinem einzigen Kunden zum Klingen gebracht worden war. Dabei lag das Geschäft nicht unbedingt abseits der Touristenströme, sondern ganz in der Nähe der viel besuchten Plätze Largo do Chiado und Largo de Camões und des Vergnügungsviertels Bairro Alto. Und doch wählten all jene, die in die Rua do Almada abbogen, oben an der Gabelung in der Regel die rechte Gasse, um zum Miradouro de Santa Catarina zu gelangen, von dem aus man einen herrlichen Ausblick über den Fluss hatte, hin zur Brücke des 25. April und hinüber ans andere Flussufer, auf die Cristo-Rei-Statue. Das kurze Stück hinunter zum Antiquariat wählten praktisch nur diejenigen, die den Stadtplan falsch gelesen hatten.

Die Sonne schien warm in die schmale Häuserschlucht. Vom Tejo her wehte eine sanfte Brise die Rua do Almada herauf. Das runde Blechschild mit der Aufschrift *Antiquário e Antiguidade* an der gusseisernen Stange, die in die Gasse hinausragte, quietschte leise an seinen Scharnieren. Der Frühling hatte nach einer zu vernachlässigenden Phase mit schmuddeligem Regenwetter endlich mit aller Macht Einzug gehalten. Die steigenden Temperaturen machten den sehr kurzen, fast durchweg milden Winter endgültig vergessen. Eigentlich hatte Henrik nur um Weihnachten und Neujahr eine Zentralheizung vermisst. Und selbst da war es tagsüber kaum unter zehn Grad, und in aller Regel blieben die Tage sonnig. Für ihn war der Winter, wie er ihn aus Deutschland kannte, damit quasi nicht existent. Noch weniger hatte er ihn vermisst. Auch nicht das Weihnachtsfest im Kreise der Familie oder die Knallerei an Silvester. Wenn er in Lissabon eins uneingeschränkt genießen konnte, dann war es das Klima, das stand außer Frage.

Er hielt den Papierstreifen gegen den hellen Himmel, aber er blieb, was er war. Da gab es nichts, was im Gegenlicht zum Vorschein kam und zur Lösung beitrug. Also folgte er seinem ersten Impuls. Er nahm sein Handy aus der Hosentasche, setzte eine Null davor und tippte die Zahlen ein. Eine digitale Stimme teilte ihm mit, dass er damit keine Verbindung bekam. *Martin, verdammt!* Wenn es keine Telefonnummer war, wurde es schwierig. Es wäre ja auch zu schön gewesen, einmal eine klare, eindeutige Botschaft zu erhalten.

Henrik spähte hinauf zu der kleinen Terrasse der Bar Esquina, die seinem Haus schräg gegenüberlag. Das schmale, nach Nordosten spitz zulaufende, zweistöckige Gebäude teilte die Straße. Die Sonnenschirme waren noch zusammengebunden, die wenigen Tische leer. Victor, der Besitzer, würde seinen Barbetrieb wie gewohnt erst gegen Abend öffnen. Obwohl das Etablissement seine nächste Nachbarschaft war, hatte er es seit vergangenem Herbst nicht mehr besucht. Und es ärgerte ihn sofort, dass ihn der Gedanke an den Gastronomen so leicht aus dem Konzept brachte. *Ich muss vorsichtig sein*, mahnte er sich mit einem Blick auf die verwitterte Markise des Esquina. Sie war ihm seit jenen Ereignissen im Oktober stets eine Warnung, jemandem leichtfertig sein Vertrauen zu schenken. Eine schmerzvolle Erinnerung hing daran, und sie hatte mit einer Frau zu tun, über die er jetzt nicht nachdenken wollte. Also wandte er sich von der grüngelb gekachelten Fassade der Bar ab und wieder der Sonne zu, die zu dieser Tageszeit den Tejo entlang Richtung Atlantik wanderte.

Ein japanischer Whisky.

Das gab ihm eine weitere Idee ein. Interessant, obwohl er nicht wissen konnte, ob es funktionierte. Er ersetzte die Null vor der Nummer durch ein Pluszeichen. Damit verbunden ergaben die ersten beiden Ziffern eine Ländervorwahl.

+81 Warum nicht?

Es knackte ein paarmal, gefolgt von einem Rauschen, das an analoge Telefonate denken ließ und an ein am Meeresboden verlegtes, oberarmdickes Hochseekabel. Selbst der Signalton hörte sich gedämpft und blechern an. Dafür klang die Stimme, die sich nach viermaligem Klingeln meldete, glasklar. Glasklar, fremdartig und überrascht.

»Estou?«

Das war die portugiesische Art, sich zu melden – estou, *ich bin* –, doch ein echter Portugiese verwendete am Anfang dieses Wortes keinen Vokal, sondern begann mit einem Zischen, das mit einem sehr lang gezogenen *Uuuuuh* endete.

Portugiesen zerkauen die Vokale, bis Konsonanten daraus werden, hatte ihm Helena einmal erklärt. Diese Frau hingegen verfügte über einen eigenwilligen Akzent, der sie für ihn zu einer Ausländerin machte. So weit hatte sich sein Gehör in den Monaten seines Aufenthalts schon auf diese Sprache eingestellt.

»Quem é ele?«

»Eu sou Henrik Falkner«, stellte er sich vor und wechselte dann ins Englische, um sich nicht in Verlegenheit zu bringen. Sein Portugiesisch war nach wie vor rudimentär. »Ich habe Ihre Nummer in den Unterlagen meines Onkels Martin Falkner entdeckt.«

»Falkner?«, wiederholte die Frau, und mit einem Mal mischte sich unter die anfängliche Verwunderung in ihrer Stimme eine Zurückhaltung, die von Misstrauen herrührte.

»Kannten Sie ihn?«

Eine Frage, die nach der Reaktion am anderen Ende der Leitung hinfällig erschien, aber er wollte das Gespräch am Laufen halten, solange er nicht wusste, wer die Unbekannte war.

»Não!«

Das kam zu zögerlich. Er musste behutsam sein, gleichwohl benötigte er Fakten. »Mit wem spreche ich?«

Es entstand eine Pause, und für einen Moment befürchtete er, sie hätte die Verbindung getrennt.

»Warum hat er Ihnen meine Nummer gegeben?«, fragte sie nun ihrerseits in Englisch, wobei der ungewöhnliche Akzent noch deutlicher wurde.

»Er hat sie mir nicht gegeben, ich habe sie gefunden. Mein Onkel ist gestorben.« Das war offenbar die falsche Information, zumindest eine, die sie nicht hören wollte, denn sie legte auf, ohne noch ein Wort zu sagen. Kurz flammte Ärger in ihm auf. Leute, die nicht bereit waren, mit ihm zu reden, kannte er zur Genüge von früher, als er noch im Dienst der Kriminalpolizei stand. Als sich sein Leben noch in Deutschland abspielte. Schon damals tat er sich schwer mit Personen, die nicht gewillt waren, brauchbare Aussagen zu machen, oder bei Verhören logen. Das trieb ihn oft auf die Palme, vor allem, wenn die Unwahrheit offensichtlich war, ihm jedoch die Beweise fehlten, um die Falschaussagen zu widerlegen. Warum wollte die Frau nicht mit ihm reden, wo sie Martin doch kannte? Er konnte das nicht einfach so hinnehmen, aber die Nummer erneut zu wählen hätte jetzt nichts gebracht. Vielleicht später, wenn sie Zeit zum Nachdenken gehabt hatte. Die Zeit, die Henrik womöglich auch selbst brauchte, um sich darüber bewusst zu werden, wie seine nächsten Schritte aussehen sollten.

Vor seinem Haus in der Rua do Almada googelte er die Ländervorwahl +81 und war wenig überrascht, als er erkannte, dass er eben mit Japan telefoniert hatte.

4

Erst mal aufs Geratewohl?

Das funktionierte im Antiquariat manchmal besser als gezieltes Vorgehen. Natürlich war das weit entfernt von dem, was man ihm auf der Polizeischule beigebracht hatte. In seiner alten Heimat war er zuletzt als Ermittler im Dezernat für Gewaltverbrechen tätig gewesen. Dann starb Nina, seine Ehefrau, durch einen tragischen Unfall. Der Mann, der sie mit dem Auto von ihrem Fahrrad rammte, hatte den Wagen unter Drogeneinfluss gesteuert. Seitdem waren beinahe drei Jahre vergangen, in denen sein Leben eine radikale Wandlung erfahren hatte. Nach der ersten grausamen Trauer kamen die Depressionen. Wie der Junkie über seinen Wagen verlor er die Kontrolle über sein Leben. Er wurde zu einem Risiko. Selbst die psychologische Betreuung, die man ihm seitens seiner Dienststelle nahegelegt hatte, vermochte daran nichts zu ändern. Was in erster Linie daran lag, dass er sich nicht darauf einließ. Er *wollte* überhaupt nicht, dass ihm geholfen wurde. Er wollte leiden, in Selbstmitleid zerfließen, gelegentlich sogar sterben, nur um wieder bei Nina sein zu können. Um das junge Glück, das sie gehabt hatten, mit verzweifelter Gewalt wiederherzustellen. Eine Weile lang schluckte er Medikamente. Antidepressiva und angstlösende Anxiolytika. Die hatten ihn benebelt und aufgeschwemmt, ohne dass sich sein mentaler Zustand gebessert hatte. Er nahm zehn Kilo zu, die er zum größten Teil immer noch mit sich herumschleppte. Schließlich sah er keinen Ausweg mehr und quittierte den Polizeidienst. Gegen den

Widerstand seiner Vorgesetzten, die nach wie vor an seine Genesung glaubten. Er war nicht ihrer Meinung und nahm seinen Abschied. Auch seinen Kollegen zuliebe, die bis dahin alles gegeben hatten, um ihn aufzufangen und das zu kompensieren, wozu er sich nicht mehr in der Lage fühlte. Selbstverständlich vermisste er seinen Beruf nach wie vor, doch er hatte nie viel Zeit gehabt, mit seiner Entscheidung zu hadern. Anfangs hielt ihn die Depression in ihren eisigen Fingern und raubte ihm jedes Gespür für sich und seine Umwelt. Und dann, kurz nachdem er endlich beschlossen hatte, sich wieder eine Arbeit zu suchen – irgendeine banale Beschäftigung, die ihn am Leben hielt –, kam der Anruf dieses Notars aus Lissabon.

Das war etwas, wovon viele träumten. Dass sich von irgendwoher der Nachlassverwalter eines unbekannten Onkels meldete und zu einer Testamentsverlesung einlud. Er hätte Geld daraus schlagen können. Es gab Angebote für das Haus Nummer 38 in der Rua do Almada. Doch es stellte sich bald heraus, dass es nicht alleine die Immobilie war, um die es den Interessenten ging. Und so wurde ihm bewusst, dass er diese Hinterlassenschaft nicht aus der Hand geben konnte. Außerdem erkannte er, dass Lissabon die Rettung werden konnte, die er nicht wollte und doch so dringend brauchte. Nicht allein des Ortswechsels und der neuen Eindrücke und Herausforderungen, des Klimas oder der Sonnenuntergänge über dem Atlantik wegen. Nicht wegen der zwiespältigen Schönheit, der hinreißenden Azulejos oder des einnehmenden Flairs der Stadt, nicht wegen des Essens und des Weins oder des Lachens und der Philosophie der Menschen, in deren Mitte er sich wiedergefunden hatte. Nicht einmal wegen des Fados, der den Saudade, den portugiesischen Weltschmerz, in unvergleichlich eindrucksvoller Weise vermittelte. In Kompositionen und Interpretationen, die ihm aus der Seele sprachen. Nein, das alles hatte zwar seinen Anteil daran, dass er auf dem Weg der Besserung war, aber der Hauptgrund für seine neue Ausgeglichenheit war, dass er wieder eine Aufgabe hatte. Einen Auftrag, den Martin ihm zusammen mit dem Haus vermacht hatte. Auch wenn man es ihm nicht einfach machte und sogar sein Leben auf dem Spiel stand. Doch das war ein Leben, das er womöglich weggeworfen hätte, wäre er in Deutschland geblieben. Erst in Portugal hatte er wieder damit begonnen, dieses Leben zu verteidigen. Sich gegen die vermeintliche Sinnlosigkeit zu stemmen und sich zurückzukämpfen. *Zurück ins Licht.*

Oder eher zurück in die staubige Düsternis des Antiquariats, korrigierte er sich mit einem schiefen Grinsen. Die Beleuchtung kam von orientalisch anmutenden Lampen und war mehr als mies. Zu grelles Licht beschleunigte den Verfall des Papiers, das wusste er inzwischen. Was gut war für die alten Bücher, war allerdings schlecht für die Augen und fürs Geschäft. Man musste sich schon ein paar Minuten im Laden aufhalten, damit sich die Sehkraft an die Lichtverhältnisse gewöhnte. Wer hier eintrat, war also gezwungen, auch Zeit mitzubringen – womit ein Großteil der Urlauber bereits wegfielen. Zeit war für die meisten in den durchgetakteten Ferien noch wertvoller als zu Hause bei der Arbeit. Ein absurdes Verhalten, das dem Ziel eines Urlaubs, nämlich sich zu erholen, komplett widersprach …

Nun, wie auch immer, das Antiquariat war jedenfalls weniger ein Ort des Sehens, sondern vielmehr ein Ort des Geruchs. Noch immer, wenn er das Antiquariat betrat, ließ das

Odeur des altersbedingten Verfalls ihn im ersten Moment zusammenzucken. Auch wenn er sich seelisch darauf einstellte, bevor er die Ladentür öffnete, konnte er diese Reaktion nicht verhindern. Jedes Mal kam er sich wie ein Fremdkörper vor, ein Eindringling in einer Welt, in der er nichts verloren hatte. Ein Astronaut, der sich aus der sicheren Umgebung seiner Raumstation hinaus ins kalte, luftleere All wagte. Das Geruchsuniversum des Antiquariats war natürlich das komplette Gegenteil zur lebensfeindlichen Leere des Weltraums und der Vergleich völliger Unsinn. Trotzdem konnte er diese Vorstellung nicht ganz verdrängen. Noch weniger die eines Zeitreisenden, was vielleicht auch eher zutraf. Betrat er diesen verwunschenen Laden, begab er sich buchstäblich in die Vergangenheit.

Inzwischen stand er wieder im Büro. Was Renato und er heute hier veranstaltet hatten, sah bei näherer Betrachtung aus, als wäre eine Bombe detoniert. Gedankenversunken nippte er noch einmal an dem Whisky aus dem Zinnbecher, den er vorhin auf dem Schreibtisch hatte stehen lassen. Er musste einen Container ordern, um den ganzen Müll auf einmal entsorgen zu lassen. Sonst machte das keinen Sinn. Aber zuerst musste er das Jucken in den Fingern losbekommen. Diese Unruhe, die ihn umtrieb, seit er die Holzkiste mit dem Hibiki geöffnet hatte.

Japan? Erst mal aufs Geratewohl?

Er brauchte nicht lang, um die Ecke zu finden, in der ein paar wenige Bücher mit japanischer Literatur standen. Darunter sogar ein gutes Dutzend japanischer Originale aus unterschiedlichen Epochen, für die sich noch nie jemand interessiert hatte, seit er das Geschäft führte. Selbst die japanische Kundschaft nicht, die sich gelegentlich hierher verirrte. Mit diesen exotischen Werken konnte es demnach nicht so weit her sein. Vermutlich war darunter nichts, was man nicht auch auf Ebay erwerben konnte, weshalb asiatische Europatouristen ihr Reisegepäck damit nicht unnötig belasteten.

Staubflocken lösten sich vom Regal, als er das erste Buch herauszog. Er stellte sich damit unter eine der schwächelnden Deckenleuchten und blätterte es durch. Von hinten her, aber das wurde ihm erst bewusst, als er auf der letzten Seite den Buchtitel fand. Den er genauso wenig lesen konnte wie den Rest des gedruckten Inhalts. Aber der war ohnehin nicht relevant. Sofern er überhaupt etwas fand, das seine Aufmerksamkeit erregte, dann war es nachträglich eingefügt worden. So funktionierte das verborgene Archiv von Martin Falkner. Ein versteckter Hinweis, der, wenn er Glück hatte oder das richtige Gespür aufkam, zum nächsten führte. Dann zum nächsten, und so weiter, bis er im schlimmsten Fall auf ein Gewaltverbrechen stieß. Auf eine Leiche oder sogar mehrere. Auch das hatte er schon gehabt. Brutal aus den Leben gerissene Menschen, deren vorsätzlich herbeigeführter Tod nie gesühnt worden war. Belastend dabei war vor allem die Mutmaßung, dass er mit seiner Sucherei im Antiquariat noch immer lediglich an der Oberfläche kratzte. Und dass womöglich eine Vielzahl weiterer Seelen auf Erlösung warteten.

Es war das vorletzte der japanischen Druckwerke, das ihn für seine Beharrlichkeit belohnte. Auf dem verblassten Umschlag war neben den verschnörkelten Schriftzeichen ein Fisch eingeprägt. Es war die erste bildliche Darstellung nach unzähligen Seiten unverständlicher Kaligrafie. Doch das war es nicht, was dieses Buch von den anderen unterschied.

Es steckte etwas zwischen zweien der schon leicht gewellten und vom Schnitt her vergilbten Blätter. Und obwohl er beim ersten Betrachten nichts entziffern konnte, erkannte er auf dem Stück dünnen, industriell hergestellten Papiers sofort Martins geschwungene Unterschrift.

5

Ein Lieferschein. Zumindest hielt er es dafür, denn für eine Rechnung fehlte der Betrag, auch wenn das Papier ähnlich aufgebaut war. Hatte sein Onkel diese Bücher direkt aus Japan erhalten? Bestellt für einen Sammler, der ihm als Dank dafür einen teuren Whisky hinterlassen hatte? Das ergab keinen Sinn, denn die Bücher standen ja noch im Regal, seit Monaten, wenn nicht gar Jahren unberührt. Erneut durchquerte er das staubige Reich und trat hinaus auf die Straße. Die Sonne stand nun tief. Lange Schatten, durchschnitten von Streifen aus goldenem Licht zwischen den vier- bis fünfstöckigen Gebäuden, die sich zum Fluss hin absenkten, kündigten den frühen Abend an. Die Terrasse des Esquina hatte sich mit jungen Leuten gefüllt, die bei Kaffee und Vinho Verde ihren Feierabend ausklingen ließen und dabei lautstarke Unterhaltungen führten.

Das Abendlicht war immer noch wesentlich besser als die Funzeln im Laden, und Henrik studierte erneut den Beleg. Nun erkannte er, was ihm vorhin entgangen war. In der rechten oberen Ecke befand sich das einfallslose Logo des Transportunternehmens. Ein stilisierter Globus, um den ein Pfeil sauste. Leider fehlte eine Internetadresse. Was er außer Martins Unterschrift noch lesen konnte, waren das Datum und die Lieferanschrift. Die Ware, um was auch immer es sich gehandelt haben mochte, hatte vergangenen März Lissabon erreicht, war aber nicht direkt in die Rua do Almada 38 speditiert worden. Sein Onkel hatte sie zwar in Empfang genommen, musste sie allerdings bei der angegebenen

Adresse abgeholt haben. Henrik meinte zu wissen, wo sich diese Rua Dom Luís befand. Irgendwo in der Nähe der alten Docks, jenseits der Bahnschienen. Ein Areal, in dem nun Bars und Clubs die Nachtschwärmer einfingen. Zu Fuß konnte er in zehn, fünfzehn Minuten dort sein. Er sah auf die Uhr. Sollte es sich um einen in welcher Form auch immer gearteten Laden handeln, konnte er davon ausgehen, dass er noch jemanden antreffen würde.

Er könnte Renato bitten, sich ins Antiquariat zu setzen, für den unwahrscheinlichen Fall, dass noch jemand ein vergilbtes Buch oder eine andere Rarität erwerben wollte. Dann dachte er an den Whisky, den Renato mit hinauf in seine Wohnung genommen hatte, und fragte sich, wie ausgiebig er ihn wohl verkostet haben mochte. Nein, er würde die Ladentür einfach abschließen und sofort losmarschieren. Vielleicht war diese japanische Angelegenheit schon innerhalb der nächsten Stunde erledigt, und er konnte sich wieder auf andere Dinge konzentrieren. Die Vernunft drängte ihn dazu, hoch in die Wohnung zu gehen, um zumindest eine Jacke mitzunehmen. Aber plötzlich wollte er keine Zeit mehr verlieren, und die Temperatur war noch so angenehm. Die Gebäude ringsherum und das Kopfsteinpflaster hatten die Wärme der Frühlingssonne in sich aufgesogen und gespeichert. Er konnte zurück sein, bevor sich die Nacht über die Stadt legte. Henrik steckte den Lieferschein in die hintere Hosentasche, schloss das Antiquariat ab und folgte der Rua do Almada abwärts, bis sie halb in der Senke des Flussdeltas scharf nach links abknickte. Danach begann im Wirrwarr enger Gassen die Sucherei. Obwohl er schon häufiger durch diese Häuserschluchten gestreift war, musste er feststellen, dass die Geografie der Stadt in seiner Erinnerung nach wie vor von der Wirklichkeit abwich. Erst nach weiteren fünf Minuten des Herumirrens las er den Straßennamen, der – wie für Lissabon typisch – in eine Steinplatte gemeißelt am Eckgebäude der nächsten Abzweigung angebracht war. Hierbei handelte es sich um ein baufälliges Wohnhaus, dessen einstige Pracht nur noch zu erahnen war. Von diesen maroden, dem Verfall überlassenen Ruinen gab es einige im Stadtteil Santos, einem Viertel, in dem viele kleine und mittelständische Industrie- und Handwerksbetriebe angesiedelt waren. Vermutlich wegen der Nähe zum Fluss sowie aufgrund der guten Verkehrsanbindung durch die sechsspurige Avenida 24 de Julho und der zwischen Schnellstraße und Tejo fahrenden Eisenbahn.

Er folgte der Rua Dom Luís nach Westen, immer die untergehende Sonne vor Augen, die nun rot glühend in die Straße leuchtete. Die Hausnummer, die er suchte, befand sich auf der rechten Seite. Eine schmutzig gelb gestrichene Flachdachhalle, davor ein Hof, der von einer in derselben Farbe gehaltenen Mauer eingefasst war, von der großflächig der Putz bröckelte. Die graubraune Lackierung des Flügeltors, das in die zwei Meter hohe Mauer eingelassen war, warf Blasen und war nur noch rudimentär vorhanden. Von unten nagte der Rost an der verbeulten Pforte und hatte sich in mehreren Schichten schon fast bis zur Verriegelung hochgefressen. Der Anblick erinnerte ihn an das kariöse Gebiss einer der greisen Bettlerinnen, die stets auf den Steinstufen des Portals der Basílica dos Mártires hockten und den Touristen zahnlückig lächelnd ihre zerknautschten Pappbecher entgegenreckten.

Peixeiro Lourenço – Importação e Exportação stand auf einem verblichenen Schild neben dem Eingang. Ein Fischhändler. Unscheinbar, nicht gerade Großhandel. Vielleicht einer der vielen, die Portugals Traditionsfisch Bacalhau einsalzten und trockneten. Henrik rüttelte an der Klinke. Das Tor, das kaum breit genug war, um Lastwagen über 7,5 Tonnen durchzulassen, knirschte in den Aufhängungen, bewegte sich aber nicht. Er sah sich um. Es gab keine Gegensprechanlage, mit der er seinen Besuch hätte ankündigen können. Auf der Mauerkrone waren Glasscherben einbetoniert, vermutlich um den Fisch, wenn er einmal dort hineinverfrachtet war, an der Flucht zu hindern. Er ging bis zum Ende der Einfriedung. Zwischen ihr und der Wand zum Nachbargebäude befand sich ein schmaler Durchlass, in dem Unrat abgeladen worden war. Zerfledderte Kartons, zersplitterte, vor sich hin rottende Holzpaletten, Blechkübel und bizarre, milchige Fetzen aus Plastik, die sich im Abfall verfangen hatten und wie vergessene Seelen im Wind flatterten. Ein urbanes Minenfeld. Wagte er sich über diesen Weg zur Rückseite der Lagerhalle, war die Blutvergiftung vorprogrammiert. Er überlegte tatsächlich für zwei Sekunden, wie lang seine letzte Tetanusimpfung zurücklag, bevor er sich an den Abfalltonnen vorbeizwängte, die den Zugang verstellten. Im Schatten zwischen den Gebäuden war es ziemlich frisch. Er hätte eine Jacke mitnehmen sollen. Schon allein, um vor scharfkantigem Müll besser geschützt zu sein. Auf halber Höhe flankierten zwei mit Zinkblech verkleidete Kästen seinen Weg, die einen vibrierenden Brummton von sich gaben. Als er sich unmittelbar neben ihnen befand, überlagerte der Lärm alle anderen Geräusche in dem Industrieareal. Kühlaggregate, nahm er an, die künstlich erzeugte Kälte in das Innere der Halle bliesen. Auch wenn die heruntergekommene Außenansicht einen anderen Eindruck erweckte, wurde hier tatsächlich noch Fisch verarbeitet und gelagert.

Irgendwie gelangte er heil zum rückwärtigen Teil des Geländes. Dort schloss der Verarbeitungs- und Lagerkomplex direkt mit der Mauer ab. Relativ mittig war in die Hallenwand eine Tür eingelassen. Davor stand ein Stuhl mit krummem Metallgestell und durchgesessener Sitzfläche. Der rissige Asphalt ringsherum war übersät von Zigarettenkippen. Alles deutete darauf hin, dass diese Hintertür von den Mitarbeitern genutzt wurde, um im Freien ihre Raucherpausen abzuhalten. Neben dem Eingang war ein Lesegerät für Magnetkarten angebracht. Dem Zustand des angelaufenen und vergilbten Plastikgehäuses nach war dessen Inneres mit einer Technologie aus dem letzten Jahrtausend bestückt. Unter der gesprungenen, blinden Plexiglasabdeckung leuchtete müde ein rotes Lämpchen.

Henrik klopfte. Er wartete einige Sekunden, dann zog er am Griff der Tür und stellte fest, dass sie nur angelehnt war. In Höhe des Schlosses klemmte ein Stück Pappe, das den Schließer daran hinderte einzurasten. Kalte Luft schlug ihm entgegen, gefolgt von einer satten Prise sehr intensiven Fischgeruchs. Der komprimierte Hauch des Meeres, vermischt mit etwas Chemischem, das eine wesentlich abschreckendere Wirkung hatte als das Eintrittsverbotsschild, das an die Tür genietet war.

»Boa tarde!«, rief er in die Halle. »Alguém aqui?«

Die Beleuchtung war spärlich. Womöglich machten die Leute aus dem fischverarbeitenden Gewerbe früher Feierabend als der Rest der Portugiesen. Aber selbst wenn die Filetierer und Einsalzer ihre Tätigkeit für heute beendet hatten, musste es hier doch auch eine Verwaltung geben. Büros, in denen noch gearbeitet und beispielsweise Lieferscheine geschrieben und abgeheftet wurden. Unter Umständen auch welche in Japanisch.

Zögernd betrat er die Halle. Er hatte gerade ein paar Schritte gemacht, als ein plötzlicher Durchzug die Tür hinter ihm zuschlug. Offenbar war der Pappstreifen aus der Vertiefung gerutscht und zu Boden gefallen. Kurz dachte er darüber nach, ob derjenige, der sie absichtlich offen gelassen hatte, auch seine Magnetkarte eingesteckt hatte. Für den Fall, dass er oder sie nur kurz Zigaretten holen gegangen war. Vielleicht hatte Henrik diese Person nun ausgesperrt. Doch es widerstrebte ihm, noch einmal umzukehren. Er wollte diese Sache so schnell wie möglich hinter sich bringen. Dass er unbefugt hier eingedrungen war, verschaffte ihm ohnehin ein ungutes Gefühl. Genau wie die Kälte, die durch eine Reihe mannshoher Lamellengitter in die Halle wehte. Keine erbauliche Mischung. Seine Jacke hätte er jetzt definitiv gut gebrauchen können. Dabei stand er erst im Vorraum zu den eigentlichen Kühlräumen, die sich links von ihm befanden. Der restliche Teil dieses Hallensegments wurde von Fließbändern durchzogen, auf denen der Fisch ausgenommen und verarbeitet wurde. Dieser Bereich triefte vor Nässe. Die Bänder und Tische waren offenbar erst kürzlich gereinigt worden. Dicke, schlampig aufgerollte Schläuche hingen an mehreren Stellen entlang der Verarbeitungsstraße. Wasser tropfte an unzähligen Stellen auf den gefliesten, von Pfützen übersäten Boden. Trotzdem wurde der Fischgestank geradezu schwindelerregend, als er daran entlangmarschierte. In jeder Ritze dieser Maschinerie, von den Rollen des Antriebs über die Gummibänder und Gestelle, auf denen alles gelagert war, bis hinunter zu den Abdeckungen der im Boden eingelassenen Abflüsse, hingen und klebten Fetzen, Fasern, Reste von Innereien, Fischaugen, Schuppen, Flossen und Gräten. Die Überbleibsel des täglichen Massakers, das die scharfen Messer der Arbeiter bei den Meerestieren anrichteten.

Er musste hier raus. Und das nicht mehr allein der Kälte wegen. Fröstelnd erreichte er eine Schleuse. Eng versetzte Plastikbahnen, angebracht über die ganze Breite eines Durchgangs in einen weiteren Hallentrakt. Ein Streifenvorhang, der Schmutz, Kälte und Geruch fernhielt. Er war unansehnlich und ebenfalls feucht; bestimmt waren diese gammlig riechenden PVC-Lappen in irgendeiner Form antibakteriell ausgestattet. Angewidert schob er sich hindurch. Dahinter war der Boden wie in einer Waschstraße mit Metallgittern belegt. Die Schiebetür am Ende dieser Nasszelle ließ sich mit einem Seilzug öffnen, der von der Decke baumelte. Noch immer keine Menschenseele, als hätten die Arbeiter alles stehen und liegen gelassen und fluchtartig das Weite gesucht, kaum dass er die Fischfabrik betreten hatte. Und doch spürte er die Anwesenheit von jemandem, was seine Anspannung verstärkte.

»Olá?«

Der Abschnitt, den er nach der Schleuse betrat, war trocken und wärmer. Zwischen Containern führte ein Gang hindurch, an dessen Ende er eine Glasfront erkennen konnte. Ein abgetrennter Bereich, der vielversprechend nach Schreibtischarbeitsplätzen aussah. Und in dem noch Licht brannte.

Seine Zuversicht wurde jäh von einem schrillen Schleifen hoch über seinem Kopf gebremst. Gleichzeitig nahm er zwischen zwei der Frachtbehälter eine schnelle Bewegung wahr. Instinktiv duckte er sich weg. In derselben Sekunde spürte er den schneidenden Luftzug. Nur knapp über seinem Kopf schlug schweres Metall gegen den Container zu seiner rechten und erzeugte dabei einen gespenstischen Hall wie von einer riesigen Glocke. Als hätten die Schallwellen ihn aus dem Gleichgewicht gebracht, taumelte er beiseite und erkannte mit Entsetzen, was ihn beinahe getroffen hätte. Der Kranhaken, der an einer massiven Stahlkette hing, schwang soeben zurück, vollführte eine Pendelbewegung um ihn herum und knallte dann erneut gegen die Stelle der Containerwand, wo er eben noch gestanden hatte. Über Schienen oben an der Tragebalkenkonstruktion konnte die Hebevorrichtung über die gesamte Hallenbreite gleiten. Nur woher war sie gekommen, und vor allem, wer hatte den Kran in seine Richtung gelenkt?

Schritte.

Er wirbelte um die eigene Achse. Hinter ihm trat ein Mann aus der schmalen Lücke zwischen den Containern. In der Linken hielt er die Fernsteuerung des Elektromotors, von dem ein schwarzes, daumendickes Kabel zum Kran führte. Der kleine, bullige Mann trug einen grauen Overall und eine weiße, von Fischblut rosafarben verschmierte Industrieschürze, die ihm bis über die Gummistiefel reichte. Die obere Hälfte seines runden Kopfes bedeckte eine Schildmütze mit Haarschutz. Die asiatischen Gesichtszüge blieben Henrik trotzdem nicht verborgen.

Schwarze Augen starrten ihm unverwandt entgegen. Ohne ein Wort ließ der Arbeiter jetzt die Steuerung des Krans los und packte stattdessen das Werkzeug, das in dem Gürtel um seine Schürze steckte. Henrik erkannte einen gekrümmten Metallhaken, der in einem quer dazu angebrachten Holzgriff endete. So ein Ding hatte er mehrfach bei den Männern auf den Fischkuttern gesehen, die unten am Kai ihren Fang sortierten und entluden. Ein Packhaken, mit dem den Fischen hinter die Kiemen gestochen wurde, um sie aus dem Wasser zu ziehen. Und weiter dorthin, wo man sie eben haben wollte, um sie auszunehmen und zu zerlegen. In der Faust des Asiaten wurde das Werkzeug zu einer Respekt einflößenden Waffe. War der schwere Kranhaken, der ihn beinahe erschlagen hätte, also kein Versehen gewesen? Henrik schluckte trocken und hob beschwichtigend die Hände.

»Meu nome é Henrik Falkner, quero que ela ...« Verdammt. Sein Portugiesisch war nach wie vor mies. »... seu chefe?«

Der Mann schüttelte den Kopf, ohne dass für ihn ersichtlich wurde, ob der Asiate nicht verstand, was er wollte, oder ob der Chef nicht zu sprechen war. Seine Rechte umklammerte nach wie vor den Griff des Hakens, und Henrik bemühte sich um eine möglichst entspannte Körperhaltung. Deeskalation. Das hatten sie ihm schließlich beigebracht während der Ausbildung. Er ging nicht davon aus, dass die Sprachbarriere die Schwierigkeit war. In dem Punkt hatten sich die Lissabonner bislang als unproblematisch erwiesen. Andererseits sah der Mann in der Schlachtermontur natürlich nicht wie ein Portugiese aus. Henrik musste ihm irgendetwas anbieten, wenn er nicht wollte, dass sie weiter in dieser unangenehmen Pattsituation verharrten. So betrachtet, hatte er vielleicht genau die richtige Person vor sich. In einer betont langsamen, fließenden Bewegung zog er den Lieferschein aus der Tasche und hielt ihn dem Asiaten entgegen.

»Ich möchte wissen, was der Inhalt dieser Fracht war. Das ist alles.« Er hatte ins Englische gewechselt, mit dem er hier bei Verständigungsschwierigkeiten immer am besten gefahren war. Der Mann kam zwei Schritte näher und kniff seine schmalen Augen noch ein wenig mehr zusammen.

»Das ist Japanisch«, zischte er in einem gewöhnungsbedürftigen Akzent und fügte dann in beleidigtem Tonfall an: »Ich bin Koreaner!«

Zwei Atemzüge lang wartete Henrik ab, ob seine Unfähigkeit, den Unterschied zwischen den beiden Nationen rein optisch zu erkennen, einen neuen Konflikt auslösen oder gar einen Angriff provozieren würde. Er meinte, irgendwann gehört zu haben, dass sich Japaner und Koreaner nicht grün waren. Nachdem keine weitere Attacke erfolgte, wagte er es, wieder etwas zu sagen.

»Aber die Lieferung war hierher adressiert. Jemand muss doch was darüber wissen. Ist vielleicht noch wer im Büro? Jemand, der den Einkauf macht ... Ihr Chef vielleicht, Senhor Lourenço?«

Die erneute Frage nach seinem Vorgesetzten schien den Mann zu amüsieren. »Chefe«, wiederholte er und stieß etwas aus, das man mit viel Mühe als knappen Lacher interpretieren konnte. Allerdings passte der nachfolgende Inhalt seiner Antwort überhaupt nicht dazu.

»O chefe está morto!«

Der Chef ist tot!

6

»Was ist hier los?«

Henrik war so auf den Koreaner fixiert, dass er den anderen Mann nicht bemerkt hatte, der plötzlich neben ihm auftauchte. Unter dem Sakko seines sandfarbenen Anzugs trug er kein Hemd mit Krawatte, sondern einen marineblauen Pullover mit V-Ausschnitt. Seine braunen Lederschuhe waren makellos poliert. Demnach war er nicht durch die Wasserpfützen in der Halle gewatet.

»Er will den Chef sprechen«, erklärte der Koreaner.

Der Anzugträger nickte. Er konnte nicht älter als Ende zwanzig sein. Sein glatt rasiertes Kinn glänzte, als wäre er nach seinem Besuch beim Schuhputzer auch gleich noch beim Barbier gewesen.

»Mein Name ist Fabio Duarte, ich bin der Schwiegersohn von Pedro Lourenço. Sie können mit mir sprechen. Wie kann ich Ihnen helfen?«

Wieder platzte ein bellender Lacher aus dem Asiaten. Kurz huschte ein Anflug von Zorn über Duartes schmales Gesicht. »Hast du nichts zu tun?«

Der Arbeiter schob seinen Unterkiefer nach vorne, funkelte seinerseits böse zurück, dann drehte er sich um und trottete mit gesenktem Kopf Richtung Verarbeitungshalle davon.

»Nicht viel Betrieb bei Ihnen.«

»Der Fisch kommt früh, die Weiterverarbeitung erfolgt überwiegend vormittags, und was nicht in den Kühlhäusern landet, ist um diese Zeit schon in den Lieferwagen unterwegs zu den Endverbrauchern …« Er hielt inne, als ihm offenbar auffiel, dass er sich Henrik gegenüber nicht zu rechtfertigen brauchte.

Henrik machte sich die leichte Irritation seines Gegenübers zunutze. »Ihr Angestellter sagt, der Chef ist verstorben?«

»Das ist Unsinn, Pedro ist lediglich … weg.«

»Weg, wie … verschwunden?«

»Was auch immer, die Familie hat mich jedenfalls gebeten, das Unternehmen vorübergehend kommissarisch zu leiten. Hören Sie, was wollen Sie überhaupt? Wer hat Sie reingelassen?«

»Die Tür hinten war offen«, erklärte Henrik und deutete in die Richtung, aus der er gekommen war.

»Nguyen, verdammt«, presste Duarte hervor. Selbst die kurzzeitigen Anflüge von Rage konnten ihn nicht entstellen. Henrik gebrauchte selten das Adjektiv *schön* bei einem Mann. Doch auf Duarte traf es zu. Trotz der Anspannung, unter der er zu stehen schien, umfing ihn eine elegante Lässigkeit ohne die sonst oft damit einhergehende Arroganz. Haselnussbraune Augen, eine schmale Nase, ein Mund, der stets zu lächeln schien, verliehen dem Mann sympathische Züge. Vielleicht war es an der Zeit, die Geduld des Mannes nicht weiter zu strapazieren.

»Mein Name ist Henrik Falkner, und ich habe eine Frage zu dem hier.« Wieder hielt er das Frachtpapier hoch.

»Was ist das?« Duarte nahm den Lieferschein entgegen und betrachtete ihn mit leicht schräg gelegtem Kopf.

»Können Sie mir sagen, um was es bei dieser Fracht ging?«

»Ist das Japanisch?«

Henrik nickte, ohne hundertprozentig sicher zu sein. Er besaß lediglich die fragwürdige Bestätigung des Koreaners, und der hatte seine Expertise aus einer Entfernung von drei Metern abgegeben.

»Wir beziehen keinen Fisch aus Japan«, erklärte der Geschäftsmann. »Wale und Delfine, die auf dem Teller landen, sind in Europa nicht besonders populär. Hier wird hauptsächlich Fisch aus heimischen Gewässern verarbeitet, und der wenige Fisch, den wir importieren, kommt aus südostasiatischen Ländern, die wesentlich erschwinglichere Preise für ihre Fänge verlangen.«

»Dabei hört man immer, der Atlantik wäre leer gefischt.«

»Nun, so schlimm, wie es vor allem die Umweltschützer gerne verbreiten, ist es bei Weitem nicht.« Duarte wandte sich rasch wieder dem Lieferschein zu. »Dabei kann ich Ihnen also nicht helfen.«

»Aber es steht nun mal Ihre Adresse drauf. Sie haben dazu doch bestimmt Unterlagen?«

»Was auch immer da gelaufen ist, es ist laut dem Lieferdatum über ein Jahr her. Und wie Sie bereits wissen, kann ich meinen Schwiegervater dazu im Moment nicht befragen.«

»Weil er verschwunden ist«, hakte Henrik ein. »Wieso eigentlich?«

»Die Unterschrift auf dem Dokument kenne ich gar nicht«, sagte Duarte und machte damit deutlich, dass er nicht vorhatte, weitere Informationen über den Verbleib von Pedro Lourenço preiszugeben. Er strich sich durch das dunkle Haar, in dem trotz des kurzen Schnitts der Ansatz von Locken zu erkennen war.

»Die stammt von meinem Onkel.«

Duarte hob überrascht die gezupften Brauen. »Hat Ihr Onkel für Pedro gearbeitet?«

»Sehr unwahrscheinlich, deshalb bin ich ja hergekommen. Ich suche eine Erklärung, warum er die Ware hier bei Ihnen in Empfang genommen hat?«

Lourenços Schwiegersohn reichte den Lieferschein an ihn zurück. »Ich kann Ihnen da nicht weiterhelfen.«

»Auch nicht, was das Transportunternehmen angeht? Erkennen Sie vielleicht das Logo?«

Kopfschütteln.

»Vielleicht Ihre Sekretärin?«

Der Portugiese stopfte die Hände in die Hosentaschen, was ihm endgültig das Aussehen eines Anzugmodels in einem Hochglanzmagazin verlieh. Auch wenn er dafür vermutlich zu klein war. Nicht größer als eins achtzig, vermutete Henrik.

»Seit mein Schwiegervater sich ohne ein Wort aus diesem Unternehmen zurückgezogen hat, versuche ich zu retten, was zu retten ist. Ich tu das für meine Frau und ihre Familie. Sie haben mich dazu bekniet, und seither habe ich mich tausendmal dafür verflucht. Es gab Probleme mit einigen Behörden und ... Ganz ehrlich, ich bin froh, nicht allzu viel von dem herauszufinden, was Pedro inoffiziell getrieben hat. Nachdem der Kapitän das Schiff verlassen hat, sind ihm sämtliche Ratten gefolgt. Die Distribution ist mittlerweile ebenso unterbesetzt wie die Buchhaltung. Mit den wenigen Leuten, die mir geblieben sind, lässt sich gerade so das Tagesgeschäft abwickeln, um die paar wenigen Stammkunden zu halten, die noch bei uns einkaufen. Wenn Sie also was über diese ominöse Fracht wissen wollen, fragen Sie doch beim Zollamt nach.«

Die Weise, wie er den letzten Satz betonte, machte Henrik deutlich, dass er selbst das Risiko nicht eingehen würde. *Vermeiden Sie alles, was schlafende Hunde wecken* könnte!

Irgendwelche Ämter einzubinden war für Henrik ohnehin nur die allerletzte Option. Er hatte hier schnell gelernt, dass es besser war, möglichst nicht aufzufallen. Erst recht nicht, wenn er damit Gefahr lief, Aufmerksamkeit bei öffentlichen Stellen zu erregen. Sollte er gar nicht anders weiterkommen, konnte er immer noch Helena fragen. Wobei er sich damit genauso unwohl fühlte.

»Kommen Sie, ich lasse Sie vorne raus«, sagte Duarte. Das war kein Angebot, auch wenn er es danach klingen ließ. Der Portugiese wollte ihn schlicht loshaben, und das nicht unbedingt deshalb, weil dringende Geschäfte auf ihn warteten. Unverrichteter Dinge wieder zu verschwinden war Henrik einerseits zuwider. Andererseits war er froh, der Fischhalle mit ihrem Gestank und der Kälte zu entkommen. Letztere war ihm während des Gesprächs mit Duarte wieder unter die Haut gekrochen, nachdem das Aufeinandertreffen mit diesem Nguyen kurzzeitig für einen erhöhten Puls gesorgt hatte. Wortlos und mit forschem Schritt geleitete ihn Duarte zu dem angerosteten Tor, an dem Henrik vor einer halben Stunde gerüttelt hatte. Der neue Firmenverwalter entriegelte es und verabschiedete sich mit einem knappen Nicken.

Henrik trat hinaus auf die Straße. Im Westen war vom Tag nur noch ein rötlich violettes Schimmern übrig. Und ein Rest von Wärme, die sein ausgekühlter Körper gierig in sich aufsog. Von der parallel zur Rua Dom Luís verlaufenden Schnellstraße war der Lärm des Feierabendverkehrs zu hören. Vermischt mit dem Schlagen und Knirschen der Pendlerzüge, die bis hinaus nach Cascais fuhren. Es fiel ihm schwer zu akzeptieren, dass *Peixeiro Lourenço* eine Sackgasse war. Er war einfach nicht bereit, jetzt schon aufzugeben.

Worin bestand Martins Auftrag in diesem Fall? Einen verschwundenen Fischhändler zu retten, der es nicht sonderlich genau mit dem Gesetz nahm? Das konnte es doch wohl nicht sein. Dieser Pedro Lourenço schien eher dem Kreis von Personen anzugehören, die sein Onkel verfolgt hatte, um ihre Untaten ans Licht zu bringen. Henrik seufzte. Er hatte auf eine schnelle Lösung dieser japanischen Angelegenheit gehofft, und nun bahnte sich womöglich eine verzwickte Geschichte an. Aber war das nicht fast zu erwarten gewesen?

Sein grummelnder Magen unterbrach ihn bei seinen Überlegungen. Seit dem Frühstück hatte er nichts mehr gegessen. Das Aufräumen der Rumpelkammer hatte Renato und ihn tatsächlich davon abgehalten, sich etwas einzuverleiben. Das rächte sich nun mit Macht. Von dort, wo er sich befand, war es nicht weit zum Mercado da Ribeira, direkt gegenüber dem Bahnhof Cais do Sodré. Die historische Markthalle hatten findige Geschäftsleute in einen Fresstempel verwandelt, in dem viele kleine Restaurants und Imbisse untergebracht waren. Ein Konzept, das aufging. Er war schon mehrmals dort gewesen und hatte die Halle stets gut besucht vorgefunden, was ohne Zweifel der großen Auswahl an Speisen, aber auch der Qualität geschuldet war. Schon beim Gedanken an die kulinarische Vielfalt, die dort auf ihn wartete, lief ihm das Wasser im Mund zusammen. Ohne sein bewusstes Zutun hatte der Hunger begonnen, seinen Schritt zu beschleunigen.

Auf Höhe des Jardim Dom Luís, einem kleinen, mit Palmen und Palisanderbäumen bepflanzten Park, über den der in Bronze gegossene Freiheitskämpfer Marquês de Sá da Bandeira wachte, passierte er eine Kebab-Bude, vor der drei billige Plastiktische standen. Im hellen Neonlicht unter der Markise tanzten die ersten Mücken des Jahres, doch es waren nicht die schwärmenden Hautflügler, die seine Aufmerksamkeit auf sich zogen. Erst konnte er nicht glauben, wer dort als einziger Gast gerade genüsslich in ein reichlich gefülltes Fladenbrot biss. Dann jedoch wechselte er die Straßenseite, zog sich einen der Stühle heran und setzte sich, ohne zu fragen, dazu.

»Hat aber lang gedauert«, sagte der Koreaner, nachdem er fertig gekaut und sich Joghurtsoße von der Wange gewischt hatte.

7

»Hast gedacht, wir Koreaner essen nur Reis, hä?«, sagte Nguyen und hielt ihm den angebissenen Döner vor die Nase. Er hatte sich zwar der Gummischürze entledigt, trug aber immer noch den Arbeitsoverall, der alles andere als sauber war und einen penetranten Fischgeruch verströmte. Ohne die Schürze wirkte er schmaler, doch Nacken und Schulterpartie zeugten von Kraft. Weil er auch den Haarschutz nicht mehr aufhatte, kam die Kugelform seines Kopfes noch mehr zu Geltung. Sein schwarzes Haar war glatt in die Stirn gekämmt. Er war von einer ungesunden Blässe, die das kalte Neonlicht noch verstärkte. Über seine vollen Wangen zogen sich verblichene Aknenarben. Die Augen des Koreaners waren zwei unergründliche, glanzlose Kohlestücke. Über der vollen Oberlippe wuchs ein dünnes, schwarzes Bärtchen. Eine selbst gedrehte Zigarette klemmte hinter einem seiner fleischigen Ohren. Einen zweiten Glimmstängel quetschten Zeige- und Mittelfinger seiner Rechten. Kaum hatte er den Mund leer, nahm er einen tiefen Zug und biss, noch während er den Rauch ausstieß, wieder in das Fladenbrot.

»Ich habe keine Vorurteile«, erwiderte Henrik leicht angewidert.

»Ist Selbstbedienung«, klärte Nguyen ihn ungefragt auf und wies mit seinem runden Schädel auf den Eingang des Imbisses.

Obwohl der Hunger in seinem Magen rumorte, folgte er dieser Empfehlung nicht. Er verspürte weder Appetit auf Döner, noch wollte er die Zeit, die ihm Nguyen offenbar gewährte, mit Essenholen verschwenden. »Sie haben also auf mich gewartet«, stellte er fest, während er dem Koreaner beim Kauen zusah, der dies ungeniert mit offenem Mund tat und zwischendrein seine Selbstgedrehte rauchte, die vielleicht nicht nur herkömmliches Tabakkraut enthielt. Auf dem Tisch, den Nguyen mit Soße und Zwiebelringen verkleckert hatte, lag eine Packung Javaanse Jongens, die mit dem Warnhinweis auf erhöhtes Krebsrisiko versehen war und die Großaufnahme eines durchlöcherten Kehlkopfs in all seiner Abscheulichkeit zeigte.

»Hat der Punheteiro dir weitergeholfen?«

»Sie mögen ihn nicht besonders.«

»Er tut, als wüsste er Bescheid.«

»Was nicht der Fall ist?«

Bestätigend deutete Nguyen mit dem Zeigefinger auf ihn. Ein paar Fasern Rindfleisch klebten an der schwieligen, nikotingelben Kuppe. »Konnte er etwa irgendwas zu dem Lieferschein sagen?«

»Er hat nicht in Erwägung gezogen, einen Blick in seine Akten zu werfen.«

»Akten«, wiederholte der Koreaner und kicherte. Teile seines zerkauten Abendessens landeten zwischen ihnen auf dem Tisch.

»Wie lange arbeiten Sie schon für Lourenço?« Henrik tat sich schwer, das Alter des Mannes zu schätzen; bei Asiaten fiel ihm das ohnehin nie leicht.

»Reden wir jetzt über mich?«

»Ich will nur verstehen, warum Sie mir helfen wollen.«

»Will ich das?«

»Immerhin sitzen wir hier. Warum haben Sie behauptet, Senhor Lourenço wäre tot?«

Nguyen nagte ein paar überstehende Salatblätter und Fleischstücke vom Fladenbrot, ohne ihn aus den Augen zu lassen.

»Gibst du ein Bier aus?«

Genervt stand Henrik auf. Er marschierte in den Imbiss und holte zwei Sagres aus dem Kühlschrank neben der Verkaufstheke. Sie waren nur mäßig gekühlt, aber egal. Längst fröstelte er ohnehin wieder, jetzt, da die Nacht die Frühlingswärme aus der Stadt gedrängt hatte. Zum dritten Mal verfluchte er sich für den Leichtsinn, ohne Jacke aufgebrochen zu sein. Er bezahlte und servierte Nguyen das Bier. Der grinste dreckig. Henrik setzte sich auf seinen Platz, sie stießen die Flaschen aneinander und tranken. Er nur einen Mundvoll, der Koreaner die Hälfte auf einen Zug. Danach wischte er sich genüsslich mit dem Handrücken über die Lippen und sog erneut an der Zigarette, die irgendwie zwischen seinen Fingern festgewachsen zu sein schien.

»Deinen Chef, warum hältst du ihn für tot?«, versuchte Henrik es erneut. Eine Mücke vollführte aufgeregte Flugkapriolen vor seiner Nase, und er wedelte sie weg.

»Weil er nicht einfach abgehauen wäre, so wie der Desgraçado behauptet. Nicht wegen der Korruptionsvorwürfe und auch nicht wegen der Steuerfahndung. So was ging dem Boss am Arsch vorbei.«

»Wie lange ist es her, seit Pedro Lourenço ... na, sagen wir mal, seit er seiner Firma den Rücken gekehrt hat?«

Der Koreaner legte den Kopf schräg und musterte ihn durchdringend. »Du stellst beschissen viele Fragen, alemão! Kann mir vorstellen, dass du wegen dieser zwanghaften Marotte gelegentlich Schwierigkeiten bekommst. Was bist du?«

»Buchhändler«, antwortete Henrik trocken und hielt dem Blick seines Gegenübers stand.

Nguyen legte den Rest seines Döners auf den speckig glänzenden Tisch und rieb sich die Finger an den Hosenbeinen sauber. »Gib mir mal diesen Wisch rüber!«

Henrik faltete den Lieferschein auseinander, behielt ihn aber in der Hand. »Ich dachte, Sie können kein Japanisch.«

»War ein paar Jahre beim koreanischen Geheimdienst, bevor ich untertauchen musste. Oder glaubst du, ich arbeite freiwillig im Fischhandel?«

Der auffrischende Wind, der vom Atlantik her den Fluss heraufblies, zupfte an dem mittlerweile arg zerknitterten Zettel, als er ihn weiterreichte. Nguyen starrte lange Sekunden darauf. Vielleicht hätte es der Eitelkeit des Mannes geschmeichelt, wenn er ihn über seine angebliche Agententätigkeit ausfragen würde, überlegte Henrik, doch da versteinerte das runde Gesicht des Asiaten. Sein ohnehin blasser Teint bekam einen gräulichen Ton. Keine Spur mehr von der sarkastisch amüsierten Miene, die er seit ihrem Wiedersehen aufgesetzt hatte. Er vergaß sogar zu atmen.

»Was für eine verfluchte Kacke«, ächzte er schließlich. Nguyen griff zu seinem Bier, trank es leer und knallte die Flasche hart auf die Tischplatte. »Und sieh dir verdammt noch mal das Datum an!« Er stieß wüste Flüche auf Portugiesisch aus und schnippte mit den Fingern so heftig gegen das Papier, dass Henrik befürchtete, es könnte zerreißen. Nach der plötzlichen Wut wurde sein Blick seltsam leer. Henrik wusste mit einem Mal nicht mehr, was ihn mehr beunruhigte. Der Zorn, der Nguyens Adern an den Schläfen hatte anschwellen lassen, oder dieses Starren ins Leere. Und das, was sich hinter dieser Leere versteckte. Etwas Konturloses, das dennoch in der Lage war, die primitive Überheblichkeit binnen Sekunden komplett auszulöschen. Henrik war so etwas schon früher häufig begegnet. Das, was sich in den Zügen des Mannes spiegelte und förmlich aus seiner grobporigen Haut sickerte, war Furcht. Pure, ungefilterte Furcht.

»Können Sie was entziffern?«

Die Frage erübrigte sich fast, aber er fühlte sich genötigt, irgendetwas zu sagen. Ihm fehlte nur der Mut, direkt nach dem Inhalt der Lieferung zu fragen.

Nguyen ließ den Lieferschein auf den Tisch fallen. »Punheteiro«, zischte er, doch das schien nicht auf Henrik gemünzt. Der Koreaner schien seine Anwesenheit gar nicht mehr wahrzunehmen.

»Senhor Nguyen?«

Weil er nicht reagierte, fasste Henrik über den Tisch nach Nguyens Oberarm. Wie aus einem Tagtraum gerissen, zuckte der Asiate zusammen. Sein Blick wurde wieder klar, und er befreite sich mit einem Ruck. Henrik griff nach dem Frachtpapier und wedelte damit vor Nguyens Gesicht herum.

Der stand so abrupt auf, dass der Plastikstuhl nach hinten umkippte. »Lass die Finger davon und hör auf, den Leuten auf den Sack zu gehen!«

»Was steht da, verflucht noch mal?«, verlangte Henrik zu wissen und fühlte sich seltsam hilflos. »Was hat mein Onkel da in Empfang genommen?«

Der Koreaner war schon auf der Straße, doch mit einem Mal überlegte er es sich anders und kam zurück. Kam ihm ganz nah. Er roch den Knoblauch im Atem des Mannes, der sich jetzt ganz dicht zu Henrik herunterbeugte, den Fischgestank, der wahrscheinlich nicht allein den dreckigen Kleidern entstieg, sondern aus seinem Körper dünstete, vermischt mit dem Gestank nach Nikotin und ranzigem Schweiß. Lange Sekunden verharrte Nguyens Pfannkuchengesicht nur wenige Zentimeter von dem seinen entfernt, und er konnte auf dessen löchrigen Wangen jedes einzelne Barthaar erkennen, das der letzten Rasur entkommen war. Dann, gerade als der Moment ins Unerträgliche zu kippen drohte und Henrik sich schon bereit machte, den Mann von sich zu stoßen, flüsterte dieser mit rauer Stimme ein Wort. Nur ein Wort. »Purachinagoi!«

8

Wieder zu Hause, fühlte er sich so durchgefroren wie der Fisch in Pedro Lourenços Kühlkammern. Die Frage, warum sein Onkel ihn dorthin geschickt hatte, steckte in seinen Gedanken wie ein Stachel mit Widerhaken, der sich nicht ohne größere Verletzungen entfernen ließ. Dazu das seltsame Gebahren dieses Nguyen. Er hatte nach einem Japaner gesucht – und einen Koreaner gefunden. Wie bereits befürchtet, hatte das altbekannte Spiel wieder begonnen. Martins Spuren lenkten ihn nie auf einen geradlinigen Weg, sondern stets in ein Labyrinth. Die Antwort auf ein Rätsel war nur ein weiteres Rätsel. Und das nächste hieß *Purachinagoi*, sofern er den Asiaten richtig verstanden hatte. Er hätte ihn nicht einfach so davonrennen lassen dürfen. Doch Nguyens Reaktion nach dem Entziffern des Lieferscheins war so irrational gewesen, dass er selbst zu perplex war, um angemessen zu reagieren.

Mit zitternden Fingern stocherte er den Schlüssel ins Schloss und betrat das Treppenhaus. Ohne noch einen Blick ins Antiquariat zu werfen, stieg er die knarrende Stiege hinauf. Auf jeder Stufe betete er sich mantrahaft dieses Wort vor, wie er es immer wieder schon auf dem Weg zurück in die Rua do Almada getan hatte.

Purachinagoi. Purachinagoi. Purachinagoi.

»Henrik?«

Er zuckte zusammen. Vertieft in seine Überlegungen und weil er wieder mal kein Licht gemacht hatte, hatte er nicht bemerkt, dass ihm von oben jemand entgegenkam. Ihm reichte in der Regel der honiggelbe Schein der Straßenlaterne, die direkt durchs Fenster ins Treppenhaus leuchtete. Sobald er erkannte, wer auf dem Absatz zum zweiten Stock verharrte, berührte etwas Leichtes sein Herz.

»Helena!«

Der Augenblick der Freude darüber, sie hier zu sehen, verflog so schnell, wie er gekommen war. »Ist was passiert?«

»Nein, was soll passiert sein?«

»Das wäre das erste Mal, dass du bei mir auftauchst, ohne die Absicht, mich zu vernehmen oder als Zeugen zu befragen.«

Mit einem sanften Lächeln auf den Lippen kam sie ihm entgegen. »Ich war in der Gegend«, erklärte sie.

Er ertappte sich dabei, dass er für einen Moment lieber von ihr gehört hätte, sie hätten endlich Catia ausfindig gemacht. Dabei wusste er doch, dass die Polizei ihre Bemühungen eingestellt hatte, nachdem dieser Brief von Catia bei ihm eingetroffen war.

»Einfach so?«, fragte er argwöhnisch.

»Einfach so«, bestätigte sie. »Leider musste ich feststellen, dass der Laden schon geschlossen war. Ich wäre also gar nicht mehr hier, wenn ich nicht zufällig Renato getroffen hätte, der gerade vom Einkaufen kam. Er bestand darauf, dass ich bei ihm oben auf dich warte. Wobei ich glaube, er wollte lediglich mit diesem teuren Whisky angeben, den ich mit ihm trinken musste.«

»Renato«, seufzte Henrik kopfschüttelnd. »Ich hoffe, du hast noch ein wenig länger Zeit. Oder musst du heim zu Sara?«

Helena war nicht nur Kriminalkommissarin, sondern auch alleinerziehende Mutter einer fünfjährigen Tochter.

Die Polizistin war zwei Jahre jünger als er. Weder die schwierigen Lebensumstände noch die harten Anforderungen, die der Job an sie stellte, konnten ihrer natürlichen Schönheit etwas anhaben. Ihr Aussehen, diese melancholische Attraktivität, die man nur hier in Portugal antraf und die mit dem Saudade in Verbindung stehen musste, den hier alle lebten, ob sie sich nun darauf einließen oder nicht, machte sie für ihn unwiderstehlich.

»Mein kleiner Schatz ist bei ihren Großeltern«, klärte sie ihn auf, »von daher kann ich vielleicht noch ein paar Minuten für dich entbehren.«

Gute Aussichten. Sogleich machte er sich an seiner Wohnungstür zu schaffen. Dass er auch diesmal drei Anläufe brauchte, um das Schloss zu treffen, lag nun nicht mehr an der unterkühlten Muskulatur. Er war aufgeregt, und dass er nicht verbergen konnte, wie sehr ihre Anwesenheit ihn aufwühlte, machte es noch schlimmer.

Helena Gomes war in sein Leben getreten, kaum dass er in Lissabon angekommen war. Auch sie war anfangs nur ein versteckter Hinweis in Martins Archiv gewesen. Eine Polizeibeamtin, der er vertrauen konnte, falls es nötig wurde. Und das wurde es schon bald. Glücklicherweise hatte er sie schnell aufspüren können und es geschafft, sie zu seiner Verbündeten zu machen. Das war umso erstaunlicher, weil er zu dem Zeitpunkt noch nicht ahnen konnte, dass auch ihre Familie zu den Betroffenen eines scheußlichen Verbrechens gehörte, zu dem die Hinterlassenschaft seines Onkels ihn geführt hatte. Eines der Opfer war Helenas Bruder Tomás, und obwohl es ihnen unter größten Widerständen gelungen war, Licht in die damaligen Schandtaten zu bringen, konnte er darüber keine Genugtuung empfinden.

Doch eines war gut: Helena und er hatten Vertrauen zueinander aufgebaut. Und noch mehr. Etwas, das tiefer ging – auch wenn es im Folgenden dazu führte, dass ihr Verhältnis wieder schwieriger wurde. Ihre Zusammenarbeit, wenn man es überhaupt so nennen konnte, musste unter den gegebenen Umständen geheim bleiben. Zu viel stand auf dem Spiel. Für sie ebenso wie für ihn. Weshalb er Helena auch nicht in die Rätsel des Antiquariats eingeweiht hatte. Wenn, dann ahnte sie allenfalls, was Martin hinterlassen hatte. Reimte sich ihren Teil zusammen, ihrem Instinkt folgend, wie es Polizisten eben zu tun pflegten. Nichtsdestotrotz – oder gerade deshalb – konnte er auf sie zählen, wenn es hart auf hart kam. Ohne dass sie offiziell gutheißen konnte, was Henrik plante oder tat. In ihrer Funktion als Kriminalkommissarin hätte sie seine eigenmächtigen Verbrechensrecherchen unterbinden müssen. Allerdings wusste sie, dass ihr auf legalem Weg oftmals die Hände gebunden waren oder ihr bei Ermittlungen von höheren Stellen Steine in den Weg gelegt wurden, um die Mächtigen zu schützen. Die gesichtslosen Unbekannten, die Namenlosen, wie er diese Leute zu nennen pflegte. Schon lange vor ihrer Begegnung hatte Helena erkannt, dass sie als einfache Polizistin gegen diese Formen von Korruption und Amtsmissbrauch nicht ankam. Deshalb verließ sie sich auf Henrik und unterstützte ihn, wo sie konnte. Das wahre Schicksal ihres Bruders Tomás aufzudecken war das beste Beispiel dafür gewesen, dass diese gewagte Koalition funktionierte.

So ehrenhaft ihrer beider Absichten waren, ihr Vorgehen war illegal und gefährlich. Weshalb sie anfangs sehr darum bemüht waren, nicht miteinander in Verbindung gebracht zu werden. Sie gingen sich bewusst aus dem Weg und trafen sich allenfalls im Geheimen. Telefoniert wurde nur im äußersten Notfall, und dann mit Prepaidhandys. Dieses Vorgehen stand von Beginn an auf tönernen Füßen, aber es dauerte eine Weile, bis sie bereit waren, das einzusehen. Inzwischen lockerten sie ihre strengen Regeln immer mehr, wofür der spontane Besuch heute Abend ein gutes Beispiel war. Das Bedürfnis, sich zu treffen, war einfach Woche für Woche stärker geworden. Dazu kam der Trotz gegenüber denjenigen, die sie zu dieser Heimlichtuerei zwangen. Außerdem hatte sich schnell herausgestellt, dass sie die Opfer, die es zu schützen galt, trotz allem in Gefahr brachten, egal wie vorsichtig sie waren. Nichts blieb in dieser Stadt ein Geheimnis, Augen und Ohren gab es an jeder Ecke.

Endlich schnappte die Tür auf, und das brachte auch seine Gedanken jäh wieder zurück in den Hausflur. Er bemerkte, dass Helena ihn stirnrunzelnd betrachtete. Verlegen lächelnd ließ er ihr den Vortritt. Hatte er eigentlich aufgeräumt? Sicher nicht. War etwas im Haus, was er ihr anbieten konnte? Verdammt!

Sie ging vor ihm her, legte sich eine Hand in den Nacken und schob ihr dunkles Haar beiseite. Eine intime Geste, die er noch nie bei ihr gesehen hatte und die seine Nervenenden zum Schwingen brachte.

»Wo warst du denn? Du hast doch nicht wieder was angestellt?«

Purachinagoi, dachte er und fühlte den kribbelnden Augenblick verfliegen. Hitze wallte in ihm auf, deren Ursache nichts mehr mit der Anziehungskraft dieser Frau zu tun hatte. »Nein!«, schwindelte er. So wie sie ihn ansah, wurde ihm sofort bewusst, dass er ein miserabler Lügner war. »Es müsste noch Wein da sein«, wich er aus.

»Eigentlich war der Whisky schon zu viel, mir reicht ein Wasser.«

Er zuckte mit den Schultern. Sie folgte ihm in die Küche. Irgendetwas war anders, ohne dass er konkret hätte sagen können, was es war. Er spürte nur, wie sich ihm sämtliche Härchen aufstellten, während er zwei Gläser aus dem Hängeschrank über der Spüle holte. Helena stand direkt hinter ihm, so nah, dass er ihr Parfüm riechen konnte, obwohl er ihr den Rücken zuwandte.

»Hast du vor, mich zu verführen?« Die Frage kam einfach so aus seinem Mund.

»Würdest du dich dagegen wehren?«

Henrik drehte sich zu ihr um. Sie trug eine Bluse und Jeans. Das Haar, das eben noch zu einem Pferdeschwanz gebunden gewesen war, hatte sie gelöst, und nun fiel es offen über ihre Schulter. Wie immer war sie nur dezent geschminkt. Ein wenig Akzent auf den mokkabraunen Augen mit den winzigen, goldenen Einschlüssen in den Iriden, die man nur sah, wenn man ihr ganz nahe kam, und die das Funkeln noch verstärkten. Es war auch diese Natürlichkeit, die ihn so verzauberte. Dazu ihre breiten Schultern, die von Entschlossenheit zeugten. In ihren seltenen schwachen Momenten, die sie in dem Dreivierteljahr ihrer Bekanntschaft erlebt hatten, waren sie nie über einen innigen Kuss hinausgekommen. Die grausamen Geheimnisse dieser Stadt, die sie zusammengeführt hatten, hatten zugleich verlässlich dafür gesorgt, dass sie nie den nächsten Schritt gemacht hatten. Und nun das ...

»Nicht, dass du eine Chance hättest«, fügte sie an und lächelte.

Bisher hatte der japanische Whisky ihn auf eher unangenehme Weise beschäftigt, aber offenbar gab es auch so etwas wie Vorzüge. Vielleicht hätte er ebenfalls mehr davon trinken sollen, um selbst so locker zu werden wie Helena. Sofort schämte er sich für den Gedanken. Sie wirkte mitnichten betrunken. Und eigentlich wünschte er sich doch seit Monaten, dass etwas ihre Zurückhaltung durchbrach.

»Alles okay?«

»Äh ... tut mir leid. Ich fühle mich im Moment etwas überrumpelt.«

Sie trat einen Schritt zurück und stellte damit die gewohnte Distanz zwischen ihnen her. »Nein, mir tut es leid. Ich weiß gar nicht, was in mich gefahren ist«, sagte sie und wandte sich ab.

»Helena, bitte, das war nicht deine Schuld. Ich war einfach unvorbereitet.«

Sie musterte ihn mit skeptischem Blick. »Sind das etwa die Kulturunterschiede zwischen Deutschland und Portugal? Eine emotionale Diskrepanz im Nord-Süd-Gefälle? Davon ist dein Vater aber schneller abgewichen als du, und dabei war er nur ein paar Tage in der Stadt, ehe es bei ihm losging.«

Dieser Seitenhieb saß. Henriks Vater Albrecht hatte im Herbst überraschend vor seiner Tür gestanden und sich für eine Weile bei ihm einquartiert. Helena spielte auf Albrechts Liaison mit Pacos Mutter Celeste an, die zu jener Zeit gerade zu Besuch bei ihrem Sohn war. Donna Celeste, eine lebenslustige, resolut auftretende Dame um die sechzig, die irgendwo an der Algarve lebte, hatte das Blut seines alten Herren heftig in Wallung gebracht. Beide hatten in der Tat recht schnell den Eindruck eines verliebten Pärchens vermittelt. Auch wenn Henrik es besser wusste. Oder besser zu wissen glaubte.

Helena senkte ihren Blick. »Das hätte ich nicht sagen sollen. Ich weiß, du hast deine Gründe.«

Meine Gründe.

Auch das tat weh. Vermutlich dachte sie, es war wegen Nina. Dass er wieder in einem seelischen Abgrund steckte, einer Phase, in der die Gefühle für seine verstorbene Frau und der Verlust ihn lähmten. Diese Schübe waren seltener geworden, seit er Deutschland verlassen hatte, doch sie waren nach wie vor existent. Wie das fortwährende Verlangen eines trockenen Alkoholikers, zur Flasche zu greifen. Etwas, das man nie loswurde, egal wie viele Jahre man nichts mehr getrunken hatte.

Doch diesmal war es ja nicht Nina, die ihn blockierte, und er musste Helena irgendwie vermitteln, dass sie auch damit falschlag. »Ich ... ich stelle mich manchmal selten dämlich an, zumindest verhalte ich mich nicht wie jemand meines Alters. Ich hätte dir einfach sagen sollen, wie sehr ich mich freue, dass du hier bist, und vielleicht hätte ich dich einfach sofort küssen sollen, statt mir selber im Weg zu stehen, und ...«

»Henrik!«

»Was?«

»Du willst mich küssen, warum redest du dann noch rum?«

9

Statt im Bett zu landen, saßen sie wenige Minuten später auf dem Dach. Eng umschlungen, in die flauschige Wolldecke gehüllt, die er vorsichtshalber im November gekauft hatte, um die kalten Tage zu überstehen. Er konnte sich nicht mehr erinnern, wann er Helena von der gewagten Konstruktion erzählt hatte, die jemand vor langen Jahren zwischen zweien der Gauben montiert hatte. Verwitterte Bohlen waren auf Balken genagelt und mit Klötzen verkeilt. Keine Umrandung, die vor einem Sturz schützte, keine sichtbaren Streben, die alles an Ort und Stelle hielten. Die provisorisch zusammengezimmerte Dachterrasse, kaum größer als eine Tischtennisplatte, hatte niemals eine Baugenehmigung erhalten und trotzdem die Zeiten überdauert, ohne dass ihr die gelegentlich kräftigen Atlantikböen etwas hatten anhaben können. Zugänglich war sie über einen schmalen Ausstieg, der eigentlich nur dem Schornsteinfeger diente. Henrik hatte die Plattform entdeckt, als er sich nach und nach daran gewagt hatte, sein Erbe von oben bis unten zu inspizieren. Wobei er den Blick aufs Dach am meisten gescheut hatte. Nicht allein weil ihm luftige Höhen nicht sonderlich behagten, sondern vor allem wegen der zu befürchtenden Baufälligkeit. Nicht einmal der besänftigende Ausblick über die Stadt hinunter in den Sund und bis hinüber zum Meer konnte die große Menge an kaputten Ziegeln, maroden Balken und sich unter der Einwirkung von Taubenkot und Schadstoffbelastung auflösenden Schornsteinen wettmachen. Weshalb er anfangs kein Verlangen verspürt hatte, seine Dachterrasse zu nutzen, um sich für kurze Zeit von allen Problemen dort unten zu lösen. Dafür waren auch die vier Stockwerke nicht hoch genug.

Dennoch fand er jedes Mal neue Gebrauchsspuren. Die mit buntem, durchscheinendem Bastelpapier beklebten Marmeladegläser mit den Kerzen darin gab es beispielsweise noch nicht allzu lang. Auch nicht die mit Erde gefüllten Tontöpfe, die im Windschatten der Gaube platziert waren und aus denen jetzt erste Keimlinge sprossen. Kräuter vielleicht, Paprika- oder Tomatenstauden. Nicht zuletzt hatte jemand irgendwann einen Liegestuhl heraufgeschafft und das Holzgestell auf den Bohlen festgenagelt. Der von Wind und Wetter ausgeblichene Stoff zeugte davon, dass dies Jahre zurücklag. Wer ihn benutzte, blieb ein Rätsel. Hatte Martin ab und an hier oben unter dem Nachthimmel gesessen und an João gedacht? Das war eine Möglichkeit, fest stand aber, dass Henrik nie jemanden auf dem Dach angetroffen und auch nie im Haus nachgefragt hatte. Nicht bei Renato, ob dieser hier oben seine Texte lernte und dabei in die Sterne blickte. Nicht bei Paco, Hugo und Luis, ob sie sich manchmal hier zusammensetzten, um eine Session zu veranstalten. Oder war es Jaya, die über den rotbraunen Tonziegeln Zuflucht und Ruhe suchte und bei Kerzenlicht Pflanzen eintopfte? Letztlich war es egal, wer die Dachterrasse nutzte; dass es sie überhaupt gab, hatte bis heute Nacht für ihn keine große Rolle gespielt. Doch nun empfand er tiefe Zufriedenheit, Arm in Arm mit Helena das samtene Firmament zu betrachten. Selbst wenn es nur die hellsten Sterne schafften, gegen die Millionen Lichter der Stadt anzuleuchten. Und obwohl der schneidende Wind, der über den Giebeln pfiff, unermüdlich an der Wolldecke zupfte. Der Moment war einfach perfekt. Lissabon zeigte seine schönste Seite.

»Tagsüber sieht man die Stadt, aber nachts fühlt man sie und lernt sie zu verstehen«, flüsterte Helena, als hätte sie seine Gedanken gelesen. »Ich bin froh, dass du mit mir hier hochgeklettert bist.«

»Und ich bin froh, dass du mich zu diesem Ausflug überredet hast.«

Damit war genug gesagt. Ihre Lippen fanden sich. Dann ihre Zungen. Sie versanken im Rausch des Begehrens. Fiebrig begannen ihre Finger die Haut des anderen zu suchen. Plötzlich war ihm ganz egal, ob die fragwürdige Konstruktion der Leidenschaft ihrer Liebe standhalten konnte. Oder ob jemand in einem der höher gelegenen Gebäude am Fenster stand und sie womöglich beobachtete. Das Verlangen ließ ihn die Welt vergessen, und selbst der Wind flaute ab und verwandelte sich in ein sanftes Streicheln.

Er wachte früh auf. Ihr Atem ging ruhig und gleichmäßig. Im dämmrigen Licht des Morgens, das durch die Vorhänge fiel, waren unter der Bettdecke ihre Umrisse zu erahnen, und er wusste, dass er nicht mehr würde einschlafen können. Sie hatte ihm den Rücken zugewandt. Er hätte seine Hand nur wenige Zentimeter bewegen müssen, um die Wärme ihrer weichen Haut zu spüren. Aber er wollte sie nicht wecken. Wollte um jeden Preis diesen Moment bewahren, dieses Stadium der völligen Zufriedenheit, das immer noch anhielt, seit sie sich vor ein paar Stunden geliebt hatten. Leidenschaftlich, ausgiebig und gleichwohl gierig, wie Verdurstende, die nach einer endlosen Zeit in einer ausgetrockneten Ödnis auf eine Quelle stießen. Zuerst auf dem Dach, später noch einmal in seinem Bett. Hormone, Endorphine oder was auch immer hatten seinen schweißnassen Körper geflutet und ließen diese Erfüllung zurück, die immer noch überall kribbelte, wie Helenas sanfte Finger in seinem Nacken und entlang seiner Wirbelsäule.

Er konnte sich nicht daran erinnern, wann er sich zuletzt so ausgeruht gefühlt hatte. Selbst wenn er letztlich vielleicht nur vier Stunden geschlafen hatte. Eine Weile lang beobachtete er die kaum wahrnehmbare Bewegung ihres Brustkorbs. Zählte die Sekunden zwischen ihren Atemzügen. Dann wanderte sein Blick zu der wunderschönen Rundung ihres Beckens, die sich unter der Zudecke abzeichnete. Er dachte daran, wie sich ihr Hintern in seinen Händen angefühlt hatte, während der rhythmischen Stöße ihres Liebesakts. Sofort bekam er wieder eine Erektion. Brennendes Verlangen breitete sich zwischen seinen Beinen aus und strömte glutheiß durch seine Adern hinauf bis unter die Schädeldecke, wo Synapsen ein Feuerwerk der Ekstase und Euphorie zündeten. So leise und schnell er konnte, schlüpfte er aus dem Bett und flüchtete aus dem Schlafzimmer. Er taumelte ins Bad und zum Waschbecken. Sein in Honig getränktes Herz wurde soeben über einem offenen Feuer geröstet. Mit zittrigen Fingern drehte er den Hahn auf und steckte den Kopf unter den kalten Wasserstrahl. Helena war nicht die erste Frau, mit der er in Lissabon geschlafen hatte, doch nie hatte es sich nach Ninas Tod richtiger angefühlt.

Erst als er es nicht mehr aushielt, nahm er den Kopf wieder hoch. Kleine Eisbäche liefen ihm aus den Haaren und schlängelten sich über Schultern, Brust und Rücken. Mit den Fingern strich er seine dunklen, von grauen Strähnen durchzogenen Haare nach hinten und wrang sie aus.

Lang genug, um sie zusammenzubinden, waren sie mittlerweile. Seit er portugiesischen Boden betreten hatte, war er nicht mehr beim Friseur gewesen. Und auch wenn sie ihm oft lästig ins Gesicht hingen, mochte er es, wie ihn die langen Haare veränderten. Sie waren Teil eines Prozesses, einer Metamorphose, die sich vor allem in seinem Inneren abspielte. Jetzt mit der letzten Nacht hatte seine Transformation eine Beschleunigung erfahren. Davon zeugte nicht nur der ungewohnte Glanz in seinen graublauen Augen. Selbst die Falten, die von den Nasenflügeln zu den Mundwinkeln verliefen, kamen ihm jetzt weniger tief vor.

Das Wasser, das über seinen nackten Körper ran, tropfte ihm mittlerweile auf die Zehen und bildete Pfützen unter seinen Fußsohlen. Und plötzlich hatte er eine weniger berauschende Erinnerung im Kopf, eine Erinnerung an den Geruch gammligen Fisches. Der Grat zwischen Licht und Schatten hatte wie so oft die Schärfe einer Rasierklinge.

In Japan musste es jetzt schon Nachmittag sein.

Er schlang sich ein Handtuch um den Nacken und schlenderte hinaus in den Flur. Bevor er Licht machte, zog er sachte die Schlafzimmertür ins Schloss. Sein Handy lag auf der Kommode unter der Garderobe. Oben auf der Hutablage verstaubte nach wie vor Martins Fedora. So gesehen das einzige Kleidungsstück seines Onkels, das er nicht in einen der Spendensäcke für das Cruz Vermelha Portuguesa gestopft hatte. Dorthin waren die weißen Hemden mit Haifischkragen, die Seidenkrawatten, genau wie die rahmengenähten Lederschuhe in den passenden Farben zu den eleganten Nadelstreifenanzügen gegangen. Martins Kleidungsstil war keineswegs extravagant, sondern schlichtweg die übliche Art, wie sich portugiesische Herren im gesetzteren Alter anzuziehen pflegten. Würde er selbst im Lauf der Jahre auch so werden? Mit Leib und Seele, mit Haut und Haar Portugiese? Vielleicht war die Zeit dafür ja vorbei. Die Globalisierung zu mächtig geworden, selbst für die Traditionalisten am Tejo.

Für Sekunden betrachtete er die leicht angegilbte Kopfbedeckung aus Panamastroh. *Martin!* Wie gerne hätte er ihm die Hand geschüttelt und in die Augen geblickt. Warum bloß hatte sein Onkel nicht schon früher Kontakt mit ihm aufgenommen? Oder anders gefragt, wie lange hätte er noch damit gewartet, wenn nicht dieser fragwürdige Herzinfarkt dazwischengekommen wäre?

Diese ominöse Sache mit dem Fischhändler in Verbindung mit der japanischen Fracht war womöglich Martins letzte Verbrechensrecherche gewesen. Martins letzter Fall vor seinem Ableben. Konnte das möglich sein? Wenn Henrik in diese Richtung weiterdachte, war die nächste Spekulation naheliegend. Hatte sein Onkel diesmal wohl zu viel riskiert? War er nach dreißig Jahren im entscheidenden Moment unvorsichtig geworden?

Henrik zog sich in die Küche zurück. Er trat ans Fenster und schob die Finger zwischen die Lamellen der Jalousie, um sie leicht anzuheben. Auf der anderen Straßenseite stellte Victor gerade die Stühle zusammen. Die Terrasse des Esquina lag auf demselben Niveau wie seine Wohnung im ersten Stock. Heute Nacht hatte er nichts davon mitbekommen, dass in der Bar wieder bis in den Morgen hinein gefeiert worden war. Helenas Nähe war wie ein Kokon, der ihn von allem abgeschirmt hatte. Vielleicht machte Liebe ja nicht nur blind, sondern unter Umständen auch taub. Und stimmte milde gegenüber Leuten, auf die man ansonsten einen Groll hegte. Er lächelte.

Wenn diese tiefen Gefühle, die ihn aufwühlten, seine Sinne beeinflussten, machten sie ihn womöglich auch empfänglicher für andere Dinge. Er wandte den Blick ab von Victor, der selbst um diese Uhrzeit und nach einer arbeitsreichen Nacht hinter der Bar die geschmeidigen Bewegungen und die Wachsamkeit einer Raubkatze zur Schau stellte, und suchte auf dem Handy die Nummer von gestern. Nach den wohligen Glücksmomenten, die er mit Helena erlebt hatte, war es für ihn nun an der Zeit, sich wieder auf diese Sache zu konzentrieren.

+81 …

Diesmal stand die Verbindung sofort. Die Frau meldete sich so abrupt, dass er erschrak. Vor allem hatte er darauf spekuliert, dass sie seinen Anruf ignorierte, sobald sie die Nummer erkannte. Was sie zweifelsohne tat, denn sie verzichtete von Anfang an darauf, portugiesisch mit ihm zu sprechen. »Was wollen Sie noch?«

Er hatte sich zuvor nicht überlegt, wie er das Gespräch beginnen wollte, und jetzt, da ihm ihr aggressiver Tonfall entgegenschlug, war er beinahe froh, nichts vorbereitet zu haben. Insgeheim hegte er die Hoffnung, dass es nur ein Wort brauchte, um endlich zu erfahren, mit wem er da überhaupt telefonierte. Also spielte er, ohne zu zögern, das beste Blatt aus, das er auf der Hand hatte.

»Purachinagoi«, sagte er ins Handy.

An welchen Ort auf dieser Welt auch immer ihn die glasklare, digitale Verbindung geleitet hatte, dort wurde im selben Moment scharf die Luft eingesogen. Die Sekunden danach dehnten sich zu einer kleinen Ewigkeit. Ihm lag bereits die Empfehlung auf der Zunge, endlich wieder auszuatmen, bevor sie erstickte. Doch sie kam ihm zuvor. Bei aller Schärfe schwang nun in ihrer Stimme endlich mit, was er bislang vermisst hatte. Neugier.

»Wissen Sie, wo er ist?«

Vom wem zur Hölle sie auch sprach, er hatte keine Ahnung. Aber ihm leuchtete ein, dass er sie genau das nicht wissen lassen durfte.

»Nicht am Telefon«, antwortete er in möglichst neutralem Ton.

Wieder entstand eine nervenaufreibend lange Pause.

»Weiß ich, wo ich Sie finde?«

Was für eine eigenwillige Fragestellung. Er kam sich vor wie ein Spion und musste unverzüglich an den angeblichen Geheimagenten aus Korea denken. Sofern er dieser Aussage überhaupt Glauben schenken konnte, war er bislang davon ausgegangen, dass dieser Nguyen aus Südkorea stammte. Doch was, wenn der Fischmann Nordkoreaner war? Das würde die Geschichte um einiges prekärer machen. Ohne es verhindern zu können, drifteten seine Spekulationen in eine Richtung ab, die ihm eine Gänsehaut am ganzen Körper verursachte. Henrik dachte an spaltbares Material. Bauteile für nukleare Sprengköpfe. Verheerende Waffen. Atombomben. Er fröstelte, und nicht etwa, weil er nur mit einem Handtuch im Nacken in seiner Küche stand.

»Hallo?«

Diesmal war er es, der das Schweigen über Gebühr ausdehnte. *Weiß ich, wo ich Sie finde?* Ihm war klar, er musste mitspielen, um zu verhindern, dass sie die Verbindung trennte. Aber er war sich plötzlich unsicher, ob es nicht das Beste für ihn war, wenn genau das passierte.

»Ja, Sie wissen, wo Sie mich finden«, antwortete er und hätte dabei gerne abgeklärter geklungen. Bestimmt lag es an der Anspannung, an den Atompilzen in seinem Hinterkopf und dem surrealen Gespräch, dass ihm dieses Lied in den Sinn kam. *Where have all the cowboys gone?,* hätte er beinahe losgesungen, doch dann passierten zwei Dinge gleichzeitig.

+81 legte auf.

Und Helena fragte: »Mit wem telefonierst du in aller Herrgottsfrühe?«, bevor sie ihm mit der flachen Hand auf seinen nackten Hintern klatschte.

10

»Hast du einen Kontakt beim Zoll?«

»Willst du mich jetzt endgültig vergraulen?« Helena stellte ihre Teetasse auf den Tisch. Das Frühstück fiel bescheiden aus. Einkaufen war nie sein Ding gewesen, und Lissabon machte es ihm leicht, nicht allzu viele Gedanken daran zu verschwenden. In einem Radius von einhundert Metern um seine Wohnung gab es mindestens acht Pastelarias, eine Mischung zwischen Bäckerei, Konditorei und Krämerläden, und ebenso viele Cafés, die schon morgens öffneten, um die Leute vor Arbeitsbeginn mit dem zu versorgen, was sie durch den Tag brachte. Kaffee in allen Varianten, Süßes und Herzhaftes in Hülle und Fülle. Plus der neuste Klatsch und Tratsch. Ein Paradies, wenn man so wollte, und für die meisten Lisboetas eine Notwendigkeit, um bis zum Feierabend durchzuhalten.

So betrachtet, frühstückte Henrik nie in seiner Küche, sondern bediente sich der Vielfalt an Läden in seinem Viertel, trank seinen Bica oder Galao meistens vor Ort, bevor er sein Geschäft öffnete. Er hatte Helena versucht zu überreden, sich noch mal hinzulegen und in zwei, drei Stunden mit ihm im Emenda oder Chiado Caffe ein gemütliches Frühstück einzunehmen. Immerhin war es noch nicht einmal halb sieben. Sie jedoch hatte abgelehnt und gemeint, ein Tee würde reichen, da sie ohnehin gleich losmüsse. Es gebe einiges aufzuarbeiten, und daher sei es gut, einmal etwas früher anzufangen. Ihm war klar, was wirklich dahintersteckte. Dass es für sie einen großen Unterschied machte, sich mit ihm verborgen vor neugierigen Blicken in seiner Wohnung aufzuhalten – oder aber in der Öffentlichkeit. In einem der Straßencafés, an dem viele Leute vorbeikamen und sich durchaus nicht scheuten, genau hinzusehen, wer dort hockte. So weit war sie nun doch noch nicht, und wenn er ehrlich zu sich war, dann konnte er ihr nur zustimmen. Auch wenn ihn die Heimlichtuerei etwas schmerzte.

»Ich kann uns schnell Torradas holen – oder lieber was Süßes? Pão de Leite?«, bot er erneut an. *Und was mit Koffein für mich*, fügte er in Gedanken hinzu. Mittlerweile mochten ein, zwei der Läden trotz der unchristlichen Zeit schon geöffnet haben. Und er konnte sich einfach nach wie vor nicht mit der Teetrinkerei anfreunden. Schon gar nicht am frühen Morgen.

»Was willst du vom Zoll?«

»Vergiss es, blöde Idee«, wich er aus.

Über den Rand ihrer Teetasse hinweg musterte sie ihn abschätzend. »Bist du wieder an was dran?« Ihr Tonfall verriet ihre eigentlich Frage: ob er bereits in Schwierigkeiten steckte. »Du warst gestern schon so komisch, irgendwie … verdächtig.«

»Verdächtig? Unsinn, es ist nichts, wirklich!«

Sie stand auf und kippte den Rest ihres Tees in das Spülbecken. »Ich muss los.«

Er folgte ihr in den Flur. »Gehen wir was essen, wenn du Dienstschluss hast?«

»Vielleicht fahre ich heute Abend raus zu meinen Eltern. Sara vermisst mich sicher schon.«

Ich vermisse dich auch!

»Okay. Dann sag schöne Grüße!«

Ohne ihn noch einmal anzusehen, schlüpfte sie in ihren Blazer, und weg war sie. Beleidigt, weil er sie nicht eingeweiht hatte. Was hätte er ihr auch sagen können? *Ich bin da an einem Atomwaffendeal dran, heiße Sache!* Er schnaubte. Das war absurd. Bisher hatte er nur lose Enden, die nicht zusammenpassten, und ein paar wirre Überlegungen.

Nun gut, auf ihn wartete die Rumpelkammer. Der einzige Trost war, dass diese Tätigkeit ihn auf andere Gedanken bringen würde. Oder die Knoten im Hirn löste, um alles aus einer anderen Warte zu betrachten. Eine Zeit lang stand er am Fenster, wartete auf die ersten Sonnenstrahlen und darauf, dass der Tee genug abgekühlt war, um ihn in einem Zug leer zu trinken. Danach schlurfte er ins Wohnzimmer und holte Max und Moritz aus dem Bücherregal. Er kannte die sieben Streiche der zwielichtigen Gesellen eigentlich auswendig, aber trotzdem las er immer wieder gerne in seinem Lieblingsbuch. Dass Martin ihm ein besonders altes Exemplar hinterlassen hatte, war ihm jedes Mal eine Freude. Gedankenversunken blätterte er darin, betrachtete die Federzeichnungen und rezitierte im Stillen ein paar Verse.

Als es Zeit war, drehte er eine Runde im Viertel, versorgte sich mit Essen und kaufte Müllsäcke in einem der für die Stadt typischen Mini-Supermärkte, einem schlauchförmigen Tante-Emma-Laden, mit einem wahnwitzigen Angebot von allem und nichts, von Frischfleisch, Obst und Gemüse über Elektrogeräte bis hin zu Handyverträgen. Der kurze Ausflug blies ihm den Kopf endgültig leer. Und während er im Büro gestärkt das nächste Regal in Angriff nahm, uralte Rechnungen aus den Aktenordnern nach relevant und irrelevant sortierte, näherte er sich gedanklich sorgsam den Fakten. Strukturierte und analysierte, was er gestern in Erfahrung gebracht hatte, bis Staub und Schweiß irgendwann einen öligen Film auf seiner Haut bildeten. Ohne dass der

Wust an Papieren und Gerümpel wirklich weniger wurde. Alles abzufackeln wäre weiterhin eine echte Alternative gewesen. Dass daran noch niemand gedacht hatte, vor allem um belastendes Material zu vernichten, war ohnehin äußerst merkwürdig. Wobei dieser Zug mittlerweile abgefahren war. Inzwischen hatte Henrik es den ungebetenen Eindringlingen obendrein schwer gemacht. Sämtliche Türen waren mit zusätzlichen Schlössern und Riegeln gesichert, die Fenster vergittert – oder vernagelt, was den Keller betraf. Wer ins Antiquariat einbrechen wollte, musste genau das buchstäblich tun, konnte nicht im Stillen agieren, sondern unter Einsatz roher Gewalt. Die marode Haustür ließe sich durchaus zertrümmern, ebenso das Schaufenster. Doch die Erfahrung hatte gezeigt, dass diejenigen, die hier einbrachen, in der Regel kein Aufsehen erregen wollten, und von daher schienen ihm Martins Geheimnisse relativ sicher verwahrt.

Um die Mittagszeit unterbrach das Schellen der Glöckchen über der Ladentür sein Vordringen in die unerforschten Abgründe der Kammer des Schreckens. Er streckte seinen Kopf durch den schweren Brokatvorhang, der das Büro vom Laden trennte. Unglaublicherweise war es ein Kunde, der ins Antiquariat geschlichen kam. Sogar ein Stammkunde. Senhor Soares, wie er mittlerweile erfahren hatte. Nicht von dem Alten selber, der sprach nämlich nie auch nur ein Wort mit ihm. Auch unter ökonomischen Gesichtspunkten war Senhor Soares' Besuch kein Grund zur Fröhlichkeit. Der greise Herr von irgendwoher aus der näheren Nachbarschaft kam zwar in regelmäßigen Abständen vorbei, hatte bislang jedoch nie etwas erstanden. Er steckte immer im selben braunen, fadenscheinigen Anzug und schlurfte mit entnervender Langsamkeit durch die Gänge zwischen den

Bücherregalen. Stets wählte er drei, vier Bücher aus und begab sich mit ihnen zu der einzigen Sitzgelegenheit, einem wurmzerfressenen Rokoko-Stuhl mit verschlissenem Blumenmusterbezug, der unterm Schaufester stand. Dem einzigen Platz, an dem beim frühnachmittäglichen Sonnenstand ein Streifen Tageslicht durch einen schmalen Spalt zwischen der verkleideten Rückwand und der vernebelten Scheibe fiel. Dort ließ Senhor Soares sich auch heute schwerfällig nieder, um in Ruhe seine Bücherauswahl zu studieren. Was, wie Henrik bereits gelernt hatte, viel Zeit in Anspruch nahm. Nicht zum ersten Mal beschlich ihn die Ahnung, dass der Alte das Antiquariat als eine Art Zuflucht betrachtete. Vielleicht, um der Tristesse in seiner Wohnung zu entfliehen. Oder umgekehrt, um sich eine Atempause zu gönnen. Von seiner Frau oder was auch immer ihn von zu Hause vertrieb.

Henrik grüßte knapp, erhielt das obligatorische Kopfnicken als zurückhaltende Erwiderung und signalisierte, wo er zu finden war, sollte es wider Erwarten zu einer Transaktion kommen.

Er vergaß Senhor Soares, während er damit fortfuhr, zu wühlen, umzuschichten und zu sortieren. Erst das erneute Klingeln über der Tür erinnerte ihn wieder an seinen Kunden. Seinem Gefühl nach war einige Zeit verstrichen. Möglicherweise war sein betagter Nachbar diesmal beim Schmökern auf dem Stuhl eingenickt. Bei den Lichtverhältnissen und der sauerstoffarmen Luft kein Ding der Unmöglichkeit. Zumal Henrik in der letzten Stunde auch wenig Lärm beim Aufräumen gemacht hatte. Jedenfalls schien der Buchliebhaber erst jetzt gegangen zu sein. Natürlich wieder, ohne etwas zu kaufen.

Es vergingen weitere zwei Minuten, bis sich in ihm die Ahnung verfestigte, dass sich noch jemand im Antiquariat aufhielt. Jemand, der bislang keine Anstalten gemacht hatte, seine Anwesenheit kundzutun. Adrenalin schoss ihm durch die Adern, und seine unterschwellige Anspannung vermischte sich mit einem Gefühl von Kühnheit. In der trügerischen Gewissheit, aus dem möglicherweise bevorstehenden Kampf als Sieger hervorzugehen, ließ er alle Vorsicht fahren und stürmte einem gereizten Stier gleich hinüber in den Verkaufsraum.

Die Frau, die ihm in diesem Moment den Rücken zukehrte, zuckte erschrocken zusammen und geriet auf ihren hochhackigen Schuhen ein wenig aus dem Gleichgewicht. Rasch suchte sie Halt an der Theke, die nur eine Armlänge entfernt war, und nahm innerhalb eines Herzschlags ihre aufrechte Haltung wieder ein. Das hochgeschlossene graue Kleid, das knapp über den Knien endete, betonte durch seine Schlichtheit ihre schlanke Figur. Obwohl sie klein und zierlich war, wirkte sie keineswegs wehrlos. Ihr tiefschwarzes Haar war kurz geschnitten und zu einer modischen Frisur verstrubbelt, was den Eindruck von Verwegenheit unterstützte. Das Gesicht war schmal, mit hohen Wangen und einem etwas spitzen Kinn. Sie hatte auffallend viel Lidschatten aufgetragen, und der Lidstrich ragte weit über die Augen hinaus, die von kleinen Fältchen umrahmt waren – das einzige Indiz, dass sie nicht erst Anfang zwanzig, sondern vermutlich schon jenseits der dreißig war. Ansonsten verlieh ihr das helle Make-up etwas Porzellanhaftes und erinnerte im Ansatz an eine Geisha. Abgesehen von dieser Assoziation sah sie allerdings überhaupt nicht wie eine dieser typischen Asiatinnen aus, die sich sonst – in der Regel in

Rudeln – ins Antiquariat verirrten. Es fehlte die mehrfarbige Funktionsjacke, die fragwürdige Kopfbedeckung und vor allem die Kamera um den Hals oder der Handystick. Die Frau war allein. Aus ihren dunklen Mandelaugen strahlte Entschlossenheit. Es hätte ihn nicht gewundert, wenn sie in der nächsten Sekunde ein Samurai-Schwert aus dem Ärmel gezaubert oder sich durch eine elegante Bewegung in die Kampfhaltung irgendeiner asiatischen Selbstverteidigungskunst gebracht hätte.

Obwohl es rein zeit- und reisetechnisch nicht möglich war, wusste Henrik, dass er +81 vor sich hatte. Trotzdem, oder gerade deswegen, musste er die Frage einfach stellen: »Wie haben Sie das geschafft, so schnell von Japan hierher?«

»Ich war schon in Europa«, antwortete sie. Jetzt, da er sie vor Augen hatte, fiel ihr Akzent weniger ins Gewicht.

»Henrik Falkner!«, stellte er sich erneut vor und streckte ihr die Hand entgegen, die sie nach kurzem Zögern ergriff. Der Händedruck war verhalten. Auf die Weise vorsichtig, wie sich eine misstrauische Katze auf der Straße einem Fremden näherte.

»Hitomi Tadokoro«, sagte sie, und endlich hatte diese Frau einen Namen.

Es vergingen zwei, drei weitere Sekunden des Abwägens. Dann hantierte jemand an der klemmenden Tür aus dem Treppenhaus herum, und kurz darauf schlurfte Renato ins Antiquariat. Im schwarzen Rollkragenpullover, die Hände gespielt lässig in den Hosentaschen, schob er seine dürre Gestalt zwischen den Regalen hindurch.

»Ah, Kundschaft. Kon'nichiwa!«, grüßte er und grinste. Für einen Moment erweckte er den Eindruck, diesen affektierten Auftritt geplant zu haben.

Hitomi Tadokoro deutete eine leichte Verbeugung an, die Renato formvollendet erwiderte.

»Ist der Whisky schon leer?«, fragte Henrik mokant.

»Lost in Translation«, sagte Renato.

»Was?«

»Der Film, über den wir letztes Mal gesprochen haben.«

»Film?«

»Wo bist du bloß immer mit deinen Gedanken? Störe ich etwa?«, fragte Renato mit einer leicht exaltierten Geste.

Henrik hatte bereits eine entsprechend abfällige Bemerkung auf den Lippen, doch dann fiel ihm etwas Besseres ein. »Nein, nein, keineswegs. Sogar sehr gut, dass du kommst und die Nachmittagsschicht im Antiquariat übernimmst. Dann kann ich mit Senhora Tadokoro einen Kaffee trinken gehen, um dort in Ruhe das Geschäftliche zu besprechen, solange das Büro noch eine Baustelle ist. Du weißt ja, wo alles ist. Schließ bitte ordentlich ab, sollte ich bis Feierabend noch nicht zurück sein.« Damit griff er nach seinem Sakko, das hinter der Verkaufstheke hing, und komplimentierte die Japanerin vor sich her Richtung Ausgang. Als er einen letzten Blick zurückwarf, stand Renatos Mund immer noch offen.

Draußen empfing sie das weiche Licht des Nachmittags, das an den Rändern bereits in einen malvenfarbenen Ton zu verlaufen begann. Der Tag war weiter fortgeschritten, als er geglaubt hatte. Von der sonnenbeschirmten Terrasse des Esquina drang Stimmengewirr und Gelächter zu ihnen in die Gasse hinab. Victor hatte heute erstaunlich früh geöffnet.

»Sie können mich wieder loslassen!«, verlangte Hitomi Tadokoro.

Peinlich berührt bemerkte Henrik, dass er ihren Oberarm umklammert hielt. »Entschuldigen Sie, aber die drastische Maßnahme war nötig, damit wir uns ungestört unterhalten können.«

»Ich habe gar nicht vor, mich mit Ihnen zu unterhalten, ich will lediglich wissen, wo er ist?«

»Wer?«, frage er verdutzt.

»Der Purachinagoi. Darum haben Sie mich doch herbestellt.«

Herbestellt? Das klang ja fast nach Escort Service. Henrik schüttelte kaum wahrnehmbar den Kopf, während er nach einer passenden Antwort suchte, und blickte dabei zufällig hinauf zur Bar. Mit einem Tablett in der Hand stand Victor dort am Geländer und lächelte ihm von oben herab entgegen. Der Barbetreiber erinnerte ihn mehr und mehr an eine Hyäne. Das Haar war über den Ohren pomadig nach hinten gekämmt, stand dafür aber oben fransig von seinem schmalen Schädel ab. Es war so schwarz und ohne jede Spur von Grau, dass es – Victor musste um die vierzig sein – gefärbt sein musste. Die Läppchen seiner großen, etwas abstehenden Ohren schmückte er neuerdings mit daumendicken Tunnels. Die auffällige Wulst über seinen Brauen glänzte im Sonnenlicht, die Augen darunter lagen im Schatten. Sobald es die Temperatur zuließ, trug Victor ärmellose Shirts, um die zahlreichen Tätowierungen zu präsentieren, die seinen sehnigen Körper schmückten. Sein langer Hals ging mit einer auffällig breiten Basis in die Schultermuskulatur über. Ja, der Mann war definitiv eine Hyäne. Obwohl der Portugiese deutlich kleiner und bestimmt zwanzig Kilo leichter war als er selbst, ging Henrik davon aus, dass er dem Mann körperlich unterlegen war. Victor hatte etwas von einem Straßenkämpfer, zäh, unverwüstlich, unnachgiebig und gnadenlos, wenn es darauf ankam. Und er war verschlagen, was vermutlich die schlechteste Eigenschaft an ihm war.

»Gehen wir woanders hin«, verlangte Henrik. Er sprach leise, aber bestimmt und ohne Victor aus den Augen zu lassen. Offenbar registrierte die Japanerin seine Beunruhigung, denn sie folgte seinem Blick über ihre Schulter und sah ebenfalls hinauf zu der Barterrasse.

Ohne sein eingefrorenes Grinsen aufzugeben, wandte sich Victor ab und verschwand in seiner kleinen Gaststube.

»Wer war das?«

»Noch einer, der nichts von dem hören sollte, was wir zu bereden haben«, erklärte Henrik. Dann drehte er sich um und marschierte die Rua do Almada abwärts bis zur nächsten Querstraße, der Travessa do Sequeiro, in die er einbog. Begleitet von Hitomi Tadokoros klackenden Absätzen, die hinter ihm über die abschüssige Straße stöckelte. Wie immer war es windstill in den Gassen, die in Ostwestrichtung verliefen, und damit auch merklich wärmer. Wie schnell Cafés und Restaurants hier in der Ecke der Stadt aufmachten, wieder schlossen, um kurz danach von Neuem eröffnet zu werden, erstaunte ihn immer wieder. Fast jede Woche fielen ihm neue Schilder über den Türen oder in den Fenstern von Läden auf, die kurz davor noch anders firmiert und ein völlig unterschiedliches Warensortiment angeboten hatten.

Vor dem Eingang des Baliza verliefen die Schienen der Elevador da Bica, einer der drei Standseilbahnen Lissabons. Im Viertelstundentakt ratterten die historischen Gefährte zum Greifen nah an den stets offenen Türen des Cafés vorbei. Henrik mochte dieses Schauspiel, weshalb er kurzentschlossen an einem der Tische in der eher düsteren

Schankstube Platz nahm. Die Japanerin blickte sich leicht pikiert um, ehe sie sich ihm gegenübersetzte. Sie waren die einzigen Gäste. Das sehr jung wirkende Mädchen hinter dem Tresen blieb vorerst, wo sie war, und feilte weiter an ihren Fingernägeln. Henrik kannte sie von früheren Besuchen in dem schlichten, alternativ eingerichteten Etablissement und wusste, sie würde sich erst bewegen, wenn sie ein deutliches Signal bekam, dass ihre Gäste auch wirklich vorhatten, etwas zu konsumieren.

»Um Bica, por favor!«, rief er ihr zu und sah dann Senhora Tadokoro an. Die schüttelte jedoch den Kopf, also blieb es bei der Bestellung eines portugiesischen Espressos für ihn.

Er wartete die von oben kommende, vorbeischleifende Bahn ab und auch das nur wenige Sekunden später gegenläufig fahrende Vehikel bergwärts, dessen Vibrationen sich auf das Mobiliar im Café übertrugen, bevor er endlich die Frage stellte, die ihm wie Batteriesäure auf der Seele brannte. »Was ist das, dieser Purachinagoi?«

11

»Sie haben keine Ahnung, ich hätte es wissen müssen. Und dafür fliege ich extra von Sankt Peterburg hier rüber«, zischte sie und erweckte den Eindruck, jeden Moment aufzuspringen. Oder ihn anzufallen, um ihm mit ihren zu Krallen gefeilten Nägeln drei blutige Kratzer quer über die Brust zu verpassen. Und in der Folge einen ihrer spitzen Absätze einzusetzen, wie den tödlichen Stachel eines Skorpions. Victor die Hyäne und Hitomi die Arachnida – die würden ein gutes Paar abgeben.

Doch anstatt ihn anzugreifen, kramte sie eine Packung Zigaretten und ein Feuerzeug aus ihrer Handtasche und steckte sich eine an. Das Mädchen hinter der Bar reagierte unerwartet prompt und wies auf das Rauchverbot in Gaststätten hin. Hitomi ignorierte die Bevormundung und blies den Rauch gegen die holzgetäfelte Decke. Nachdem nichts weiter passierte und die Kellnerin sich anscheinend stumm geschlagen gab, versuchte Henrik sich wieder auf den Grund dieses Treffens zu konzentrieren. Ihm war klar, er musste sie locken, ohne zu viel von seinen Absichten preiszugeben. Oder davon, dass er keinerlei Durchblick hatte, sondern nur über zusammenhanglose Indizien verfügte. »Nicht zu wissen, was es ist, muss nicht gleichbedeutend damit sein, nicht zu wissen, *wo* es ist«, probierte er es mit der Oberlehrermasche.

»Ist Ihr Onkel eines natürlichen Todes gestorben?«

Die Frage kam überraschend, traf aber irgendwie genau in die richtige Kerbe. »Warum wollen Sie das wissen?«

»Nun, wenn nicht, dann haben Sie offensichtlich nichts daraus gelernt. Vor einem Jahr hatte ich lediglich einen vagen Verdacht, dass Senhor Falkner irgendwie in den Fall verwickelt sein könnte.«

Fall? Das klang nach offizieller Ermittlung, aber Henrik glaubte nicht, dass diese Frau Polizistin war. Also blieb nur investigativer Journalismus oder die freie Wirtschaft. Er tippte auf eine Privatdetektivin, auch wenn sie für diese Arbeit ein äußerst auffälliges Auftreten pflegte.

»Herzinfarkt«, informierte er sie kurz.

»Sie klingen nicht überzeugt.«

»Ich war nicht dabei. Und ja, ich hege Zweifel.«

Ihre Brauen unter der hellen Stirn zogen sich zusammen. »Der Mangel an Gewissheit über das Ableben Ihres Onkels macht deutlich, wie todernst diese Angelegenheit ist. Sie haben keine Vorstellung, wie nahe Sie am Abgrund stehen.«

»Warum helfen Sie mir nicht zu verstehen, wieso ich in Gefahr bin?«

»Was hätte ich davon, abgesehen von der vergeudeten Zeit, die ich hier mit Ihnen verbringe?« Diesmal traf ihn ihr Nikotinatem direkt.

Mit versteinerter Miene servierte die Kellnerin endlich den Kaffee, ersparte sich jedoch eine weitere Ermahnung, was das Rauchverbot betraf, und zog sich wieder an ihren Platz hinter der Theke zurück. Er musste Zeit gewinnen. Ohne Eile rührte er zuerst eine Weile in der Tasse, bevor er von dem heißen, bitteren Gebräu nippte. Die Japanerin ließ ihn keine Sekunde aus den Augen. Die Idee, dass es bei dieser Sache in irgendeiner Form um den verbotenen Handel mit spaltbarem Material ging, hielt er mittlerweile für absurd. Martin hätte sich nie auf so etwas Riskantes eingelassen, selbst wenn es sich um einen Gefallen für diesen unbekannten Japaner handelte, von dem Renato gesprochen hatte. Trotzdem nahm Henrik Hitomi Tadokoros Warnung ernst. Nichts von dem, was sein Onkel ihm ungefragt überlassen hatte, war belanglos. An allem haftete eine subtile Gefahr, die, wie er bereits erfahren hatte, sehr schnell zur offenen Bedrohung werden konnte.

»Sie wären längst gegangen, wenn Sie wirklich überzeugt davon wären, dass ich Ihnen nicht hilfreich sein könnte. Allein meine Kenntnis darüber, dass dieses Ding existiert, hat Sie doch schon elektrisiert. Mehr noch, Sie sind in das erstbeste Flugzeug gestiegen, das Sie von Russland nach Lissabon brachte. Ihnen ist dieses Ding enorm wichtig, genau wie mir. Ich glaube fest daran, dass wir uns gegenseitig helfen *können*, sobald Sie mir verraten, was sich hinter diesem Purachinagoi verbirgt?«

Ohne auch nur mit der Wimper zu zucken, wog die Japanerin ihre Antwort lange Sekunden ab. Trotz ihres teilnahmslosen, kühlen Auftretens spürte er hinter dieser geschäftsmäßigen Maske eine latente Zerrissenheit. Nach einer gefühlten Ewigkeit wandte sie sich der Kellnerin zu und gab in Portugiesisch eine Bestellung auf, die bei Henrik noch mehr Verwirrung stiftete. Für eine Sekunde war er sicher, sich verhört zu haben, doch der überraschte Ausdruck im Gesicht der jungen Frau hinter dem Ausschank belehrte ihn eines Besseren.

»Um peixe«, sagte Hitomi Tadokoro dann, und im ersten Moment fühlte er sich nicht angesprochen. Dann merkte er, dass er gemeint war.

»Ein Fisch?«

»Ein Fisch!«

Er konnte sein Unverständnis nicht verbergen. »Ein Fisch …?«, wiederholte er.

»Ein Fisch, der illegal aus Tokio eingeflogen wurde, genau genommen am 17. März letzten Jahres. Ziel war der Aeroporto de Lisboa, sofort danach verliert sich die Spur, obwohl der Transport mit großem Aufwand verbunden war und hoher Standards bedurfte. Jemand hat sehr viel Geld dafür bezahlt. Nicht nur damit die Ware sicher ankam, auch dafür, dass die Lieferung nach der Ankunft … *verschwand.* Die Sendung war selbstverständlich falsch deklariert, die verantwortlichen Zollbehörden geschmiert. Und trotzdem, wenn man weiß, wo man suchen muss, und es versteht, die richtigen Fragen zu stellen, findet man in der Regel sehr schnell jemanden, der unter dem nötigen Druck den Mund aufmacht.«

»Und darin, die richtigen Fragen zu stellen, liegt Ihr Talent? Darum hat man Sie geschickt?«

Sie überhörte seine Frage. Sah aus dem Fenster, betrachtete die Leute, darunter einige Touristen, die draußen vorbeigingen. Hinauf ins Bairro Alto oder zum Largo do Chiado, auf dem das Leben wuselte.

»In diesem Fall war man äußerst sorgfältig vorgegangen, weshalb ich davon ausgehen muss, dass ein höchst einflussreicher Auftraggeber dahintersteckt.«

Henrik schüttelte den Kopf. Er dachte an den Fischhändler Pedro Lourenço, dessen abgewirtschaftetes Unternehmen nicht den Eindruck hinterließ, dass man dafür exquisit teuren Fisch aus Asien einfliegen ließ. Und er dachte an den Lieferschein, den Martin unterzeichnet hatte. Vom 17. März. Das war die Verbindung, auch wenn sie für ihn nicht wirklich einen Sinn ergab. Nichts von alldem ergab einen Sinn.

»Ich verstehe immer noch nicht«, gestand er ihr ein. »Für wen arbeiten Sie?«

Die Bedienung brachte ein schlankes Glas, das zu zwei Drittel mit einer klaren Flüssigkeit gefüllt war, und stellte es vor Hitomi Tadokoro ab. Äußerst vorsichtig, als täte sie etwas Verbotenes. Die Japanerin versenkte die Kippe in Henriks Espresso-Tasse und leerte, einer geübten Trinkerin gleich, den Inhalt des Glases zur Hälfte, ohne eine Miene zu verziehen. Erst als sie ihm wieder direkt in die Augen sah, bemerkte Henrik, dass ihm der Mund offen stand.

»Das Gerücht, dass Asiaten keinen Alkohol vertragen, kann ich nicht bestätigen«, erklärte sie und kehrte dann unverzüglich zum Thema zurück. »Selbstverständlich kann auch die präziseste Vorbereitung nicht hundertprozentig garantieren, dass jemand mal eine Bemerkung fallen lässt. Ob aus Unachtsamkeit, Angst oder davon verleitet, in zweifacher Hinsicht an Geld zu kommen. So bin ich auch an den Namen Ihres Onkels geraten. Ein Händler, ein Deutscher, was so viel bedeutete wie: Keiner von uns, wir haben damit nichts zu tun, und jetzt zieh Leine, bevor jemand die Nerven verliert. Ich sehe schon, Sie wissen, wie das üblicherweise abläuft. Ich ging also dem Hinweis nach und landete im Antiquariat. Ihr Onkel präsentierte sich mir als schrulliger, älterer Herr, der es verstand, den Ahnungslosen zu spielen, wie ich im Nachhinein zugeben muss. Zumindest bin ich bis zu Ihrem Anruf heute Morgen davon ausgegangen, dass diese Anspielung eine Sackgasse war. Doch jetzt sitze ich hier mit Ihnen und frage mich, ob Sie mir tatsächlich eine Hilfe sein können.«

Während sie darauf wartete, dass Henrik das Gehörte verdaute, kippte sie den Rest des Wodkas, was bei der ursprünglichen Menge im Glas etwa zwei doppelten Schnäpsen entsprach. Diesmal schüttelte sie sich kurz, aber weniger wegen der Schärfe des Hochprozentigen, sondern wohl eher wegen der Art und Weise, wie sie den Alkohol in sich hineinkippte. Vielleicht auch aus Ekel vor sich selbst und der Sucht, die sie längst von lästigen Hemmungen befreit hatte. Vermutlich verbarg die dicke Schicht des ungewöhnlich hellen Make-ups die Rötungen und erweiterten Äderchen – die Auswirkungen eines exzessiven Alkoholkonsums. Vielleicht hatte er aber auch ein komplett falsches Bild von dieser seltsamen Frau. Ihr Blick blieb auf jeden Fall glasklar und unnachgiebig.

»Für wen arbeiten Sie?«, fragte er erneut.

»Sumitori Holding, eine Versicherungsgruppe. Ich prüfe besonders heikle und zweifelhafte Versicherungsfälle, bei denen exorbitant hohe Schadenssummen kalkuliert werden.«

»Und Ihr Unternehmen versichert *Fisch*?«

»*Fische.* Und zwar keine gewöhnlichen, Senhor Falkner. Ausschließlich den Nishikigoi.«

»Goi?«

»Ich glaube, im Westen spricht man von Koi-Karpfen.«

»Sie wollen mir sagen, diese ganze beschissene Angelegenheit dreht sich um einen verschwundenen Karpfen, den jemand in Tokio geklaut und nach Lissabon verfrachtet hat?«

»Sie sollten das nicht unterschätzen. Ein Koi ist in bestimmten Kreisen nicht nur eine Wertanlage. Es sind vielmehr die ideellen Werte und die Attribute, dem der passionierte Sammler die hohe Bedeutung beimisst. Vereinzelt versicherte die Sumitori Holding Nishikigois bereits mit Summen bis zu zehn Millionen Yen.«

Das klang nach einer Menge Geld, aber noch behielt er die Ruhe. »Entschuldigen Sie, aber was die japanische Währung angeht, bin ich momentan nicht auf dem Laufenden.«

»Etwa achtzigtausend Euro.«

»Heilige Scheiße!«

Sein Ausruf rang ihr ein Lächeln ab. Das erste, seitdem sie sich bekannt gemacht hatten.

»Entschuldigung.« Henrik gewann seine Fassung zurück.

»Schon in Ordnung. Mir ist klar, so ein Betrag ist schwer nachvollziehbar für jemanden, der diese Obsession nicht teilt. Wir sprechen hier von Fanatismus, verstehen Sie? Und verfallen Sie bloß nicht dem Irrtum, dass nur Asiaten dieser Leidenschaft anhängen. Längst haben wir auch in Europa zahlreiche Kunden mit hohen Policen. Was dieses Geschäftsfeld angeht, ist die Spitze noch nicht erreicht. Das lehrte uns der Purachinagoi. Wenn ich ihn nicht sehr bald wiederfinde und seinem Besitzer zurückbringe, wird meine Firma die Schadenssumme von zweihundert Millionen Yen ausbezahlen *müssen.*«

Henrik blieb die Luft weg. Redete sie hier wirklich von eineinhalb Millionen Euro? Für einen Fisch? Kurz flammte das Verlangen in ihm auf, auch einen Wodka zu bestellen. Es war jedenfalls eine Menge Geld im Spiel, auch wenn es schwer nachzuvollziehen war, wofür dieses Geld tatsächlich ausgegeben wurde. Aber wenn er richtig verstanden hatte, ging es vor allem um die Manie, etwas sehr Seltenes und Besonderes zu besitzen. Um das Prestige, das man dadurch in ausgewählten Kreisen erlangte. Ähnlich wie bei den vermeintlichen Kunstliebhabern, die sich durch den Kauf von millionenschweren Gemälden berühmter Maler hervortaten. Aber das war mit gesundem Menschenverstand betrachtet doch noch mal etwas ganz anderes als ... »Ein Fisch ...«, murmelte er erneut vor sich hin.

Weiterhin unbeeindruckt, zündete sich Hitomi die nächste Zigarette an. »Karpfen ist hier nicht gleich Karpfen. Sie müssen da differenzieren und dazu die Ursprünge der Koi-Zucht beleuchten, um die Zusammenhänge zu verstehen. Sie können einen herkömmlichen, ausgewachsenen Koi mit einer einigermaßen interessanten Zeichnung bereits ab zweieinhalbtausend Euro erwerben. Die Farbgebung der Tiere und die Intensität, mit der ihre Farben leuchten, spielen grundsätzlich eine große Rolle. Am beliebtesten sind die bekannten Kombinationen Weiß-Rot-Orange, teilweise mit schwarzen Stellen. Auch sehr begehrt sind die Utsurimono, die in ihrer Grundfarbe schwarz sind. Darüber hinaus gibt es die einfarbigen Hikari-muji, in Gelb zum Beispiel, die Ogon, die ein goldenes Schuppenkleid ziert, sowie die Reinweißen, wobei die exakterweise als Platin bezeichnet werden, das nennt sich dann Purachina.«

»Purachinagoi, der platinfarbene Koi«, folgerte Henrik.

»Gut aufgepasst. Nur muss man eigentlich dazu sagen, dass einfarbige Karpfen weniger gefragt sind, im Normalfall wollen die Sammler gemusterte Exemplare, weil sich in deren Zeichnungen und Formen wesentlich mehr hineininterpretieren lässt. Und darum geht es ja schließlich. Wofür steht dieser Fisch, was strahlt er aus, was davon lässt sich auf seinen Besitzer projizieren?«

»Und warum hat der Purachinagoi nun diesen speziellen Status?«

»Es wird behauptet, dass dieser Fisch so außergewöhnlich und perfekt ist wie noch kein Karpfen seit Anbeginn der asiatischen Koi-Zucht. Ein vollendetes Ebenbild des Gottfisches sozusagen, des Urahns und ersten aller Goi. Darüber sind die Experten sich einig.«

Gottfisch. Jetzt wurde es lächerlich, aber das behielt Henrik für sich. Diese Besessenheit war nicht zu begreifen, genauso wie man als Außenstehender auch keine Sucht verstand, sofern man nicht selbst abhängig war. Klar war nur, dass ein Abhängiger alles dafür tat, um sein Verlangen zu stillen, und je größer diese Abhängigkeit war, desto niedriger war die Hemmschwelle, alles daranzusetzen, das zu bekommen, was man so unbedingt begehrte.

Erneut ratterte die Seilbahn vorbei. Ursprünglich eine Hikari-muji in Gelb, doch leider verunstaltet durch zahlreiche Graffiti. Die Schmierereien waren ein echtes Problem in Lissabon. Das wenigste davon konnte man als Kunst bezeichnen, meistens war es schlichtweg Vandalismus, der den ohnehin maroden Finanzhaushalt des Landes unnötig zusätzliches Geld kostete. Bei der schieren Masse an Graffiti, egal wohin man blickte, musste man sich die Frage stellen, ob in den letzten Jahren überhaupt noch Budget für die Beseitigung abgestellt wurde.

Auch die Japanerin sah dem Elevador da Bica hinterher und wartete den Lärm ab, bevor sie fortfuhr. Nach der anfänglichen Distanziertheit kam sie jetzt offenbar in Fahrt. Vielleicht war die Dosis Wodka doch nicht nur dazu da gewesen, ihr Verlangen zu befriedigen. »Sie müssen verstehen, der Koi steht nicht nur in Japan, sondern in ganz Ostasien als Symbol für Mut und Kraft. Deshalb werden zum Beispiel am japanischen Kindertag überall Koi-Fahnen gehisst, um den Kindern diese Eigenschaften mit auf den Weg zu geben. Und umso besonderer das Tier, desto mächtiger ist sein Fetisch. Attribute, die sich wiederum auf den Menschen übertragen und Veränderungen hervorrufen.«

»Wenn man daran glaubt«, ergänzte er, und sie stimmte ihm nickend zu, während sie die Zigarette bis auf den Filter herunterrauchte. Was das Bekenntnis zu etwas Höherem anging, war sie offenbar Atheistin, genau wie Henrik. Dennoch glaubte jeder Mensch an irgendetwas, und wie um seinen Verdacht zu bestätigen, schielte sie kurz hinüber zu dem Regal hinter der Bar, in dem die Götter, die sie anbetete, in bunten, formvollendeten Glasflaschen gefangen gehalten wurden.

»Die Legende besagt, dass der Urkarpfen aus Angst vor dem Tod den Gelben Fluss hinaufschwamm. Er hatte vernommen, dass er für ein ewiges Leben das Drachentor erreichen musste. Was ihm schließlich unter größten Anstrengungen gelang. Als er am Ende seiner Kräfte durch das Drachentor sprang, verwandelte er sich in einen unsterblichen Drachen. Das ist zwar eine chinesische Legende, aber sie findet auch in Japan Gehör. In China ist die Koi-Zucht wesentlich älter, und die Geschichte des Gottfisches geht bis zum Beginn unserer Zeitrechnung zurück. Aber das betrifft ja viele Religionen, Riten und Zauber.«

Eben. Jeder glaubt an irgendetwas, auch wenn es für andere gleichbedeutend mit Wahnsinn ist.

12

»Und das wollen diese Leute, die hinter dem Purachinagoi herjagen? Unsterblichkeit?« Ein Drache zu werden, um dem Tod zu entrinnen! Das war ohne Frage Wahnsinn.

»Unsterblichkeit im übertragenen Sinne«, erläuterte Hitomi Tadokoro und versicherte erneut, dass sie für diese Formen von Aberglauben und Besessenheit kein Verständnis aufbrachte. Bedrückt musste Henrik erkennen, dass es wie so oft um Macht ging. Macht und Kontrolle, basierend auf Reichtum und Besitz. Genug Geld, um dem Wahn zu verfallen, das Zepter über andere schwingen zu können. Den Einfluss zu besitzen, sich über Schwächere zu stellen, zu manipulieren und zu herrschen. Alles Eigenschaften, die Martin verteufelt hatte, weshalb er sich nicht vorstellen konnte, wie sein Onkel sich an diesem Fisch-Deal hatte beteiligen können.

»Haben Sie meinem Onkel ebenfalls diese Geschichte über den Purachinagoi erzählt?«

»Das hielt ich nicht für nötig. Wie ich Ihnen schon sagte, er konnte mir glaubhaft versichern, weder im Transportgewerbe noch im Fischhandel tätig zu sein. Es fällt mir schwer einzugestehen, dass ich mich von ihm habe täuschen lassen.«

»Er hat also abgestritten, jemals Ware aus Japan in Empfang genommen zu haben?«

Die Versicherungsdetektivin horchte auf. »Sie sind demnach auf etwas gestoßen, das Ihren Onkel mit dem Verschwinden des Kois in Verbindung bringt«, folgerte sie.

Henrik ärgerte sich über seine unbedachte Frage. Bislang hatte er den ominösen Lieferschein noch nicht erwähnt. Und nun hatte er die Japanerin mit der Nase darauf gestoßen, dass er mehr wusste, als er vorgeben hatte. Es lag nicht in seiner Absicht, die schwer durchschaubare Asiatin darüber zu informieren, was Martin getan hatte. Wie und ob er überhaupt darin verwickelt war. Der von seinem Onkel unterzeichnete Lieferschein bewies, dass Martin gegenüber Hitomi Tadokoro gelogen hatte, und dafür musste er einen triftigen Grund gehabt haben. Vielleicht hatte Martin der Dame schlicht nicht über den Weg getraut. Zumindest war dies das Erste, was ihm dazu einfiel. Deshalb mahnte er sich im Stillen, noch vorsichtiger zu sein.

»Wie ich schon erwähnte, ich versuche lediglich zu verstehen, warum mir mein Onkel Ihre Nummer hinterlassen hat.«

»Machen Sie mir nicht weis, dass Sie alle Telefonnummern überprüfen, die Sie im Nachlass Ihres Onkels ausgraben. Hinter Ihrem Anruf steckte eine Absicht, genau wie hinter dem Interesse für den Purachinagoi.« Sie hielt inne und kräuselte die Brauen. »Wo haben Sie diesen Begriff überhaupt aufgeschnappt, mit dem Sie doch bis eben nichts anfangen konnten?«

Henrik dachte an Nguyen. Er musste sich den Koreaner auf jeden Fall noch einmal zur Brust nehmen, denn es stand wohl außer Frage, dass er von dem Koi-Karpfen-Import gewusst hat. Er hatte jedenfalls nicht vor, über die skurrile Begegnung mit dem angeblichen Agenten zu berichten, und schwieg daher.

Sie sog scharf die Luft ein. »Ich war sehr entgegenkommend und habe Ihnen weitergeholfen. Nun ist es an Ihnen,

Ihren Teil zu unserem kleinen Erfahrungsaustausch beizutragen, finden Sie nicht?« Der Skorpion drohte mit seinem Stachel.

Er musste ihr etwas geben, das sah er ein. Auch in Hinblick darauf, dass er ihre Hilfe voraussichtlich noch länger benötigte. Dachte er ein, zwei Schritte weiter, war er wieder bei der Befürchtung, dass Martins Verstrickung in diese Fischentführung durchaus ein Motiv dafür gewesen sein konnte, ihn aus dem Weg zu räumen. Sofern tatsächlich ein fanatischer Koi-Sammler den Fisch – mit oder ohne Martins Zutun – an sich gebracht hatte, konnte diese Person unter den gegebenen Umständen nicht zulassen, dass Zeugen zurückblieben. Immerhin handelte es sich quasi um Hehlerware mit einem immens hohen Versicherungswert. Auch wenn Geld in diesem Fall nicht den Ausschlag gab. War es möglich, mittels Hitomi Tadokoro eventuell den Mörder seines Onkels zu finden? Oder verrannte er sich gerade in diese abgedrehte Fischsache? Er kam nicht weiter, wenn er kein Wagnis einging, also zog er den Lieferschein aus der Tasche, legte ihn vor der Japanerin auf den Tisch und strich ihn glatt.

»Das befand sich ebenfalls im Besitz meines Onkels.«

Hitomi Tadokoro starrte hinab auf das knittrige Stück Papier. Alles, was sich bewegte, waren ihre Pupillen. Im Rest ihres Gesichts regte sich kein Muskel.

»Können Sie mir sagen, was da steht?«

»Hm ...«, machte sie schließlich, doch dann zerschnitt der schrille Ton eines Mobiltelefons die Stille im Café. Die Japanerin holte ein Handy aus der Handtasche. Sie hörte zu, reagierte nur mit knappen, hart klingenden Silben. Das Gespräch dauerte keine zehn Sekunden.

»Ich muss sie verlassen«, verkündete sie im nächsten Moment, sprang auf und warf einen Zehneuroschein auf den Tisch. In der Tür des Cafés drehte sie sich noch einmal zu ihm um.

»Wir sind noch nicht fertig miteinander!«

13

Im Briefkasten lag Post vom Finanzamt. Er konnte nicht alles entziffern, aber offensichtlich wollte der portugiesische Staat Geld von ihm. Es blieb ihm nichts anderes übrig, als Adriana anzurufen.

Auch diese Frau war Teil seines Erbes. Die Steuerberaterin Adriana Teixeira hatte sich um Martins fiskalische Angelegenheiten gekümmert, die nun die seinen geworden waren. Wobei die Einnahmen, die das Antiquariat abwarf, genau wie die Mieten nahezu lächerlich waren. Weshalb sein Onkel damit überhaupt jemanden beauftragt hatte, war unverständlich. Was noch absurder anmutete, wenn man bedachte, welches Klientel Adriana sonst betreute. Henrik hatte nie eine Antwort darauf bekommen, wieso die bildhübsche Portugiesin diese für sie wohl recht drollige Aufgabe übernommen hat. Aber das war nicht das einzige Mysterium, das sich um die dunkelhaarige Schönheit rankte. Sie war so undurchsichtig wie attraktiv. Und sie hatte vermutlich was mit Victor. Damit hatte Henrik am meisten Probleme. War es gekränkte Eitelkeit, weil sie ihn gegen einen Barkeeper eingetauscht hatte? Schon allein der Gedanke war Unsinn. Ja, sie hatten eine kurze Liaison gehabt, aber daraus war nie mehr geworden. Und außerdem war er doch jetzt mit Helena zusammen. Warum also tat er sich nach wie vor schwer damit, Adrianas Allüren hinzunehmen und ihre Bekanntschaft rein auf das Geschäftliche zu reduzieren?

Vielleicht weil sie etwas vor ihm verbarg?

Etwas, was über die Liebelei mit der Hyäne hinausging ... Da war nichts als eine Ahnung, die ihn umtrieb, wenn er an Adriana dachte. Doch sie war stets dann aufgetaucht, wenn er drauf und dran war, einem der Namenlosen auf die Füße zu steigen. Als übte sie eine Art Kontrollfunktion aus, die über ihre Hilfe mit der Steuer hinausging. Wobei sie stets subtil und im Hintergrund agierte. Wie eine ... Agentin.

Henrik schüttelte den Kopf. Er hatte wohl zu viel Frederick Forsyth gelesen. Das konnte doch nicht sein, dass er so aus der Spur lief, nur weil ein Fisch abhandengekommen war! *Nun gut, ein eins Komma fünf Millionen schwerer Fisch.*

Er durchquerte das Antiquariat, stieg über das Chaos im Büro hinweg und zwängte sich hinter den Schreibtisch. Dort wühlte er sich zum Eingangskorb durch und warf das Schreiben vom Finanzamt darauf. Der Anruf bei Adriana konnte bis morgen warten. Er fischte ein leeres Blatt Papier aus einem unsortierten Aktenstapel rechts von ihm und machte sich ein paar Notizen, die ihm helfen sollten, Hitomis Bericht zu strukturieren. Dabei stellte er fest, dass ihn die ganze Zeit über ein Gedanke piesackte, den er nicht richtig zu fassen bekam. Eine bestimmte Bemerkung der Japanerin hatte in ihm ein Pendel angestoßen, dessen Schwingungen nun immer größere Ellipsen durch seine Gehirnwindungen zogen. Es musste logischerweise irgendetwas mit den wertvollen Karpfen zu tun haben, die seit der letzten Stunde unentwegt durch seinen Kopf schwammen.

Plötzlich hatte er ein Bild vor Augen.

Was ...?

Im Keller war er neulich auf so ein Ding gestoßen, als er den letzten, verbliebenen Lichtschacht vernagelt hatte, durch den man noch hätte eindringen können, zumindest sofern man extrem dehnbare Gelenke und Knochen aus Gummi besaß. Bei dieser Gelegenheit war es gewesen, dass ihm dieses Ding unter die Finger kam, mit dem er nichts anzufangen wusste. Zumindest damals nicht. Umständlich befreite er seine Beine aus dem Durcheinander unter dem Schreibtisch. Der Kellerschlüssel hing an einem Nagel, vor Äonen in jenen Balken geschlagen, an dem die Schiene für den Vorhang befestigt war. Ein wahres Ungetüm von einem Eisenschlüssel, mit dem man durchaus ein Schädel-Hirn-Trauma provozieren konnte, wenn man die nötige Kaltblütigkeit aufbrachte. Damit bewaffnet kletterte Henrik die steile Kellerstiege hinunter. Den Winter über war viel Feuchtigkeit in die alten Mauern gesickert, daher schlug ihm modriger Geruch entgegen, als er die schwere Eichentür aufzog. Sie bewegte sich erstaunlich leicht in ihren Angeln, verglichen mit dem letzten Mal, da er hier unten gewesen war, und kurz fragte er sich, ob womöglich jemand von seinen sonst eher lethargischen Mietern zum Ölkännchen gegriffen hatte.

Neben dem gekachelten Raum mit der Gemeinschaftswaschmaschine und einer Nische, in der er Wein und Lebensmittel lagerte, war das urige Gewölbe vor langer Zeit mit Bretterverschlägen ungleichmäßig in mehrere Parzellen aufgeteilt worden. Wer diese Anordnung bestimmt hatte und wofür sie gut war, entzog sich seiner Kenntnis. Er ging davon aus, dass der Keller schon in diesem Zustand gewesen war, als Martin und João das Haus damals Ende der 1970er-Jahre kauften. Sein Onkel hatte danach fast vierzig

Jahre Zeit gehabt, um sämtliche Räume mit seinem Krempel zu füllen und nur noch schmale Pfade übrig zu lassen, auf denen man auch die entlegenen Ecken der Gruft erreichte. Allerdings hieß das, Spinnweben, Staub, Moder und Schimmel auf sich zu nehmen. Eine echte Indiana-Jones-Herausforderung für entschlossene Männer mit starkem Willen.

Licht spendeten zwei nackte Glühbirnen, eine zu Beginn und eine am Ende des Mittelgangs, die an einfachen Kabeln von der Decke hingen – auch wenn es so aussah, als würden eher die unzähligen Spinnweben drumherum die Lampen an Ort und Stelle halten. In den Verschlägen selbst herrschte Dunkelheit. Man musste mit dem Licht auskommen, das vom Gang hereinfiel. Henrik stöhnte. Er hätte eine Taschenlampe mitbringen sollen. In dem Kabuff, in dem er glaubte fündig zu werden, bedeckte eine Pfütze den begehbaren Bereich, in den Ritzen und Vertiefungen des groben Steinbodens stand überall das Wasser. Auch das noch. Es tropfte offenbar von der Decke, die aus stockfleckigen Brettern bestand. Was sich unter dem Holz verbarg, welches Material damals vor zweihundert Jahren verbaut worden und wie tragfähig diese Konstruktion heute noch war, das wollte er eigentlich gar nicht wissen. Dass es nun vermutlich aus einer durchgerosteten Leitung leckte, setzte der Bausubstanz jedenfalls zusätzlich zu. Die Renovierung des Gebäudes würde sich nicht auf die Fassade, das Dach und die Fenster beschränken, so viel stand fest. Die Kartons, die hier rechts und links gestapelt waren, hatten schon einiges von dem Wasser aufgesogen. Genervt drückte Henrik gegen die nasse Stelle an der Decke. Das Holz fühlte sich schwammig an. Plötzlich überkam ihn die Angst, dass das Haus einstürzen könnte. Was befand sich über ihm? Er überlegte fieberhaft, schaffte es jedoch nicht, das Erdgeschoss dem Labyrinth hier unten räumlich zuzuordnen. Fest stand, er brauchte schnell einen Handwerker. Oder besser eine ganze Armee von Handwerkern.

Missmutig schob er den Gedanken beiseite. *Alles der Reihe nach!* Wo war dieses verfluchte Ding, weswegen er in diese feuchte Hölle hinabgestiegen war? Mit lautem Rumpeln schob er einige Kisten und eine wurmstichige Kommode zur Seite, um sich einen Weg zu bahnen. So ziemlich alles bis hinunter auf einen Meter Höhe war durchnässt. Als er an einer Stelle zu heftig drückte, kippte ein Karton auf Schulterhöhe vom Stapel. Weihnachtsschmuck ergoss sich daraus, und Christbaumkugeln zerplatzten auf dem Steinboden wie Seifenblasen. Still vor sich hin fluchend, wühlte er weiter. Wegen der mangelnden Beleuchtung war es eher ein Tasten, und fast war er erleichtert darüber, nicht immer erkennen zu können, was er da anfasste. Dann endlich erfühlte er zwischen der unverputzten Ziegelwand und der ersten Lage Pappschachteln die Stange. Mit etwas Gewalt konnte er sie befreien und zwischen den Kisten hervorziehen. Das, was an der angeschimmelten Bambusstange hing, sah mitleiderregend aus, aber es war exakt das, wonach er gesucht hatte.

Für einen besseren Blick darauf trat er hinaus in den Gang. *Mut und Kraft*, dachte er.

Der Schlag kam von hinten und traf ihn hart im Genick. Obwohl er noch versuchte, sich auf den Stock in seiner Hand zu stützen, knickte er ein, taumelte gegen die Bretterwand und landete auf dem Hosenboden. Es war nicht vorrangig der Schmerz, sondern vielmehr der Schreck, der ihn zu Fall gebracht hatte. Kampfbereit und mit rasendem Puls sah er sich nach seinem Angreifer um, der im Zwielicht als keulenschwingender Schemen über ihm aufragte.

14

»Verdammt, und ich dachte, hier wären wieder mal Einbrecher zugange!«, fluchte der Schatten über ihm und trat unter eine der von Spinnweben umflorten Lampen.

»Renato!«, fauchte Henrik und rieb sich die Stelle im Nacken, an der ihn die Schaufel getroffen hatte; der ältere Mann hielt sie noch immer angriffsbereit erhoben.

»Was schleichst du auch hier unten rum?«

»Dasselbe könnte ich dich fragen!« Sein Schädel dröhnte, aber er begann allmählich wieder klar zu sehen.

»Ich hab einfach nicht gehört, dass du nach Hause gekommen bist!«

»Du hörst dich an wie meine Mutter.« Er streckte die Hand aus, und Renato half ihm ächzend zurück auf die Beine.

»Was willst du denn mit diesem schrecklichen Ding?«, fragt Renato und deutete auf den bunt gemusterten, leicht angeschimmelten Lappen, der am Ende der Bambusstange hing.

Henrik starrte ihn herausfordernd an. »Kannst du mir verraten, warum Martin diese Koi-Fahne in seinem Keller versteckt?«

Renato brummte etwas Unverständliches.

»Stammt die vielleicht ebenfalls von dem Whisky-Japaner?«

»Jetzt, wo du es sagst ...«

»Du *wusstest* davon?«

»Was willst du überhaupt? Ich habe dieses kitschige Ding schlichtweg vergessen.«

»Na, Hauptsache, du konntest dich an den Whisky erinnern«, sagte Henrik.

»Du bist nur nachtragend, weil ich dir eine Schaufel über die Rübe gezogen habe«, maulte Renato beleidigt zurück.

»Ist ja auch kein Wunder, oder? Du hast dich noch nicht mal dafür entschuldigt!«

»Sag ich doch, nachtragend, wie die Deutschen halt so sind«, konterte Renato mit einer theatralischen Geste. »Dabei habe ich nicht mal richtig getroffen.«

Henrik wedelte mit der Fahne vor dem Gesicht des anderen herum. »Pass auf, ich verzichte auf eine Entschuldigung, wenn du mir sagst, was es damit auf sich hat. Und ich meine nicht etwa den Brauch, der dahintersteckt, sondern wie Martin in den Besitz dieser Fahne kam.«

»Hab ich doch schon gesagt. Hörst du mir eigentlich zu? Das hat dieser Anzug-Japaner irgendwann angeschleppt.«

»Und wofür?«

»Warum soll ich immer alles wissen?«

Henrik erinnerte sich an eine Szene, als sein Vater zu Besuch gewesen war. Wie sein alter Herr und Renato in der warmen Herbstsonne vor dem Antiquariat saßen, Rotwein tranken und verschwörerisch ihre Köpfe zusammensteckten. Es war nicht schwer, sich vorzustellen, dass es solche konspirativen Sitzungen auch zwischen Renato und Martin gegeben hatte.

Henrik versuchte sich in Geduld zu fassen. »Mehrfach habe ich dir schon erklärt, dass du eine der wenigen Verbindungen zum Leben meines Onkels bist, und wenn ich herausfinden will, warum er nicht mehr unter uns ist, brauche ich deine volle Unterstützung. Ich habe es doch wohl richtig verstanden, dass es auch sehr in deinem Interesse ist, die Wahrheit ans Licht zu bringen.«

»Das macht ihn auch nicht wieder lebendig,« murrte der Alte.

»Aber es hilft uns allen, besser damit umzugehen«, entgegnete Henrik.

Renato winkte ab und tat so, als wäre er der harte Hund, der er gerne vorgab zu sein, um die Verwundbarkeit seiner sensiblen Künstlerseele nicht offen zur Schau zu stellen. »Was soll denn Martins Tod mit diesem kitschigen Etwas zu tun haben?«

»Wir wurden schon mehrfach überrascht, was das angeht. Martin war ein Meister der hintergründigen Botschaften. Und ich bin sicher, es steckt auch eine ganz bestimmte Absicht hinter dieser Fahne.«

Renato strich sich über die weißen Bartstoppeln. »Wenn er so vor sich hin brummte, kam er mir manchmal schon leicht senil vor.«

Henrik wedelte eine Spinnwebe weg, die plötzlich vor seinem Gesicht baumelte. »Und was hat er bezüglich dem hier vor sich hin gebrummt?«

»Dass er sie vor die Tür hängen müsste. So wie früher die Leute Kerzen ins Fenster gestellt haben, um den Angehörigen den Heimweg zu weisen.«

»Genau das hat er gesagt?«

Renato zuckte mit seinen spitzen Schultern. »So was in der Art jedenfalls. Vielleicht ging es auch um eine Botschaft, ich kann mich nicht mehr an den genauen Wortlaut erinnern.«

»Eine Botschaft? Um jemanden anzulocken?«

»Mehr wie ein Hinweis, denke ich, um jemandem Bescheid zu sagen, ein Signal.«

»Dass die Post angekommen ist«, murmelte Henrik, und Renato runzelte die Stirn.

»Keiner zu Hause?«, ertönte eine Stimme von oben, und beide Männer wandten sich erschrocken der Kellertreppe zu.

War es schon so spät?

»Die Polizei schon wieder«, flüsterte Renato sarkastisch. Henrik funkelte ihn missbilligend an.

»Helena ist auf unserer Seite«, belehrte er ihn, lehnte den Bambusstab mit der Koi-Fahne gegen den Bretterverschlag und verließ das modrige Gewölbe.

Sie stand im Hauseingang. Offenbar kam sie direkt von der Arbeit. Unangekündigt, wie gestern. Das mit Rottönen durchdrungene Licht des frühen Abends fiel durch die offene Eingangstüre und umfing sie mit einem Flammenkranz. Aber vielleicht gaukelten ihm seine Gefühle dieses Bild auch nur vor. Selbst die Kopfschmerzen, die er Renatos Hieb mit der Schaufel verdankte, lösten sich schlagartig auf. Verdammt, er war wirklich verliebt in diese Frau.

»Störe ich?«

»Nein, nein, keineswegs. Ich freue mich.«

Helena lachte bei seinem Anblick, und ihm wurde bewusst, wie er aussehen musste. Dreckig, mit Spinnweben behangen und mit einem nassen Hintern.

»Also, eigentlich wollte ich fragen, ob du mitkommst, um eine Kleinigkeit zu essen …«

Mit diesem Angebot hatte er am allerwenigsten gerechnet. »Wenn du noch eine Viertelstunde Geduld aufbringst?«

Er brauchte dreißig Minuten, doch sie zeigte sich nachsichtig. Sein Haar war noch feucht, als sie nebeneinander Richtung Miradouro de Santa Catarina schlenderten. Der Aussichtspunkt unweit des Antiquariats war zu dieser Stunde gut besucht. Die Lisboetas kamen hierher, um ihren Feierabend einzuläuten, die Touristen, um den Blick über die Stadt, hinüber zu Cristo Rei und auf die Brücke des 25. April zu genießen, die ein Stück weiter westlich den Tejo überspannte und jetzt im Gegenlicht der untergehenden Sonne erstrahlte. Vor allem junge Leute bevölkerten die schräg abfallende Rasenfläche unterhalb der massigen Adamastor-Statue, die den Poeten Luís Vaz de Camões zeigte sowie das Kap der Stürme symbolisierte, das heute unter dem Namen Kap der Guten Hoffnung bekannt war und an dem die portugiesischen Karavellen einst allzu oft Schiffbruch erlitten hatten. Im Schatten des Denkmals, unter den Bäumen, die es umgaben, auf den Steinstufen und auf der weitläufigen Aussichtsplattform herrschte wie immer ausgelassenes Treiben. Die Hälfte der Besucher sahen aus, als würden sie hier auch übernachten. Natürlich waren Musiker am Spielen, und selbstredend wehte einem der süßliche Duft von Joints um die Nase.

Gleich im Anschluss an den kleinen, mit Platanen und Hartriegelgewächsen bepflanzten Aussichtspunkt fand sich an der Ecke der abwärtsführenden Rua Santa Catarina ein gemütliches Fischrestaurant, das eine feine Auswahl an leckeren Tapas bot, welche die Zeit bis zum eigentlichen Abendessen, das in der Regel nicht vor halb zehn eingenommen wurde, überbrücken halfen. Sie bekamen einen Tisch an der Fensterfront, von wo aus der Blick nicht unwesentlich schlechter war als vom nur wenig höher gelegenen Miradouro. Die Stadt hatte ihre Lichter angezündet, was die Kulisse zu einem perfekten Tableau machte.

»Tut mir leid, falls ich heute Morgen etwas unwirsch war«, begann Helena, nachdem sie dem betagten Kellner ihre Wünsche mitgeteilt hatten. Fisch-Kroketten mit Joghurtsoße und Chamuças de bacalhau: Stockfisch, mit Teig umhüllt und frittiert. Dazu bestellte Helena Wasser, und Henrik schloss sich an, auch wenn ihm eher nach einem Bier war.

»Nein, bitte entschuldige dich nicht. Das mit uns ist eine schwierige Situation, und damit meine ich keinesfalls die Gefühle, die ich für dich empfinde.« Jetzt war es raus. Wenn auch noch sehr vage formuliert, so hatte er doch erstmals in Worte gekleidet, wie sehr ihre Nähe ihn emotional aufwühlte.

Sie erwiderte lange nichts, suchte lediglich seinen Blick. Schließlich sagte sie: »Es ist schön, mit dir zusammen zu sein, aber ich bin unsicher, ob es richtig ist.«

»Es gibt kein richtig oder falsch, wenn es um …« Er schaffte es nicht, von Liebe zu sprechen, aber er ging davon aus, dass sie es ihm ansehen konnte. Die starke, innige Zuneigung, die er für sie hegte, musste sich doch auch nach außen hin bemerkbar machen. Aus seinen Augen leuchten. Irgendwas in der Art, das sie empfangen konnte.

»Wir hatten uns ja mal vorgenommen, keinen Kontakt zu pflegen, um die Gemüter nicht zu erregen und keine unnötige Aufmerksamkeit auf uns zu ziehen.«

»Um Sara nicht in Gefahr zu bringen«, ergänzte er.

»Genau! Sollen wir das nun alles als hinfällig betrachten?«

Er zog die Stirn kraus. Was sollte er darauf antworten?

»Ich weiß einfach nicht, ob ich diese nervliche Anspannung auf Dauer ertrage. Oder dieses Versteckspiel. Schon mit dir hierherzukommen, verlangt mir mehr ab, als ich befürchtet hatte.«

»Wir hätten auch bei mir …«

»Nein!«, fuhr sie ihm ins Wort. »Ich musste es ausprobieren. Ich muss wissen, was es mit mir macht, wenn ich mit dir in einem Restaurant sitze. Wie oft ich mich umsehe, wenn ich an deiner Seite durch die Stadt gehe …«

Er hatte nicht darauf geachtet, ob sie auf den zweihundert Metern von seinem Haus bis hierher über ihre Schulter geblickt hatte. Falls dem so war, dann nicht allzu häufig, sonst wäre es ihm gewiss nicht entgangen. Für ein paar Sekunden kam er sich vor wie ein Versuchskaninchen. Der Kellner brachte das Wasser, weshalb er stumm blieb. Dann legte sie ihre Hand auf die seine, und der Unmut verflog.

»Ich bin gerne mit dir zusammen, sonst wäre ich nicht hier. Wir müssen allerdings vorsichtig sein und sehr wahrscheinlich auf einiges verzichten. Und ich frage mich, ob die Verbindung zwischen uns auf Dauer dafür stark genug ist. Ob wir die Kraft haben, uns dieser ständigen Spannung auszusetzen.«

Er lächelte. »Wir finden es nicht raus, wenn wir es nicht versuchen!«

15

Es holte ihn aus dem Schlaf. Er konnte nicht benennen, was es war, aber es bescherte ihm kurzzeitig das Gefühl, erdrückt zu werden. Ein Stahlband war um seine Brust geschlungen und hinderte seinen Brustkorb daran, sich auszudehnen. Während sein Verstand noch damit beschäftigt war, den Anfall von Enge zu überwinden und der Furcht Herr zu werden, sein Herz könnte aufhören zu schlagen, bemerkte er die Bewegung. Irgendetwas huschte durch das Zimmer. Im Dämmerlicht suchte er nach einem Anhaltspunkt, nach etwas, das ihm half, sich zurechtzufinden. Doch bevor die Panik über das schreckliche Verlorensein zwischen den Welten ihn übermannen konnte, fiel ihm auf, dass er ganz normal atmete. Offenbar war er nur etwas zu unvermittelt aus traumloser Schwärze an die Oberfläche gefahren. Wie in einem Expresslift ohne Druckausgleich, bloß dass der hydrostatische Unterschied sich hier nicht auf die Trommelfelle, sondern auf die Seele auswirkte.

Und dann erkannte er Helena. Ihre nackte Silhouette zeichnete sich im schwachen Schein der Morgendämmerung ab, die durch die Vorhänge fiel. Für einen Moment erfüllte ihn große Freude darüber, dass sie auch diese Nacht wieder mit ihm verbracht hatte; gleichzeitig versuchte er, immer noch benebelt, zu verstehen, warum sie nicht mehr bei ihm im Bett lag. Sein Blick schärfte sich, und er erfasste endlich die Situation. Sie durchwühlte ihre Hosen, suchte nach dem penetranten Geräusch. Tatsächlich nahm er den schrillen Ton, der ihn offenbar aus Morpheus Armen gerissen hatte, erst jetzt bewusst wahr.

Sie bewegte sich leise. Als sie in seine Richtung blickte, tat er ihr den Gefallen und schloss die Lider. Was ihm nicht schwerfiel, da sie sich nach wie vor bleischwer anfühlten. Nach ein wenig Geraschel nahm sie das Telefonat im Flüsterton an. Sie sprach nicht viel, hörte eher zu. Wiederholte den Namen einer Straße und Sekunden darauf einen Begriff, der ihn blitzartig munter machte. Er musste sich beherrschen, um nicht mit einem Satz aus dem Bett zu springen. Unter der Bettdecke gruben sich seine Finger in das warme Laken, während er darum bemüht war, weiterhin den Schlummernden zu geben.

Helena beendete ihr Gespräch, suchte ihre Kleider zusammen und kam zu ihm ans Bett.

»Henrik!« Sie flüsterte es mit Nachdruck.

Er reagierte verzögert, unsicher, ob ihm das Schauspiel gelang. »Hm … was?«

»Ich muss los.«

Er schlug die Augen auf. Das, was er ihr gestern ausgezogen hatte, hatte sie nun schützend vor die Brust gerafft. »Schlaf weiter, ich melde mich.«

»Hey, ich …«

Aber sie war schon aus dem Schlafzimmer. Er wartete fünf Sekunden, bevor er aufstand und ihr hinterherschlich. Sie hatte die Badtür abgeschlossen. Die Dusche rauschte bereits. Auf seinen Unterarmen wuchs Gänsehaut, aber nicht weil ihm kalt war. Er war einfach elektrisiert, seit er seine Gedanken in die richtige Reihenfolge gebracht hatte. Schnell ging er in die Küche. Sein Handy hing neben der Spüle am Ladegerät. Er tippte den Straßennamen in die

Karten-App. Danach wanderte er nackt und unschlüssig um den Küchentisch. Er musste entscheiden, wie er vorging. Musste sich klar sein, was er tat, ehe Helena aus dem Bad kam. Vielleicht hatte er sich ja auch nur verhört. Gelegentlich – und wenn er sich sehr konzentrierte – konnte er Unterhaltungen auf Portugiesisch einigermaßen folgen. Und Helena hatte im Prinzip nur wiederholt, was man ihr am Telefon mitteilte. Auch wenn sie darum bemüht gewesen war, leise zu sprechen, hatte das, was sie vor sich hingeflüstert hatte, ziemlich eindeutig geklungen.

Und wenn es doch nur Zufall war?

Nein, Unsinn. Und darauf gepfiffen, dass er damit ein Klischee erfüllte, das besagte, Polizisten glaubten nicht an Zufälle – Ex-Polizisten eingeschlossen. Er blieb stehen. Besser, er legte sich wieder ins Bett und gab vor, wieder eingeschlafen zu sein. Ließ Helena erst mal machen und wartete ab, was wirklich dahintersteckte.

Er registrierte, dass das Wasser nicht mehr lief, und verfiel mit einem Schlag in Hektik. Schnell verzog er sich zurück ins Schlafzimmer und hüllte sich in die Decke. Ihre Eile bei der Morgentoilette legte nahe, dass die Anwesenheit der Kommissarin am Einsatzort dringend verlangt wurde. Das ließ kaum mehr Spielraum für Interpretationen darüber, was passiert war. Ihr fehlte sogar die Zeit, noch einmal nach ihm zu sehen, bevor sie aus der Wohnung stürmte. Sofort danach schwang er die Beine aus dem Bett und wurde seinerseits aktiv. Er hielt sich noch kürzer im Bad auf als sie, begnügte sich damit, die Zähne zu putzen und sich kaltes Wasser ins Gesicht zu spritzen. Danach schlüpfte er rasch in Hemd und Hose. Ein Blick aus dem Fenster hinauf in den schiefergrauen Himmel sagte ihm, dass eine Jacke heute auf jeden Fall Pflicht war. Zurück in der Küche, aktivierte er erneut das Handy. Die installierte Navigation schickte ihn ins Alfama-Viertel.

Um diese Zeit war die Eléctrico 28 noch leer. Abgesehen von den fehlenden Touristen, die erst ab dem Vormittag die Straßenbahn bevölkerten, war es um diese unchristliche Zeit selbst für diejenigen noch zu früh, die damit zur Arbeit gondelten. So bekam Henrik einen der begehrten Sitzplätze und fand nur in einer alten Dame Begleitung, die, ganz in schwarze Witwentracht gehüllt, an der Igreja de Santo António ausstieg. Henrik fuhr weiter bis zum Largo das Portas do Sol. Der beliebte Platz, auf dem sich vor allem abends Händler, Gaukler und Straßenmusiker tummelten, war ebenfalls noch menschenleer. Auch von der aufdringlichen Schar der Tuk-Tuk-Fahrer, die hier Touristen für ihre überteuerten Stadttouren köderten, war bisher keiner zu sehen. Er hatte daher freie Bahn über den Platz, der die beste Aussicht auf das Kloster São Vicente de Fora und die imposante Kuppel des Panteão Nacional bot. Eine Aussicht, für die er heute keine Zeit hatte. Das Wetter erweckte ohnehin nicht den Eindruck, als würde es ihm jeden Moment einen fulminanten Sonnenaufgang bescheren. Ohne sich lang aufzuhalten, rannte er die Beco de Santa Helena abwärts, mitten hinein ins verwinkelte Herz des Alfama. Schnell verschluckte ihn das Labyrinth aus Gässchen und steilen Kopfsteinpflastersträßchen. Als er nach wenigen Minuten auf die von Ost nach West verlaufende Rua de São Miguel stieß, hörte er bereits die Sirenen. Irgendwie war er richtig, aber ein *irgendwie* war nicht unbedingt ausreichend, um in der gewachsenen Unordnung dieses Viertels sein Ziel zu finden. Sekunden später erklangen die Martinshörner der Einsatzfahrzeuge deutlich oberhalb seiner Position. Selbst das konnte natürlich ein Trugschluss sein, hervorgerufen vom Echo, hundertfach gebrochen zwischen den gekrümmten, bröckelnden Häuserwänden. Trotzdem nahm er die erstbeste Gasse, die wieder bergan führte.

Eigentlich ergab seine Eile gar keinen Sinn. Wenn Inspetora Helena Gomes von der Divisão de Investigação Criminal der Lissabonner Polizei zu einem Tatort gerufen wurde, war es für das Opfer ohnehin zu spät. Alles, was er zu sehen bekommen würde, vorausgesetzt, er gelangte überhaupt nahe genug heran, würden Absperrbänder sein und vielleicht noch ein mit einer Plane abgedeckter Körper, um den Spurensicherer in Einwegoveralls herumwuselten, abgeschirmt von uniformierten Beamten. Im Grunde hatte er sich völlig kopflos verhalten. Aber bei Helenas Telefonat war dieser Begriff gefallen, der ihn elektrisiert hatte.

Japonês.

Ein japanisches Mordopfer, sofern er richtig gehört hatte. Das konnte einfach kein Zufall sein.

Er passierte einen schmalen Durchgang, der von einem Polizisten bewacht wurde. Möglichst unbeteiligt ging er weiter, obwohl er nun endgültig sicher war, gefunden zu haben, was er suchte. Jetzt war es wichtig, vorsichtig zu sein und auf keinen Fall von Helena erwischt zu werden. Kein einfaches Unterfangen, da das Terrain komplett unübersichtlich war und er schon nach der nächsten Hausecke mitten in den gesicherten Bereich um den Tatort hineinstolpern konnte.

Inzwischen wies ihm eine Gruppe von Schaulustigen den Weg. Von allen Seiten liefen immer mehr Anwohner zusammen, teilweise noch in Schlafanzügen und Morgenmänteln, denen der direkte Blick auf das Geschehen aus den Fenstern ihrer Häuser verwehrt war. Möglichst unauffällig folgte er einer besonders wild durcheinanderplappernden Truppe in die nächste Gasse hinein. Das zielstrebige Voranschreiten des guten halben Dutzends durchwegs älterer Herrschaften erweckte fast den Eindruck, sie verfolgten eine bestimmte Absicht. Doch die Prozession kam nicht weit. Sie wurde nach wenigen Metern in der engen Häuserschlucht von einem weiteren Polizisten aufgehalten. Der alte Portugiese an vorderster Front begann sogleich eine heftige Diskussion. Begleitet von steten Zwischenrufen der Frauen, die allesamt Leinensäcke oder Wäschekörbe unter den Armen trugen, wie Henrik nun auffiel. Die lautstarke Auseinandersetzung mit dem Polizisten vermittelte den Anschein, dass der Uniformierte unter den Leuten bekannt war. Ein Umstand, der bei der Menge zu noch mehr Unmut führte. Immerhin kannte man sich, da konnte man doch mal ein Auge zudrücken und musste nicht den Paragrafenreiter raushängen lassen!

Henrik schob sich noch weiter in die Gruppe hinein, darum bemüht, besser zu verstehen, was gesprochen wurde. Zwei-, dreimal schnappte er den Begriff *Lavadouro* auf und stellte eine Verbindung zu den Waschweibern her, die sich ungeduldig neben ihm drängten. Offenbar gelangte man bei den Verhandlungen mit der Polizei zu keinem zufriedenstellenden Ergebnis, denn plötzlich drehten sich alle geschlossen um und drückten an ihm vorbei zurück in die Richtung, aus der sie gekommen waren. Ihm blieb keine andere Wahl, als sich dem Strom zu fügen und sich mittreiben zu lassen.

»O que aconteceu?«, fragte er den Rädelsführer, als dieser zu ihm aufschloss. Die anderen hatten den Mann vorhin mit

Eduardo angesprochen. Der weißhaarige Senhor mit dem energischen Kinn musterte ihn abschätzend von Kopf bis Fuß, dann erhellte schlagartig etwas Diebisches sein wettergegerbtes Gesicht, als wäre ihm gerade eine lukrative Geschäftsidee gekommen. Er zog Henrik ein Stück näher zu sich heran, kaum dass sie zurück auf der Rua de São Miguel waren, in der trotz der frühen Stunde mittlerweile annähernd Volksfeststimmung herrschte. Der drahtige Alte, der einen Kopf kleiner war als Henrik, drückte ihn in eine Nische und redete in einer Mischung aus schwer verständlichem Englisch und Portugiesisch auf ihn ein. Soweit Henrik die Sache begriff, erklärte er ihm, dass die Frauen aus dem Viertel wegen polizeilicher Ermittlungen heute nicht ins *Lavadouro publico* durften. Dass die Wäsche nicht gemacht werden konnte, war schlimm, aber noch schlimmer war offenbar, dass deswegen der Belegungsplan des Waschhauses durcheinanderkam. Was wiederum zu großem Gezeter unter den Weibern führen würde und er alle Hände voll zu tun bekäme, bis alles geregelt war. Selbstverständlich war ihm bewusst, dass Henrik die Probleme, die ein versperrtes Waschhaus verursachte, nicht interessierten, sondern dass er – und dabei senkte Eduardo die Stimme noch mehr – wegen *um morto*, einer Toten, hierhergekommen war. Die Krähenfüße um seine Augen traten deutlich hervor, als er sie verschwörerisch zu Schlitzen verengte. Im selben Atemzug bot er Henrik an, ihn mitzunehmen, für *cinquenta euro*. Was seines Erachtens einen ausgesprochenen Sonderpreis für den Dienst darstellte, den er Henrik im Gegenzug gewährte.

Trotz der Verständigungsschwierigkeiten, die seiner mangelnden Sprachkenntnis anzulasten war, war schnell klar, was Eduardo ihm verkaufen wollte. Augenscheinlich war er mühelos zu durchschauen gewesen. Weil es ihm an Nerven und Zeit fehlte, einigten sie sich nach ein wenig Hin und Her auf dreißig Euro und besiegelten das Geschäft mit einem Handschlag. Dann trottete sein neuer Freund gemächlich voraus, und Henrik folgte ihm mit ein wenig Abstand. Erst jetzt fand er die Gelegenheit, den Mann näher zu betrachten, der offenbar dazu berufen war, das Geschehen im Viertel zu regeln, zumindest was das Einhalten der Waschzeiten im Lavadouro betraf. Eduardo trug ein weißes, nicht ganz sauberes Hemd und eine wallnussbraune Stoffhose, die ausgebeult um die dürren O-Beine schlotterte und am Gesäß großzügig durchhing. Im schaukelnden Gang des altersbedingten Hüftverschleißes schob er sich in ausgelatschten Lederschuhen durch das Gedränge. Mittlerweile war noch mehr Polizei aufmarschiert und versuchte Disziplin unter die Schaulustigen zu bringen. Auf ihrem kurzen Weg durch den Trubel wurde Eduardo von allen Seiten begrüßt und hatte für den einen oder die andere ein paar Worte übrig. Von den Ordnungshütern blieben sie unbehelligt, allenfalls kam von dort ein kurzes Nicken, als wollte selbst die Polizei es sich nicht mit dem *Patrono* verscherzen. Dicht hintereinander betraten sie schließlich einen völlig im Schatten liegenden Hausflur, der hinaus in einen winzigen Innenhof führte, von wo aus sie wiederum zu einem weiteren Wohnhaus in kräftigem Azurblau gelangten. Auf der steinernen Türschwelle kauerte eine Schildkröte und mampfte auf einem welken Kräutersträußchen herum. Der Alte stieg mit einem großen Schritt über sie hinweg, und Henrik tat es ihm gleich. Das Treppenhaus war um einiges enger als das in seinem Haus, die Stufen der Holzstiege knarrten aber nicht minder laut unter ihrem Gewicht. Im ersten Stock angekommen, rief Eduardo in das Halbdunkel eines abzweigenden Gangs hinein. Woraufhin durch eine der geschlossenen Türen die ebenso unverständliche Antwort einer Frauenstimme ertönte. Der Alte nickte zufrieden und bedeutete Henrik, ihm weiter zu folgen. Also kletterten sie auch die vier nächsten Etagen hinauf, bis unter die Dachschräge. Dort schob Eduardo ihn durch eine Tür in ein winziges Zimmer, in das nur ein schmales Bett und eine Kommode passte.

»Janela!«, sagte Eduardo und wies auf das schießschartengroße Fenster hin, das die Kammer mit Licht versorgte.

Henrik trat vorsichtig an den Ausguck und spähte durch die verschmierte Scheibe. Fünf Stockwerke unter sich erkannte er einen nahezu quadratischen Platz, auf dem es von Einsatzkräften nur so wimmelte.

Eduardo gesellte sich zu ihm und öffnete das schmale Fenster. Dann hielt er ihm seine schwielige Hand unter die Nase. Der Logenplatz mit Blick auf den Tatort hatte seinen Preis.

»Quinze minutos«, erklärte ihm der Alte, nachdem die Geldscheine zusammengeknüllt in seiner Brusttasche verschwunden waren. Dann ließ er Henrik mit seiner teuer erkauften Aussicht allein.

Er musste aufpassen, selbst nicht gesehen zu werden, weshalb er mit einer gewissen Zurückhaltung nach unten lugte. Helenas Kollege Lui war sogar aus der Vogelperspektive nicht schwer zu entdecken. Schon allein seiner Kleidung wegen – er trug stets helle, knittrige Leinenanzüge und darunter geschmacklos bunte Hemden. Er lehnte lässig an der Brüstung einer Steintreppe, die hinauf zum nächsthöheren

Straßenniveau führte. Der Fokus der Ermittler und Spurensicherer lag auf dem kleinen, mit den typischen, alten Tonziegeln gedeckten Gebäude in der rechten Ecke des Platzes. Dort am Eingang erblickte er Helena, die sich mit einem Mann in einem weißen Overall und hochgezogener Kapuze unterhielt. Nur von *um morto* selbst war nichts zu sehen. Die Leiche, die es gemessen an dem Polizeiaufgebot ohne Zweifel geben musste, ruhte vermutlich im Waschhaus, das von hier aus natürlich nicht einsehbar war. Der von vier- und fünfstöckigen Gebäuden umgebene Platz wirkte zwar wie ein Schalltrichter, allerdings drangen die Stimmen und Geräusche, die von den Polizeikräften verursacht wurden, nur als undurchdringliches Gewirr zu ihm herauf. Er bereute bereits, dafür dreißig Euro hingeblättert zu haben. Jetzt galt es, das Beste daraus zu machen. Aufmerksam verfolgte er eine Weile das Treiben, versuchte irgendwelche Erkenntnisse aus dem Geschehen zu gewinnen, ohne dass er etwas wirklich Hilfreiches entdeckte.

Er war im Übrigen nicht der Einzige, der seinen Kopf aus einem der zahlreichen Fenster reckte. Einerseits ein Vorteil, denn damit fiel er weniger auf. Andererseits würde die Polizei bestimmt jemanden abstellen, der die Schaulustigen genau unter die Lupe nahm. Auch hier musste bekannt sein, dass sich Täter gelegentlich gerne unter die Zaungäste mischten, um den Ermittlungsbeamten auf die Finger zu sehen. Aus diesem Grund schaute sich auch Henrik die durchwegs ungeniert glotzenden Leute an. Zumeist handelte es sich dabei um ältere Damen oder Herren, denen hier eine willkommene Abwechslung zum morgendlichen Fernsehprogramm geboten wurde. Unter ihnen entdeckte er niemanden, der einen verdächtigen Eindruck machte, und bald darauf beschloss Henrik, die ihm zustehende Viertelstunde nicht auszureizen. Im Ansatz mochte sein Versuch nicht verkehrt gewesen sein, einen Blick auf die Ermittlungen zu erhaschen, praktisch betrachtet war es aber unüberlegt. Eigentlich hatte er von vornherein gewusst, dass er auf diese Art nicht wirklich etwas Brauchbares in Erfahrung bringen würde. Er war lang genug bei der Polizei gewesen, um es besser zu wissen. Früher war er besonnener und überlegter vorgegangen. Diese impulsive Handlungsweise kannte er an sich erst, seit er in Lissabon lebte. Die Stadt hatte wohl schon auf ihn abgefärbt …

Gerade als er sich vom Fenster abwenden wollte, erweckte etwas seine Aufmerksamkeit. Am Ansatz der Treppe, wo nach wie vor ein gelangweilt aussehender Lui lehnte, tauchte ein kleiner Mann in einem dunkelgrauen Anzug auf. Begleitet wurde er von zwei Uniformierten, die ihm den Weg bis zu den Absperrbändern frei machten. Im ersten Moment dachte Henrik an einen engagierten Staatsanwalt, der den Schauplatz des Verbrechens höchstpersönlich inspizieren wollte. Doch dann trat der Mann aus dem Schatten ins grelle Licht des frühen Vormittags, und er erkannte dessen asiatische Herkunft. Lui schnippte die Zigarettenkippe fort und nahm den Mann am Fuß der Treppe in Empfang. Der Asiate verzichtete darauf, dem Inspektor die Hand zu geben, deutete lediglich eine knappe Verbeugung an. Er reichte Lui allenfalls bis an die Brust. Seite an Seite überquerten sie den gepflasterten Platz. Einer unklaren Eingebung folgend, machte Henrik schnell ein paar Fotos mit seinem Handy, bevor der Winkel zu spitz wurde. Vor dem Waschhaus wurden dem Asiaten von einem der Forensiker Überzieher ausgehändigt, die dieser etwas ungelenk über seine schwarzen Budapester streifte. Mit einem Mal stürmte auch Helena heran. Ihren heftigen Gesten war sofort zu entnehmen, dass sie nicht damit einverstanden war, den für sie wohl unerwarteten Besucher am Tatort zu haben. Demonstrativ stellte sie sich vor den Zugang zum Waschhaus. Woraufhin ihr Lui ein Handy überreichte. Während sie zuhörte, versteifte sie sich sichtbar und trat nach einem kurzen Gespräch widerwillig beiseite. Der Asiate verschwand mit ihrem Kollegen im Lavadouro.

Ein Japaner. Der Mann musste Japaner sein. Alles andere wäre Henrik unlogisch erschienen. Die Polizei hatte ihn offenbar herbestellt, um das Opfer zu identifizieren. Nur warum am Tatort und nicht erst in der Pathologie? Das war eine seltsame Verfahrensweise – aber was wusste er schon über die Vorschriften der portugiesischen Behörden in solchen Situationen.

Ein Japaner.

In Gedanken konstruierte er mögliche Szenarien. Wollte er an der Sache dranbleiben, hatte er nicht viele Optionen. Genau genommen blieb nur eine, die tatsächlich vielversprechend erschien. Er schloss das Fenster, verließ seinen Aussichtsposten in der Dachkammer und bemühte sich, auf der knarzenden Treppe nicht allzu laut zu sein. Eduardo war verschwunden. Nur die Schildkröte verharrte noch an ihrem Platz und genoss die morgendliche Sonne, die mittlerweile einen schmalen Lichtstreifen in den Eingang warf. Er wollte schon denselben Weg nehmen, über den ihn der Alte in das Haus gelotst hatte, doch dann entdeckte er, dass er das verschachtelte Ensemble von Wohngebäuden, die den kaum nennenswerten Lichthof umschlossen, auch über einen schattigen Durchlass nach Norden hin verlassen konnte. Nach wenigen Metern erreichte er die Rua do Castelo Picão, auf der ein ähnliches Chaos herrschte wie in allen anderen Gassen unmittelbar rund um den abgesperrten Bereich. Unweit von Henriks Standort parkte zwischen einer Phalanx an Einsatzfahrzeugen ein schwarzer Lexus mit getönten Scheiben, der sofort seine Aufmerksamkeit beanspruchte. Noch war Henrik keinem der Uniformierten aufgefallen, die in der Straße für Ordnung sorgten. Er wechselte möglichst unbeteiligt die Straßenseite und schlenderte auf die Limousine zu. Hinter dem Steuer erkannte er die Umrisse einer Person.

»Senhor! Onde você está indo?«, rief jemand hinter ihm, bevor er noch näher treten konnte.

Er drehte sich um. Der Polizist eilte bereits auf ihn zu. Henrik machte eine verständnislose Miene und hoffte, man würde ihm den ahnungslosen Touristen abnehmen, der sich aus unerfindlichen Gründen zu dieser frühen Stunde hierher verirrt hatte. »Ich suche den Feira da Ladra«, erklärte er händeringend. Viele Urlauber kamen wegen Lissabons größtem Flohmarkt, dem Markt der Diebe, ins Alfama-Viertel, weshalb ihm das als die plausibelste Ausrede erschien. Er zeigte auf die Traube der Schaulustigen, die sich ein Stück die Straße hoch hinter den Absperrbändern drängte. »Die vielen Leute, ich dachte, hier muss ich richtig sein.«

»Der Flohmarkt ist nur samstags«, belehrte ihn der Polizist. Das Misstrauen war ihm anzusehen. »Hier findet ein Polizeieinsatz statt, treten Sie sofort hinter die Absperrung!«

Sich mehrfach entschuldigend, suchte Henrik schnell das Weite und gesellte sich zu den Frühaufstehern unter den Urlaubern, die Seite an Seite mit Anwohnern das Geschehen beobachteten oder mit ihren Handys filmten, auch wenn überhaupt nichts Spektakuläres zu sehen war. Henrik blieb inmitten der Leute stehen. Um ihn herum tauschte man wüste Theorien aus, was, gemessen am Polizeiaufgebot, wohl vorgefallen sein konnte. Jeder Dritte wollte etwas beobachtet oder gehört haben. Er versuchte herauszufiltern, ob auch brauchbare Informationen darunter waren, aber alles, was er aufschnappte, klang nach gewagten Vermutungen. Hier gab es keine echten Zeugen, also konzentrierte er sich erneut auf den schwarzen Wagen. Es dauerte nicht lang, bis er den Japaner im grauen Anzug wieder zu Gesicht bekam. Die Augen hinter einer Sonnenbrille versteckt, ging der Mann zielstrebig auf den Lexus zu. Der Fahrer des Wagens, ebenfalls Asiate, reagierte sofort, stieg aus und öffnete dem Heraneilenden die hintere Tür.

Jetzt brauchte Henrik einen Plan. Und das innerhalb der nächsten dreißig Sekunden. Denn dann würde die japanische Delegation mit etwas Nachhilfe der Polizeikräfte durch die Menschengasse hindurch in Richtung Schlossberg verschwinden. Schon forderten die Uniformierten die Leute auf, Platz zu machen. Die Masse bewegte sich zwar nur träge, aber ohne größere Diskussionen. Hektisch sah er sich um. Die schwarze Limousine fuhr bereits an.

Etwas abseits schob eine junge Frau einen Vesparoller aus einer Nische zwischen zwei Gebäuden. Sie trug einen grün-weißen Overall, der sie als Mitarbeiterin einer im südeuropäischen Raum beheimateten Baumarktkette auswies. Henrik quetschte sich aus der nun noch mehr komprimierten Ansammlung, nicht ohne ein paar verständnislose Bemerkungen zu ernten, und rannte auf die Frau zu, die eben einen Helm über ihre Pferdeschwanzfrisur stülpte. Sie zuckte leicht zusammen, als sie ihn bemerkte. Er versuchte sich an einem freundlichen Gesichtsausdruck und zeigte ihr gleichzeitig seine offenen Hände. »Ich brauche Ihre Hilfe!«

Ihre sandfarbenen Augen weiteten sich noch ein Stück mehr. Kurz blickte sie über die Schulter, um sich zu vergewissern, ob tatsächlich sie gemeint war. Kecke Sommersprossen zierten ihre Nase, ihre rechte Braue war mit einem Piercing durchstochen. Selbst mit dem Helm auf dem Kopf reichte sie ihm nur bis unters Kinn.

Er zeigte auf den Lexus, der sich im Kriechgang durch das Spalier der Schaulustigen schob. »Können Sie mich hinter diesem Wagen herfahren? Ich gebe Ihnen ...« Er kramte in seiner Hosentasche und zog das heraus, was er bei der Verhandlung mit Eduardo eingespart hatte – ohnehin alles, was er noch zu bieten hatte. »Zwanzig Euro.«

»Ich muss zur Arbeit«, erklärte sie. Doch das, was aus ihren wachen Augen leuchtete, ließ Henrik Hoffnung schöpfen.

»Ist ein Notfall!«

Ihr Blick wechselte zwischen dem Geldschein in Henriks Hand und seinen Augen hin und her.

»Ich kann Ihnen mehr geben, falls wir im Anschluss an einem Bankomaten vorbeikommen.«

»Ist es gefährlich?«, fragte sie mit einem spitzbübischen Grinsen auf den Lippen.

Nicht die Frage, mit der er als Nächstes gerechnet hatte. »Ähm ... Man wird nicht auf uns schießen«, versprach er, obwohl sie den Eindruck machte, genau das hören zu wollen.

»Okay, dann spring auf!«, sagte sie, gespielt abgebrüht in Bruce-Willis-Manier und zupfte ihm den Geldschein aus der Hand. Die Vespa knirschte, als er hinter ihr Platz nahm.

Das Ding war vermutlich doppelt so alt wie die Fahrerin und sah nicht mehr sonderlich vertrauenerweckend aus. Die Blechverkleidung wies etliche Schrammen und Dellen auf, an einer Seite des Sitzes quoll die Füllung heraus. Die Seilzüge der Bremsen am Lenker waren ausgefranst. Aber es blieb keine Zeit, sich darüber Gedanken zu machen. Eine Sekunde später knatterte der Zweitakter los und hüllte ihn in blauen Dunst. Die Vibrationen des Motors verursachten ein schepperndes Nebengeräusch, das auf unzählige lockere Schrauben schließen ließ. Dann plötzlich gab sie Gas, und er vergaß seine Bedenken, weil er nur noch damit beschäftigt war, sich an ihre Hüften zu klammern. Sie schanzte über die Gehsteigkante auf die Straße, und er war froh, dass sie ihm erlaubte, sich an ihr festzuhalten. Geschickt umkurvte sie die Leute, die sich mittlerweile aus dem Menschenauflauf gelöst hatten, weil ihnen das Schauspiel zu langweilig geworden war. Der Lexus hatte einen knappen Vorsprung, hinauf zum Largo do Salvador, kam aber weniger schnell voran als der Roller, und nach weiteren hundert Metern und zwei scharfen Kehren bergan klebten sie dem Japaner bereits an der Stoßstange.

»Ist vielleicht besser, wir fahren nicht so dicht auf!«, schrie Henrik gegen den Fahrtwind an.

»Wollte nur mal sehen, wem wir da hinterherjagen«, erklärte seine Chauffeurin und vergrößerte den Abstand. Die überraschende Spritztour machte ihr offenbar richtig Spaß.

»Wie heißt du?«, rief sie nach hinten.

»Henrik!«

»Und, machst du das öfter, Henrik? Leute verfolgen, meine ich.«

»Nicht, wenn es sich vermeiden lässt«, schrie er zurück. Die Vespa machte zwischen den Häusern einen Heidenlärm.

»Ich bin Gisela!«, ließ sie ihn wissen, dann beugte sie sich noch ein Stück tiefer über den Lenker. Nachdem die Limousine in die Rua São Tomé eingebogen war, beschleunigte der Wagen bergab Richtung Santa Luzia. Ohne Skrupel jagte Gisela hinterdrein, ungeachtet der Schienen, die hier in den Straßenbelag eingelassen waren. Immer wieder musste sie die Gleise kreuzen, zudem sorgten Schlaglöcher und Bodenwellen dafür, dass er ordentlich durchgerüttelt wurde. Sie fuhr wie ein Profi, ließ sich weder durch in ihre Handys glotzende und blind die Straßen querenden Touristen noch durch die wild parkenden Tuk-Tuks und die nun fortwährend eintreffenden Straßenbahnen am Largo Portas do Sol irritieren. Henrik sehnte sich mit einem Mal nach ihrer Unbekümmertheit, ihrem jugendlichen Leichtsinn, der diesen Höllenritt um einiges erträglicher machen musste. Er selbst hatte mit Bildern von Szenarien zu kämpfen, die ihre Raserei zur Folge haben mochte. Zu allem Übel kam ihnen um die scharfe Kurve an der Igreja de Santo António frontal eine Tram entgegen. Gisela bremste scharf. Sein Kopf schnellte nach vorne und schlug heftig gegen ihren Helm. Er schmeckte Blut, hatte aber keine Zeit, darüber nachzudenken, weil sie bereits zu einem weiteren waghalsigen Ausweichmanöver ansetzte. Er klammerte sich noch fester um Giselas schmale Taille und schloss die Augen. Im nächsten Moment meinte er von ihr ein Juchzen zu hören. Dieses ausgelassene Geräusch löste einen Teil der Angst, die ihm die Kehle zuschnürte, und vertrieb die schlimmsten Bilder aus seinem Kopf.

In der Senke angekommen, wandten sie sich parallel zur Einkaufsmeile des Baixa-Viertels, und die Fahrt wurde zu Henriks Erleichterung endlich um einiges entspannter. Im Schlepp des schwarzen Wagens erwischten sie eine grüne Welle bis hoch zum Rossio. Von dort folgten sie dem auffälligen Auto problemlos in Lissabons baumgesäumte Prachtstraße, die Avenida da Liberdade. Ab hier wurde die Verfolgung beinahe langweilig, und Henrik lockerte peinlich berührt seinen verkrampften Griff um Gisela. Am Ende der Allee fuhr der Nexus in den Kreisverkehr auf dem Praça Marquês de Pombal und umrundete dabei die mächtige, auf einer sechsunddreißig Meter hohen Säule stehende Statue das Grafen Pombal, um die breite Straße in Gegenrichtung wieder zu verlassen und gleich darauf in die Tiefgarageneinfahrt eines lang gezogenen Gebäudekomplexes einzubiegen.

Gisela hielt am Straßenrand, und er war froh, von dem knatternden Gefährt absteigen zu dürfen, dessen Vibrationen wie ein Echo in seiner Gesäßmuskulatur nachhallten.

»Endstation«, kommentierte die junge Frau und wirkte dabei fast enttäuscht.

»Für mich war es spektakulär genug«, antwortete er mit einem schiefen Grinsen. »Bin ich noch was schuldig?«

»Geschenkt, ist ohnehin meine Richtung.« Sie zeigte nach Nordosten, dorthin, wo es stadtauswärts vorbei an der Stierkampfarena und dem Fußballstadion von Sporting Lissabon zum Flughafen ging.

»Obrigado!«, bedankte er sich.

Gisela zwinkerte ihm zu, dann gab sie Gas und brauste davon.

Er sah ihr noch ein paar Sekunden nach, bevor er sich dem Gebäude zuwandte, das die Limousine verschluckt hatte. Im unteren Teil des modernen Baus waren eine Bank und ein Starbucks untergebracht, doch als Henrik den Kopf in den Nacken legte und an der einfallslosen Fassade hochblickte – viel getöntes Glas, in dem das intensive Licht der Morgensonne gleißte –, erkannte er endlich, wo er war.

Auf dem Dach war eine Fahne gehisst. Roter Kreis auf weißem Grund. Er stand vor der japanischen Botschaft.

16

Damit war er einer Lösung mit hoher Wahrscheinlichkeit näher gekommen. In gewisser Weise bis an die japanische Landesgrenze. Hier war allerdings erst mal Schluss. Ohne triftigen Grund würde man ihn nicht hineinlassen, zumal er gar nicht wusste, an wen er sich in der Botschaft wenden sollte. *Kann ich den japanischen Diplomaten sprechen, der vor fünf Minuten aus der Tiefgarage ins Büro gefahren ist und den ich vorher durch die halbe Stadt gejagt habe?* Nein, so wurde das nichts.

Warum war der Mann bloß am Tatort gewesen? Diese Frage war wichtig, ohne dass er sagen konnte, warum. Aber er baute auf seine Intuition. Helena konnte ihm darüber vermutlich Auskunft geben, doch damit hätte er eingestanden, dass er sich am Ort des Verbrechens herumgetrieben hatte. Und wie das bei ihr ankommen würde, darüber wollte er besser nicht nachdenken.

Er beschloss zu Fuß zurückzugehen. Dabei konnte er seine Gedanken besser sortieren als eingequetscht in einem überfüllten U-Bahn-Wagen. Die Bürgersteige auf der Prachtstraße – sowohl die längs der Häuser als auch jener breite Streifen, der die Fahrspuren trennte und der neben diverser Flora Brunnen, Wasserspiele, kleinere Esplanaden und Cafés beherbergte – waren mit den für die Stadt typischen Steinmosaiken in Elfenbein und Blauschwarz gepflastert. Er entschied sich für den beschatteten Mittelweg, der teilweise anmutete, als spazierte man einen lang gezogenen Park hinunter. Wie so oft, wenn er durch Lissabon streifte, stellte sich dieses Gefühl der Verbundenheit ein. Seit er hier lebte, hatte er nicht mal einen Ansatz von Heimweh verspürt, und gerade in diesen Momenten, da er den Eindruck bekam, er hätte die Stadt für sich allein – ein widersinniger Eindruck, denn überall um ihn herum bewegten sich Menschen –, fühlte er sich der Metropole am Tejo besonders zugehörig. Er verstand, was Martin hier gehalten hatte, selbst nachdem er João verloren hatte. Obschon den Portugiesen der Saudade in den Genen steckte, hatten diese Menschen trotz Wirtschaftskrise und Rekordarbeitslosigkeit immer noch eine erstaunliche Freude am Leben. Wesentlich mehr jedenfalls, als er es von seinen Landsleuten in Deutschland behaupten konnte. Mittlerweile war er manchmal richtig froh darüber, dem Volk der Jammerer und Ankläger entkommen zu sein, in dem viele sich stets in der Opferrolle sahen und nicht zu schätzen wussten, in welchem Wohlstand sie eigentlich lebten. Nun, das war kein Thema, in das er sich jetzt vertiefen wollte. Er hatte das Glück, die Sonne Portugals im Herzen zu haben – und momentan auch im Nacken. Weshalb er es auch gemächlich anging. Immerhin lagen rund drei Kilometer vor ihm und dazu ein ordentlicher Anstieg über endlose Stufen hinauf ins Bairro Alto. Trotz des zu bewältigenden Höhenunterschieds mochte er gerade das letzte Stück besonders gerne. Restaurants und Cafés nutzten Treppenabsätze für die Außenbewirtung, dazwischen gab es skurrile Läden und herrlich verwinkelte Architektur. Je weiter er hinaufstieg, desto mehr kam er auch heute innerlich »runter« – und desto klarer wurden seine Gedanken, auch wenn es ihm nicht gelang, ein brauchbares Szenario zu konstruieren. Ließen sich der verschwundene Koi und die Tote im Waschhaus zusammenbringen? Fisch und Frau kamen aus

Japan, aber reichte das, um eine Verbindung zu schaffen? War das Opfer überhaupt weiblich? Nicht einmal das wusste er mit Gewissheit, aber seine Intuition war stark, was das betraf. Immer wieder musste er an die Skorpionfrau denken. Hitomi Tadokoro. Wohin war sie gestern gegangen, nachdem der Anruf sie ereilt und ihr Gespräch unterbrochen hatte?

Trotz der drängenden Fragen verspürte er keinen Druck, schnell zurück im Antiquariat zu sein. Auf dem Largo do Carmo kaufte er sich einen Kaffee und ein Käsesandwich. Er wechselte ein paar Worte mit dem Besitzer des kleinen, stets gut frequentierten Kiosks, bevor er sich auf einer der Steinbänke niederließ; von hier aus konnte er wunderbar das Treiben auf dem Platz beobachten, der sich allmählich mit Leuten füllte. Die Palisanderbäume, die den Platz einrahmten, trugen bereits zarte Knospen. Nicht mehr lang, und sie würden in intensiven Violetttönen blühen und die Kulisse perfekt machen. Jetzt, da er bewusst darauf achtete, entdeckte er immer wieder asiatisch aussehende Personen. Genau genommen sogar eine ganze Menge davon, wobei er durchaus zu differenzieren verstand. Er war sich recht sicher, sagen zu können, wer Chinese oder Japaner war. Die meisten waren natürlich Touristen, die in der Regel im Rudel auftraten und einem Fähnchen oder einem erhobenen Regenschirm hinterherrannten. Doch selbst diejenigen, die allein durch die Stadt streiften, waren auszumachen, auch wenn sie keine Kamera um den Hals hängen hatten. Menschen im Urlaubsmodus bewegten sich zumeist mit einer Mischung aus Achtsamkeit und Neugier durch die Gassen und auf den Plätzen, studierten aufmerksam die Umgebung, die Architektur oder die Auslagen in den Schaufenstern.

Leider gab es auch die anderen. Jene, denen der Sinn nicht nach Kultur, Land und Leuten, sondern lediglich nach dem nächsten Bier stand und die sich höchstens von einem knackigen Frauenhintern, dem es hinterherzuglotzen galt, davon abhalten ließen, in eines der zahlreichen Lokale zu stürzen. Das adäquate Gegenstück dazu waren die Shopping-Ladys, die in den Schaufenstern nach genau denselben Konsumgütern Ausschau hielten, die sie in allen Städten dieser Welt kaufen konnten. Aber egal, welche Form von Tourismus praktiziert wurde, die Angereisten unterschieden sich stets von denjenigen, die zielstrebig und unbeeindruckt an den Attraktionen vorbeigingen. Diejenigen, die hier lebten und sich auskannten. Diejenigen, die ihrerseits beobachteten, so wie er das tat.

Seine Aufmerksamkeit war geweckt, als er den gedrungenen Asiaten bemerkte. Hemdsärmelig, mit einem Strohhut auf dem runden Kopf, dessen Krempe seine Augen beschattete. Weshalb Henrik nicht sicher sein konnte, ob der Mann auch wirklich ihn ansah oder sich eben nur irgendwie in seine Richtung wandte, um den drei jungen Frauen mit den für diese Jahreszeit schon gewagt kurzen Röcken hinterherzusehen, die gerade um den Springbrunnen flanierten, der das Zentrum des Largo do Carmo bildete. Zumindest wirkte der Mann nicht wie ein Urlauber, eher wie jemand, der nur *vorgab,* ein Tourist zu sein.

Oder war das wieder Henriks Paranoia?

Die Beschaulichkeit des Ortes konnte der plötzlich aufkeimenden Unruhe nicht mehr entgegenwirken. Weniger entspannt, als er vorgehabt hatte, machte er sich wieder auf den Weg. Nach dem Convento do Carmo mit der auffälligen, dachlosen Ruine der Klosterkirche, von der nur noch die gotischen Spitzbögen in den Himmel ragten, führte ein Steg hinaus zum berühmten Elvadoro de Santa Justa. Der historische Aufzug brachte einen auf dem schnellsten Weg hinunter ins Baixa. Zumindest theoretisch. Praktisch war der Lift leider ganz dem Schicksal eines Touristenmagneten erlegen und stets hoffnungslos überfüllt. Gerade musste eine der zwei Dutzend Personen fassenden Kabinen eine volle Ladung davon ausgespuckt haben, denn Henrik geriet zwischen eine Gruppe heranströmender Urlauber, der Sprache nach Österreicher, die den Durchgang hinunter zur Rua Garrett versperrten. Ein heranpreschendes Taxi verlangte aufdringlich hupend nach freier Fahrt, was kurz zu einem Tumult führte und die Herrschaften aus der Alpenrepublik wie Hühner auseinandersprengte. Auch er wurde dabei angerempelt und suchte sich, von dem Stoß in den Rücken für den Moment aus dem Tritt gebracht, mit finsterer Miene seinen Weg durch die Touristengruppe. Auch wenn er in den zahllosen Gästen ein etwaiges Kundenpotenzial hätte sehen können, empfand er diese Massen an Menschen immer öfter als störend. Auch jetzt merkte er wieder einmal, dass es höchste Zeit war, zurück in die Rua do Almada zu flüchten.

Vorm Haus spielten die Bikkhu-Kinder mit einem zerfledderten, kurz vor der Auflösung stehenden Fußball. Die drei Jungs – der Älteste konnte noch keine zehn sein – hatten dabei klare Größen- und Kräftevorteile gegenüber ihrer kleinen Schwester Akuti, die erst seit Kurzem trittsicher laufen konnte. Trotzdem rannte die Kleine beherzt hinter ihren Brüdern her. Allesamt hatten sie dieses tiefschwarze Haar, dem die einfallende Sonne einen Stich ins Bläuliche verlieh, und eine samtige Haut, die an gebürstetes Kupfer erinnerte.

Die bunt zusammengewürfelten T-Shirts und Hosen, die sie trugen, vervollständigten die Exotik der Szenerie. Als Akuti ihn kommen sah, unterbrach sie ihren erfolglosen Versuch, den Ball zu erwischen, und kam stattdessen fröhlich kichernd angewatschelt. Zutraulich streckte sie ihm die babyspeckigen Arme entgegen. Vermutlich war das Mädchen die Einzige im Haus, die ihm gegenüber völlig unvoreingenommen war. Ja, die sogar regelrecht einen Narren an ihm gefressen hatte, denn stets schien sie freudige Begeisterung zu erfassen, wenn sie ihn erblickte. Bei jedem Zusammentreffen strahlte sie ihn aus großen, dunklen Kinderaugen an und brabbelte dabei ein paar unverständliche Worte. Er musste lächeln und nahm Akuti, deren Name *kleine Prinzessin* bedeutete, schwungvoll auf den Arm. Mit dem Finger zeigte sie auf ihre Brüder und auf den Ball, den diese zwischen sich hin und her kickten. Sie hoffte wohl in Henrik die passende Verstärkung gefunden zu haben, damit auch sie an das begehrte Leder kam. Also tat Henrik ihr den Gefallen und stürmte mit ihr im Arm auf die Jungs zu, die verdutzt innehielten. Diese kurze Verwirrung nutze Henrik aus, um ihnen den Ball abzuluchsen. Akuti jauchzte laut auf. Ausgelassen tänzelte er mit der kleinen Inderin auf dem Arm und dem Fußball vor den Füßen um ihre Brüder herum, bis ihm die Puste ausging. Das abschüssige Spielfeld machte es ihm nicht leicht, und die Jungs kämpften so lange verbissen, bis sich der Ball schließlich wieder in ihren Reihen befand und er sich geschlagen gab. Erst da bemerkte er, dass die Mutter der Kinder in der Haustür stand. Jaya war eine zierliche Frau, der man nicht ansah, dass sie bereits vier Kinder geboren hatte. Sie trug eine dieser Hosen, die zu den Knöcheln hin enger wurden, und darüber eine luftige zitronengelbe

Tunika, die weich um ihre schmalen Schultern floss. Ein auffälliges, fein ziseliertes Amulett hing um ihren schlanken Hals.

Er ging auf sie zu und überreichte ihr Akuti. »Ich fürchte, wir haben verloren«, gestand er mit einem Zwinkern. Jaya schenkte ihm ein schüchternes Lächeln und drückte ihre Tochter an sich. Sie wich seinem Blick aus und machte damit deutlich, dass sie auch heute nicht für eine Unterhaltung mit ihm bereit war. Stattdessen rief sie in die Gasse hinaus, was die Jungs in ihrem Spieltrieb unverzüglich bremste. Im Gänsemarsch folgten sie der Mutter ins Haus, aber nicht, ohne mit Henrik abzuklatschen, als sie an ihm vorbeitippelten.

Er musste endlich einen Zugang zu dieser Frau finden, um mit ihr über den Tag zu sprechen, an dem sie Martin tot aufgefunden hatte. Schon mehrfach hatte er ihr versichert, dass sie keine Schwierigkeiten bekommen würde und sich daher auch nicht zu fürchten brauchte. Zumindest nicht vor ihm. Er glaubte zwar, dass sie das so weit verstand, und dennoch gelang es ihm nicht, ihr die Angst auszureden. Wenn er nur gewusst hätte, wovor genau sie zurückscheute. Vor der Polizei oder irgendwelchen Behörden, von denen die indische Familie abhängig war? Wer war nach dem Vorfall mit Martin auf sie zugekommen? Warum zog sie es vor, weiter so hartnäckig zu schweigen? Selbst ihren Ehemann Ajit hatte er deswegen schon bearbeitet, ohne jedoch Unterstützung zu erhalten. Jaya wollte einfach nicht reden, wollte nicht einmal erklären, *warum* ihre Lippen versiegelt blieben.

Henrik schloss das Antiquariat auf. Die Bikkhus liefen ja nicht weg. Wo sollten sie auch hin? So betrachtet war er für die indische Familie wohl das kleinere Übel. Und irgendwann ...

Er schüttelte den Kopf, um seine Gedanken wieder auf das aktuelle Problem zu konzentrieren. Auf den Fisch, der den Tod brachte. Gut, das war vielleicht etwas dramatisch formuliert. Es war schlicht die Gier eines Einzelnen, der die Unsterblichkeit suchte: Der hatte das alles zu verantworten.

Henrik nahm sich vor, erneut die japanische Literatur zu durchforsten. Vielleicht war ihm bei der ersten Durchsicht ja doch etwas entgangen. Ein Hinweis von Martin beispielsweise, der ihm die Augen öffnete. Die kurze Erholung, die er während des Spiels mit den Kindern genossen hatte, verpuffte in dem Moment, als ein dunkler Seat Leon vorfuhr, direkt vor dem Eingang hielt und die schmale Straße blockierte. Das war just die Fahrzeugmarke, welche die Landespolizei, die Polícia de Segurança Pública, kurz PSP, bevorzugte und damit auch die Divisão de Investigação Criminal, für die Helena ermittelte. Deshalb war er nicht verwundert, dass die Kommissarin aus dem Auto stieg. Ebenso wie der lange Lui. Ein offizieller Besuch der Kripo also. Nicht der erste, aber diesmal war er wirklich überrascht. Hatten sie ihn doch in dem kleinen Fenster über dem Hof des Waschhauses bemerkt? Dann würde das hier äußerst ärgerlich werden.

»Ach, das war ein schlimmes Ding, wie es Max und Moritz ging«, murmelte er vor sich hin. Die Schellen über dem Eingang bimmelten, und drei Sekunden später tauchten sie zwischen den Regalreihen auf. Lui voran, das knittrige Sakko hinter das Holster zurückgeschoben, damit er ungehindert nach der Waffe greifen konnte. Eine reichlich infantile Machtdemonstration. Die mäßige Beleuchtung nötigte ihn dazu, seine verspiegelte Sonnenbrille abzunehmen. Nach wie vor hielt er an seinem affigen Oberlippenbärtchen fest, das schwarze Haar war wie üblich mit viel Pomade an den Schädel geklatscht. Demonstrativ rümpfte er die Nase wegen des bitteren Geruchs von altem Papier, Holz, Leim und Leder. Beide stellten sich Schulter an Schulter vor der Theke auf, hinter die Henrik sich zurückgezogen hatte. Es gehörte zu Luis Spielchen, dass er ihm jedes Mal wieder seinen Dienstausweis präsentierte.

»Schön, euch mal wieder hierzuhaben«, kommentierte Henrik mokant das Auftauchen der Ermittler. Genau wie Helena musste auch er sich verstellen, wenn es zu einem Aufeinandertreffen in dieser Konstellation kam. Eigentlich widersinnig, weil Lui sicher längst wusste, wie die Kommissarin und er zueinander standen und dass sie auch für außerdienstliche Angelegenheiten zusammenkamen. Kurz streifte ihn die Erinnerung an die vergangenen zwei Nächte, die sie eng umschlungen verbracht hatten, und er fragte sich, ob Lui auch das bereits bekannt war. Ob dem geschulten Ermittler allein ihre Körpersprache verriet, was zwischen Helena und ihm vorgefallen war. Gleich fühlte er sich noch unwohler. Konnte er überhaupt irgendeine Regung verbergen, oder verriet ihn schon der allzu verkrampfte Versuch?

In der Sekunde des Schweigens, die auf seine Bemerkung folgte, wurde er gewahr, dass es nur einen Grund geben konnte, warum die Kriminalpolizei ihn aufsuchte. Und dass sich damit nun endgültig und schmerzlich bestätigte, wen man heute Morgen im Alfama tot aufgefunden hatte. Wie zum Beweis klatschte Helena im nächsten Moment ein Foto auf den Verkaufstresen. Hitomi Tadokoro konnte ihre Drohung, noch nicht mit ihm fertig zu sein, nun doch nicht mehr wahr machen. *Sie haben keine Vorstellung, wie nahe Sie am Abgrund stehen.*

Wie sich herausstellte, war sie wohl näher an diesem Abgrund gewesen und in den Stunden nach ihrem Treffen irgendwann den entscheidenden Schritt zu weit gegangen. Allerdings nicht freiwillig, mutmaßte er. Wie von der Japanerin vorhergesagt, hatte der gestohlene Purachinagoi ein weiteres Opfer gefordert. Sein Bauchgefühl jedenfalls ließ keinen anderen Grund für den Tod der Versicherungsdetektivin zu.

»Kennen Sie diese Frau?«, fragte Helena, die wie gewohnt die Vernehmung leitete, während Lui den stillen Zuhörer gab. *Alles wie immer.*

Ihm reichte ein oberflächlicher Blick. Unmöglich, noch den Unwissenden zu spielen, dafür war seine Reaktion auf das Foto zu offensichtlich. Was diese Tote betraf, gab es keine Unklarheiten. Auch nicht darüber, dass sie ermordet worden war. Er hatte nur keine Idee, wie die Ermittler so schnell auf ihn gekommen waren.

»Sie war gestern bei mir im Laden«, bestätigte er und wünschte sich, er hätte weniger betroffen reagieren können.

»Was wollte sie?«

»Sie konnte sich nicht entscheiden, deshalb hat sie nichts gekauft.«

Helenas Blick machte deutlich, dass das nicht die Antwort war, die sie hören wollte. Gleichzeitig fiel ihm ein, was die Polizei hergeführt hatte. »Und ja, wir haben telefoniert.« Das Naheliegendste war, dass die Polizei seine Nummer in den Handydaten der Japanerin gefunden hatte. »Wie ist sie gestorben?«

Lui schenkte ihm ein schiefes Grinsen. Darauf hatte er nur gewartet: dass Henrik seinerseits anfing, Fragen zu stellen.

»Ertrunken«, sagte Helena knapp.

Lui ließ mit einer abfälligen Geste sein Missfallen darüber durchblicken, dass seine Kollegin erneut ermittlungsrelevante Informationen an einen Verdächtigen weitergab. Der hoch aufgeschossene Polizist hielt ihn nämlich grundsätzlich für verdächtig.

»In einem Waschbecken«, ergänzte Helena.

Henrik wusste, dass sie seine Reaktion testen wollte. Herauszufinden versuchte, was und wie viel er wusste. Wäre sie mit ihm allein gewesen, hätte dieses Gespräch vermutlich einen sehr emotionalen Verlauf genommen, weil er ihr schon wieder so einiges verschwiegen hatte. In Anwesenheit ihres Kollegen beherrschte sie sich jedoch, auch wenn ihr anzusehen war, wie schwer sie sich tat, ihr Temperament zu zügeln.

»Wann hat Senhora Tadokoro Ihr Geschäft gestern verlassen?«

»Gegen Mittag. Ich habe nicht auf die Uhr gesehen.«

»Hat sie gesagt, wohin sie wollte?«

Wir sind noch nicht fertig miteinander!

Er schüttelte den Kopf.

»Oder warum Sie in Portugal war?«

Er beschränkte sich auf ein Schulterzucken.

»Sie haben zweimal telefoniert. Worum ging es in den Gesprächen?«

»Ich habe ihre Nummer in den Unterlagen meines Onkels gefunden und dachte, sie wäre eine Kundin, die sich womöglich für die japanische Literatur hier bei uns im Antiquariat interessiert.«

»Und, war sie interessiert?«

»Sie hat zumindest einen Blick darauf geworfen.«

»Für nur einen Blick erscheint mir eine Anreise aus Russland ziemlich aufwendig.«

»Ich kann doch nichts für das Benehmen meiner Kunden. Vermutlich hatte sie noch anderweitig in Lissabon zu tun und den Besuch bei mir damit verknüpft.«

»Ouvi o suficiente«, sagte Lui, der ihn keine Sekunde unbeobachtet ließ. *Er hat also genug gehört.*

Henrik entging nicht Helenas Widerwillen, die Vernehmung zu beenden. Aber sie wusste so gut wie ihr Kollege, dass von ihm nicht mehr kommen würde. Nicht, solange sie ihn nicht unter vier Augen sprechen konnte.

»Halten Sie sich zu unserer Verfügung!«, befahl sie ihm zähneknirschend, drehte sich um und verließ das Antiquariat.

»Immer dieselbe Scheiße mit dir!«, zischte ihm Lui noch entgegen, dann folgte er der Inspetora nach draußen.

17

Henrik war frustriert. Und beunruhigt. Ohne Hitomi stand er wieder mit leeren Händen da. Er musste herausfinden, wen sie zuletzt getroffen hatte. War sie nach ihrem Treffen bei Lourenço gewesen? Er hatte ihr schließlich mit dem Lieferschein die Adresse des Fischhändlers präsentiert. Hatte sie dort mit Fabio Duarte gesprochen? Oder gar mit Nguyen? Und danach? Was hatte sie ins Alfama geführt? Und vor allem in das Waschhaus, in dem man sie irgendwann in der Nacht ertränkte. Sie konnte wohl kaum vermutet haben, in den steinernen Becken, in denen die Senhoras aus dem Viertel ihre Wäsche wuschen, den verschwundenen Koi zu finden, dachte Henrik mit müder Ironie.

Die Sache entwickelte sich bedenklich schnell in die falsche Richtung. Er holte einen Block aus der Schublade unter der Kasse, um sich ein paar Notizen zu all den offenen Fragen zu machen. War es vielleicht sinnvoll, noch einmal mit diesem verrückten Koreaner zu reden? Der hatte noch am ehesten den Eindruck hinterlassen, mehr über den illegalen Fischtransfer zu wissen. Letztlich fiel ihm sowieso niemand sonst ein, der noch etwas Brauchbares wissen mochte. Abgesehen von dem Japaner aus der Botschaft. Doch der konnte auch nur an den Tatort bestellt worden sein, um zu bestätigen, dass die Tote eine Landsfrau von ihm war. Was allerdings nach Henriks Auffassung keinen rechten Sinn ergab, daher kam der Diplomat mit auf seine Liste. Hatte Helena womöglich eine Antwort darauf, warum die portugiesischen Behörden den Mann dort hatten antanzen lassen?

Helena! Er schrieb auch ihren Namen auf das Blatt und malte, ehe er sich's versah, ein Herz um die sechs Buchstaben. Was ihm in der nächsten Sekunde ein unangenehm flaues Gefühl im Magen bescherte. Sobald sie sich loseisen konnte, würde sie auf der Matte stehen, davon ging er aus. Und genau das machte ihm im Moment die meisten Sorgen. Es musste schnell etwas Brauchbares her, etwas, mit dem er sein Handeln plausibel rechtfertigen konnte. Obwohl er wenig Hoffnung hegte, dass sie überhaupt irgendetwas als Rechtfertigung gelten ließ.

Bevor er eine Entscheidung treffen konnte, was als Nächstes zu tun war, erschien Senhor Soares zu seinem obligatorischen Besuch. Schon zum zweiten Mal diese Woche, was ungewöhnlich war, denn normalerweise ließ er zwischen seinen Stippvisiten ein paar Tage verstreichen. Gut, der Alte würde ihn nicht behelligen, weshalb er auch nicht weiter störte. Gedankenversunken widmete er sich wieder seinen Notizen. Als er wieder aufblickte, stand Senhor Soares mit gerunzelter Stirn vor ihm und legte ein Buch auf den Tresen.

»Estranho«, kommentierte er.

Henrik lag bereits die Frage auf der Zunge, ob er das Buch tatsächlich kaufen wollte, da drehte der Alte sich um und trottete aus dem Antiquariat.

Estranho! Seltsam? Was meinte er mit seltsam?

Henrik griff nach der in Leinen gebundenen Kladde und wog sie in seinen Händen. Das Buch war alt, aber nicht so alt, dass es besonders wertvoll war. Der Name des portugiesischen Autors sagte ihm nichts. *Seltsam schwer auf jeden Fall*, dachte er und schlug es auf. Dann begriff er. Senhor Soares hatte recht mit seiner Beurteilung. Mit dem Buch unterm Arm rannte Henrik hinter dem alten Portugiesen her, der auf seinen kurzen krummen Beinen noch nicht weit gekommen war. Gleich nach der Terrasse des Esquina holte er ihn ein.

»Senhor Soares!«

Sein betagter Nachbar drehte sich nach ihm um und glotzte ihn verwundert an.

»Entschuldigen Sie ... das Buch? Aus welchem Regal?«, fragte er und hielt ihm die Schwarte unter den rot geäderten Zinken.

»Não prateleira!«

»Kein Regal? Woher dann?«

Senhor Soares gab daraufhin einen langen Monolog von sich, in dem er vermutlich exakt ausführte, wo er das Exemplar gefunden hatte. Kaum zu glauben, dass in dem sonst so schweigsamen Mann so viele Worte steckten. Henrik verstand nur das Wesentliche, aber das reichte aus. *Auf dem Schrank, ganz hinten in der Ecke.*

Wie war der Alte bloß auf die Idee gekommen, oben auf dem wurmstichigen Schrank nach einem Buch zu suchen? Zurück hinter seiner Verkaufstheke, kippte er die Azulejo aus dem eigens dafür ausgehöhlten Bereich im hinteren Teil des Buches. Um sie dort zu verstecken, hatte jemand etwa einen Zentimeter tief in die Seiten gestochen und ein Quadrat herausgeschnitten, in das die kunstvoll bemalte Fliese exakt hineinpasste. Die Keramik war es, die dem Buch die ungewöhnliche Schwere verliehen hatte. Er musste Senhor Soares beipflichten, der versteckte Inhalt war tatsächlich *estranho,* sogar äußerst seltsam. Die landestypische, cremefarbene Azulejo mit dem tiefblauen Dekor war ohne Frage eine Antiquität und früher einmal Teil eines Wandbildes gewesen. Es gab zwar leichte Bruchspuren an den Rändern, aber ob sie von alleine abgefallen oder mutwillig entfernt worden war, konnte er nicht beurteilen. Auch nicht, was genau darauf dargestellt war. Vielleicht der Teil einer Hand?

Er seufzte. Es war ein Puzzlestück. Wieder ein Puzzlestück aus Martins mysteriöser Sammlung. Dass dieses Fragment so gut versteckt gewesen war, untermauerte seine Bedeutung.

Eine Fliese in einem Buch, das wiederum oben auf dem Schrank lag. Henrik wollte es nicht wahrhaben, musste sich jedoch eingestehen, dass ihn das Rätselfieber erneut befallen hatte. Es ging einfach weiter, ohne wirkliche Atempause. Er trat zu besagtem Schrank, der in der hintersten Ecke des Antiquariats verstaubte und sogar schon Spinnweben angesetzt hatte. Davor stand der Rokoko-Stuhl, den Senhor Soares dorthin geschleift haben musste, ohne dass er etwas davon bemerkt hatte. Er stieg nun ebenfalls auf den Stuhl, der verdächtig ächzte, und musste dabei den Kopf einziehen, um nicht gegen den dort verlaufenden Deckenbalken zu stoßen. Wie war der Alte nur auf die Idee gekommen, in der fingerdicken Staubschicht nach einem Buch zu suchen? Nun, vielleicht hatte er diesen Teil der Erklärung, die sein Nachbar vorhin abgegeben hatte, einfach nicht verstanden, oder Senhor Soares war jemand, der gerne untersuchte, was andere so auf Schränken ablegten und dann vergaßen. In der Staubschicht, nahe der Wand, war jedenfalls deutlich der Abdruck des Buchs zu erkennen, ebenso wie die Schleifspur, die der Alte hinterlassen hatte. Wofür er sich ordentlich hatte strecken müssen. Verdammt, dafür hatte er jetzt überhaupt keine Zeit.

Er stieg vom Stuhl – und fuhr zusammen. Renato stand hinter ihm. Er sah ziemlich übernächtigt aus. Außerdem hatte er sich immer noch nicht rasiert.

»Langsam beschleicht mich der Eindruck, du hast einen Narren an mir gefressen.«

»Das hättest du wohl gerne, aber du bist mir ein wenig zu füllig um die Hüften, mein Freund«, konterte der Mann grinsend und lehnte sich mit verschränkten Armen an den Tresen.

»Hattest du gestern nicht einen Auftritt?«

»Mhm«, knurrte Renato. »Warum?«

»Ich meine ja nur, Leónia Porto scheint sich gerade etwas gehen zu lassen.«

»Leónia hat gerade kein Engagement. Außerdem habe ich jetzt nicht vor, mit dir über meine Auftritte zu plauschen.«

Die Fado-Sängerin Leónia Porto war eine von Renatos Kunstfiguren. Er trat mehrmals wöchentlich, entsprechend verkleidet und geschminkt, als alternde Diva in diversen Restaurants auf, und das sehr überzeugend. Selbst Henrik wäre anfangs beinahe einmal auf diese Maskerade hereingefallen. Renato schob seinen Unterkiefer vor, was ihm sofort wieder eine mürrisch-zerknirschte Visage verlieh.

»Hilf mir mal mit dem Schrank.«

»Warum?«

»Frag nicht, pack an!«

Obwohl der Schrank mit Büchern vollgestopft war, rutschte er erstaunlich bereitwillig über die Holzbohlen, als sie daran zogen. Dahinter kam ein in die Wand eingelassenes Regal zum Vorschein.

»Nur noch mehr Bücher«, kommentierte Renato, nicht sonderlich beeindruckt von ihrem Fund.

»Warum hat er sie dann versteckt?«

»Martin hatte bisweilen seltsame Anwandlungen, das solltest du mittlerweile wissen«, erwiderte Renato. Wenn man genau hinschaute, war zu sehen, dass seine linke Hand verräterisch zitterte. Mit ein Grund, warum sich Henrik mit dieser Erklärung nicht zufriedengeben konnte. Er studierte die vergilbten und verstaubten Buchrücken, ohne eine Sortierung zu erkennen. Oder ein Muster oder was auch immer. Aber diese Inszenierung hatte ohne Zweifel eine Bedeutung. Die verborgenen Bücher hinter dem Schrank, die Fliese. Das war etwas, das Martin ganz bewusst arrangiert hatte. Beinahe so etwas wie ein Schrein. Aber egal, wie wichtig das war, was dahintersteckte, er konnte sich darauf nicht konzentrieren. Nicht solange diese andere Sache in seinem Kopf herumgeisterte.

»Waren das vorhin schon wieder die Bullen? Sind wir erneut im Ausnahmezustand?«, fragte Renato und lenkte ihn damit ab.

»Kein Grund zur Sorge«, beruhigte ihn Henrik, dann fiel ihm plötzlich doch noch etwas ein, und er fischte sein Handy aus der Tasche. »Aber wie praktisch, dass du gerade vorbeischaust.« Er hielt seinem Mieter das Display vor die krumme Nase. »War das der japanische Kunde, von dem du neulich erzählt hast?«

Renato strich sich über die stacheligen Wangen und brummte vor sich hin, während er das Foto auf dem Handy betrachtete.

»Sag jetzt bloß nicht, Asiaten sehen alle gleich aus!«

Die Augen des älteren Mannes waren immer noch scharf. »Der Anzug«, murmelte er, »es ist der Anzug. Der Kerl hat Stil, das habe ich dir doch schon vor zwei Tagen verklickert.«

»Du bist also sicher, genau dieser Japaner war hier im Antiquariat; er ist derjenige, der mit Martin diese anregenden Gespräche geführt hat?«, hakte er vorsichtshalber nach.

»Hörst du mir überhaupt zu?«

Henrik hob resigniert die Hände. Renato wirkte absolut überzeugt. Das änderte einiges. Es schloss gewissermaßen einen Kreis, von dem sich nur noch nicht sagen ließ, was er enthielt. Das Zentrum war dunkel, mit schwarzem Wasser gefüllt, das kein Licht durchdringen konnte. Und irgendwo darin schwamm ein wertvoller Koi-Karpfen. Aber der Fisch war nicht der Einzige, der seine Kreise zog. Da war noch etwas Unberechenbares, das einen packen und in die Tiefe ziehen konnte, wenn man der Wasserkante zu nahe kam. Nun blieb ihm wohl keine Wahl, als in diesem gefährlich trüben Gewässer zu stochern, wollte er Antworten haben. Keine sehr erbaulichen Aussichten.

Der Japaner aus der Botschaft stand in irgendeiner Verbindung zu Martin. Außerdem war er am Tatort gewesen, um einen Blick auf die ermordete Hitomi Tadokoro zu werfen. Konnte Henrik daraus folgern, dass der Mann die Versicherungsdetektivin kannte? Die Frau, die hinter dem Purachinagoi herjagte? Es half nichts, er musste alles daransetzen, um mit dem Diplomaten zu sprechen.

»War's das mit dem Verhör?«

Er wollte Renato schon entlassen, da erinnerte er sich noch an etwas, was sein Mieter gesagt hatte, als sie vor nicht einmal achtundvierzig Stunden auf diesen Whisky gestoßen waren. »Du hast doch auch von einer Japanerin erzählt, die du mit Martin gesehen hast. War das dieselbe, die du gestern bei mir im Laden angetroffen hast?«

»Das Porzellanpüppchen mit der Stachelfrisur?«

»Genau.«

Renato schüttelte den Kopf. »Nein, die junge Frau, die ich gesehen habe, war zwar ausgesprochen hübsch, aber weit weniger auffällig als die Dame von gestern. Aber verdammt, was ist denn eigentlich wieder passiert? Man könnte meinen, wir haben mit der Holzkiste nicht nur einen edlen Tropfen befreit, sondern auch die Büchse der Pandora geöffnet.«

»Da liegst du vielleicht gar nicht so weit daneben«, murmelte Henrik.

Die Geheimnistuerei machte es kompliziert, vor allem, wenn es heikel wurde. Und nachdem er durch die jüngsten Ereignisse wieder in eine Ermittlung verwickelt worden war, konnte er davon ausgehen, dass Helena private Telefonate mit ihm vermeiden würde. Keine Kommunikation, die digital überwacht werden konnte, lautete unter solchen Umständen die eiserne Regel. Normalerweise wäre er in die Offensive gegangen, hätte ihr per SMS angekündigt, heute Abend für sie zu kochen, um sie versöhnlich zu stimmen. Was so eine Art kalkulierbares Risiko gewesen wäre. Doch unter diesen Gegebenheiten konnte er höchstens auf Verdacht das Abendessen vorbereiten und darauf hoffen – wenn man es so nennen wollte –, dass sie ihn nach Dienstschluss beehrte. Obwohl, eigentlich war er davon ziemlich überzeugt. Die Frage war nur, ob sie im Türrahmen stehen blieb oder sich mit ihm an einen gedeckten Tisch setzte. In jedem Fall beschloss er das Wagnis einzugehen und die Situation mit einem schönen Essen zu seinen Gunsten zu beeinflussen.

Kannte man sich etwas aus, war es in Lissabon leicht, die perfekten Zutaten einzukaufen, ohne weite Wege gehen zu müssen. Das Überangebot an frischer Ware machte es im Gegenteil schwer, nicht allzu euphorisch zuzuschlagen. In seinem Viertel gab es eine Handvoll kleiner Händler, bei denen er alles fand, was das Rezept für mit Chouriço gefüllte Kalmare vorschrieb. Einschließlich der Tintenfischtuben. Streng genommen hätte er für die nächste Zeit genug von Fischen haben müssen, aber er wusste, dass Helena dieses Gericht mochte. Natürlich würde er es niemals so sensationell hinbekommen wie Helenas Mutter Fatima. Aber der Wille zählte. Das Gute daran war, er konnte es problemlos warm halten. Und das war ausschlaggebend, denn er hatte keine Ahnung, wann sich die Kommissarin für ihn Zeit nehmen würde.

Mitten im Füllen der Tintenfische meldete sich sein Handy. Beim Blick auf das Display war sein erster Impuls, das eingehende Gespräch zu ignorieren. Doch das konnte sich gegebenenfalls schlimmer auswirken, als wenn er es entgegennahm. Mit notdürftig vom Fett befreiten Fingern griff er nach dem Mobiltelefon.

»Hallo Papa!«

»Boa tarde, mein Sohn! Störe ich?«

Ja! Was er jedoch nicht zugab. Auch wenn sofort deutlich wurde, dass es bei diesem Anruf nicht um einen Notfall ging. Dafür klang die Stimme seines Vaters zu überschwänglich.

»Wenn du es kurz machst«, antwortete er daher.

»Immer wieder schön, wie du dich freust, von deiner Familie zu hören, die du ungefragt und so überraschend zurückgelassen hast.«

Albrechts unangebrachter Vorwurf, er habe seine Familie im Stich gelassen, transportierte mit Sicherheit die Meinung von Henriks Mutter, die sich in vielerlei Hinsicht von ihm beleidigt gab. Sein Entschluss, fortan in Lissabon zu leben, war nur ein Punkt auf der Liste der Dinge, die er nach Ansicht seiner Mutter nie hätte tun dürfen. Dazu gehörten unter anderem auch seine Entscheidung, zur Polizei zu gehen, statt Medizin oder Jura zu studieren, oder die Heirat mit Nina. Mittlerweile wusste seine Mutter Simone natürlich auch über den wahren Grund Bescheid, der ihn nach Portugal gelockt hatte, was ihr ohnehin seit Jahren schwieriges Verhältnis noch mehr zerrüttet hatte. Albrecht befand sich seitdem zwischen den Fronten und vermutlich unter Dauerbeschuss, seit er hier letzten Herbst mehrere Tage zu Besuch gewesen war.

»Es wurde niemand zurückgelassen, Papa, und es steht jedem von euch frei, sich ebenfalls eine neue Heimat zu suchen. Also, ich bin gerade am Kochen, von daher …«

»Du kochst?«

Er hörte ein tiefes Grollen, das wohl ein Lachen sein sollte. »Was gibt's denn Feines?«

»Bitte, Papa! Sofern du nicht nur wissen willst, wie mein wertes Befinden ist und was heute auf den Tisch kommt, nenn mir einfach den Grund deines Anrufs, damit ich weitermachen kann.«

»Na, du hast ja wieder eine Laune … Dabei dürfte euch längst der Frühling in all seiner Pracht verwöhnen, während wir in nebelgrauer Tristesse versinken.«

Diese Euphorie konnte einfach nichts Gutes bedeuten. »Lass bitte die Poesie weg, komm zur Sache!«, forderte er seinen Vater stirnrunzelnd auf. Was hatte der alte Oberstudienrat a. D. denn jetzt wieder ausgeheckt?

»Nun gut, wenn du keine gesittete Unterhaltung wünschst, hier die nackten Fakten: Die liebenswerte Dona Celeste hat mich über die Osterfeiertage eingeladen, und ich wollte fragen, ob du nicht auch runterkommen möchtest?«

Die liebenswerte Dona Celeste!

»An die Algarve? Das meinst du doch nicht im Ernst?« Und das war nicht die einzige Frage, die sich in seinem Inneren aufblähte und herauswollte. In der Warteschlange standen noch *Was sagt Mutter dazu?* Oder *Du willst Ostern tatsächlich mit einer fremden Frau verbringen?* Diese bedeutsamen Tage, die im erzkatholisch geprägten Hause Falkner bislang einen immensen Stellenwert eingenommen hatten.

»Würde ich es dir sonst anbieten?«, unterbrach Albrecht seine Gedankenflut.

»Also ich mit dir bei Dona Celeste. Schon allein die Vorstellung ... Nein, ich denke nicht, dass ich euch da in irgendeiner Form beim Turteln stören möchte. Wie kommst du nur auf so eine absurde Idee?«

»Turteln, turteln, was redest du da! Die Senhora und ich, wir sind nur gute Freunde, keine Rede davon, dass du uns stören könntest.«

Henrik seufzte. »Na, wie auch immer, genieß deine Einladung, aber genieß sie ohne mich!«

Unverhofft kam ihm ein Max-und-Moritz-Zitat in den Sinn.

Was man ohne alle Frage
Nach des Tages Müh und Plage
Einem guten alten Mann
Auch von Herzen gönnen kann.

»Nun, mein Sohn, das werde ich, auch wenn ich deinen Unterton recht irritierend finde.«

»Glaub mir, ich bin nicht weniger irritiert von deinem Einfall. War's das jetzt?«

Es entstand die Art von Pause, die deutlich machte, dass es das noch nicht gewesen war. Was Henrik sich ohnehin schon gedacht hatte. *Da kommt mit Sicherheit noch was hinterher, und zwar mit Wucht, und dann wird's richtig peinlich.*

»Schade«, begann sein Vater schließlich. Offenbar beabsichtigte er, noch ein wenig länger um den heißen Brei herumzureden, bevor er sein wahres Anliegen loswurde. Verdammt, er kannte seinen Alten ziemlich gut, selbst wenn ihn dieser in letzter Zeit mit neu hinzugekommenen Marotten überrascht hatte. Vor allem diese Aufmüpfigkeit, die er sich gegenüber seiner Ehefrau zugelegt hatte, vor der er seit Beginn seiner Ehe nur gekuscht hatte. Zu Hause hatte von je her Simone Falkner das Sagen, und nichts konnte sie von einem Standpunkt, den sie einmal eingenommen hatte, abbringen. Außer Großvater Walter, der Patriarch und Landespolitiker, dessen Wort noch mehr Macht besaß. Sein Wille geschehe, Amen! Wobei Henrik keine Ahnung hatte, wie es gesundheitlich um Walter stand und ob der Despot nicht inzwischen endgültig vom Alter in seine Schranken gewiesen worden war.

»Ich hätte dich wirklich gern getroffen, aber gut.« Die Betroffenheit in seiner Stimme wirkte sehr echt. Henrik sah ihn vor sich, wie er sich sein silbergraues Haar hinter die Ohren strich und die Lippen schürzte, als wollte er sie für eine möglichst geschmeidige Rede aufwärmen. »Nur ein kleiner Gefallen noch ...«

Aha!

»... dann lass ich dich weiterwerkeln. Kochst du für die Polizistin, diese Helena? Ich möchte wetten, du machst das für sie.«

Es hatte keinen Sinn. »Ja, Papa, und es wäre schön, wenn ...«

»Ich freu mich für dich, wirklich. Du weißt, ich habe Nina sehr gemocht und muss nach wie vor viel an sie denken, wobei mir eng ums Herz wird …«

»Papa!«

»Ja, ja, ich versteh schon. Also, es ist eigentlich keine große Sache, aber falls deine Mutter nachfragt, könntest du ihr bitte sagen, dass ich bei dir in Lissabon bin?«

Im Backofen köchelten die Kalmare zwischen Tomaten und Kartoffeln in einer Weißweinsoße auf niedriger Flamme. Die Flasche Vinho Verde war schon zur Hälfte geleert, und er vermutete schwer, dass sie heute doch nicht mehr den Wunsch verspürte, ihn zu sehen. Oder, schlimmer noch, dass sie ihm irgendwann zu später Stunde eine Nachricht zukommen ließ und ihn an einen versteckten Ort bestellte. Was das anging, bevorzugte sie Kirchen oder schwer einsehbare Grünanlagen.

Der Anruf seines Vaters hatte ihn ziemlich aus dem Konzept gebracht. Genau genommen Albrechts Plan, in den er auf verschwörerische Weise mit eingebunden werden sollte. Er sollte seine Mutter belugen, falls sie ihn kontaktierte und nach ihrem Mann fragte. Sprich, er musste sich irgendetwas ausdenken, warum Albrecht gerade nicht ans Telefon kommen konnte. Ein Irrsinn. Sie würde ihn sofort durchschauen. Er war noch nie gut im Schwindeln gewesen, am wenigsten gegenüber seiner Mutter. Außerdem hatte er wahrlich andere Sorgen.

Versunken in seine Gedanken, wurde er vom Klingeln an der Tür aufgeschreckt. Helena! Freude wallte in ihm auf, gleichzeitig schnürte es ihm den Magen zu. Plötzlich fand er die Idee mit dem Versöhnungsessen idiotisch. Sie war keine

Frau, die sich mit so etwas bezirzen ließ. Bevor er öffnete, trank er rasch noch einen Schluck Wein.

Das fahle Licht des Treppenhauses ließ keinen Schluss über ihre Laune zu. Und vielleicht machte genau das die Situation in dieser Sekunde unerträglich. Sie betrachtete ihn auf dieselbe distanzierte Art, wie sie es vor ein paar Stunden im Antiquariat getan hatte. Als handelte es sich um einen formellen, dienstlichen Besuch. Er machte den Türrahmen frei, und sie betrat die Wohnung. Zielstrebig marschierte sie in die Küche, offenbar von dem würzigen Duft des Fischgerichts geleitet, der den Flur erfüllte.

»Ich habe uns was zu essen gemacht«, informierte er sie überflüssigerweise, während er ihr folgte. »Vermutlich hattest du einen langen Tag.«

Helena setzte sich auf den Stuhl, den sie stets auswählte, griff nach der Flasche Wein und schenkte sich davon in das bereitgestellte Glas. Sie wich seinem Blick aus und trank erst einmal. Er hatte den Tisch gedeckt, schön mit Servietten, doch erst jetzt fiel ihm auf, dass er vergessen hatte, die Kerze anzuzünden, die er in die Mitte gestellt hatte.

»Willst du gleich essen?«

Schulterzucken. Noch mehr Wein. Nervös drückte er sich um den Tisch herum und ging zum Herd. Die ganze Zeit hatte ihm der verführerische Geruch von Knoblauch und der traditionellen Piri-Piri-Gewürzmischung in der Nase gelegen, doch jetzt fehlte ihm plötzlich der Appetit. Unschlüssig schob er die Teller auf der Anrichte hin und her.

»Wo soll das hinführen?«, fragte sie, und er drehte sich zu ihr um.

»Wie hätte ich denn ahnen sollen, dass die Frau ermordet wird, kaum dass sie meinen Laden verlässt?«

»Als heute Morgen der Anruf kam, da wusstest du es bereits.«

Er schüttelte den Kopf. »Ich *konnte* es nicht wissen, es war lediglich eine Ahnung, als du eine Japanerin erwähntest.«

»Hätte mich das wieder in Gefahr gebracht? Oder warum hast du diesmal nichts gesagt? Wie konntest du mich so dermaßen vorführen? Was ist das für eine Scheiße, die du da wieder aufzudecken versuchst?«

»Hey, hör mal, bis heute früh hatte ich wirklich keine Ahnung, was das nach sich ziehen ...«

»Genau, darum bist du mir auch gleich hinterher und an den Tatort gefolgt.«

Er stockte in seiner Bewegung.

»Überrascht?«

Das war er allerdings. Bis zu diesem Moment war er sich sicher gewesen, dass er niemandem aufgefallen war.

»Es gibt noch andere Polizisten außer Lui, die dein Gesicht kennen. Offenbar hast du meine Bedenken da nie wirklich ernst genommen.«

»Es hätte genauso gut alles nur ein dummer Zufall sein können«, versuchte er sich zu rechtfertigen. »Dann hätte ich dich unnötig in Aufregung versetzt.«

Sie presste die Lippen zusammen. »Es geht um Vertrauen, Henrik. Gestern Abend habe ich dir eine Tür geöffnet, doch du hast es vorgezogen, nicht durchzugehen. Und das war nicht das erste Mal, dass du was für dich behalten hast, das verflucht noch mal auch mich was anging. Du erwartest von mir, mit dir zusammenzuarbeiten und dich mit Informationen zu versorgen. Aber unsere ... was auch immer wir da haben, ist keine beschissene Einbahnstraße. Ich bin enttäuscht, und dir muss klar sein, dass ich dir unter diesen Umständen nicht mehr zur Seite stehen oder dich gar decken kann.«

Er setzte sich neben sie und ergriff ihre Hand, bevor sie sich ihm entziehen konnte. »Es lag nie in meiner Absicht, dich außen vor zu lassen. Ich wollte einfach was Greifbares haben und nicht bloß vage Spekulationen. Ist das so schwer zu verstehen?« Sie entwand sich seiner Hand, und er ließ sie frei, hielt aber dem vorwurfsvollen Blick ihrer dunklen Augen stand. »Willst du es hören?«

»Wir kennen die Identität der Frau und wissen, für wen sie gearbeitet hat«, entgegnete sie mit einer Spur Trotz in der Stimme.

»Nur nicht woran, richtig? Ich kann mir nicht vorstellen, dass euch diese japanische Versicherungsgesellschaft anvertraut hat, warum sie Hitomi Tadokoro nach Lissabon geschickt hat.«

»Die Anfrage über die Staatsanwaltschaft läuft, und ich kann mir keinen Grund vorstellen, warum die Japaner nicht kooperieren sollten, wenn es um den Tod einer Angestellten geht.«

»Und wie lang bist du bereit, auf eine Antwort zu warten, wenn du sie auch hier und jetzt von mir haben kannst?«

Schweigen. Die Luft in der kleinen Küche schien plötzlich elektrisch geladen.

»Dann sag endlich, was du zu wissen glaubst, idiota maldito!«

»Nach dem Essen.«

»Henrik!«, fuhr sie ihn an und boxte ihn gegen die Schulter. »Warum tust du das?«

»Damit die ganze Mühe, die ich mir mit dem Essen gemacht habe, nicht umsonst war.«

»Das meine ich nicht, o inferno com você! Warum?«

»Weil ich nicht zulassen kann, dass du wieder aus meinem Leben verschwindest!«

18

Anfangs aß sie widerwillig, aber nach ein paar Gabeln konnte sie sich nicht mehr verstellen. Sie war ausgehungert von einem arbeitsintensiven Tag, und sie mochte es, auch wenn die sämige Soße nicht so perfekt abgeschmeckt war, wie sie es von zu Hause gewöhnt war.

Nachdem er die zweite Flasche Vinho Verde geöffnet hatte, erzählte er vom Purachinagoi und von Hitomi Tadokoros Auftrag, den Fisch wiederzufinden. Helena reagierte genau wie er, als er von dem Fanatismus erfahren hatte, mit dem jemand versuchte, diesen Koi in seinem Besitz zu bekommen. Ebenso entsetzt war sie über den Versicherungswert. Auch wenn er sich reumütig gab, fütterte er sie nur mit den Informationen, die ihm fürs Erste relevant vorkamen. Er verriet nichts von der *Peixeiro Lourenço,* nichts von dem verrückten Koreaner. Allerdings blieb danach die Frage nicht aus, was Martin damit zu tun gehabt hatte.

»Genau das will ich rausfinden. Wieso hat ausgerechnet mein Onkel dieses Frachtpapier unterschrieben und anschließend im Antiquariat versteckt.«

»Kann ich es sehen?«

Henrik stand vom Tisch auf und ging in den Flur. Üblicherweise leerte er seine Taschen, wenn er nach Hause kam und deponierte Kleinkram wie Handy, Schlüssel und Portemonnaie auf die Kommode unter der Garderobe. Nur der Lieferschein lag nicht dabei. Er war auch nicht zwischen die Post und die Wurfsendungen gerutscht, die sich dort stapelten. Erneut tastete er seine Hosen ab. Wenn ihn sein Gedächtnis nicht trog, hatte er den Zettel jedes Mal wieder in die rechte Gesäßtasche gesteckt. Oder er war unten im Antiquariat. Konnte er ihm beim Fußballspielen aus der Tasche gerutscht sein? Er bemerkte Helena hinter sich, die ihm gefolgt war.

»Liegt wahrscheinlich unten«, sagte er, »ich geh ihn suchen.« Doch dann hielt er inne, gebremst von einem Gedankenblitz. Wann hatte er das zerknitterte Stück Papier zuletzt in den Fingern gehabt? Er dachte an den wilden Ritt auf dem Sozius der Vespa. Und da war noch etwas. Ein Zwischenfall … eine Rempelei …

»Was ist?«, fragte Helena, der seine Reaktion nicht entgangen war. Er dachte an das Gewühl am Largo do Carmo. An den Stoß in seinen Rücken. An den Asiaten, der ihm kurz zuvor aufgefallen war, weil er so darum bemüht schien, sich unauffällig zu verhalten. »Kann sein, dass er weg ist«, murmelte er, ohne zu wissen, was das nun wieder bedeuten mochte. Der Moment der Stille wurde von einem Anruf unterbrochen. Helena ging zurück in die Küche, während sie telefonierte, und er blätterte erneut in dem kleinen Papierstapel, obwohl ihm klar war, dass der Frachtbrief nicht darunter sein konnte.

»Ich muss weg«, erklärte die Kommissarin, die plötzlich hinter ihm stand. Er drehte sich nach ihr um, wollte sie noch einmal berühren, bevor sie verschwand, aber sie war schon an der Tür.

»Hoffentlich nicht noch ein toter Japaner?«

Sie hatte schon die Klinke in der Hand, hielt jedoch inne. »Hast du jemand Bestimmten in Verdacht?«

Wenn er jetzt die Karten auf den Tisch legte, brachte er sie noch mehr auf. Allerdings sah er keine andere Möglichkeit, wenn er wissen wollte, was hinter den jüngsten Ereignissen steckte. Er war bereits zu tief in diese Geschichte eingetaucht, um wieder umzukehren. Insgeheim würde Helena sein Ansinnen verstehen. Wenn jemand sein Handeln nachvollziehen konnte, dann ja wohl sie. Einmal Polizist, immer Polizist – das war nicht nur so ein Spruch, zumindest nicht für jemanden seines Schlags, der diesen Beruf aus Überzeugung gewählt hatte. Folglich konnte er sie nicht einfach davonstürmen lassen.

»Ich denke an denjenigen, den du am Lavadouro so herzlich begrüßt hast. Diesen Asiaten.«

Sie schenkte ihm einen gequälten Blick, ersparte sich aber einen Kommentar.

»Ich muss wissen, wer dieser Mann ist!«

»Warum? Was hast du mir noch verschwiegen? Raus damit!«

»Warum war er am Tatort?« Einerseits frustrierte es sie sichtlich, dass er es war, der die angespannte Situation ausnutzte, um sie mit Gegenfragen zu torpedieren. Andererseits war ihr anzusehen, dass sie nicht loswollte, bevor sie nicht alles zu hören bekam, was er bislang zurückgehalten hatte. »Du oder besser gesagt deine Ermittlungen profitieren von dem, was ich herausgefunden habe«, rief er ihr ins Gedächtnis.

»Bis jetzt bist nur du es, der eine direkte Verbindung von einem vermutlich gestohlenen Fisch zu meinem Mordopfer herstellt.«

Henriks Bick blieb unnachgiebig.

Sie stöhnte genervt. »Er arbeitet in der japanischen Botschaft. Mehr weiß ich auch nicht.«

»Sein Name?«

An der Hand, mit der sie den Türgriff umklammerte, traten die Knöchel weiß hervor.

»Bitte!«

»Professor Udagawa.«

»Professor«, murmelte er vor sich hin, bevor er in energischerem Ton nachhakte: »Warum war er am Tatort?«

»Es gibt eine Vereinbarung, mit wem auch immer sie getroffen wurde, die besagt, dass er von unserer Dienststelle informiert werden muss, sobald in unserem Zuständigkeitsbereich eine Person japanischer Herkunft zu Tode kommt. Mehr weiß ich nicht und will ich auch gar nicht wissen. Und jetzt du! Wen hast du unter Verdacht?«

Er nickte nachdenklich. »An deiner Stelle würde ich mir zuallererst sämtliche Koi-Sammler in Lissabon vornehmen.«

Die Sache zwischen ihnen war noch nicht bereinigt, das hatte sie ihm sehr deutlich zu verstehen gegeben, bevor sie die Wohnungstür hinter sich zugeschlagen hatte. Er hatte natürlich alles noch schlimmer machen und sie nach diesem Japaner ausfragen müssen. Letztlich konnte er nicht abstreiten, dass er mehr von ihren Informationen profitierte als umgekehrt. Aber er war in einer Phase seiner Ermittlungen angelangt, in der er im Notfall auch rücksichtslos sein musste. Später würde er noch genug Gelegenheit haben, sich dafür zu geißeln. Aber im Moment zählte nur, dass er endlich einen Namen besaß. Udagawa. Dass Helena nicht noch mehr über diesen Mann wusste, klang plausibel. So wie die PSP und ihre Dezernate, die Kripo und die Abteilung für öffentliche Sicherheit strukturiert waren, sickerte nur das Nötigste in die unteren Ebenen durch. Was nicht bedeutete, dass es in Helenas Abteilung nicht doch jemanden gab, der besser informiert war. Aber wollte er wirklich die Option in Betracht ziehen, sich mit Lui zu unterhalten, um mehr über die Beweggründe dieses Udagawa herauszufinden? Oder konnte er den Diplomaten einfach direkt fragen, warum er an diesen Tatort geholt werden wollte? Wenn Letzteres, dann musste er sich auf die Lauer legen, und er brauchte einen fahrbaren Untersatz. Der Einfall war eigentlich absurd, aber er hatte gelernt zu improvisieren, seit er in Lissabon lebte. Außerdem war er schon lange nicht mehr im Baumarkt gewesen.

19

Es gab zwei Märkte der Baumarktkette im erweiterten Stadtgebiet, beide draußen in der von Autobahnringen durchzogenen Peripherie. Er entschied sich für den, der mit dem 714er-Bus in zwanzig Minuten vom Largo Chiado aus zu erreichen war. Falls er hier falsch war, musste er sich noch weiter ins industriell dominierte Hinterland vorkämpfen, dorthin, wo die Taktung des Busfahrplans immer schlechter wurde, aber damit wollte er sich erst auseinandersetzen, wenn er hier nichts erreichte.

Das Viertel nannte sich Bairro 18 de Maio, und das Centro Comercial begann gleich hinter einem Campingplatz. Von der Bushaltestelle musste er über einen weitläufigen, leeren Parkplatz. Aber es war noch früh. Vielleicht füllten ihn die Konsumenten erst etwas später. Momentan waberte über der asphaltierten Fläche lediglich die Hitze. Es würde ein heißer Tag werden.

Die automatischen Türen glitten auseinander, und ihn empfing stark klimatisierte Luft, durchsetzt von den chemischen Gerüchen nach Lösungsmittel, Holz, Metall und Schmieröl. Die Gänge zwischen den Hochregalen waren verwaist. Er unterbrach die Unterhaltung der zwei Kassiererinnen, die hinter ihren Warenbändern auf den ersten Kunden des Tages warteten.

»Ola, bom dia! Onde posso encontrar Gisela?«

Ein kurzer Austausch von fragenden Blicken, dann wurde er genauestens gemustert, woraufhin ein knapper, völlig unverständlicher Dialog folgte. Die Ältere der beiden entschied schließlich, die von ihm gewünschte Information offenzulegen, indem sie mit ihrem runden Kopf vage in eine Richtung wies. »Madeira … corte!«

Er bedankte sich und marschierte den bewussten Gang hinunter. Große an den Regalenden befestigte Schilder wiesen die einzelnen Warensegmente aus. Das Mysterium der nie verfügbaren, gewissermaßen stets unsichtbaren Baumarktverkäufer war offensichtlich ein europaweites. Denn auch hier in dieser Filiale schienen sich alle vor ihm zu verstecken, um ja nicht in die Verlegenheit zu kommen, nach einer passenden Dübelgröße für eine Sechser-Schraube gefragt zu werden, oder danach, ob das Fugendichtmittel auf Silikonbasis zu empfehlen war. Er wusste, dass er richtig war, als er das Kreischen einer Säge sowie das hohle Dröhnen der Absaugung für den Holzstaub vernahm. Holzabteilung, Zuschnitt. Nicht unbedingt der Bereich, in dem man eine junge Frau von zarter Statur erwartete. Doch da war sie. Auch wenn sie ihr Gesicht hinter einer Schutzbrille verbarg und überdimensionale, orangefarbene Ohrenschützer übergestülpt hatte. Mit der in Baumärkten üblichen Vertikalsäge schnitt sie gerade Holzpaneele auf Maß. Eine brusthohe Theke versperrte Kunden den Zugang zu ihrem Arbeitsplatz. Aber immerhin gab es eine Ruftaste. Neben einem schrillen Ton löste die Betätigung der Taste auch ein visuelles Signal in Form einer gelb flackernden Lampe aus. Gisela sah kurz auf, setzte einen letzten Schnitt und schaltete die Säge aus. Sie entledigte sich der Brille und der Kapselschützer und kam zum Tresen. Bei ihrer ersten Begegnung hatte ihm die Zeit gefehlt, sie näher zu betrachten. Dazu war die Situation zu hektisch gewesen und sein Kopf mit anderen Dingen beschäftigt. Nun bestätigte sich der erste flüchtige Eindruck, dass sie kaum älter als zwanzig sein konnte. Und sie sah süß aus, in ihrem grün-weißen Overall, mit den Sägespänen in dem lockigen Haar, das im Licht der Deckenlampen einen Stich ins Kastanienrot hatte und mit einem Tuch zusammengebunden war. Zu süß, entschied er, um weiter darüber nachzudenken, wenn man in eine andere verliebt war.

Als sie ihn erkannte, wurde ihre genervte Baumarktmitarbeitermiene zu einem verschmitzten Grinsen. »Wegen dir war ich gestern zu spät! Was darf ich dir zurechtsägen?«

Sein Anliegen war so dreist, dass er entschied, ohne Umwege zur Sache zu kommen. »Kannst du mir für heute deinen Roller leihen?«

Zumindest verlor sie nicht ihr Lächeln, auch wenn sie seine Bitte zuerst für einen Scherz hielt, wie ihr anzusehen war. »Das ist dein Ernst«, erkannte sie schließlich, und eine Spur von Verunsicherung huschte über ihr Gesicht, die sie wegzulachen versuchte. Gleich darauf flammte wieder die Neugier auf und erhellte ihr Sommersprossengesicht. »Musst du wieder jemanden verfolgen?«

»Beobachten trifft es eher.«

»Wer bist du, Thomas Magnum?«

Unbewusst strich er sich über die Oberlippe, um sicherzugehen, dass ihm dort nicht über Nacht ein Schnauzer gewachsen war. »Du bist viel zu jung, um diese Fernsehserie zu kennen.«

»Mein *pai* ist Fan davon, hat alle Staffeln auf Blu-Ray. Aber jetzt ohne Scheiß, bist du Privatschnüffler?« Sie schüttelte den Kopf, und es regnete ein paar Sägespäne.

»Ja, und leider ist der Ferrari bei der Wartung. Du könntest mir also einen großen Gefallen tun!«

»É merda, du hast Nerven!«, erwiderte sie, dann lenkte etwas ihren Blick ab. Ein älterer Herr war hinter ihm aufgetaucht, bewaffnet mit Zollstock, Zettel und Bleistift, bereit, seine Bestellung für den Holzzuschnitt aufzugeben. Auch wenn die Portugiesen im Allgemeinen die Gelassenheit gepachtet hatten, schienen die atmosphärischen Bedingungen im Baumarkt dieses Gesetz auszuhebeln. Der zielstrebige Heimwerker machte keine Anstalten, seine Ungeduld zu verbergen, und zog einen muffigen Flunsch.

»Gegen eine angemessene Leihgebühr«, nahm Henrik die Verhandlungen mit Gisela wieder auf.

»Hundert«, offerierte sie ihm.

Er hatte keinesfalls die Absicht, ihr irgendwelche Schwierigkeiten zu machen und sie von der Arbeit abzuhalten, aber dieses Angebot entsprach nicht seinem Budget. Andererseits musste er ihr entgegenkommen, auch wenn das schmerzhaft war. »Fünfzig, maximal!«

In seinem Rücken erklang ein genervter Seufzer.

»Deal!«, sagte Gisela überraschend widerstandslos, nur um schnell noch eine weitere Bedingung anzuhängen. »Aber ich krieg ihn vollgetankt zurück, und das nächste Mal bin ich wieder mit dabei!«

Sein Nicken war eher mechanisch, entlockte ihr aber ein breites Grinsen. Sie kramte in der Tasche ihres Overalls und zog einen Schlüssel heraus. »Ich hab um sieben Feierabend, sei pünktlich!«

Wenn auch altersschwach und gewiss ohne Chance, in Deutschland durch den TÜV zu kommen, war der Roller für sein Vorhaben ideal. Er musste keinen Parkplatz suchen, konnte ihn einfach überall direkt an die Straße stellen. Wenn es so weit war, brauchte er nur aufzuspringen und loszufahren. Leider war vorher einiges an Geduld gefragt. Nicht unbedingt eine seiner Tugenden. Das hatte ihn auch früher häufig bei Polizeieinsätzen genervt. Was jetzt auf ihn zukam, war das, was Detektivarbeit zum allergrößten Teil ausmachte: warten. Er blickte die Avenida da Liberdade hinunter. Die Sonne fiel durch die hohen Platanen und Palmen und erzeugte gesprenkelte Muster aus Licht und Schatten auf den Gehsteigmosaiken. Die Geschäfte öffneten nach und nach, und die Hotels entlang der Allee spuckten die ersten Touristen aus. Wäre da nicht der Verkehrslärm auf der viel befahrenen Hauptstraße durch die Innenstadt gewesen, hätte man vermutlich das Klappern von Porzellantassen und das Zischen der Milchaufschäumer aus den Pastelarias hören und den nicht immer zurückhaltenden Gesprächen der Lisboetas lauschen können, die lautstarke Unterhaltungen über die Glasvitrinen mit den Frühstücksleckereien hinweg führten. Es gab schlechtere Orte, um die Zeit totzuschlagen, auch wenn ihm nur die Starbucks-Filiale blieb, um seinen Beobachtungsposten einzunehmen. Wenigstens hatten sie auch draußen Tische, was es wesentlich angenehmer machte. Die Leute, die hier in der Schlange an der Kasse standen, waren überwiegend Ausländer. So wie er, weshalb er nicht auffiel. Als er an der Reihe war, bestellte er einen großen Becher Kaffee und ein Wasser. Eigentlich hätte er sich auch mit etwas Essbarem versorgen müssen, aber das Angebot in der Auslage löste kein Verlangen in ihm aus. Später, wenn die Warterei sich zur Ewigkeit dehnte und der Hunger kam, würde er das wahrscheinlich bereuen. Denn es war immer ein Risiko, den Posten zu verlassen, egal ob der Magen knurrte oder die Blase drückte. Daher war das mit dem halben Liter Kaffee vielleicht eine ebenso blöde Idee. Aber diese Einsicht ereilte ihn erst, als das Getränk schon vor ihm stand. Er ging nach draußen, wählte den Tisch mit der besten Sicht auf die Tiefgaragenausfahrt und nahm einen Schluck von dem bitteren, heißen Gebräu. Die Uhr auf dem Gebäude jenseits der sechsspurigen Achse zeigte sieben Minuten vor zehn.

Der Kaffee war noch nicht merklich abgekühlt, als sich die Schranke öffnete und der schwarze Lexus die Rampe heraufglitt. Henrik blieb ruhig – immerhin war es nicht unwahrscheinlich, dass die japanische Botschaft über einen ganzen Fuhrpark desselben Fahrzeugtyps verfügte. Wegen der abgedunkelten Scheiben und des ungünstigen Sonnenstands konnte er nicht erkennen, wer oder ob überhaupt jemand im Fond saß. Also musste er seinen Platz verlassen, um das Kennzeichen sehen zu können. Dann jedoch war sehr schnell klar, dass er den Kaffee würde stehen lassen müssen. So schnell und unauffällig wie möglich eilte er zu Giselas Vespa. Leider bot sich gerade jetzt eine große Lücke, dort wo die Autos stadteinwärts eben noch Stoßstange an Stoßstange gestanden hatten. Der Lexus fädelte sich zügig in den Verkehr ein und gewann schnell an Abstand. Henrik betätigte den Anlasser und erntete lediglich ein müdes Scharren, das beim zweiten Versuch und obwohl er den Kickstarter mit aller Kraft nach unten trat, noch lahmer klang. Mit einem Fluch auf den Lippen legte er den zweiten Gang ein, zog an der Kupplung und schob den Roller durch die parkenden Wagen auf die Avenida da Liberdade hinaus. Hinter ihm kreischten blockierende Reifen auf dem grobporigen Asphalt, gleichzeitig ertönte ein Hupkonzert. Er drehte sich nicht danach um, sondern rannte einfach stur neben dem Roller her, bis ihm die Geschwindigkeit hoch genug erschien, um aufzuspringen und den Kupplungszug loszulassen. Nach drei Stotterern und einem kurzen Stocken, das nichts Gutes zu verheißen schien, überlegte es sich der Zweitaktmotor doch noch anders und zündete mit einem lauten Knall. Spektakulärer hätte er sein Unterfangen wirklich nicht starten können.

An der nächsten Ampel schloss er zum Wagen der japanischen Nobelmarke auf, indem er sich zwischen den wartenden Autos hindurchschlängelte. Hier machte sich die Vespa wieder bezahlt, und er verzieh ihr das bockige Verhalten vor einer Minute. Erneut lobte er sich für den Einfall, sie ausgeliehen zu haben. Allerdings machte er sich auch bewusst, dass er trotz des übereinstimmenden Kennzeichens nach wie vor keine Gewissheit hatte, den richtigen Diplomaten zu verfolgen. Nahe genug heranzufahren, um Gewissheit zu erlangen, wagte er trotzdem nicht. Wenn der Chauffeur, wie in diesen Fällen durchaus üblich, auch ein ausgebildeter Personenschützer war, war er diesem Mann möglicherweise ohnehin schon ins Auge gesprungen. Im Moment musste er nehmen, was er bekam, und durfte kein zu großes Risiko eingehen. Beobachten, sondieren, analysieren und dabei stets unter dem Radar bleiben.

Im Kolonnenverkehr fuhren sie runter bis zum Tejo, wobei Henrik dabei stets die Distanz beibehielt. Dass er an den Ampeln nicht ganz nach vorne rollte, wie es die anderen Zweiradfahrer praktizierten, ließ ihn auf Dauer sicher verdächtig genug aussehen, weshalb er mehrfach die Spur wechselte, um nicht zu oft direkt im Rückspiegel des Lexus aufzutauchen. Nachdem sie an der Uferpromenade in die

Avenida 24 de Julho Richtung Westen eingebogen waren, ging es zügiger voran, und die kompromittierenden Stopps an den Kreuzungen wurden weniger. Sie waren unterwegs hinaus nach Belém. Wohin ließ der Diplomat sich bringen? Saß er überhaupt in diesem Wagen? Henrik war längst nicht mehr so zuversichtlich wie am Anfang. Jetzt, da die Sonne schräg von hinten kam, sah es sogar aus, als säße überhaupt niemand auf der Rückbank. Kutschierte der Chauffeur einen leeren Wagen durch die Gegend? War Henrik bereits aufgeflogen und einem Ablenkungsmanöver aufgesessen? Nein, das war Unsinn. Warum sollte der Japaner im grauen Anzug derartige Gedanken hegen? Und warum hatte er selbst nicht noch getankt, bevor er seine Observierung begonnen hatte?

Noch während ihm immer mehr Zweifel an seinem Plan kamen, geriet der gewaltige Komplex der Mosteiro dos Jerónimos in Sicht. Das Hieronymitenkloster barg trotz gotischer Pracht und Weltkulturerbe keine guten Erinnerungen für ihn. Hier hatte er bereits eine tödliche Tragödie in den luftigen Höhen von einem der Glockentürme erlebt, wahrlich kein Vergnügen. Selbst um diese Zeit waren schon etliche Besucher aus aller Herren Länder unterwegs, die sich zu Hunderten im Triangel zwischen den sehenswerten Attraktionen – dem Kloster, dem Torre de Belém und dem berühmten Seefahrerdenkmal, das sich ebenfalls am Flussufer befand – hin und her bewegten. Der Wagen, den Henrik verfolgte, bog jedoch noch vor den Zufahrten zu den Parkplätzen für die Sehenswürdigkeiten ab und fuhr am Ostflügel vorbei die Anhöhe hinauf in das Stadtviertel Belém. Entlang des Jardim Botânico Tropical befanden sich hier schöne, von Wandel und Modernisierung verschonte Gebäude und liebevoll restaurierte Villen. Es war klar, dass die Leute, die hier wohnten, keine Geldsorgen hatten. Ganz im Gegensatz zu ihm. Das in der letzten Minute vermehrt auftretende Stottern des Rollermotors verursachte ihm Kopfzerbrechen. Die Nadel der Tankanzeige hatte schon vor dem letzten Anstieg eine Weile auf der roten Null gestanden, und nun begann der Vergaser, Luft statt Treibstoff anzusaugen. Fluchend rollte er an den Randstein und blickte grimmig dem Wagen hinterher, der ungerührt weiter die Calçada Galvão entlangglitt. Das konnte doch nicht wahr sein!

Er sprang von der Vespa, hievte sie fluchend auf den Ständer und rannte los. Ein absolut dämliches Unterfangen, denn selbst wenn der Chauffeur keine große Eile an den Tag legte, war Henrik zu Fuß nicht einmal schnell genug, um noch zu sehen, wohin er am Ende der baumgesäumten Straße abzweigte. Trotzdem sprintete er weiter, ungeachtet der Leute, an denen er vorbeilief und die ihm fragende Blicke zuwarfen. Die Anwohner waren gewiss an Touristen mit eigenwilligem Verhalten gewöhnt, aber einen, der wie vom Teufel getrieben dahinjagte, um sich schnellstmöglich von einer der bedeutendsten sakralen Stätten Portugals zu entfernen, sah man wohl doch nicht so häufig. Seine Lungen brannten schon nach hundert Metern. Um sich von dem nahenden Luftmangel abzulenken, spielte er in Gedanken durch, welche Aufmerksamkeit sein auffälliges Gerenne in dieser besseren Wohngegend erzeugen mochte und ob er es nicht lieber sein ließ. Doch der ehrgeizige Teil in ihm konnte einfach noch nicht aufgeben, nicht jetzt, da er schon so weit gekommen war. Es ging doch längst nicht mehr nur um einen verschollenen Fisch, sondern um mindestens ein vernichtetes Menschenleben. Wobei eins vermutlich gar nicht ausreichte.

Noch fünf Schritte, nahm er sich vor, selbst wenn er auch sofort hätte abbremsen und seinen Sprint beenden können. Fünf Schritte brachten ihn nicht wesentlich näher an den Lexus heran, der bereits einen uneinholbaren Vorsprung hatte. Doch noch während er mit sich rang, scherte der Wagen, statt bis zur nächsten Kreuzung zu fahren, in eine Zufahrt ein. Japsend kam Henrik zum Stehen, stützte sich mit einer Hand an der sonnenwarmen Hausmauer ab und bemühte sich, seine Atmung wieder unter Kontrolle zu bringen. So ganz wollte er dem Ausgang der Geschichte noch nicht trauen, aber es war zwingend erforderlich, erst einmal wieder genügend Sauerstoff in den ausgepumpten Körper zu befördern. Als er das Gefühl hatte, wieder über ausreichend Kraft zu verfügen, setzte er seinen Weg fort. Zwei Minuten später stand er vor dem schmiedeeisernen Tor, durch das der Wagen verschwunden und das natürlich mittlerweile längst wieder geschlossen war. Die Limousine parkte unter schattenspendenden Bäumen vor einer zweigeschossigen, im manuelinischen Stil gehaltenen Villa mit ockerfarbenem Anstrich und von filigranen Stuckarbeiten eingefassten Fenstern. Ungewöhnlich wirkten hier nur die vielen Bambusgewächse, welche die parkähnliche Gartenanlage rings um das großzügige Gebäude bevölkerten und sich hier und da zu wunderschönen Hainen gruppierten. Dazwischen in strenger Geometrie große Rasenflächen, die immer wieder von Kies- und Steinarrangements unterbrochen wurden. Ein ausladender Ginkgobaum verstellte die Sicht auf das Nachbargrundstück zur Linken. Im Prinzip sah das botanische Arrangement nach einem typisch japanischen Zengarten aus. Es war fast so, als spähte er hinein in eine andere Welt, und als er sich für einen Moment in diesem

Anblick verlor, wurde ihm seine Unachtsamkeit beinahe zum Verhängnis.

Der Hund warf sich ohne Vorwarnung gegen die geschmiedeten Gitterstäbe. Mit solcher Wucht, dass das massive Tor in seiner Verankerung erzitterte. Zwei mächtige Kiefer krachten aufeinander, nur Millimeter von Henriks Fingern entfernt, mit denen er die Eisenstäbe umklammerte. Er riss sie weg und taumelte gleichzeitig nach hinten, konnte den Sturz aber nicht verhindern und schlug hart auf dem Gehsteig auf. Der Hund seinerseits prallte vom Tor zurück wie ein Gummigeschoss. Dort, wo er geschickt auf seinen vier Pfoten landete, spritzte der weiße Kies auf, mit dem die Einfahrt bedeckt war. Danach starrten Mensch und Bestie sich an. Auch jetzt bellte das riesige Vieh nicht, sondern gab nur ein Unheil verkündendes Knurren von sich, das klang, als würde von Weitem ein Gewitter heranrollen.

Obwohl das Gittertor sie trennte, wagte es Henrik nicht, sich zu bewegen. Sein Steißbein schmerzte. Genau wie der linke Ellbogen, den er sich aufgeschürft hatte. Die schwarzen Augen des Biests fixierten ihn. Der Wachhund, dessen Rasse er nicht zu bestimmen vermochte, besaß eine stattliche Schulterhöhe von etwa einem Meter. Die Sonne zauberte einen intensiven Glanz in das kurze, schwarzbraun marmorierte Fell. Die spitzen Ohren aufgerichtet, zeigte der Hund sein angsteinflößendes Gebiss.

Sie hätten sich vermutlich noch ewig so belauert, wenn nicht unvermittelt eine Person neben den Hund getreten wäre. Augenblicklich fiel jegliche Anspannung von ihm ab, das Knurren verstummte, und eine trügerische Sanftheit umspielte seine Schnauze. Henrik sah von dem Vierbeiner auf zu dem Mann und erkannte den Chauffeur, der wie gestern einen schwarzen Anzug über einem weißen Hemd trug. Er war weder besonders groß, noch hatte er eine Sumoringer-Statur. Es war vielmehr die kühle Arroganz, die ihm den Anschein von Überlegenheit verlieh.

»Hat er Sie erschreckt?«, fragte er ohne eine Spur von Schadenfreude, aber auch ohne Bedauern und in akzentfreiem Englisch.

»Sie sollten ein Schild anbringen«, empfahl Henrik und mühte sich auf die Beine. Der Hund zuckte kurz, blieb aber ansonsten ebenso unberührt wie sein Herr.

»Das macht er nur, wenn er der Meinung ist, dass es jemand mit seiner Neugier übertreibt.«

»Gibt es ein Problem, Kaito?«, mischte sich eine weitere Stimme ein.

Der Chauffeur drehte sich um. Unter dem Vordach des Eingangsportals zur Villa war ein älterer Japaner aufgetaucht. Sein Anblick entschädigte Henrik ein wenig für die Attacke des Hundes, denn das war tatsächlich der Diplomat, der sich gestern am Waschhaus gezeigt hatte. Jener Mann, von dem Renato glaubte, dass er einer von Martins Kunden war und teuren japanischen Whisky verschenkte.

Kaitos Antwort kam diesmal auf Japanisch. Was auch immer gesprochen wurde, es veranlasste den Botschaftsangestellten dazu, aus dem Schatten zu treten und den kurzen Weg über den knirschenden Kies zum Tor auf sich zu nehmen, um Henrik mit kritischem Blick zu mustern.

»Was wollen Sie?«, bellte der Mann, dessen Englisch nicht so lupenrein war wie das seines Adjutanten. Im Gegensatz zu seinem Tonfall sprachen seine Augen von Niedergeschlagenheit oder tiefer Erschöpfung, was seinen ohnehin blassen Teint noch verstärkte, der selbst unter der portugiesischen Sonne grau wirkte.

Einem plötzlichen Impuls folgend, erklärte Henrik: »Ich bin gekommen, um den Gefallen einzulösen, den Sie meinem Onkel Martin Falkner schulden.«

20

Die Miene des Japaners blieb versteinert. Doch Henrik glaubte trotzdem, eine kaum merkliche Veränderung um Augen und Mund des Mannes zu erkennen. Ergriffenheit, womöglich auch Trauer. Wusste er überhaupt von Martins Tod? Vermutlich, denn er hatte schließlich aufgehört, das Antiquariat weiterhin zu besuchen. Aber da konnte durchaus noch mehr sein. Der Professor sagte etwas zu seinem Chauffeur, und wie durch eine unsichtbare Hand glitt eine Sekunde später das Tor zur Seite. Entweder hetzten sie jetzt den Hund auf ihn, oder er durfte sich als eingeladen betrachten.

Der Hund blieb völlig interesselos dort, wo er war. Regungslos auf dem Kies liegend, verloren in den unergründlichen Gedanken seiner Hundewelt. Henrik ertappte sich bei dem Einfall, ihn streicheln zu wollen. Stattdessen folgte er der stummen Aufforderung und betrat das Grundstück. Der Alte stand steif da, doch seine aufrechte Haltung wirkte aufgesetzt, als wäre unter der äußeren Hülle ein gebrochener Mann verborgen.

»Makoto Udagawa!«, stellte er sich vor, deutete eine Verbeugung an und streckte ihm die Hand hin.

»Henrik Falkner!«

Udagawas Hand war kalt wie ein Fisch, wie um ihn daran zu erinnern, warum er hier war.

»Ich frage nicht, wie Sie mich gefunden haben. Offenbar verfügen Sie über ähnliche Fähigkeiten wie Ihr Onkel. Es tut mir leid um ihn.«

Das ließ Henrik unkommentiert. Für Sekunden herrschte unangenehmes Schweigen.

»Ich habe nicht viel Zeit«, erklärte Udagawa dann.

Henrik verstand. Er hatte nur einen Versuch.

»Wobei hat mein Onkel Ihnen geholfen?« Lieber hätte er gefragt, warum Martin sterben musste, aber wenn man einem Diplomaten gegenüberstand, war wohl eine diplomatische Formulierung angebracht.

Der Professor sah hinauf in den Himmel. Der Wind strich durch die Bambusstauden und erzeugte das typische Rascheln. Irgendwo gurrten Tauben. Ansonsten war die Stadt hier draußen ungewöhnlich still.

»Ich habe meinen Teil unserer Abmachung erfüllt.«

»Sie reden jetzt aber nicht von dieser Flasche Whisky?«

Im Gesicht des Japaners spiegelte sich so etwas wie Bedauern. »Womöglich habe ich mich ja auch getäuscht, was Ihre Fähigkeiten angeht.«

»Haben Sie eigentlich einen Karpfenteich hinterm Haus?«, konterte Henrik.

Ein kurzes Stocken, ein Kräuseln auf dem Rücken der platten Nase. »Wie gesagt, man erwartet mich in der Botschaft. Ich bedauere, dass Ihr Onkel verstorben ist. Er war ein ehrenhafter Mann.« Der Chauffeur kam näher. Signalisierte Bereitschaft, Henrik gegebenenfalls dabei behilflich zu sein, das Grundstück zu verlassen.

Henrik ignorierte ihn. »Wenn Sie ihn so geschätzt haben, müssten Sie doch daran interessiert sein, seinen Tod aufzuklären.« Udagawa zeigte sich nicht überrascht von der Anspielung, dass Martin keines natürlichen Todes gestorben war. »Nur, wenn ich den Grund kenne, kann ich auch seinen Mörder finden«, insistierte Henrik.

»Und Sie meinen, ich könnte Ihnen diesen Grund liefern?«, fragte Udagawa, nun wieder diplomatisch undurchsichtig.

»Immerhin starb Martin, kurz nachdem Sie ihn mehrfach besucht haben.«

Wieder ging der Blick des Japaners hinauf zu der Stelle, wo die sich sanft im Wind wiegenden Spitzen seines Bambushains den Himmel streichelten. Der Chauffeur stand nun dicht hinter Henrik. Gleich würde ihn der Professor hinauswerfen lassen. Doch der Japaner hob die Hand, ehe Kaito ihn am Oberarm packen konnte.

»Meine Tochter Yoko wird vermisst«, wisperte Udagawa, ohne ihn anzusehen. »Kurz hatte ich die Hoffnung, Ihr Onkel könnte mir dabei behilflich sein, sie wiederzufinden.«

Vermisst! Nun hatte er die Erklärung für die Traurigkeit in den Augen des Professors. In Henriks Kopf überschlugen sich die Gedanken. Das musste der Grund sein, warum der Diplomat sich für Japanerinnen interessierte, die von der Lissabonner Polizei tot aufgefunden wurden. Mit ehrlichem Bedauern sagte er: »Das tut mir leid. Wie lange ist sie schon verschwunden?«

»So lange, dass die Verzweiflung über meinen Verlust nur noch sehr wenig Raum für Zuversicht übrig lässt.« Damit deutete der alte Mann eine Verbeugung an und schritt zum Wagen. Sein Chauffeur schien für einen Moment unschlüssig, ob er ihm die Tür öffnen oder zuerst Henrik hinausbefördern sollte. Schließlich entschied er sich für Letzteres, indem er einen schnellen Seitenblick auf den Hund warf, der sofort auf den Beinen war und wieder sein unheimliches Grollen hören ließ. Henrik hob beschwichtigend die Hände und ging rückwärts, bis er wieder auf der Straße stand. Unzufrieden mit dem Ergebnis der Befragung, sah er zu, wie sich Professor Udagawa hinunter zum Fluss fahren ließ, während das schwere Eisentor das Grundstück versiegelte. Auch der Hund schien seine Aufgabe für abgeschlossen zu erachten und trottete zurück in den Schatten des Vordachs.

Verdammt, so konnte er sich nicht abspeisen lassen. Er ging ein paar Schritte die Straße entlang, entgegen der Richtung, in die der Diplomat verschwunden war. Die Mauer, die das Grundstück umgab, war nur brusthoch, wenn auch obenauf ebenfalls mit einem Lanzenzaun versehen. Mit etwas gutem Willen käme er da hinüber, ohne sich aufzuspießen. Doch gab es bestimmt Kameras. Und, nicht zu vergessen, den Hund. Rechts wie links präsentierten sich die Nachbaranwesen ähnlich wehrhaft mit mannshohen Umzäunungen. Er brauchte einen Plan. Grübelnd spazierte er bis zum Ende des Jardim de Buxo, dem Park, der den prächtigen Wohnhäusern gegenüberlag. An dessen Ende zweigte er ab in die Straße, die in den alten Ortskern von Belém führte. Nach weiteren hundert Metern kam er an einem Restaurant vorbei, das noch geschlossen hatte. Der Zugang zum Innenhof stand jedoch offen. Die Idee behagte ihm nicht besonders, aber auf die Schnelle fiel ihm keine Alternative ein. Er roch die Mülltonnen hinten im Hof bereits, bevor er sie entdeckte. Das Angenehmste war noch, eine passende Plastikflasche aus einem der Behälter zu fischen, die vormals Mineralwasser enthalten hatte und die handlich genug war, um sie in die Gesäßtasche zu stecken. Erstmals verspürte er kein Missfallen darüber, dass die Portugiesen noch viel mehr als die Deutschen alles in Unmengen von Plastik packten oder abfüllten. Danach rupfte er aus dem Papierabfall eine alte Zeitung heraus, blickte sich erneut um und öffnete schließlich mannhaft den Container, der den intensivsten Gestank verströmte. Sofort stob ihm eine Wolke von Fliegen entgegen. Er wedelte den Insektenschwarm auseinander und schielte mit angehaltenem Atem in die Tonne. Angeekelt packte er das erstbeste Stück, wickelte es in die Zeitung und trat dann eilig den Rückzug an. Ein Teil der Fliegenarmada entschied sich spontan dazu, die Verfolgung aufzunehmen, was seine Schritte zusätzlich beschleunigte. Innerhalb von fünf Minuten erreichte er wieder die Villa des Japaners. Es mochte an der Mittagszeit liegen, dass ihm bislang niemand begegnet war, oder daran, dass die Anwohner in dieser Straße tatsächlich alle einer geregelten Arbeit nachgingen. In jedem Fall war er froh, nicht beobachtet zu werden. Es war verrückt, was er vorhatte. Erst recht, falls die Töle wählerisch war.

Er ging zu der Stelle, die er vorhin bereits ausgespäht hatte; hier war die Umfriedung teilweise von den tief hängenden Ästen eines Trompetenbaums verdeckt. Bevor die Vernunft ihn zurückhalten konnte, sprang er hoch und zog sich an dem geschmiedeten Gitter auf die Mauer. Das Astwerk des Baumes half ihm dabei, ohne Schramme über die angespitzten Eisenstäbe zu kommen. Der nächste dichte Bambushain nahm ihm die Sicht auf das Haus. Allerdings konnte so auch er nicht gesehen werden. Ein Vorteil, wenn auch keiner, der ihn weit bringen würde, was den schwarzbraunen Hund anging.

Mit einem äußerst flauen Gefühl sprang er von der Mauer auf den weichen Rasen, den ein ausgeklügeltes Bewässerungssystem frisch und grün hielt. Er hatte sich noch nicht wieder aufgerichtet, da jagte der Hund auch schon durch das Sträucherdickicht. Lediglich das wilde Rascheln der

Bambusblätter kündigte ihn an. Hastig wickelte Henrik den halb abgenagten Schädel des Spanferkels aus dem Zeitungspapier und warf ihn dem Hund entgegen.

Die Bestie wich dem Geschoss einfach aus und stürmte weiter auf ihn zu.

Verflucht, doch wählerisch, schoss es ihm durch den Kopf, und er bereitete sich innerlich schon auf zuschnappende Hundekiefer und scharfe Zähne vor, die sich in das Fleisch seines Unterarms bohrten, hinunter bis auf den Knochen ... Doch nach drei Sätzen bremste das Biest abrupt, drehte sich um und sah dem Schädel hinterher, der über den Rasen kullerte. Unschlüssig warf er einen erneuten Blick auf Henrik, dann wieder auf den Schweinekopf. Das ehemals knusprig gebratene Stück musste für das Tier einen deutlich attraktiveren Duft verbreiten als für ihn, und zu guter Letzt konnte der Hund ihm nicht länger widerstehen. Er trottete zu dem Schädel und beschnupperte ihn ausgiebig. Das nahm Henrik zum Anlass, um sich vorsichtig am Bambushain entlang zur Rückseite der Villa zu bewegen, ohne den Hund aus dem Auge zu lassen. Er achtete nicht auf Kameras und dachte nicht darüber nach, ob er nicht bereits einen stillen Alarm ausgelöst hatte und sich eine Polizeistreife auf den Weg machte, um nach dem Rechten zu sehen. Er hatte ohnehin nicht vor, hier besonders lange zu verweilen. Nur eine kurze Visite, nur schnell etwas überprüfen. Der Ferkelkopf würde den Hund schließlich nicht ewig beschäftigen.

Der hintere Garten war dreimal so groß wie der vordere und versetzte ihn ins ferne Ostasien. Mannshohe Steinfiguren und Miniaturtempel wurden umringt von exakt geometrisch angelegter Botanik. Wasser plätscherte in einen Teich, an dessen seichtem Ufer ein kunstvoll geschnitztes Kranichpärchen stand. Tatsächlich, ein Teich. Perfekt arrangiert, mit Wassergewächsen und von einer Seite mit Schilfrohr umgeben, das sich sanft im Wind wiegte. Dazwischen ein Zugang über grob gehauene Steinplatten. Henrik musste nur auf wenige Meter herantreten, um die farbigen Leiber dicht unter der sich kräuselnden Wasseroberfläche auszumachen.

Hier waren sie. Armlange Koi-Karpfen. Jede Menge davon.

21

Er sah seinen Schatten neben sich auftauchen. Ohne nachzudenken, streckte er die Hand aus und kraulte den Hund zwischen den Ohren. Und plötzlich waren sie beide ganz entspannt. Wie beste Freunde standen sie nebeneinander und blickten auf das bunte Treiben im Teich.

»Ist er da drin?«, fragte Henrik. Der Hund hob die Lauscher und sah ihn von unten her an. Hatte Professor Udagawa den Purachinagoi in Tokio stehlen lassen und ihn dann einfach so in seinen Gartenteich gesetzt? Das klang völlig verrückt. Der Mann war immerhin Staatsbediensteter.

Aber auch Koi-Sammler, wenn man die prachtvollen Fische betrachtete, die sich im Wasser tummelten. Vermutlich jeder im Werte eines Hundert-Zoll-Flachbildfernsehers oder gar eines Kleinwagens. Er bückte sich und nahm mit der Plastikflasche eine Wasserprobe. Auch der Hund kam näher. Hechelte neben ihm und warf ihm einen fragenden Hundeblick zu.

»Alles gut!«, verkündete Henrik und richtete sich langsam wieder auf, bedacht darauf, ja keine überhastete Bewegung zu machen. Falls der Hund den Respekt roch, den Henrik nach wie vor empfand, ließ das Tier sich nichts anmerken. »Braver Hund«, lobte er und tätschelte ein letztes Mal die weiche Stelle zwischen den Ohren. Dann nahm er ohne Eile denselben Weg zurück zur Mauer. Für eine Sekunde hegte er Bedenken, dass ihn der Hund daran hindern würde, das Grundstück wieder zu verlassen. Aber wie es aussah, begnügte sich sein neuer, vierbeiniger Freund damit, das schattige Plätzchen unterm Vordach wieder aufzusuchen und ihn dabei zu beobachten, wie er sich umständlich über den Lanzenzaun mühte.

Auf der Vespa rollte er die Calçada Galvão runter zum Tejo. Entlang der Avenida Brasília schob er das Gefährt bis zur nächsten Tankstelle. Er füllte Benzin nach und brauchte gefühlte dreißig Versuche, bis der Motor endlich zu knattern begann. Während er sich bei seiner Fahrt stadteinwärts Wind und Abgase um die Nase wehen ließ, verlor er sich in Gedanken. Gerade so, als säßen zwei Leute auf dem Roller. Einer, der sich durch den Verkehr schlängelte, und einer, der nachdachte. Welche Bedeutung musste er Udagawa beimessen? Dem traurigen Mann, der seine Tochter vermisste. Oder war das bloß die Fassade, hinter der er seinen wahren Charakter versteckte? Den Diplomaten und eiskalten Strategen. War der Professor einer, der über Leichen ging, um seine Sucht zu befriedigen? Hatte er auch Martin benutzt und dann aus dem Weg räumen lassen? Und Hitomi Tadokoro?

Tief in Gedanken, bemerkte er erst spät, dass sein Weg ihn zwangsläufig an der Peixeiro Lourenço vorbeiführte. Spontan und widerrechtlich nutzte er eine Einbahnstraße in die verkehrte Richtung, um zum rückwärtigen Teil der Fischfabrik zu gelangen. Diesmal zählte er fünf Raucher, zwei Männer und drei Frauen, allesamt in weißer Montur, die Gummischürzen von einem hellrosa Film überzogen. Der Fischgestank übertönte selbst den eindringlichen Abgasgeruch der Zweitaktmischung. Er hielt bei der Gruppe, stellte den Motor ab und fragte nach Nguyen. Zuerst tauschten sie konspirative Blicke, dann schnippte eine der Arbeiterinnen ihre Kippe fort und ging in die Halle. Für den misstrauisch beäugten Henrik wurde die Warterei schnell zur

Geduldsprobe. Er fühlte sich unwohl in unmittelbarer Nähe von Lourenços Angestellten, die ihrerseits nicht mehr miteinander sprachen, sondern still und mit gesenkten Köpfen zu Ende rauchten. Endlich verzogen sie sich im Gänsemarsch zurück an ihren Arbeitsplatz und ließen ihn allein in der Gasse zurück. Plötzlich fragte er sich, ob man den Koreaner überhaupt verständigt hatte. Konnte er es wagen, noch einmal unbefugt die Produktionshalle zu betreten? Gerade als er vom Roller steigen wollte, schwang die Tür auf, so heftig, dass sie laut gegen die Wand knallte. In seine Schlachteruniform gehüllt, stürmte Nguyen heraus und rammte ihm seine bullige Schulter gegen die Brust. Samt der Vespa kippte Henrik auf die Straße. Der Koreaner war über ihm, ehe er wieder Luft bekam, und holte mit der Faust aus.

Henrik riss schützend die Arme vors Gesicht. Blut und Fischexkremente tropften auf ihn herab.

»Hatte ich nicht gesagt, du sollst dich hier nicht mehr blicken lassen?«, fauchte Nguyen.

»Nicht in diesem Wortlaut«, gab er zurück und versuchte gleichzeitig sein Bein zu befreien, das schmerzhaft zwischen Roller und Asphalt klemmte.

Nguyen überlegte es sich anders. Statt auf ihn einzudreschen, richtete er sich auf und sprang, wüste Flüche ausstoßend, wie Rumpelstilzchen um ihn herum. Weiter vorne in der Gasse waren bereits zwei Männer auf sie aufmerksam geworden, die vor einem Elektrogeschäft Ware aus einem Lieferwagen luden.

»Fuck, fuck, fuck, fuck! Du verfluchter Bastardo, deine Neugier bringt uns noch alle ins Grab!«

»Dann wäre meine Empfehlung, weniger laut rumzuschreien!«, konterte Henrik und kam endlich auf die Beine.

Angeekelt wischte er sich die Fischreste ab. Erneut war die Wunde am Ellbogen aufgeplatzt, die er sich vor Udagawas Haus zugezogen hatte. Diesmal blutete sie heftig. »Dein Chef, Pedro, gehört er bereits zu denen, die wegen dieser Sache ins Gras gebissen haben?«

»Pedro, Pedro! Der war genauso ein gottverfickter Bastardo. Heilige Scheiße, wir hatten einen wirklich hübschen Drogendeal geplant. Zusammen mit einer Lieferung Pulpo aus Vietnam. Anfangs dachte ich, er hat *deswegen* kalte Füße bekommen und ist abgehauen. Aber dann ... fuck, fuck, fuck!«

Er konnte sich nicht beruhigen, bis ihm einfiel, dass hinter seinem Ohr eine Zigarette klemmte und er sie sich mit zitternden Fingern anzündete. »Ich hab ihm davon abgeraten, diesen verfluchten Koi ins Land zu holen. Du machst damit das Tor zur Hölle auf, habe ich ihm prophezeit, aber dieser irre Punheteiro hat mich nur ausgelacht.« Gierig zog er an der Zigarette.

»Was weißt du über den Transfer, wie ist das abgelaufen?«

»Vergiss es, alemão, ich weiß gar nichts. Und das ist der Grund, warum ich überhaupt noch vor dir stehe.« Das Marihuana, das er dem Tabak untergemischt hat, schien ihn etwas zu beruhigen.

»Und der Lieferschein? Was hat dich daran so erschreckt?«

»Auf dem Wisch steht gar nichts. Kein Wort davon, was die Fracht wirklich enthielt. Aber nachdem du ihn mir gezeigt hast, hab ich sofort begriffen, was uns Pedro da ins Land geholt hat. Dass er kein Stück auf mich gehört hat, dieser verrückte Mistkerl!«

Jetzt wurde es auch Henrik allmählich zu bunt. »Aber wie, verflucht noch mal, konntest du überhaupt von dem Koi wissen, wenn Pedro dich nicht eingeweiht hat?«

»Kapierst du nichts oder was? Natürlich wollte er mich dabeihaben, als der Japse mit seinem lebensmüden Auftrag auf ihn zukam. Bloß ich hab ihm gleich von vornherein klargemacht, dass ich mich nicht mit denen anlege. Ich habe gesehen, zu was die fähig sind ...«

»Wer, verdammt?«

Nguyen schnappte nach Luft. »Leck mich! Ich weiß von nichts, hörst du nicht zu!«

Dieser Koreaner machte ihn irre. Er versuchte es noch einmal anders. »Hat Hitomi Tadokoro mit dir gesprochen?«

Nguyen stieß einen abfälligen Laut aus. »Hätte mir denken können, dass die Fotze von dir kommt. Guter Versuch, aber glaubst du, du kriegst mich mit so einer japanischen Schlampe rum? Nunca mais, Igelfrisur hin oder her!«

Henrik sah ein, dass er mit diesem Mann momentan nicht weiterkam. »Rauchen und Bluthochdruck sind keine gute Kombination«, sagte er wütend und richtete die Vespa wieder auf.

22

Kaum war er auf den Parkplatz des Baumarkts eingebogen, konnte er sich schon nicht mehr daran erinnern, welche Strecke er genommen hatte. Gisela freute sich, ihn zu sehen. Oder zumindest freute sie sich, den Schlüssel für ihr klappriges Gefährt wieder zurückzubekommen. »Ich hoffe, du hast keine Kratzer reingemacht?«, frage sie und deutete auf seinen blutverkrusteten Ellbogen. Er mochte ihren Humor, aber er hatte momentan keinen Nerv dafür, sich darauf einzulassen. Er lächelte gezwungen.

»Keine Angst, bei deiner Maschine ist alles heil.«

»Schlecht gelaufen, die Observation?«

Er zuckte mit den Schultern.

»Oder hat dir nur nicht sonderlich gefallen, was du gesehen hast?«

»Ich bin mir nicht mal sicher, was genau ich entdeckt habe«, gestand er.

»War es wenigstens aufregend, hast du Kopf und Kragen riskiert?«

»Ich musste eine Bestie bezwingen.«

»Cool, das klingt in jedem Fall spannender als Holzzuschnitt. Suchst du noch eine Assistentin?«

Diesmal war sein Lachen tatsächlich ehrlich. »Sollte ich je in die Verlegenheit kommen, melde ich mich.«

Das Handy fiepte, als er aus dem Bus stieg. Zu seinem Erstaunen meldete sich Helena.

»Wo bist du?« Ihre Stimme war die einer Polizistin.

»Gleich zu Hause«, gab er ebenso emotionslos zurück.

»Wir müssen uns treffen«, verlangte sie.

»Wo?«

»Igreja de Socorro, in zwei Stunden!«, erklärte sie und trennte die Verbindung. Wir sind also wieder in das Stadium zurückgefallen, in dem wir uns in Kirchen schleichen, um uns unter dem Schutz des Herrn auszutauschen, dachte Henrik bissig. Doch dass sie es so dringend machte, klang nach neuen Erkenntnissen und vor allem danach, dass sie ihn alleine sehen wollte. Ohne Lui an ihrer Seite. Allerdings war es zu früh für ihren Feierabend, vor allem da sie mit einer laufenden Ermittlung betraut war. Also nahm er an, der Grund für das Treffen war durchaus dienstlich. Dienstlich, aber inoffiziell, sonst hätte sie vor seiner Tür gestanden oder ihn ins Revier bestellt. Dieser Umstand war nicht dazu angetan, ihn zu beruhigen.

Er sah nicht im Stadtplan nach, da er zu wissen glaubte, wohin er bestellt worden war. Es blieb noch Zeit. Er steckte die nach Fisch stinkenden Klamotten in die Waschmaschine und machte sich frisch. Danach war immer noch Zeit, aber er war zu hibbelig, um weiter in der Wohnung herumzusitzen oder noch mal hinunter ins Antiquariat zu gehen. Also schlenderte er los. Schon nach wenigen Schritten fiel ihm auf, dass er tatsächlich *schlenderte*. Er bewegte sich in aller Ruhe die Straße entlang. Die anfängliche Paranoia, die er mit sich herumgeschleppt hatte, wenn er in Lissabons Straßen unterwegs gewesen war, war ihm irgendwann und ohne dass er den Zeitpunkt genau hätte benennen können, verlorengegangen. Wann hatte ihn zuletzt das Gefühl gequält, verfolgt oder beschattet zu werden? Waren sie etwa nachlässig geworden, die Namenlosen? Hatten sie das Interesse an ihm verloren? Oder lag es an *seiner* Nachlässigkeit? Er fragte sich sogar, ob nicht Gleichgültigkeit die treffendere Formulierung dafür war. Gleichzeitig nahm er sich vor, wieder mehr darauf zu achten, was um ihn herum passierte. Immerhin steckte er mitten in einem Fall, was ihm bislang stets unangenehme Begegnungen beschert hatte. Er erreichte den Martim Moniz, einen zentralen Umsteigeplatz von Metro, Straßenbahnen und Stadtbussen. Keine sonderlich attraktive Ecke, aber durchaus interessant aufgrund der multikulturellen Vielfalt. Hier wohnten viele Chinesen, aber auch Araber und ... Inder? Er musste zweimal hinsehen, bis er sicher war, dass es Jaya war, die da auf ihn zukam und zwei offenbar recht schwere Einkaufstüten über den belebten Platz schleppte. Mehrmals hatte er schon beobachtet, dass sie für gewöhnlich in Begleitung ihrer Kinder zum Einkaufen ging und die Jungs sich dann mit den Tüten abmühten. Heute war sie allein, wie es aussah, und sie war weit weg von ihrem Viertel. Allerdings hatten sie dort keine indischen Läden, zumindest nicht in der Vielfalt wie in dieser Ecke der Stadt. Sie trug einen Sari, den er noch nie an ihr gesehen hatte, in lauter Rottönen, wo sie doch sonst immer grüne Farben bevorzugte. Mit gesenktem Kopf kam sie ihm entgegen und bemerkte ihn daher zu spät, um noch eine andere Richtung einschlagen zu können.

»Bom dia, Jaya!«

Sie nickte nur. Die Begegnung war ihr sichtlich unangenehm.

»Soll ich dir tragen helfen?«

»Nein, nicht, mein Bus«, erwiderte sie, seinem Blick ausweichend. »Gleich da.«

Sie hatte nie vorgehabt, einen Bus zu nehmen, und sie wusste, dass er es wusste.

»Wir können nicht ewig so weitermachen!«

»Ist besser.«

»Es ist nie besser, vor der Wahrheit davonzurennen.«

»Heute schon«, beharrte sie und blickte kurz über seine Schulter hinweg, bevor sie wieder auf ihre nackten Zehen starrte. Henrik folgte dem Drang, sich ebenfalls umzusehen. Obwohl der ovale Platz voller Menschen war, wusste er, was sie meinte. Und mit einem Mal auch, wovor diese Frau Angst hatte. Ganz zweifelsfrei.

»Ich Bus!«, hörte er Jaya hinter sich murmeln, dann eilte sie mit schlurfenden Schritten davon, während er wie angewurzelt dastand. Unfähig, sich noch einmal der Inderin zuzuwenden oder sie gar aufzuhalten. Wann hatte er ihn zuletzt getroffen? Vor Monaten. Eine Zeitspanne, die lang genug war, um ihn beinahe als Gespenst aus der Vergangenheit abzutun. Doch seine Gedanken vorhin, über das Verfolgtwerden und die Überwachung – es war wie eine Eingebung gewesen. Jetzt fühlte er sich, als hätten sie ausgereicht, die Dämonen heraufzubeschwören, indem er sich deren Existenz einfach wieder bewusst machte. *Die Geister, die ich rief*, dachte er und fixierte den sehr realen Vertreter der Namenlosen. Er war nicht verbrannt, damals bei der Explosion hinter dem Bahnhof, kurz nachdem der Mann auf ihn geschossen hatte.

Natürlich, sie hatten überlebt. Beide. So viel wusste er bereits. Und Pater Bruno hatte ihn nach diesem Zwischenfall schnell wissen lassen, dass er nicht darauf zu hoffen brauchte, künftig unbehelligt zu bleiben. Und doch hatten die vielen Tage, die seither verstrichen waren, ihn ab und an glauben lassen, der Priester habe sich geirrt. Dass dieser Mann nicht mehr existierte und Henrik nie wieder in diese kalten

Augen blicken müsste. Trotz der Frühjahrshitze, die sich auf dem Martim Moniz staute, lief ihm ein Schauder über den Rücken. Er konnte nichts dagegen tun, dass seine Fäuste sich ballten. Das war eine der unbewussten Reaktionen, die der Söldner bei ihm auslöste.

Jetzt trat der Mann mit dem Vollbart und der Glatze aus dem Schatten von einem der Bäume, die den Platz säumten, und kam auf ihn zu. Seinen eisigen Blick verbarg er hinter einer Sonnenbrille. Wenn er bei dem Feuer hinterm Rossio Brandverletzungen davongetragen hatte, waren diese nicht mehr sichtbar. Nichts, wovon er sich hatte erholen müssen. Noch eine schmerzliche Erkenntnis, die Henrik da ereilte.

Der bullige Mann blieb drei Meter vor ihm stehen und griff in sein Jackett, wo eine Ausbeulung die Waffe vermuten ließ, die er in einem Schulterholster trug. Würde er ihn jetzt und hier auf offener Straße erschießen? Trotz Hunderter von Zeugen? Sein schwarzer Vollbart war nicht dicht genug, um das Lächeln zu verstecken, das ihm auf den Lippen lag. Der Kerl amüsierte sich über Henriks bestürzte Reaktion auf seine provokante Geste.

»Was wollen Sie von Jaya?«, fragte Henrik scharf. »Warum machen Sie ihr Angst?« *Warum machen Sie* mir *Angst? Immer wieder?*

»Ich sehe ab und an nach ihr, nichts weiter«, antwortete der Glatzkopf mit sanfter Stimme. *Verflucht, diese Stimme!* So seidig und weich. Wie das einlullende Säuseln eines idyllischen Bachlaufs. Damit log er quasi schon, wenn er nur den Mund aufmachte.

»Hören Sie auf, diese Frau zu belästigen!« Eine klägliche Forderung, über die er sich unverzüglich ärgerte. Doch die

Anwesenheit dieses Mannes provozierte ihn jedes Mal aufs Neue zu irrationalen Äußerungen.

»Glauben Sie wirklich, die Überwachung hört auf, nur weil wir jetzt in einer Demokratie leben? Das wäre ein Trugschluss, und das wissen Sie so gut wie ich, Senhor Falkner. Man kann die Menschen nicht sich selbst überlassen.«

Denselben Mist hatte er vor ein paar Monaten von dem alten Faschisten und ehemaligen Polizeichef Lissabons, Nelson Pereira, gehört. Selbstverständlich kam auch der Söldner aus demselben Loch gekrochen, auch wenn er zu jung war, um die Diktatur noch bewusst erlebt zu haben. »Ach ja, und wer bestimmt, was für uns gut oder schlecht ist?«

»Schlaue, weitsichtige Leute, die um vieles intelligenter sind als Sie oder ich.«

Henrik vergaß die zahlreichen Leute, die um sie herumwimmelten. Er hörte nichts mehr von den Bussen und Straßenbahnen, die im Minutentakt an ihnen vorbeifuhren, nichts mehr vom Hupen der Autofahrer und dem immerwährenden Lärm der Stadt. Alle seine Sinne waren auf den Mann vor ihm fixiert. »Für wen arbeiten Sie?«

»Für das Gleichgewicht.«

»Lassen wir die Metaphern!«

Wieder lächelte er aus seinem Vollbart heraus. »Kennen Sie die jüdische Legende von den sechsunddreißig Gerechten, die es zu jeder Zeit auf der Welt gibt, mit Seelen so rein, dass sie die Welt vor dem Untergang bewahren? Allein durch ihre Anwesenheit unter uns bleiben wir vor dem Ende verschont. Wie es heißt, sind sie ganz gewöhnliche Menschen ohne besondere Kräfte; wie alle mit Fehlern behaftet und zu ihren Lebzeiten meist unerkannt, tun sie ihre selbstlosen Werke. Manchmal denke ich, das ist wie bei uns in Lissabon. Vermutlich sind es nicht unbedingt sechsunddreißig, aber es ist definitiv eine bestimmte, festgelegte Anzahl an Personen, die etwas im Gleichgewicht halten.«

»Ein Gleichgewicht zu ihren eigenen Gunsten, meinen Sie?«

»Balance ist Balance, und es braucht immer zwei Seiten, um sie zu erlangen. Schwarz und Weiß, Yin und Yang ...«

»Gut und Böse.«

Henrik konnte sein Spiegelbild in den Sonnenbrillengläsern des Söldners sehen, als dieser endlich die Hand aus seiner Jacke nahm, sich kurz abwandte und ein Taxi heranwinkte.

»Für wen arbeiten Sie?«

Fast sofort scherte einer der schwarzen Wagen mit dem auffälligen türkisfarbenen Dach aus der Kolonne aus, die sich Richtung Praça da Fugueira staute, und stoppte an der Gehsteigkante.

»Sehen Sie es nicht als Freibrief, dass entschieden wurde, Sie vorerst am Leben zu lassen«, sagte der Söldner und stieg in den Fond des Taxis.

Die Igreja da Nossa Senhora de Socorro stand im Viertel Mouraria, nordwestlich unterhalb des Schlossbergs. Eine Gegend, die keine Touristen anlockte. Man verlief sich allenfalls per Zufall dorthin – und so kam auch Henrik sich vor. Wie in die Irre gelaufen, obwohl er geografisch richtig war. Die Begegnung mit dem Söldner hatte ihn völlig aus dem Konzept gebracht, das Beben in seinem Körper ebbte nur langsam ab, und er haderte mit sich, ob er Helena so unter die Augen treten sollte. Was war das am Schluss gewesen?

Vorerst! Wer hatte das entschieden? Wer waren die Auftraggeber dieses Mannes? Eine Organisation? Ein Konsortium? Überhaupt, diese Begegnung kam ihm jetzt, nachdem sein Pulsschlag sich langsam beruhigte, wie eine geplante Inszenierung vor. Geplant wie so einiges. Endlich kam er zu dem Schluss, dass es jetzt keinen Sinn machte, sich weiter den Kopf darüber zu zerbrechen.

Die Mandelbäume in der Rua da Amendoeira standen kurz vor der Blüte. Ein Teil der Straße sah frisch saniert aus. Dazwischen drängte sich der Verfall. Schmutzig graue Häuser, die traurig darüber wirkten, dass man Türen und Fenster vernagelt hatte, und die selbst die bunten Farbkleckse der Graffiti-Sprayer nicht mehr aufheitern konnten. Die Kirche bemerkte er erst, als er davorstand. Sie war eingepfercht in die linke Gebäudezeile. Der lachsfarbene Verputz bröckelte. Zwei hübsche dorische Säulen trugen das Portal über der dunkelgrünen Holztür, bis zu der man fünf Stufen überwinden musste. Die Angeln knarrten, obwohl anzunehmen war, dass sie häufig bewegt wurden. Innen war es kühl. Keine lichtdurchflutete Architektur, fast als wollte der Baumeister verhindern, dass Gott zu oft ins Innere seines Tempels spähte. Die Igreja de Socorro war keine Kirche für Touristen, sie war ein Ort der Stille für die Menschen, die in der Nähe wohnten, und jene, die bei ihrem Gespräch mit Gott nicht von Blitzlichtern und laut vorgelesenen Psalmen aus Reiseführern gestört werden wollten.

Er setzte sich in die vorletzte Bank, überließ die Reihen nahe am Altar, wo ein zarter Schimmer von goldenem Licht aus der Apsis das Kirchenschiff erfüllte, den schwarz gekleideten Witwen und ihren Rosenkränzen. Die Ausdünstungen des feuchten Mauerwerks waren durchdrungen von

Weihrauchgeruch. Die Schweißfahne Jesu, der zentral in der Altarnische am Kreuz hing. Wie um ihn für seine blasphemischen Gedanken zu strafen, rutschte Helena mit so viel Schwung neben ihn auf die knarzende Bank, dass er zusammenzuckte. Sie musste schon in der Kirche gewesen sein, denn nach ihm war die Tür nicht mehr geöffnet worden.

»Hast du gebeichtet?«

»Würde dir auch nicht schaden«, gab sie zurück.

»Unsere Diskussionen über religiöse Ideologien haben bisher zu keinem Konsens geführt.«

»Ich habe nicht vor dich zu bekehren«, antwortete sie, ihr Ton schien der Temperatur in diesem Sakralbau angepasst. »Du siehst blass aus.«

»Ich musste mich beeilen, um pünktlich zu sein.«

»Solltest du dann nicht eher einen roten Kopf haben?«

Er hatte nicht vor, über das Aufeinandertreffen mit dem Söldner zu sprechen, das diesmal genau genommen ohne einen Angriff, ja selbst ohne Warnung an seine Adresse ausgegangen war.

Vorerst!

»Was wolltest du mit mir besprechen?«, fragte er, um auf das Anliegen ihrer Zusammenkunft zu kommen.

»Die Autopsie hat ergeben, dass Senhora Tadokoro wie bereits vermutet mit Gewalt unter Wasser gehalten wurde, bis sie erstickte.«

»Deshalb treffen wir uns?«

»Das ist nicht das Überraschende«, erklärte Helena, den Blick der auffälligen Marienstatue auf einem Sockel vor der rechten Säule zugewandt, die das Gewölbe der Apsis trug.

»Der Fundort ist nicht der Tatort, sie wurde nicht im Steinbecken des Waschhauses ertränkt.«

»Sondern?«

»Sondern in einem ... na ja, in irgendwas mit Tieren drin.«

»Einem Fischteich?«, hakte er nach, obwohl er die Antwort kannte. Für ihn konnte es gar keine plausiblere Erklärung für dieses Untersuchungsergebnis geben.

»Ja«, bestätigte Helena. »Die Partikel in ihren Lungen weisen auf Fische hin, die Forensiker versuchen gerade eine nähere Eingrenzung. Also, falls du mehr hast – ich meine damit mehr als eine Theorie –, dann lass es mich jetzt wissen!«

»Ich hab nicht viel mehr als das, was ich dir ohnehin schon berichtet habe.« Wenn sie sich ärgerte, dass er von Beginn an auf der richtigen Spur gewesen war, zeigte sie es nicht. Er wartete zwar auf eine weitere Standpauke, weil er sie nicht von vorneherein in alle Details eingeweiht hatte, doch sie waren nun einmal im Haus des Herrn. Hier würde sie nicht laut werden. Schon allein weil noch andere Leute anwesend waren. Daher wagte er sich noch ein Stückchen weiter vor. »Außer vielleicht ...«

»Henrik bitte, wir sind nicht mehr im Kindergarten!«

Auch wenn es sich für ihn nach wie vor nur schwer in die Logik eines Tathergangs einreihen ließ, hatte er in weiser Voraussicht gehandelt und war durchaus etwas stolz auf sich. Übertrieben theatralisch zog er die handliche Plastikflasche heraus.

Sie verzog den Mund. »Was ist das, Weihwasser?«

»Eine Vergleichsprobe.«

Ihre Augen wurden groß. Was er in der Hand hielt, war vermutlich noch ein Grund mehr, um ihm an die Gurgel zu gehen. Das kam ihm allerdings erst jetzt in den Sinn. »Nur ein Versuch, keine Garantie«, ruderte er zurück.

»Woher?«

»Ein Karpfenteich. Vielleicht nur einer von vielen in der Stadt, aber zumindest ein Anfang. Wie immer ist es vorerst besser, du kennst nicht zu viele Details. Vertrau mir einfach.«

»In dem Punkt, dass Leute wegen eines Fisches sterben?«

»Immerhin sprechen wir von einem Wunderfisch. Und ja, jemand streitet sich darum, jemand tötet deswegen sogar, auch wenn dir das abwegig vorkommt. Diese Person wird getrieben von der Gier, etwas zu besitzen, was andere niemals haben können: den Heiligen Gral für die Fischzüchter, wenn du so willst. Für unsere Ohren klingt das völlig absurd, aber Hitomi Tadokoro könnte das tragische Beispiel dafür sein, dass dem wirklich so ist. Vermutlich ist sie der Person, die den Koi in ihrem Besitz hat, zu nahe gekommen, und diese Person hat keinen anderen Ausweg gesehen, als sie zum Schweigen zu bringen.« Und das ist nicht zum ersten Mal passiert, fügte er im Stillen an und dachte an Martin. Ebenso wie an Professor Udagawa. Nur die Tatsache, dass Hitomis Leiche im Alfama gefunden wurde, relativierte den Verdacht, den er gegenüber dem Diplomaten hegte. Für den Japaner wäre es wesentlich einfacher gewesen, sie in den Tejo zu werfen, falls er sie tatsächlich zwischen seinen Koi-Karpfen ertränkt hatte. Oder diese Drecksarbeit von seinem Adjutanten hatte erledigen lassen. Aber auch Letzteres ergab für Henrik kein klares Bild. Zu unprofessionell für einen ausgebildeten Personenschützer, der vermutlich vorher Soldat oder Ähnliches gewesen war. Außerdem zu kopflos.

»Senhora Tadokoro war schon seit einem knappen Jahr nicht mehr für diese Versicherungsgesellschaft tätig«, redete Helena in seine Gedanken hinein. »Es ist uns bislang nicht gelungen herauszufinden, für wen sie aktuell gearbeitet hat.« Sie nahm die Wasserprobe an sich und betrachtete den trüben, von Algen und Segment durchsetzten Inhalt. »Ich werde das überprüfen lassen«, fügte sie an, und es klang wie eine Drohung.

Henrik griff seine Überlegung von vor fünf Sekunden auf. »Was hat es zu bedeuten, dass der Mörder Hitomis Leiche ausgerechnet in dem Waschhaus abgelegt hat?« Seine Stimme hallte leicht unter der hohen Decke des Mittelschiffs. »Das lässt doch vermuten, dass sich das Fischbecken im Alfama-Viertel befindet. Das Wasser in der Flasche kommt aber ganz woanders her.«

»Und warum schleppst du es dann an?«

»Intuition – und weil ich mir einen Karpfenteich im eng verschachtelten Alfama-Stadtteil schwer vorstellen kann«, erwiderte er, und Helena nickte. In einem Gotteshaus über den Hergang eines Mordes zu philosophieren hatte eine eigene Dynamik, dachte er. Dann rollten seine Gedanken einfach weiter, als hätte ihn der Weihrauchduft benommen gemacht. Wenn nicht Udagawa, wer dann? Und wie hing das Verschwinden der Diplomatentochter damit zusammen? Sie war verschwunden, genau wie der Fischhändler. »Lourenço«, murmelte er.

»Wer ist das?«, fragte die Kommissarin.

»Pedro Lourenço, ein Fischhändler. Ein *verschwundener* Fischhändler. Du solltest nach ihm suchen.«

Sie musterte ihn von der Seite her, und erst da bemerkte er, dass er ebenfalls schon eine ganze Weile den Gekreuzigten über dem Altar betrachtete.

»Weiß er etwas, dieser Pedro Lourenço?«

»Das ist nicht auszuschließen«, sagte er und erwiderte ihren Blick. Sie war skeptisch. Immer noch.

»Wer tötet wegen einem Fisch?« Ja, das war die Frage, die auch ihn umtrieb, und das schon seit vier Tagen.

Ein Wahnsinniger, dachte Henrik. Einer, der die Unsterblichkeit sucht.

»Was?«

Hatte er doch laut gesprochen? Verdammt, diese Sache entwickelte sich zu einer ähnlichen Absurdität wie ihr erster gemeinsamer Fall. Auch da hatte sie es mit einem Wahnsinnigen zu tun gehabt. Aber verlor nicht jeder, der ein Menschenleben nahm, in irgendeiner Form die Kontrolle über sich selbst? Für einen schmerzhaften Moment drängte sich wieder der Söldner in seine Überlegungen. Tauchte dieser Mann auf, der so geheimnisvoll wie gefährlich war, galt das Henrik mittlerweile als untrügliches Zeichen dafür, dass er selbst sich wieder einmal auf die Schattenseite vorgewagt hatte.

»Es war keine gute Idee«, sagte Helena unvermittelt.

»Was?«

»Mit dir zu schlafen.«

Das traf ihn hart. Und fühlte sich an wie ein mittleres Erdbeben. »Mit mir zu schlafen?«, wiederholte er ungläubig.

»Ich war emotional desorientiert.«

»Aha … Mehrfach?«

»Dieser Japaner …«

Wieder ein völlig irrationaler Gedankensprung. Was war denn heute bloß los mit ihr?

»Als der Mann ins Lavadouro kam, hatte ich sofort den deutlichen Eindruck, dass er die Tote kennt.«

23

Ohne auch nur die kleinste Zärtlichkeit gingen sie auseinander. Dafür mit einer klaren Aufgabenverteilung. Von Helenas Versprechen, sich bei Pedro Lourenço umzusehen, hielt er allerdings nicht viel, sie hatte recht halbherzig gewirkt. Das grämte ihn. Aber wenn er zu vehement darauf bestanden hätte, hätte sie nur auf stur geschaltet, und so blieb zumindest ein wenig Hoffnung, dass sie dem Fischhändler auf den Zahn fühlen würde. Sein Teil der Abmachung bestand aus der polizeilichen Anweisung, die Füße stillzuhalten. Keine weiteren Aktivitäten, kein Herumschnüffeln mehr. Alles wie immer.

Sie wusste, dass er sich nicht danach richten würde, was dem ohnehin angespannten Verhältnis zwischen ihnen nicht förderlich war. Keine Verbesserung, keine Nachsicht, keine Küsse. Nicht einmal auf die Wangen, ehe sie die Kirche verließ. Er wartete brav ein paar Minuten, bis er ihr folgte. Es war noch wärmer geworden. Oder es kam ihm nur so vor, weil er zu lange hinter dicken, kühlen Mauern verweilt hatte. Erstmals glaubte er einen Hauch dieses zähen Dunstes zu spüren, der in den Sommermonaten in den windstillen Gassen der Stadt hing und einen klebrigen Film auf der Haut hinterließ. Es hatte diesen Winter über nicht genug geregnet, viele der Wasserreservoires waren nur zur Hälfte gefüllt, hatte er gehört. Das Land erwartete eine Dürre. In den Regionen im Norden grassierte schon jetzt die Angst vor Missernten und Waldbränden. Er hatte keine Vorstellung, was dies für Lissabon bedeutete. Er würde sich damit befassen, wenn es so weit war, jetzt wollte er erst einmal den Kopf frei bekommen. Er hatte Dringendes zu erledigen. Und die Schwierigkeit bestand dabei weniger darin, Helenas Anordnung zu ignorieren, sondern erneut Professor Udagawa abzupassen. Der Diplomat hatte eine entscheidende Rolle bei dieser Ermittlung inne. Und je länger er darüber nachdachte, desto weniger war es die des Täters. Der Professor hätte das Waschhaus kaum aufgesucht, wenn er selbst dafür gesorgt hätte, dass Hitomis Leiche in der Nacht zuvor dort abgelegt wurde. Allenfalls, um den Schein zu wahren, aber das kam ihm absurd vor. Der Mann war Diplomat und konnte aufgrund seiner Immunität letztlich tun und lassen, was er wollte – wenn es nicht gerade darum ging, einen Menschen zu ermorden. Warum also war Udagawa im Lavadouro gewesen? Um festzustellen, ob das Opfer seine verschwundene Tochter war, gab er sich selbst die Antwort, die einzige, die Sinn machte. Dafür nutzte oder besser missbrauchte er seinen Einfluss. Und was war mit Helenas Eindruck, dass Udagawa die Tote kannte?

Henrik unterdrückte ein Seufzen. Es führte kein Weg daran vorbei, er musste sein Glück erneut herausfordern.

Am Martim Moniz nahm er die Metro und stand zehn Minuten später wieder vor der japanischen Botschaft. Es wäre besser gewesen, im Anzug zu erscheinen oder wenigstens nicht unrasiert. Immerhin hatte er seinen Personalausweis einstecken, den der Wachmann an der Pforte der Sicherheitsschleuse sofort verlangte, sogar noch bevor er den Grund für Henriks Besuch des japanischen Territoriums wissen wollte.

»Ich muss Professor Udagawa sprechen!«

»Papier!«, verlangte der Uniformierte, dessen Aufgabe darin bestand, die Staatsgrenze zu sichern und dabei möglichst grimmig auszusehen.

»Papier?«, fragte er zurück.

»Können Sie ein Schriftstück vorweisen, eine Einladung zu einem Termin, eine Legitimation?«

»Sagen Sie ihm, es geht um seine Tochter.«

Während der eine noch die Stirn unter seiner Uniformmütze runzelte, kam ein zweiter Soldat hinzu. Henrik bemerkte, wie dieser im Gehen den Lederriemen über seinem Holster löste, der die Pistole am Herausfallen hinderte. Beide Wachleute tauschten ein paar Worte aus, die in Henriks Ohren ziemlich aggressiv klangen. Dann zog der neu hinzugekommene Soldat zu Henriks Überraschung seine Waffe. Hatten die Männer ihn eben missverstanden? Er hob die Hände, um zu signalisieren, dass er keine Gefahr darstellte. Soldat Nummer eins zeigte sich unbeeindruckt und wies ihn mit heftigen Gesten an, durch den Metalldetektor zu treten. Das Gerät schlug natürlich Alarm, weil er Handy, Schlüssel und Kleingeld in der Hosentasche trug. Und danach ging alles rasend schnell. Lautes Getrappel von weiteren, klobigen Armeestiefeln. Bellende Rufe im Befehlston. Ehe er sich's versah, lag er am Boden, und jemand bohrte ihm ein Knie in die Wirbelsäule, während ihm die Arme hinterm Rücken gewaltsam hinauf zu den Schulterblättern gedrückt wurden. Auch wenn er es keinesfalls auf so spektakuläre und schmerzhafte Weise geplant hatte, stand immerhin eines fest: Er war soeben nach Japan eingereist.

Sie waren nicht zimperlich mit ihm umgegangen, seine Schultergelenke taten immer noch weh. Aber er hatte grünen Tee bekommen, während sie ihn in dem fensterlosen Raum warten ließen, in den sie ihn nach der Leibesvisitation gebracht hatten. Am Tee, den ihm ein Uniformierter im Pappbecher serviert hatte, hatte er sich bereits beim ersten Schluck die Zunge verbrannt. Der zarte Duft des Gebräus konnte nicht den Geruch nach Desinfektionsmittel vertreiben, der dem Tisch entströmte, auf dem der Becher stand und der mit den Bodenplatten verschraubt war. Sonst gab es in dem Zimmer nichts außer dem Stuhl, auf dem er saß, und einem zweiten, der darauf wartete, von einem Beamten besetzt zu werden, der ihm sehr wahrscheinlich demnächst unangenehme Fragen stellen würde. Er zweifelte nicht daran, dass der Raum videoüberwacht wurde. Wie hatte er nur in so eine dämliche Situation geraten können? Henrik hegte den Verdacht, dass die Wachleute ihn für den Entführer von Udagawas Tochter gehalten hatten. Oder so etwas in der Art.

Klar war, dass er die Sache überstürzt angegangen war. Sich hatte treiben lassen, von den Ereignissen oder der Furcht, zu spät zu kommen. Während seiner Zeit als Polizist war ihm gar keine andere Wahl geblieben, als sich im Rahmen der Legalität zu bewegen. Er musste stets überlegt vorgehen, um dem zuständigen Staatsanwalt hieb- und stichfeste Beweise, Indizien und Aussagen zu liefern, die nicht juristisch angefochten werden konnten. Und, was wohl entscheidend war, er war nie persönlich betroffen gewesen, verfügte immer über den nötigen Abstand. Auch das hatte sich geändert. Wenn er hier in Lissabon ermittelte, dann hing das grundsätzlich mit Martins Aktivitäten zusammen und fiel damit letztlich auch auf ihn zurück. Er kämpfte fortwährend gegen den Sog, der ihn hinab in die lichtlose

Schwärze zu ziehen versuchte, eine Schwärze, die sein Onkel heraufbeschworen hatte, als hätte er in einem okkulten Ritual den Teufel höchstpersönlich angerufen. Wie sollte er da sachlich bleiben?

Professor Udagawa betrat den Raum mit einem kleinen Karton unterm Arm und riss ihn aus seinen Gedanken. Er betrachtete Henrik mit dem gleichen Bedauern, das er schon in der Toreinfahrt vor seiner Villa an den Tag gelegt hatte. Das kalte Neonlicht in dem Verhörzimmer verstärkte den Eindruck, einen abgekämpften, von Kummer zernagten Mann vor sich zu haben.

»Das gehört Ihnen, sagte man mir.« Er stellte den Karton vor Henrik auf den Tisch. Darin befanden sich die Sachen, die man ihm abgenommen hatte, einschließlich seines Mobiltelefons. Der Diplomat setzte sich ihm gegenüber und streifte sein italienisches Designersakko glatt. Er machte nicht den Eindruck, als wollte er sich für den Empfang, den man ihm bereitet hatte, entschuldigen.

»Was wollen Sie von mir?«

»Wissen, was mit Ihrer Tochter passiert ist.«

Der Japaner seufzte, erhob sich schwerfällig und machte eine unmissverständliche Geste zu der Ecke hin, von wo sie vermutlich die Kameralinse beobachtete. Udagawa wandte sich wieder ihm zu, blieb diesmal aber stehen und stützte sich mit beiden Händen auf die Stuhllehne.

»Ich sagte Ihnen bereits, sie ist verschwunden.«

»Sie meinen entführt, nehme ich an.« Der Professor presste stumm die dünnen Lippen aufeinander. »Keine Polizei. Außerhalb der Botschaft weiß niemand davon, richtig? Aber immerhin haben Sie es über Beziehungen geschafft, zu den Tatorten gerufen zu werden, wo Japanerinnen aufgefunden wurden. Das muss eine höllische Nervenbelastung für Sie sein, jedem dieser Anrufe nachzugehen. Können die portugiesischen Behörden immer gleich unterscheiden, ob das Opfer tatsächlich japanischer Herkunft ist? Oder melden die sich auch bei Thailänderinnen oder Chinesinnen?«

»Hören Sie auf damit!«, verlangte Udagawa, nach wie vor mit gedämpfter Stimme.

»Und als man Ihnen vor zwei Tagen die Leiche von Hitomi Tadokoro präsentiert hatte, wie haben Sie sich dabei gefühlt?«

»Sie sollen aufhören!« Diesmal wurde er laut. Speichel spritzte aus dem verzerrten Mund des Diplomaten auf die Tischplatte.

»Ich kann nicht. Mein Onkel hat versucht, Ihnen zu helfen, und musste deswegen vermutlich streben. Ging es dabei um Ihre Tochter oder um den Purachinagoi?«

Nun versteinerte Udagawas Miene vollständig. Henrik entschied, den Mann endgültig in die Ecke zu drängen, auch wenn er damit riskierte, nie wieder ein Wort aus dem Japaner herauszubekommen.

»Woher kannten Sie Hitomi Tadokoro? War Sie bei Ihnen, um Ihnen den Koi wieder abzunehmen?«

Udagawa verschränkte die Arme vor der Brust und machte damit deutlich, dass die Unterredung für ihn beendet war. Doch obwohl er keine Antwort erhielt, glaubte Henrik nun die Zusammenhänge verstanden zu haben. Eine Erkenntnis, derer er sich vermutlich schon eine ganze Weile bewusst war, doch erst jetzt rückten die Fakten so richtig ins Rampenlicht. »Für mich sind die Entführung Ihrer Tochter und der Raub des wertvollen Koi-Karpfens untrennbar miteinander verwoben. Verlangen die Entführer von ... Yoko, das war doch ihr Name, richtig?«

»Yoko«, murmelte Udagawa, ohne ihn anzusehen.

»Yoko, ja. Was verlangen die Leute, die Ihnen Ihre Tochter genommen haben? Beantworten Sie mir wenigstens diese Frage – oder soll ich es tun?«

Professor Makoto Udagawa warf ihm einen letzten unergründlichen Blick zu und verließ ohne ein weiteres Wort den Raum. Der grüne Tee vor ihm auf dem Tisch dampfte immer noch. Zwei Minuten später kam ein Wachmann und eskortierte ihn zum Ausgang und hinaus auf die von der Abendsonne beschienene Avenida de Liberdade. Alles, was er hatte, war ein erhärteter Verdacht und eine pelzige Zunge.

24

Henrik fühlte sich wie gerädert. Er war den ganzen Tag unterwegs gewesen, doch jetzt, da die Abenddämmerung sich über die Rua do Almada legte, beschlich ihn erneut das Gefühl, nichts Brauchbares bewirkt zu haben. Am allerwenigsten verstand er, wie sich Martin bei diesem illegalen Unterfangen hatte beteiligen und den gestohlenen Fisch ins Land hatte schaffen können. Außerdem beschäftigte ihn die Frage, was mit Yoko Udagawa passiert war. Wobei er, was diese Sache betraf, eigentlich längst eine klare Vorstellung hatte. Im festen Glauben, dass heute ohnehin niemand mehr ein Buch oder eine Kuriosität bei ihm erstehen würde, wollte er das Antiquariat gerade abschließen, da hielt ihn das Telefon im Büro davon ab.

»Hallo Henrik!«

»Adriana!«

»Überrascht?«

Mehr, als er zugeben wollte. »Schön, von dir zu hören.« Er gab sich betont gelassen. »Was verschafft mir die Ehre?«

»Nachdem du über Weihnachten und Silvester und auch danach sämtliche Einladungen von mir abgelehnt hast, dachte ich mir, ich nehme das Schreiben vom Finanzamt zum Anlass, um mich mal wieder bei dir zu melden. Ich nehme an, du hast ebenfalls Post von dieser Behörde erhalten?«

Er konnte sich vage an irgendeinen Wisch erinnern, klemmte den Hörer zwischen Ohr und Schulter und begann die Papierstapel auf dem Schreibtisch durchzublättern. »Ja, da kam tatsächlich was an vor ein paar Tagen.«

»Traurig genug, dass es dieser geschäftlichen Sache bedarf, damit du wieder mit mir sprichst«, fuhr sie vorwurfsvoll fort.

»Adriana, ich dachte, wir hatten das geklärt.«

»Henrik, ich bitte dich, du bist doch nicht immer noch eingeschnappt wegen der Sache mit Victor?«

Das zuzugeben, brachte er nicht über die Lippen. Er hatte damals nur aus dem Küchenfenster zu schauen brauchen, um die beiden turteln zu sehen. Ja, *natürlich* war er immer noch gekränkt deswegen. Aber es war ja nicht nur dieser Anblick. Es lag auch am Zeitpunkt, der nicht hätte unpassender sein können, und vor allem an der Konstellation. Adriana und Victor. Einem von den beiden ohne Vorbehalte über den Weg zu trauen war schon schwierig. Beide im Duett machten dies für ihn unmöglich. Dazu hatten sie zu konspirativ gewirkt, als sie von der Barterrasse zu ihm herübergespäht hatten. Zwar konnte all das auch Einbildung sein, aber irgendwie ...

»Victor, wer ist Victor«, antwortete er stattdessen möglichst gelassen, um ihr zu zeigen, dass sie ihn nicht provozieren konnte. Er hörte ihr Lachen, und ohne dass er es verhindern konnte, kam ihm das Bild vor Augen, wie verführerisch sie dabei aussah.

»Kannst du das mit dem Finanzamt für mich regeln?«, lenkte er zum Grund ihres Anrufs zurück, von dem er längst nicht mehr sicher war, ob sie ihn nicht vorgeschoben hatte. Einfach um sich in Erinnerung zu rufen. Um zu hören, was er so trieb, womit er sich beschäftigte. War es nicht genau das, was er ihr klammheimlich und beinahe von Beginn an unterstellt hatte? Dass sie ihn aushorchte oder gar überwachte. Nur für wen? Wer beauftragte sie mit dieser Aufgabe, für die er nie eine konkrete Bestätigung gefunden hatte. Zumindest noch nicht.

»Das mache ich gerne für dich, Henrik. Sofern du noch für das vergangene Jahr relevante Unterlagen hast, solltest du sie mir aber vorbeibringen! Wir wollen doch nicht vergessen, alles korrekt einzureichen.«

»Gib mir zwei, drei Tage, dann habe ich alles beisammen.«

»Klingt, als hättest du viel zu tun. Die Geschäfte laufen wohl gut?« Die Ironie war nicht zu überhören.

»Ja, alles wunderbar.«

»Muss daran liegen, dass Catia, die alte Schreckschraube, nicht mehr im Laden rumspukt«, stichelte Adriana weiter.

Er musste sich zusammenreißen, um seinen Groll zurückzuhalten. »Hast du was von ihr gehört?«, fragte er mit gedämpfter Stimme.

»Ich? Nein, nein, mein Lieber. Ich wäre ja wohl die Letzte, der sie eine Ansichtskarte schickt. Wir konnten uns nie sonderlich gut leiden. Gegen mich hat sie Martin schon immer aufgehetzt, ohne dass ich ihr je einen Grund gegeben hätte.«

»Unverständlich, da du doch nie irgendjemandem einen Grund gibst, dich nicht zu mögen.«

»So ist es, Henrik, niemand kann meinem Charme widerstehen, das weißt du ja.«

Durch ihr perlendes Lachen hörte er, dass jemand den Laden betrat, und er schluckte die Spitzfindigkeiten hinunter, die ihm auf der Zunge lagen. »Du hörst von mir, danke für deinen Anruf!«, sagte er rasch und legte auf, ohne sie noch einmal zu Wort kommen zu lassen. Der Hörer rutschte ihm dabei förmlich aus der Hand, so bleischwer war er plötzlich geworden. Er fühlte sich wirklich nicht gut. Da war so ein latenter Druck in seinem Kopf, und sein Nacken schmerzte. Hoffentlich hatte er sich keine Erkältung eingefangen, nachdem er den Winter ohne Infekt überstanden hatte, was ihm in Deutschland nie gelungen war. Dort hatte die kalte Jahreszeit auch immer eine Grippe für ihn parat gehabt.

Müde stemmte er sich hoch und ging ins Antiquariat, um nachzusehen, wer ihn so spät noch beehrte. Der Anblick machte ihn schlagartig wieder wach. Er hatte nicht damit gerechnet, dem Mann jemals wieder zu begegnen. Und doch stand er nun bei ihm im Antiquariat.

»Sie erstaunen mich.«

»Unser Gespräch von heute Nachmittag, ich konnte das unmöglich mit Ihnen in der Botschaft führen«, gestand Professor Udagawa und nahm eine Art Demutshaltung ein, die irgendwie exakt dem Bild eines unterwürfig vor seinem Vorgesetzten buckelnden Japaners entsprach, das er im Kopf hatte. Henriks Misstrauen war stark. Auch wenn der Japaner augenscheinlich harmlos wirkte und im Moment absolut nicht mehr den aufrechten, verhandlungserprobten Diplomaten verkörperte. Vor ihm stand ein geknickter Mann mit hängenden Schultern, gebeugt von der Last einer Schuld, die er auf sich geladen hatte. Trotzdem hatte Henrik nicht vor, in irgendeiner Form Nachsicht walten zu lassen.

»Was ist Ihre Aufgabe hier in Lissabon?«

Die Frage schien den Mann zu irritieren. »Handelsbeziehungen«, erwiderte er langsam.

»Und in diesen Aufgabenbereich gehört es, Tatorte aufzusuchen, um Leichen zu begutachten?«, knüpfte Henrik an sein Verhör in der Botschaft an. »Oder wollten Sie bei Hitomi Tadokoro nur auf Nummer sicher gehen? Nachdem sie

Ihnen auf die Schliche gekommen war, was den Purachinagoi angeht, mussten Sie doch froh sein, dass sie nicht mehr unter den Lebenden weilte.

»Nein, nein, Sie verstehen die Situation völlig falsch.« Udagawa schüttelte den runden Kopf.

»Wollen Sie etwa abstreiten, dass der Purachinagoi in Ihrem Gartenteich schwimmt?«

Der Professor trat einen Schritt näher und drückte die Schultern nach hinten. »Sie haben recht, meine Tochter Yoko wurde entführt. Und es ist mir untersagt, die Polizei hinzuzuziehen«, gestand er eindringlich in rauem Tonfall. »Wie bereits erwähnt, wollte mir Ihr Onkel helfen, und ich bin hier, um zu erfahren, ob Sie das auch können.«

Das nahm Henrik ein wenig den Wind aus den Segeln. Mit dieser Art Bitte hatte er nicht gerechnet. »Ich kann Ihnen nicht helfen, wenn Sie mir nicht die Wahrheit sagen.«

Udagawa nickte. »Ich bin sicher, dass sie noch lebt, verstehen Sie!« Er griff in sein Sakko und holte ein Foto hervor, das er vor Henrik auf den Tresen legte. Wie Renato schon berichtet hatte, Yoko Udagawa war eine attraktive Frau.

»Gemessen an der Zeitspanne, die Ihre Tochter schon weg ist, kann ich Ihre Zuversicht nicht teilen«, erwiderte Henrik nicht ohne Bedauern. Hier hatte die Realität längst den Wunsch überholt. Doch egal, was der Professor sagte, Henrik musste abwägen, ob jemand derartige Verzweiflung so glaubhaft spielen konnte.

»Yokos Mutter ist früh verstorben. Sie selbst ist alles, was mir geblieben ist. Ich weiß, dass Ihr Onkel in der Lage war, solche Dinge zu regeln. Er verfügte über Kontakte. Nach seinem Tod habe ich es über andere Wege versucht, aber ohne Erfolg, sonst würde ich jetzt nicht hier vor Ihnen stehen. Mir ist durchaus zu Ohren gekommen, dass Sie sein Erbe angetreten haben und dass Sie Polizist waren. Doch ich wusste nicht, wie weit Ihr Onkel Sie in seine – wie soll ich es nennen – Recherchen einweihte, bevor er gestorben ist. Jedenfalls, seit Sie gestern vor meinem Haus aufgetaucht sind, verspüre ich wieder so etwas wie Hoffnung.«

»Ich will die Wahrheit, Senhor Udagawa, und zwar die ganze. Dann denke ich darüber nach. Auch weil ich verstehen will, warum Martin sich auf Sie eingelassen hat.«

»Ihr Onkel war ein aufrechter Mensch, und sein Tod ist – verzeihen Sie mir, wenn ich mir das anmaße – für uns alle ein schmerzvoller Verlust. Sie haben richtig erkannt, er hat mir einen Freundschaftsdienst erwiesen, wofür ich ihm zu großem Dank verpflichtet bin.«

»Indem er für Sie einen Fisch in Empfang genommen hat, den Sie illegal ins Land geschafft haben«, warf Henrik ihm vor. Er musterte den Mann. »Wie muss ich mir das überhaupt vorstellen? Haben Sie ihn bei einem Ihrer Besuche im Antiquariat einfach gefragt, ob er neben Büchern auch einen lebenden Fisch besorgen kann? Oder ob er jemanden kennt, der ohne viel Aufhebens dazu in der Lage ist?« Letzteres war ein Aspekt, den er noch gar nicht so recht bedacht hatte. Welche Verbindung gab es zwischen Martin und dem zwielichtigen Fischhändler Pedro Lourenço? Kannten die beiden sich schon länger, und hatte Martin gewusst, was dieser Mann für Geschäfte machte? Immer wenn er glaubte, sich seinem Onkel endlich etwas angenähert zu haben, passierte etwas Unvorhergesehenes, das den mystischen Nebel um Martin wieder verdichtete. Verdammt, so kam er nicht weiter. »Mir fällt noch eine zweite Bedingung an, die ich an meine Unterstützung knüpfe. Ich möchte gerne von Ihnen hören, dass Martin nicht wusste, wofür er unterzeichnet hat. Dass Sie Ihren Freund für etwas Niederträchtiges benutzt haben, ohne dass das Ihr Gewissen belastet hat.« Eine unsinnige Forderung, von der er obendrein wusste, dass auch ihre Erfüllung ihn nicht besänftigen würde.

Der Japaner straffte sich ein wenig. »Zugegeben, er kannte nicht die Details, doch ich bin sicher, er hätte mir auch geholfen, wenn er gewusst hätte, wozu ich ihn nötigte. Ihm war bekannt, dass es um einen wertvollen Koi ging, er hat aber nicht weiter nachgefragt. Ich konnte ihm verständlich machen, dass ich Schwierigkeiten in der Botschaft bekommen würde, wenn die Transaktion unter meinem Namen ablief. Aber verstehen Sie, er wollte um jeden Preis die Gegenleistung, die ich ihm anbieten konnte. Von daher können Sie mich tatsächlich anprangern, was meine Mitschuld am Tod Ihres Onkels betrifft. Aber bedenken Sie, er ist nicht gestorben, weil er daran beteiligt war, den Purachinagoi nach Lissabon zu bringen.«

»Sondern?«

Die Atmosphäre im Antiquariat war frostig geworden. Udagawa schien abzuwägen, ob er die Unterhaltung mit Henrik fortsetzen sollte. Ob er diese Tür, durch die bislang nur ein schwaches Knurren gedrungen war, nun zur Gänze aufstoßen sollte, um die Bestie der Erkenntnis auf ihn loszulassen. Die nächsten Worte sprach er langsam und betont. »Senhor Falkner erhielt im Gegenzug brisante Informationen, die schon sehr lange Zeit in meinem Besitz sind.«

»Sehr lange Zeit«, murmelte Henrik nachdenklich, während sich ein äußerst ungutes Gefühl in seinem Magen breitmachte. Die Bestie hatte zugebissen und grub ihre Fänge tief in seinen Bauch.

»Über dreißig Jahre, um genau zu sein«, vollendete Udagawa und beseitigte damit jegliche Ungewissheit. Henrik befiel ein Schauder, als stünde er in einem kalten Luftzug. Konnte das möglich sein? Verfügte der Japaner über Kenntnisse, denen Martin über drei Jahrzehnte hinweg nachgejagt war? War das der unwiderstehliche Köder gewesen? Und der Grund dafür, dass Martin zum Schweigen gebracht worden war? Mit einer Stimme, der die Kraft fehlte, fragte er: »Sie wissen etwas über die Ermordung von João de Castro?«

»Mehr werde ich Ihnen dazu nicht sagen, ich will nicht für noch einen Toten verantwortlich sein.«

»Machen Sie sich nicht lächerlich! Schon allein wegen meinem Onkel, den Sie so geschätzt haben, sollten Sie sich verpflichtet fühlen, mir mitzuteilen, was Sie über diesen Mordfall wissen, der nie aufgeklärt wurde.« Das irrationale Verhalten des Diplomaten machte Henrik wütend. Vielleicht war diese Verschlossenheit bei manchen Dingen der japanischen Kultur geschuldet – auch Hitomi war ja auf gewisse Weise undurchschaubar gewesen. Trotzdem, er hatte nicht vor, sich jetzt noch von kulturellen Unterschieden aufhalten zu lassen. »Raus mit der Sprache!«, zischte er.

»Sie finden meine Tochter und erhalten dafür dieselben Informationen, die auch Ihr Onkel von mir bekommen hat.«

Henrik verengte die Augen. »War das von Beginn an Ihr Vorhaben? Sie treiben mit mir dasselbe Spiel wie mit Martin?«

»Wir helfen uns gegenseitig, das ist der Plan.«

Machte diese Fähigkeit zu verhandeln einen guten Diplomaten aus? Die Unterhaltung so zu steuern, dass nur eine mögliche Richtung übrig blieb, wenn man vorankommen wollte? Henrik schäumte innerlich, versuchte nach außen jedoch weiter gelassen zu wirken. Das Dämmerlicht im Antiquariat trug hoffentlich dazu bei, seine Zornesröte zu kaschieren und die Fassade aufrechtzuerhalten.

Viel zu viele Fragen fluteten gleichzeitig seinen Kopf. Um Ordnung zu schaffen, musste er seine Wut bändigen. Während er in seine Körpermitte hineinatmete, griff er gedanklich nach dem Ersten, was ihm in den Sinn kam.

Mut und Kraft.

»Warum haben Sie Martin diese Koi-Fahne dagelassen?«

»Die Fahne, du liebe Güte, die habe ich ja völlig vergessen. Sie hatte mal Yoko gehört«, murmelte der Japaner und sackte wieder in sich zusammen.

»Sollte Martin sie vors Antiquariat stellen als Zeichen dafür, dass Ihr verfluchter Fisch eingetroffen ist?«

Udagawa schüttelte den Kopf. »Wir hatten vereinbart, dass er die Fahne vorm Antiquariat anbringt, wenn er bereit ist, die Wahrheit zu erfahren.«

Die Wahrheit. »Gut! Fangen wir damit an. Nennen Sie mir den Grund, warum man Ihre Tochter entführt hat!«

Schmallippig starrte ihm der Professor entgegen.

»Den Unwissenden nehme ich Ihnen nicht ab, Senhor Udagawa. Aber wie Sie wollen, dann werde *ich* Ihnen sagen, was passiert ist. Sie haben jemandem einen ziemlich kostspieligen Fisch weggenommen, und um ihn zurückzubekommen, hat er Ihnen im Gegenzug Ihre Tochter geraubt.«

Der Asiate schwieg, sein Kiefer mahlte.

»Glauben Sie mir, ich habe wirklich inständig gehofft, Sie würden dieser Theorie widersprechen. Aber da Sie dies nicht tun, bestürzt es mich nun umso mehr, feststellen zu müssen, dass Sie den Purachinagoi Ihrer Tochter offenbar vorziehen. Aus meiner Sicht macht das die Lösung Ihres

Problems recht einfach, Senhor Udagawa. Sie geben diesen verfluchten Koi zurück und retten damit Ihre Tochter!«

»Das geht nicht«, antwortete der Japaner mit geballten Fäusten und gesenktem Blick.

»Und warum nicht, verdammt noch mal? Weil Sie sonst Ihre Unsterblichkeit verlieren? Ich fasse es nicht!«

»Er ist weg«, fauchte Udagawa.

»Weg?«

Ein knappes Nicken. »Der Purachinagoi«, murmelte er, »wurde mir gestohlen!«

25

Dieser Drecksfisch. Das konnte doch alles nicht wahr sein. Wäre der Tresen nicht zwischen ihnen gewesen, vermutlich hätte er Udagawa am Kragen seines italienischen Designeranzugs gepackt. »Hat ihn sich sein eigentlicher Besitzer zurückgeholt?«, schrie er den Japaner an. Der starrte ihm unberührt entgegen. *Denk nach!*, sagte ihm dieser Blick, und er folgte dieser Aufforderung, während er tief die staubige Antiquariatsluft einatmete.

Gut, seine Folgerung war tatsächlich Unsinn. Wäre der Koi wieder zu seinem rechtmäßigen Besitzer zurückgekehrt, hätte man vermutlich auch Udagawas Tochter wieder laufen lassen. Stattdessen befanden sich die Parteien in einer Patt-Situation. Udagawa konnte Yoko nicht auslösen, weil er das Pfand nicht mehr hatte. Und der andere ... Yokos Entführung konnte natürlich auch eine Form der Bestrafung sein, kam ihm in den Sinn. »Wem haben Sie den Purachinagoi überhaupt gestohlen?«, fragte er ruhiger.

»Das spielt keine Rolle«, antwortete Udagawa trotzig.

Henrik wurde wieder laut. »Ihre Tochter wird von dieser Person festgehalten, also spielt das sehr wohl eine Rolle! Wie kann man nur so verbohrt sein?«

»Ein Name nützt Ihnen gar nichts. Er ist ein einflussreicher Tokioter Geschäftsmann mit Verbindungen zur Yakuza. Niemand, der würdig ist, den Purachinagoi sein Eigen zu nennen.«

»Yakuza«, wiederholte Henrik fassungslos. »Die japanische Mafia?« Für eine Sekunde dachte er an Hitomi. Wie wahrscheinlich war es, dass Mitglieder der japanischen Mafia etwas versichern ließen, egal wie wertvoll? Diese Geschichte wurde immer verrückter. »Yakuza also?«, hakte er nach.

Udagawa hob beide Hände. »Wie Sie sehen, habe ich noch alle zehn Finger. Wir sind keiner unmittelbaren Bedrohung ausgesetzt.«

»Und Yoko, wie viele Finger hat sie noch?«

Der Japaner presste kurz die Lippen aufeinander. »Vergessen Sie diesen Mann, er weiß nicht, wohin sein Purachinagoi verschwunden ist, und er hat auch Yoko nicht in seiner Gewalt. Ich habe das überprüfen lassen. Niemand vermutet, dass der Koi Japan überhaupt verlassen hat. Alles war perfekt eingefädelt.«

»So perfekt, dass Sie nun weder den Fisch haben noch Ihre Tochter. Für mich hört sich das eher danach an, als wäre bei Ihrer Transaktion so einiges schiefgelaufen.«

In der versteinerten Miene des Japaners eine Gefühlsregung auszumachen war nicht einfach, aber Henrik war sich sicher, dass der Professor innerlich brodelte.

»Finden Sie den Purachinagoi, um alles Weitere kümmere ich mich!«

Nachdem der Japaner das Antiquariat verlassen hatte, musste er sich erst einmal setzen. Zwischen seinen Fingern ließ er die Visitenkarte hin und her wandern, die ihm Udagawa zusätzlich zum Foto seiner Tochter dagelassen hatte und auf der sich lediglich eine Telefonnummer befand. Es war wichtig, die Ruhe zu bewahren, auch wenn die Umstände und die Entwicklung dieses Falls es ihm nicht leicht machten. Entscheidend war nun, äußerst überlegt vorzugehen. Wenn auch nach wie vor eine Stinkwut in ihm köchelte, was diesen irren Professor anging. Letztlich hätte der Diplomat gleich zu Beginn freiheraus fordern können, er solle sich auf die Jagd nach diesem Wunderkarpfen machen. Die entführte Tochter schien da lediglich den Stellenwert eines Anhängsels einzunehmen. Fand er den Koi, würden sie damit Yoko Udagawa auslösen können. Bei wem auch immer, darüber hatte ihn der Professor ja im Unklaren gelassen. Sofern er dem traute, was ihm Udagawa erzählt hatte, existierte noch ein weiterer Mitspieler bei dieser wahnsinnigen Scharade. Jemand, der es verstanden hatte, die Situation auszunutzen, um sich den begehrten Koi unter den Nagel zu reißen. Und der dafür nicht nur hatte wissen müssen, dass der Fisch in Lissabon war, sondern auch, wer ihn aus Japan hatte einfliegen lassen. Schwer zu glauben, dass der Professor in diesem Punkt so ahnungslos sein sollte.

Unweigerlich musste er an Pedro Lourenço und dessen koreanischen Freund denken. Hatte Nguyen ihn hinters Licht geführt? Steckten der Fischhändler und sein gedrungener Kumpan tiefer in dieser Sache drin? Nur, wenn ja, wo war dann Lourenço? Abgetaucht, weil er den Fisch anderweitig zu Geld machen konnte? Aber warum war dann der Koreaner nach wie vor in dessen Firma tätig? Er konsultierte wieder seinen Block mit den Notizen, unter die er eine weitere Frage schrieb. *Wem war Hitomi Tadokoro in die Quere gekommen?* Nein, das *Wer* war nicht mehr die Frage. Eher das *Wie.* Wie hatte sie den aktuellen Fischdieb aufgespürt?

Außerdem war da noch etwas, womit er sich noch nicht auseinandergesetzt hatte. Warum hatte Martin überhaupt Hitomis Nummer aufbewahrt, zudem noch so gut versteckt? Er hätte doch eigentlich froh sein müssen, dass die

Versicherungsdetektivin wieder abgezogen war, ohne ihn zu verdächtigen. Nein, er musste zu diesem Zeitpunkt schon Gewissheit gehabt haben, dass seine Unterstützung von Udagawas Plan ein großer Fehler gewesen war. War Hitomi eine Art Rückversicherung gegenüber dem Professor gewesen?

Wieder einmal zu viele Rätsel, zu viel Spielraum für Interpretationen. Außerdem gab es noch einen weiteren Punkt, den er beleuchten musste: Udagawas Verbindung in die Vergangenheit. Wenn der Diplomat über Informationen zum Tod von João de Castro verfügte, musste man ihn schon vor sehr langer Zeit nach Lissabon abberufen haben. War er all die Jahre im diplomatischen Dienst gewesen? Oder über andere Kanäle an dieses Amt gekommen, auf diese wichtige Position im Handelsresort, die zugunsten gewisser Leute mit der richtigen Person besetzt werden musste? Hatten Geld, Macht und Korruption diese Fäden gesponnen?

Wäre da nicht diese bleischwere Müdigkeit gewesen, die ihn so hinterrücks heimsuchte, dann hätte er noch endlos darüber nachdenken können. Szenen durchspielen, Gedankenfäden verfolgen. Stattdessen fühlte er sich erschöpft. Er musste schlafen und morgen neu ansetzen. Selbst die Treppe hinauf in den ersten Stock schreckte ihn momentan. Allein von diesem Karton voller Bücher aufzustehen, auf den er niedergesunken war, kam ihm augenblicklich unmöglich vor. Hatte er heute überhaupt etwas gegessen?

Plötzlich flammte Unruhe in ihm auf, raste über ihn hinweg wie ein vom Wind entfachtes Steppenfeuer und verbrannte in einem einzigen Auflodern die Müdigkeit. Wie ein Roboter stand er auf und trat durchs Antiquariat hinaus in die Dämmerung. Er konnte nicht schlafen, musste noch mal von vorne anfangen, musste überprüfen, ob er etwas übersehen hatte. Herausfinden, wo die Lücken in seiner Ermittlung waren. Das konnte doch nicht so schwer sein!

Von vorne. Ja, das war es.

Von frischem Tatendrang durchflutet, von dem er nicht wusste, woher er auf einmal kam, rannte er hinauf in die Wohnung. Eilig packte er das Nötigste in seinen Rucksack. Mit ausreichend Wasser spülte er einen Schokoriegel hinunter. Auch wenn der nicht lange vorhalten würde.

Der späte Abend hatte die Straßen im Santos-Viertel bereits geleert. Zum zweiten Mal an diesem Tag bog er in die Gasse ein, die ihn zum Hintereingang der Fischfabrik führte und in der nur jede zweite Straßenlaterne brannte. Dennoch sah er schon von Weitem, dass jemand an der Wand lehnte und rauchte. Obwohl ihm die Person den Rücken zuwandte, erkannte er sofort den Koreaner an dessen kompakter Statur. Eine weitere Konfrontation mit diesem Mann erschien unausweichlich, aber diesmal fühlte er sich besser vorbereitet. Trotzdem wurde sein Schritt langsamer. Er wollte nicht zu früh entdeckt werden. Er war bis auf zwanzig Meter heran, da schnippte Nguyen die Kippe in den Rinnstein und verschwand durch die Tür mit der elektronischen Sicherung.

Henrik sprintete los und bekam den Türknauf zu fassen, kurz bevor das Schloss einrasten konnte. Hektisch atmend verharrte er für einige Sekunden und horchte durch den Türspalt in die ihm entgegenströmende Kälte der Fischhalle hinein. Er zählte im Stillen bis zehn, dann zog er den Reißverschluss seiner Jacke bis hinauf unters Kinn und folgte dem Koreaner.

Neben der zu vernachlässigenden Helligkeit, die durch die Oberlichter fiel, waren es vor allem die grünen Leuchten über den zwei Notausgängen, die es ihm möglich machten, sich unfallfrei durch diesen Bereich der Halle zu bewegen. Was wollte Nguyen um diese Zeit noch hier? Und wohin war er verschwunden? Die schlechte Sicht schien den Fischgeruch noch zu intensivieren. Die Kühlaggregate taten ihre Arbeit und verschluckten andere Geräusche. Unter anderem das Plitschplatsch von Schritten in den Wasserlachen. Er schlich bis zu den Bändern, auf denen der Fisch zerlegt wurde. Dahinter hatte jemand Plastikwannen aufeinandergestapelt, die verhinderten, dass er den Rest der Halle einsehen konnte. Links bei den Gefrierräumen glaubte er jedoch, ein Geräusch gehört zu haben, und er hielt inne. Nachdem nichts weiter geschah, arbeitete er sich behutsam und in gebückter Haltung bis an die kalte Metallwand heran, die unter seinen Fingern leicht vibrierte. Rasch ließ er wieder los, er hatte Angst, daran festzufrieren. Besser, er hätte auch Handschuhe eingepackt. Mit angehaltenem Atem spähte er in den düsteren Gang zwischen den Kühlkammern hinein.

»Buh!«, hallte es aus der Finsternis. Henrik wich zurück, wobei er sich erneut an der gefrosteten Oberfläche der Kühlung abstützte. Obwohl im nächsten Sekundenbruchteil klar war, wer ihn erschreckt hatte, japste er unwillkürlich nach Luft. *Verdammtes Arschloch!*

Der Koreaner kam lauthals lachend um die Ecke. Er trug den nach Fisch stinkenden Overall und die Gummistiefel. »Hab ich nicht gesagt, dass ich dich aufschlitze, wenn du mir noch mal unter die Augen kommst?«

»Nein!«, widersprach Henrik und nahm die Abwehrhaltung ein, die der polizeiliche Selbstverteidigungskurs vorschrieb, was dem Fischmann ein weiteres breites Grinsen entlockte.

»Entspann dich! Hast du eine Knarre?«

»Da muss ich passen.«

»Scheiße. Mir wäre wohler, wenn wir ein bisschen Artillerie dabeihätten.« Er zuckte mit den Schultern und tätschelte den Griff des Fischhakens, der wie üblich an seinem Gürtel hing.

Wir?, dachte Henrik, weil es klang, als hätte der andere ihn erwartet.

»Ich habe nachgedacht. Deine neugierige Fragerei ging mir gehörig auf den Sack, aber ja, jetzt bin ich dir dankbar dafür, dass du so penetrant warst. Du hast mich wachgerüttelt, wenn du so willst.«

Henrik runzelte die Stirn.

»Ich geh nicht gerne unbewaffnet in einen Keller«, verkündete der Koreaner. »Altes Trauma aus einem misslungenen Einsatz. Frag nicht nach, ich rede nicht drüber. Diese Einstellung macht meinen Therapeuten wahnsinnig, aber was soll ich tun ...«

Nguyen ging voran, und Henrik folgte ihm. Tatsächlich gab es hinter den Kühlaggregaten eine Treppe, die eine Etage tiefer führte.

»Was ist da unten?«

»Die Fischhölle«, antwortete Nguyen und kicherte. »Du kannst mich übrigens Barron nennen.«

»Barron?«

»Ja, wie der Sohn des US-Präsidenten. Irre was? Meine Eltern hatten schon immer eine starke Affinität zu den Vereinigten Staaten von Amerika, aber woher sie diesen Namen hatten, keine Ahnung. Und dann benennt Trump doch tatsächlich seinen Sprössling nach mir, echt, ich liebe diesen Mann.«

Angeführt von einem Verrückten, renne ich blindlings in mein Verderben, schoss es Henrik durch den Sinn, während er hinter dem Koreaner die Metallstufen hinabstieg. Am Treppenabsatz angekommen, drehte sich Barron abrupt zu ihm um. »Hier rufen sie mich alle Barry, aber ehrlich gesagt, ich hasse das, also halt dich zurück! Und sag mir, dass du wenigstens eine Taschenlampe hast!«

Das hatte er. Stumm streifte er den Rucksack ab und zog die Taschenlampe heraus. »Gibt es kein Licht?«

»Alles kaputt, dort unten war schon sehr lange niemand mehr. Darf *ich* uns leuchten?«, fügte Nguyen mit fast kindlichem Eifer hinzu.

Henrik musterte ihn. »Wussten Sie das mit der Yakuza? Wollten Sie deshalb nicht, dass Lourenço sich auf die Sache mit dem Koi einlässt?«

Nguyen zog einen Flunsch. »Ich hatte diesen Dreck mit den Japanern schon lange genug am Hals, und dann kommt Pedro mir mit dieser Scheiße«, knurrte er vor sich hin, dann streckte er die Hand nach der Taschenlampe aus. Henrik reichte sie ihm und überließ ihm den Vortritt. Er hätte hinterfragen müssen, worin eigentlich der Sinn ihrer Mission lag, hatte aber seine Zweifel, ob er eine brauchbare Antwort erhalten würde. Sie bewegten sich jetzt zwischen nackten Backsteinwänden, die großflächig mit einer schwarzen, schleimigen Schicht überzogen waren, der Boden war beinahe lückenlos von Brackwasser bedeckt. Die Fischhölle war feucht, und der Gestank von oben drang hier noch viel konzentrierter auf Henrik ein. Es war, als spazierten sie direkt durch das Abflussrohr, durch das die ganzen Fischabfälle gespült wurden.

Der Mann, der nicht Barry genannt werden wollte, bog unverhofft ab. Sie fanden sich in einem Raum wieder, der

Henrik ein wenig an seinen Keller in der Rua do Almada erinnerte. Auch wenn er größer war. Die Gerätschaften, die man hier heruntergeschafft hatte, verrotteten schon lange Zeit vor sich hin, ständig besprenkelt von der eisigen Nässe. Als würde das, was man oben aus den Fischen quetschte, direkt durch die poröse Betondecke sickern.

»Früher waren die Kühlräume unter der Erde, das hat weniger Energie verbraucht«, erklärte Nguyen und deutete ins schwarze Nichts jenseits des Raumes. »Eine der Gefrierkammern ist noch betriebsbereit. Für Spezialware. Pedro hat manchmal Zeug besorgt, das konnten wir oben nicht einlagern, du verstehst?«

Er hatte keine Vorstellung, was tiefgefroren gelagert werden musste, und wollte es auch überhaupt nicht wissen. »Was suchen wir hier?«, fragte er.

»Das dort«, sagte der Koreaner und wies mit seinem unrasierten Doppelkinn in eine Ecke des Kellerraums. »Früher haben wir uns manchmal einen Spaß daraus gemacht, eine der Arbeiterinnen hier runterzuschicken, um sie irgendwas holen zu lassen. Nicht, ohne vorher schaurige Geschichten über den Keller erzählt zu haben. Es gab keine, der nicht ein paar Tröpfchen ins Höschen gingen, da möchte ich wetten. Aber seit Pedros ... na ja, wie schon gesagt, in diese Katakomben verirrt sich schon lange niemand mehr. Und irgendwie, als ich heute früh in meinem Kaffee gerührt habe ... wumms ... es war wie eine Eingebung, meu amigo, eine beschissene Eingebung, an der du nicht ganz unbeteiligt bist. Jedenfalls war ich heute vor Schichtbeginn so tollkühn, hier nach dem Rechten zu sehen ... und habe das da entdeckt. Und, fällt dir was auf?« Er fuchtelte dermaßen mit der Taschenlampe herum, dass es Henrik unmöglich war zu erkennen, was genau ihm auffallen sollte. Meinte er etwa die vier rostigen Kühltruhen, die hier so unsachgemäß gelagert waren? Offenbar erwartete Barron eine Reaktion auf etwas, das nur ein Blinder nicht gesehen hätte. Etwas ganz Offensichtliches ...

Staub und Dreck dämpften das Licht der Leuchtdiode zu einem zaghaften Glimmen. Aber zweifelsfrei floss noch Strom durch dieses Aggregat. »Die linke ist ja angeschlossen«, platzte es aus Henrik heraus.

Der Koreaner grinste zufrieden. »Bravo! Und, riskieren wir einen Blick?«

Henrik schnürte es den Hals zu. Wie hypnotisiert steuerte er die verbeulte Gefriertruhe an. Der Griff des dreckverschmierten Deckels war verzogen. Jemand musste gewaltsam daran gerissen haben. Er streckte die Hand danach aus. Wieder umfasste er eiskaltes Metall, seine Finger fühlten sich sofort klamm an. Auch spürte er einen Widerstand, als hielte von innen etwas den Deckel fest. Ein beängstigender Gedanke, vermutlich war er einfach nur aufgrund einer maroden Dichtung festgefroren. Tatsächlich gab es jetzt einen Ruck, verbunden mit einem Geräusch, als würde jemand gierig nach Luft schnappen. Doch der Mann, der ihm im zitternden Licht des Taschenlampenstrahls entgegenstarrte, atmete schon lange nicht mehr.

»Mein Freund Pedro«, verkündete Barron Nguyen, der neben ihn getreten war, als präsentierte er einen Überraschungsgast in einer Unterhaltungssendung.

26

»Er war die ganze Zeit hier, der alte Canalha.«

Henrik nahm dem Koreaner die Taschenlampe weg und leuchtete den tiefgefrorenen Körper ab. Äußerlich konnte er keine Verletzung erkennen. Nichts Verdächtiges im Brustbereich, keine Würgemale am Hals. Kein Blut auf der Kleidung. Um völlig sicherzugehen, hätte er die Frostschicht entfernen und das bretthharte Hemd öffnen müssen. Aber das würde er der Polizei überlassen. Der entsetzte Ausdruck, der in Pedro Lourenços Gesicht festgefroren war, ließ darauf schließen, dass er noch lebte, als man ihn in sein eisiges Grab verfrachtet hatte. Henrik musste einen Schauer unterdrücken und wünschte sich, Helena hätte auf ihn gehört und sich einen Durchsuchungsbefehl für dieses fragwürdige Unternehmen besorgt.

Für einen Moment überkam ihn tiefes Misstrauen gegenüber Nguyen. Er fragte sich, ob er nicht eben in eine Falle getappt war. Doch der Koreaner machte keine Anstalten, ihn anzugreifen. Woraus sich mit hoher Gewissheit folgern ließ, dass nicht er es war, der den Fischhändler getötet und hier entsorgt hatte. »Wir müssen die Polizei verständigen.«

»Ohne mich, alemão!«

»Willst du nicht wissen, was mit deinem Chef passiert ist?«

»Nein, das will er nicht!«, verkündete eine Stimme in ihrem Rücken. Dann zündete eine Neonröhre über ihren Köpfen und blendete sie mit kaltem Licht.

Henrik blinzelte gegen die plötzliche Helligkeit an. Von wegen, alle Lampen kaputt. Er versuchte sich auf den Mann zu konzentrieren, der aus der Dunkelheit des Gangs in den Kellerraum trat. Fabio Duarte hatte dem Wunsch des Koreaners entsprochen und eine Pistole mit in den feuchten Keller gebracht, die nun jedoch gegen ihn gerichtet war. Und gegen Henrik.

»Wusste ich's doch«, entfuhr es Nguyen. Unbeeindruckt von dem Lauf, der auf ihn zielte, redete er aufgeregt weiter. »Sieh ihn dir an, dass ist der Ahnungslose, der nie eine Vorstellung davon hatte, was Pedro unter der Hand so trieb. Und das, obwohl er schon Monate vor dessen Dahinscheiden die Buchhaltung übernommen hat. Alemão, ich sage dir, er hat dir ins Gesicht gelogen, als er behauptete nicht zu wissen, was bei seinem Schwiegervater so alles gelaufen ist.«

»Halt die Schnauze!«, zischte Duarte und wedelte dabei mit der Pistole herum. Nicht geübt im Umgang mit Handfeuerwaffen, registrierte Henrik und kalkulierte das in seine Chance mit ein, den Mann zu überwältigen.

»Haben Sie Ihren Schwiegervater getötet?«, fragte er den elegant gekleideten Buchhalter. Das Brackwasser in den Gängen des Untergeschosses hatte bereits unschöne Flecken auf seinen Lederschuhen hinterlassen. Eine schöne Metapher für Duartes adrette und vertrauenerweckende Fassade, die plötzlich hässliche Stellen bekommen hatte. Selbst der Tipp mit der Zollbehörde war geheuchelt gewesen. Der Buchhalter wusste genau, dass Henrik sich mit seinem Anliegen nicht dorthin wenden würde.

»Wer sind Sie, mein Beichtvater? Los, setzt euch in Bewegung!«

Wie hatte er diesen Mann jemals sympathisch finden können? Eine glatte Fehleinschätzung. Und wie unbekümmert er sich in diese Situation begeben hatte ... Von wegen besser vorbereitet, er war mal wieder verflucht unvorsichtig gewesen! Er versuchte sich darauf zu besinnen, wie der Polizist Henrik Falkner in dieser Situation reagiert hätte. »Es ist vorbei, Senhor Duarte. Aus der Nummer kommen Sie nicht mehr raus. Hören Sie, ich biete Ihnen die Gelegenheit, sich selbst zu stellen. Gehen Sie zur Polizei, das wirkt sich strafmildernd aus. Hat Senhor Lourenço Sie in irgendeiner Form in die Ecke gedrängt? Vielleicht haben Sie ja im Affekt gehandelt. Wenn Sie jetzt einen kühlen Kopf bewahren ...«

Duarte feuerte eine Kugel gegen die Betondecke, die als mehrfacher Querschläger Funken stiebend durch den Kellerraum raste, so unkontrolliert, dass sogar der Schütze sich duckte, bis sie endlich in einer der ausrangierten Gefriertruhen stecken blieb.

Was der Koreaner von sich gab, musste ein Fluch in seiner Landessprache sein. Mit Betonstaub in den Augen reagierte auch Henrik zu langsam, um die kurze Orientierungslosigkeit des Portugiesen auszunutzen. Letztlich hatte Duarte immer noch die Waffe und damit die Kontrolle über die Situation.

»Bewegt euch endlich!«, schrie er und trat rückwärts hinaus auf den Gang, ohne sie aus dem Blick zu lassen. Nguyen und Henrik folgten seinem Befehl mit erhobenen Händen. Der Koreaner stockte, als Duarte sie in eine bestimmte Richtung dirigierte. Nach wenigen Schritten verstand Henrik auch, warum. Die Tür am Ende des feuchten Stollens führte in Pedros spezielle Kühlkammer, die der Asiate vorhin mit unheilschwangerem Timbre erwähnt hatte. Diejenige, die noch funktionierte. Wovon offenbar auch Lourenços Schwiegersohn wusste. Die modrigen Wände rechts und links boten keine Möglichkeit zur Flucht, keine Nische, in die er sich hätte werfen können, um aus dem Schussfeld zu entkommen. Allem Anschein nach war die Beleuchtung in diesem Bereich des Kellers nach wie vor defekt. Im schwächer werdenden Licht entging Henrik trotz allem nicht Nguyens Anspannung, auch wenn er nur auf den feisten Nacken des Mannes starrte. Ihnen würden nur Sekunden bleiben, um etwas zu unternehmen, ohne dass sie in der Lage waren, sich vorher darüber zu verständigen. Einer musste das Risiko in Kauf nehmen, sich eine Kugel einzufangen. Oder sich opfern. Wobei er den Koreaner keinesfalls als jemanden einschätzte, der für einen anderen den Kopf hinhielt. Nun, genau genommen war er ebenso wenig dazu bereit. Eine fatale Zwickmühle ...

»Tür auf!«, befahl Duarte. Nguyen zögerte. Duarte wich einen Schritt zurück, bevor er schoss. Die Kugel zerfetzte den Unterschenkel des Asiaten. Mit einem hellen Kreischen kippte er nach vorne, suchte Halt und entriegelte so im Fallen die Tür zur Kühlkammer. Henrik wirbelte herum und hechtete Duarte entgegen. Der schaffte es tatsächlich, einen weiteren Schuss abzugeben. Zumindest nahm Henrik einen Knall wahr – oder etwas, das die faulige Atmosphäre im Keller radikal veränderte. Denn statt gegen Duarte zu prallen, wurde Henrik einen Sekundenbruchteil später von dem Gefühl durchflutet, geradewegs in die Sonne zu fliegen. Gleißendes Licht explodierte vor seinen Augen, bevor ihn die flüssige Hitze verschlang.

27

Er brannte.

Gleichzeitig meinte er zu erfrieren. Manchmal, wenn extreme Empfindungen den Grenzbereich des Erträglichen erreichten, machten Nerven bekanntermaßen keine Unterschiede mehr. Dann war es egal, warum man in Flammen stand. Ob das Blut Blasen warf, weil es kochte oder zu scharfkantigen Kristallen gefror, die das Fleisch von den Knochen schabten. Was auch immer in seinem Inneren passierte, es war die Hölle. Über all dem Schmerz lag obendrein ein schrilles Pfeifen, begleitet von penetrantem hellen Klappern.

»Wach auf!«

Etwas, das er nicht sofort einordnen konnte, schlug gegen seine Hüfte. Der Stoß löste eine wahre Schmerzeruption in seinem Kopf aus.

»Alemão, wach auf!«

Wieder ein Tritt an dieselbe Stelle.

»Wir erfrieren, alemão.«

Er merkte, dass die frostige Kälte seinen Unterkiefer zittern ließ. Das Klappern rührte von seinen aufeinanderschlagenden Zähnen her. Er versuchte den Kopf zu drehen und wurde mit einer Feuersalve belohnt, die sein Rückgrat hinunterjagte. Mit einem gequälten Schrei richtete er sich auf. Die Luft, die er dabei ausstieß, kondensierte zu einer dichten Atemwolke.

»Santa Maria Madona!«, presste jemand links von ihm mit bebender Stimme hervor.

Henrik versuchte zu begreifen, was er im schwachen Glimmen einer Taschenlampe zu sehen bekam. Funkelnde Eiskristalle.

»Die Batterie macht's nicht mehr lang«, verkündete dieselbe kaum verständliche Stimme. Nguyen. Er lag nur eine Armlänge entfernt. Sein rechtes Hosenbein war blutdurchtränkt. Blut und Raureif. Auch er atmete Wölkchen aus.

»Du musst was unternehmen. Ich kann nämlich nicht aufstehen!«, bellte er.

Als ob ich das könnte. Henrik fühlte sich, als würde er gleich wieder das Bewusstsein verlieren. Unmöglich, in diesem Zustand auf die Beine zu kommen. Mit tauben Fingern betastete er vorsichtig die pochende Stelle am Haaransatz über der Schläfe. Fühlte eine klebrige Masse, welche die Stirn bedeckte, hinab bis zur Augenbraue und quer übers Ohr.

Duarte hatte auf ihn geschossen. Die Erinnerungen, die sich mit einem Mal zusammenfügten und ihm die Ereignisse in der richtigen Reihenfolge präsentierten, versetzten ihn beinahe in Panik. Plötzlich konnte er auch das seltsame Sirren einordnen. Der Knall, der in dem engen Kellergang keinen Ausweg gefunden hatte und dessen Echo nach wie vor seine Trommelfelle vibrieren ließ. Das war schlimm, aber noch nicht wirklich das Schrecklichste an der aktuellen Situation.

Ich stecke in einer Gefrierkammer.

Mit Entsetzen betrachtete er seine blau gefrorenen Finger, dessen Spitzen mit zähem Blut verklebt waren. *Eingesperrt!* Wie lange schon? Wie lange noch, bis die Eiseskälte den Überlebenswillen bezwang? Nur mit einem weiteren Schrei schaffte er es, sich aufzurichten, und taumelte dabei gegen die mit Frost überzogene Wand. Widerwillig stützte er sich ab, spürte wie die Minustemperaturen in seine Finger schnitten. Er torkelte zu der Stelle, die ihm der schwächelnde Lichtstrahl in den zuckenden Fingern des Koreaners wies. Es waren nur drei ungelenke Schritte bis zur endgültigen Gewissheit, dass die Tür von außen verriegelt war. Henrik trommelte verzweifelt dagegen, bis die Haut über seinen Knöcheln aufplatzte, ohne dass er den Schmerz wirklich spürte. Er warf einen hoffnungslosen Blick hinüber zu Nguyen, der wie ein nackter Hund mit schlotterndem Leib am Boden lag. Die Kammer war leer. Es gab nicht einmal Regale, nichts, mit dem man auf diese verfluchte Stahltür eindreschen konnte. Hektisch tastete er seine Hosen ab. Das Handy war noch da. Es rutschte ihm aus den gefühllosen Fingern und fiel auf den Gitterrostboden. So behutsam er konnte und voll darauf konzentriert, möglichst wenig zu zittern, hob er es auf. Es funktionierte noch. Irgendwie schaffte er es, den Code zum Entsperren einzutippen, nur um dann festzustellen, dass er keinen Empfang hatte. Nicht den geringsten Hinweis auf eine Netzverbindung, selbst als er es in einem lächerlichen Versuch über den Kopf hob. Die Aussichtslosigkeit war scharf wie ein Skalpell und zerschnitt die Zuversicht in feine Streifen.

»Wärm mich!«, bettelte der Koreaner aus seiner Ecke, und Henrik überkam tatsächlich das Bedürfnis, diesen abstoßenden Mann in den Arm zu nehmen. Im nächsten Moment erlosch die Taschenlampe.

Kraftlos ging Henrik in die Knie, niedergerungen von Verzweiflung. In völliger Dunkelheit krabbelte er in die Richtung, wo er den Koreaner vermutete. Geleitet von dessen unverständlichem, mantrahaften Murmeln. Vielleicht war er bereits im Delirium, vielleicht betete er auch zu einem Gott. Henrik hatte keine Energie mehr, darüber nachzudenken. Als er den Asiaten erreichte, schlang er seine Arme um ihn und presste sich gegen den bebenden Körper. Sein letzter Gedanke war durchtränkt von Ironie. *Ich werde in Portugal erfrieren.*

28

Er existierte. Oder besser ... seine Existenz war ihm weiterhin bewusst. Diese Gewissheit ging einher mit einer tiefen Ruhe, die ihn *überall* umgab. Er fühlte sich entspannt. Befreit von den Schmerzen, an die er noch eine rudimentäre Erinnerung besaß. Zu vernachlässigende Nachwehen, eher ein Echo der Qual, unter der er gelitten hatte, bevor ... Ja, was war eigentlich geschehen? Er fror nicht mehr, und das stimmte ihn *über alle Maßen* euphorisch. *Fühlte sich so die Erlösung an?* Der Gedanke, was davor mit ihm hatte geschehen müssen, um diesen Zustand zu erlangen, machte ihm keine Angst. Er war gezwungen gewesen loszulassen, doch selbst dass es nicht sein eigener Entschluss war, grämte ihn nicht. Vermutlich war es einfach Zeit für ihn gewesen, Schicksal und Vorbestimmung waren nun einmal nicht zu ändern. Und er fühlte sich bereit, die neue Welt, in die ihn diese Transformation geführt hatte, zu betrachten. Zumal er spüren konnte, dass er nicht allein war. Was seinen Zustand der Beseeltheit noch steigerte. War sie bei ihm? Hatte sie ihn erwartet? Was für ein berauschender Gedanke.

Versöhnt mit allem, öffnete er die Lider. Das kostete Kraft und irritierte ihn für eine Sekunde. Hier sollte doch alles ganz einfach gehen. Die Mühen hatte er zurückgelassen – sofern er an den Ort gelangt war, von dem man ihm früher so oft gepredigt hatte. Tatsächlich schien es so: Die Welt war wundersam hell und verschwommen. Flüssiges Licht. Elysium.

Dann blinzelte er erneut und bemerkte, dass sich mit jedem Blinzeln die Konturen schärften, bis er feststellte, dass er … in ein vertrautes Gesicht blickte. Zuerst überspülte ihn eine Welle der Enttäuschung, doch die Gischt der Ernüchterung konnte ihm nichts anhaben. Denn sie machte einer neuen Freude Platz. Er war gar nicht tot. Die Kälte hatte ihn nicht besiegt.

»Filipa!«

»Schau an, wieder aufgetaut«, kommentierte sie in ihrer gewohnt trockenen Art. »Ich habe dir was in die Infusion gemischt, nur falls du dich wunderst, warum du so gut drauf bist. Jedenfalls werte ich es als positives Zeichen, dass du mich erkennst.«

Natürlich erkannte er sie, diesen Engel mit der rothaarigen Lockenpracht und dem Sommersprossengesicht. Die Ärztin, die im Hospital São José arbeitete und ihn mal mit mehr, mal mit weniger Mühe schon öfter zurück unter die Lebenden gebracht hatte, seit er in Lissabon wohnte. Zu ihm geführt von den widrigen Umständen, denen er dank Martins Hinterlassenschaft ausgesetzt war, war sie genau wie Helena eine Freundin geworden. Auch wenn sich ihre Wege immer nur dann kreuzten, wenn er in echten Schwierigkeiten steckte. Durch ihre aufreibende Arbeit im Krankenhaus und als Teil eines erodierenden Gesundheitssystems war sie einen gewissen Leidensdruck gewohnt, weshalb sie auch die verfahrenen Situationen, in die sie durch Henrik bisweilen geriet, stets souverän bewältigte. Vermutlich auch ab und an unterstützt durch pharmazeutische Helfer, die sie sich einwarf. Nur so konnte er sich die Gelassenheit erklären, die sie ihm trotz ihrer permanenten Übermüdung entgegenbrachte.

Beim letzten Mal war er ins São José eingeliefert worden, weil er nur knapp dem Flammentod entkommen war. Diesmal war es nicht Feuer, sondern Eis, was ihn hierhergebracht hatte. Das war kompletter Wahnsinn.

»Wie lange …«

»… du in der Kühlkammer warst?«

Er nickte einfach, weil er feststellte, dass ihm das Sprechen schwerfiel. Verzögert bemerkte er die Schläuche und Kabel, die zu seinem Körper hin- und von ihm wegführten. Das Blinken von Leuchtdioden an medizinischen Geräten neben dem Krankenhausbett.

»Du hast keine Gliedmaßen verloren, falls dich das beruhigt. Hätten sie dich allerdings zehn Minuten später gefunden, wer weiß?«

»Und der andere?«

»Ich habe nur mitbekommen, dass er schon tot war, als die Polizei eintraf. Er hatte zu viel Blut verloren, um über längere Zeit hinweg die Minustemperaturen zu überleben. Apropos Polizei, die wartet draußen.«

»Die Polizei«, wiederholte er mit krächzender Stimme.

»Helena«, konkretisierte die Ärztin tonlos. »Ich kann ihr gerne ausrichten, dass du noch nicht vernehmungsfähig bist.«

Er schüttelte den Kopf. Helena wollte er nicht warten lassen.

Filipa hatte sich bereits zum Gehen gewandt, da rief er sie zurück. »Warte, wann kann ich hier raus?«

Stirnrunzelnd betrachtete sie ihn lange Sekunden, bevor sie antwortete. »Was hast du bloß wieder angestellt?« Darauf wollte sie nicht wirklich eine Antwort, weshalb sie mit erhobener Medizinerstimme fortfuhr: »Im Klartext. Du warst stark unterkühlt, standest kurz vor einer schweren Hypothermie, als man dich fand. Du hattest bereits das Bewusstsein verloren, und der Atemstillstand wäre nur noch eine Frage von Minuten gewesen. Dazu kamen erste Anzeichen von Erfrierungen an den Gliedmaßen. An den betroffenen Stellen an Armen und Beinen wird sich vermutlich in den nächsten Tagen die Haut lösen, wobei du auch hier Glück hattest und keine irreparablen Gewebeschäden davonträgst, soweit sich das zum jetzigen Stand diagnostizieren lässt. Aber alles zusammengenommen und auch in Anbetracht der Tatsache, dass du einen ganzen Tag komatös verschlafen hast, wirst du das Bett nicht verlassen, bevor ich es dir nicht erlaube. Wenn du pinkeln musst, bekommst du eine Flasche.«

»Das ist nicht dein Ernst!«, krächzte Henrik.

»Habe ich jemals gescherzt? Außerdem ist da noch die Kopfwunde. Dreimal geklammert, falls es dich interessiert. Die Kugel ging knapp am Schädelknochen vorbei. Es besteht der Verdacht auf Gehirnerschütterung.«

Jetzt wusste er auch, woher das latente Ziehen kam, wenn er seine Gesichtsmuskulatur beanspruchte. Den Schmerz spürte er momentan wohl nur deshalb nicht, weil seine Nerven betäubt waren.

Filipa wartete nicht ab, ob er protestierte. Sie marschierte aus dem Zimmer, doch er war nicht lang genug allein, um darüber nachzudenken, was sein Krankenhausaufenthalt für seinen Fall bedeutete. Helena betrat das Zimmer, in dem er – vermutlich dank Filipas Fürsprache – alleine lag. Vielleicht auch dank einer polizeilichen Anweisung.

Helenas Blick war eine Mischung aus Bedauern, Sorge und Vorwurf. Ohne Frage dominierte Letzteres, und ihm war klar, die Kommissarin würde keine Milde walten lassen. »Danke, dass du meinem Hinweis nachgegangen bist«, presste er hervor und hoffte damit, den nahenden Sturm abzuschwächen, noch bevor er ihm mit voller Wucht entgegenschlug. Zu seiner eigenen Überraschung schien es zu funktionieren. War da ein kurzer Moment des Bedauerns aufgeflammt? Sie umklammerte das Metallrohr, welches das Fußende des Bettes umrahmte. Plötzlich fiel es ihr schwer, ihm in die Augen zu sehen.

»Du hattest sehr großes Glück, dass wir dich rechtzeitig dort unten gefunden haben. Dich ständig in solchen lebensbedrohlichen Situationen vorzufinden zerrt an den Nerven.«

»Du weißt, ich …«

Sie hob die Hand und gebot ihm still zu sein. »Aber diesmal bin auch ich schuld, und das tut mir leid. Ich muss gestehen, dass ich die Durchsuchung der Peixeiro Lourenço vermutlich noch vor mir hergeschoben hätte, hätten nicht die Kollegen vom Drogendezernat bei einer Razzia gestern Abend einen gewissen Fabio Duarte festgenommen, der sich im Zugriffsfeld gerade mit Kokain eindecken wollte. Duartes Name fiel zufällig während eines Gesprächs mit einem Kollegen, der erzählte, er habe Pedro Lourenços Schwiegersohn im Verhörraum sitzen. Hinter dem Fischhändler sei er schon seit Jahren wegen Drogenschmuggels her, ohne dass er ihn je hatte festnageln können. Nachdem du diesen Lourenço in der Igreja de Socorro erwähnt hattest, bekam ich ein ungutes Gefühl.«

»Das nennt man schlechtes Gewissen.«

»Wir haben beide unsere Fehler gemacht«, konterte sie vorwurfsvoll. Henrik war hin- und hergerissen, ob er ansprechen sollte, dass Nguyen noch leben könnte, wenn sie seinen Hinweis auf den Fischhändler sofort ernst genommen hätte. Doch es war ohnehin nicht mehr zu ändern. Sich darüber noch mehr zu zerstreiten würde niemandem helfen. Deshalb lenkte er ein. »Ja, ich kreide mir das genauso an. Ich fühle mich sehr schlecht, dass noch jemand wegen dieser Sache sterben musste.«

»Henrik, tut mir leid, aber mir fehlt da nach wie vor die Verbindung zwischen der ertränkten Japanerin und diesem Pedro Lourenço in der Tiefkühltruhe.«

»Der *Fisch* ist die Verbindung, verdammt!« Wie konnte sie nur so stur sein?

»Warst du deshalb dort, weil du gehofft hast, diesen Zuchtkarpfen dort zu finden?«

Henrik wandte den Blick ab und schaute aus dem Fenster. Sie mussten ihn in einer der oberen Etagen untergebracht haben, denn er sah nur schnell vorbeiziehende Wolken. Er konnte nicht sagen, was zum Teufel er dort zu finden gehofft hatte. Jedenfalls keinen tiefgefrorenen Pedro Lourenço. »Was passiert jetzt mit Duarte?«

»Er hat sich bei der Vernehmung in Widersprüche verwickelt und letztlich gestanden, seinen Schwiegervater getötet zu haben. Bei einem Streit, also im Affekt.«

»Ich konnte keine äußeren Verletzungen entdecken.«

»Es gibt eine Wunde am Hinterkopf. Ich kann noch nichts Genaues sagen, aber warum soll ich Duartes Aussage anzweifeln?«

»Und wie lief das ab? Er erschlägt Lourenço, und dann fällt ihm in seiner Panik nichts Besseres ein, als ihn im Keller tiefgefroren einzulagern?« Er hatte keinen weiteren Zwist provozieren wollen, und doch steckten sie schon wieder mittendrin.

»Klingt für mich nicht abwegig. Mutmaßlich ging es um Drogen. Wir sind erst am Anfang mit unseren Ermittlungen.

Falls du nicht noch etwas Entscheidendes zu den jüngsten Ereignissen beizutragen hast, und damit meine ich keine Spekulationen, sondern brauchbare Hinweise und Indizien, dann gehe ich jetzt. Ich schicke jemanden, der deine Aussage protokolliert, sobald du dich dazu in der Lage fühlst.«

»Kannst nicht du das übernehmen?«, fragte er beinahe flehentlich.

»Mal sehen«, verkündete sie bissig und ließ ihn allein. Mit keiner Silbe fragte sie nach dem Koreaner. Ob oder woher er ihn kannte. Warum dieser Mann mit zerschossenem Unterschenkel bei ihm in der Kühlkammer gelegen hatte. Erfroren, weil zu viel Blut aus ihm herausgelaufen war. Aber vielleicht hatte Duarte auch dazu bereits alles gestanden. Gründe dargelegt, warum er seinen lästigen Mitarbeiter auf diese Weise beseitigt hatte. Henrik kam dies alles sehr fragwürdig vor. Da gab es noch jede Menge aufzuarbeiten, auch zwischen Helena und ihm.

Drogen also ... War das die Lösung? So wie er Nguyen kennengelernt hatte, schloss er nicht aus, dass es auch um den Handel von illegalen Halluzinogenen gegangen sein mochte. Aber der Purachinagoi war ebenfalls ein Suchtobjekt und damit eine Art Droge.

Letztendlich lief es darauf hinaus, dass er diese verworrene Geschichte doch auf eigene Faust aufklären musste, denn Helena war im Moment wohl nicht zu überzeugen. Dass sich für ihn alles auf andere Weise zusammenzufügen begann, konnte er ihr einfach nicht vermitteln. Dafür fühlte er sich momentan auch zu ausgelaugt, und das trotz der Glücklichmacher, die ihm Filipa verabreicht hatte. Was hatte er auch schon groß zu bieten? Er war dem Drahtzieher hinter alldem kein Stück näher gekommen.

Ja, das war vermutlich der Haken, überlegte er. Er hatte Hitomi Tadokoro, Duarte und Lourenço, und er hatte Professor Udagawa. Wer ihm fehlte, war der Unbekannte im Hintergrund. Der, der den Koi in seinen Besitz gebracht hatte. Hinzu kam die verschwundene Yoko Udagawa. Der Tausch – Tochter gegen Fisch – hatte nicht funktioniert. Konnte nicht funktionieren, oder Udagawa belog ihn. Womöglich hatte der Japaner den Koi noch und benutzte nun Henrik, um seine Tochter wiederzubekommen, ohne auf die Erpressung einzugehen. Aber hatte er das nicht schon ausgeschlossen, weil derjenige, der die Herausgabe des Fisches erpressen wollte, sich kaum so lange hinhalten lassen würde? Immerhin war mittlerweile ein Jahr verstrichen.

Henrik schnaubte. Diese Fischsache machte ihn verrückt. Fest stand, er musste Yoko finden, damit ihm der Professor nicht weiter die Informationen vorenthielt, die er Martin gegeben hatte. Besser, er konzentrierte sich darauf. Nur wie sollte sein nächster Schritt aussehen?

In dem Zustand, in dem er sich befand, war es schwer, die Gedanken festzuhalten. Trotzdem erinnerte er sich an etwas, das Renato vor ein paar Tagen von sich gegeben hatte. Unten im Keller, nachdem er ihn mit der Schaufel malträtiert hatte. Verdammt, er musste aus diesem Krankenhaus raus.

29

Er fand seine Anziehsachen in einem Plastikbeutel im Einbauschrank des Krankenzimmers. Alles war feucht und voller Blut. Nicht nur mit dem von Nguyen, sondern vermutlich vor allem mit dem aus seiner Kopfwunde, das über Jacke, Hemd und Hose verteilt war. Er hatte keine Erinnerung mehr daran, dermaßen geblutet zu haben, nachdem Duarte auf ihn geschossen hatte. Das jedenfalls, was da in der Tüte steckte, konnte er unmöglich anziehen. Schon gar nicht, wenn er ohne Aufsehen verschwinden wollte. Dafür würde ohnehin schon sein Kopfverband sorgen. Außerdem hatte er Bandagen an beiden Unterschenkeln und am linken Arm. Darunter würde sich die Haut ablösen, hatte Filipa prognostiziert. Keine erbauliche Vorstellung, besser nicht daran denken.

Verdammt, es wäre so einfach, sich wieder ins Bett zu legen und die Augen zuzumachen. Einfach und vernünftig. Aber auch er brauchte seine Droge, wie es aussah. Kein Kokain oder gar einen japanischen Zuchtkarpfen. Seine Droge war die Suche nach der Gerechtigkeit. Na ja, vielleicht etwas pathetisch. Er wollte schlicht die Wahrheit kennen. Begreifen. Verstehen. Um jeden Preis. Und das schien auf Dauer genauso schädlich zu sein, wie sich weißes Pulver in die Nase zu ziehen.

In dem dünnen, hinten offenen Krankenhaushemd wackelte er zurück zum Bett. Im Nachtisch fand er sein Handy. Der Akku war am Limit. Aber er musste noch einen Anruf machen. Renato ließ sich unendlich lange Zeit, bis er das Gespräch entgegennahm. Henriks Anweisungen waren knapp und präzise. Er ließ den Mann nicht zu Wort kommen, verlangte nur eine Bestätigung, ob dieser alles verstanden hatte. Dann brach das Gespräch auch schon ab.

Es war eine nervliche Geduldsprobe, bis Renato endlich mit einer Papiertüte unterm Arm durch die Tür kam. Zum erleichterten Aufatmen kam er jedoch nicht, da sein Mieter Filipa im Schlepp hatte.

»Verräter«, fauchte er ihm entgegen.

»Mon ami, ich kann nichts dafür, die liebe Filipa hat mich zufällig auf dem Gang getroffen. Und sie wollte mir partout nicht glauben, dass mein Besuch hier nicht dir gilt.«

»Zumal er Klamotten von dir spazieren trägt«, ergänzte die Ärztin.

»Eure Wäscherei hat leider versagt«, erwiderte Henrik achselzuckend und zeigte auf den verdreckten Stoffklumpen, den er aus dem Plastikbeutel gezogen hatte. »Ich wollte nur sichergehen, frische Sachen hierzuhaben.«

»Dazu hättest du nicht den armen Renato durch die Stadt jagen müssen. Nach meiner Schicht hätte ich das ebenso für dich erledigen können.«

»Er geht gerne spazieren, nicht wahr, Renato?«

»Lasst mich da raus!«, erwiderte der, drückte Filipa die Papiertüte gegen die Brust und flüchtete aus dem Krankenzimmer.

»Du kannst in deinem Zustand nicht gehen!«, machte die Ärztin nochmals unmissverständlich klar.

»Es ist wirklich wichtig.«

»Das ist es bei dir immer.«

»Es gab bereits Tote, Filipa«, fügte er eindringlich an.

»Ja, und ist es nicht Helenas Job, sich darum zu kümmern?«

»Sie …«

»… tut nicht das Richtige?«

Er zuckte mit den Schultern. »Vielleicht. Aber das ändert nichts an meinem Entschluss. Bitte!«

Filipa schüttelte den Kopf, doch es war eher eine Geste der Resignation.

»Äh, und hättest du eventuell noch was von dem Zeug, das meinen Zustand so erträglich macht?«

Er nahm ein Taxi. Womit er sogar noch vor Renato wieder im Antiquariat war, wie er feststellte. Sein Mieter kam herein, als er gerade eine der Pillen mit Wasser hinunterspülte, die ihm Filipa widerwillig mit auf den Weg gegeben hatte.

»Hab ich was verpasst? Die Frau Doktor muss ja wahrlich heilende Hände haben.«

»Wo ist diese Koi-Fahne?«, fragte Henrik, der sich trotz der Medikation nicht danach fühlte, auf Renatos Spitzen einzugehen.

»Maria Madona, immer noch im Keller, vermute ich. Ich kann mich noch erinnern, wie schnell du von dem scheußlichen Ding abgelassen hast, nachdem die Inspetora aufgetaucht ist. Ob sie besonders erfreut wäre, wenn sie dich heute und in diesem lädierten Zustand hier vorfinden würde?«

Henrik drängte an Renato vorbei und aus dem Antiquariat hinaus in den Flur. Unsicher wankte er die Treppe hinab. Sein Bewusstsein signalisierte ihm, dass er besser auf Filipa hätte hören sollen. Aber es bestand doch lediglich ein *Verdacht* auf Gehirnerschütterung. Einen Verdacht konnte man verdrängen. Drogen und Verdrängung war vermutlich gerade das Einzige, was ihn auf den verbundenen Beinen hielt.

Die Wasserpfützen waren größer geworden. Was das betraf, war sein Keller mittlerweile ebenso feucht wie der von Pedro Lourenço. Der Vergleich verengte plötzlich seine Luftröhre. Für eine Sekunde war er wieder ein Gefangener in der Eishölle. Er hatte diesen Vorfall auch psychisch noch nicht verdaut, und nun würde dieser sich einreihen in die Serie von Traumata, die sein Leben bestimmten.

Die Koi-Fahne stand an die Bretterwand gelehnt, dort, wo er sie zurückgelassen hatte, nachdem Helena überraschend aufgetaucht war. Konnte er das mit ihr noch mal hinbiegen? Würde sie ihm auch diesen erneuten Alleingang wieder verzeihen? Noch eine Baustelle. Genau wie die durchnässte Kellerdecke und die Folgen der Hypothermie. Die Probleme standen Schlange, wurden mehr statt weniger. Wie lange würde er diese ständigen Rückschläge, egal ob finanziell, physisch oder seelisch, durchhalten können? Er packte den Bambusstock und flüchtete aus dem modrigen Kellerloch. Renato erwartete ihn oben im Gang mit verschränkten Armen.

»Drehst du jetzt komplett durch? Martin hat zwar auch die ein oder andere Scheiße gebaut, aber er sah in dreißig Jahren Verbrecherjagd nie so kaputt aus.«

»Er hat nur beobachtet und archiviert«, wandte Henrik mit schwacher Stimme ein. *Und er hat mir die Drecksarbeit überlassen*, wollte er noch anfügen, doch er konnte sich beherrschen. Vielleicht fehlte ihm auch nur der Atem.

»Und was ist jetzt damit?«, wollte Renato wissen.

»Erinnere dich, was du gesagt hast, von der Kerze im Fenster? Wir weisen jemandem den Weg, wir locken ihn an, wie das Licht die Motten.«

»Wen?«

»Keine Ahnung, das ist ja die Überraschung.«

Vor dem Eingang löste Henrik die Koi-Fahne vom Stab. Unter Renatos kritischem Blick befestigte er den fischförmigen Stoffschlauch an der Halterung seines Firmenschildes. Die im Gemäuer fixierte Aufhängung der Blechtafel knirschte besorgniserregend, als er etwas zu heftig daran zog. Kaum war er fertig, blähte der Wind die Fahne, die während der Zeit im Keller unansehnlich geworden war.

»Damit schreckst du auch noch den letzten Rest deiner Kunden ab.«

»Ist ja nicht für lang«, erwiderte Henrik und fragte sich, wie er da so sicher sein konnte. Es war doch eher wahrscheinlich, dass er hier nur einer fixen Idee nachhing. Was hatte denn bislang wirklich funktioniert, seit er den Lieferschein entdeckt hatte? Der ihm im Übrigen ebenfalls abhandengekommen war, so wie ein Gutteil seiner Zuversicht. War ihm der Lieferschein tatsächlich aus der Hosentasche geklaut worden? Auch eine ziemlich abwegige Vermutung, aber immer noch die einzige, die ihm plausibel erschien. Er stand mal wieder unter Beobachtung. Jemand verfolgte sein Handeln, und genau genommen gab es auch dafür nur eine mögliche Erklärung. Derjenige, der diesen verfluchten Fisch hatte, wollte Gewissheit darüber, was Henrik wusste.

»Wegen dir enden wir alle noch in der Gosse ... oder schlimmer«, brummte Renato.

Er hatte seinen Mieter komplett vergessen. Und er war der Vorwürfe müde, die er sich ständig anhören musste. Doch er war zu kaputt, um zu widersprechen. Wortlos standen sie nebeneinander und betrachteten die in den Böen flatternde Koi-Fahne, bis es Renato zu blöd wurde und er ins Haus ging.

Ich muss noch eine von den Pillen einwerfen, dachte Henrik, schloss das Antiquariat ab und schlurfte hinterher. Noch auf der Treppe meldete sich sein Handy. Helenas Name leuchtete auf dem Display. Was mochte dieser Anruf bedeuten? Zweifellos noch mehr Vorwürfe. Er entschied, dass ihm schlichtweg die Kraft fehlte, um das Gerät auch nur ans Ohr zu halten. Also steckte er es zurück in die Hosentasche und nahm den Rest der Stiege in Angriff. Kaum in der Wohnung, vibrierte das Handy erneut, jedoch nur einmal, was eine SMS ankündigte. Die Nachricht war so kurz gehalten, dass er sie komplett auf dem Startbildschirm angezeigt bekam.

Ruf zurück!

Einst von nahezu paranoider Vorsicht, war sie in den letzten Tagen recht nachlässig geworden. *Ruf zurück!* Zwei Worte, die keinen Widerspruch duldeten. Henrik wankte ins Wohnzimmer und setzte sich aufs Sofa. Die antike Kirschholz- und Lederkombination fühlte sich noch unbequemer an als sonst. Er betrachtete die Stelle auf der Sitzfläche, wo das Blut seines Vaters in das weiche Leder gesickert war. Renato hatte vermutlich recht, wenn er ihm vorwarf, dass er alle mit ins Verderben riss.

Er hatte ein wenig umgestellt, weshalb er nun vom Sofa aus direkt auf das große Gemälde schauen konnte, das dort die Wand zierte. Nackte Menschen in orgiastischem Treiben um ein Wasserbecken herum. Auch dieses Bild barg eine Botschaft, er wusste nur noch nicht, welche. Wäre er nicht zu erschöpft gewesen, hätte er erneut den alten Druck von Wilhelm Buschs Lausbubengeschichten aus dem Regal gezogen und ein wenig darin geblättert. Als Kind hatte er Max und Moritz bewundert, weil sie getrieben hatten, wonach ihnen der Un-Sinn stand. Im Gegensatz zu ihm, der sich nie auch nur einen Fehltritt erlauben durfte. Bei Fehlern kannte seine Mutter keine Nachsicht.

Ruf zurück!

Er drückte die entsprechende Taste. Helena war sofort am Telefon.

»Du bist nicht mehr im Krankenhaus«, konstatierte sie.

Er verzichtete auf eine Rechtfertigung und auch auf die flapsige Bemerkung, die ihm durch den Kopf geisterte. »Wir wollten nicht telefonieren, wenn es sich vermeiden lässt.«

»Eben!« Offenbar lag es nicht in ihrer Absicht, Vorwürfe loszuwerden.

»Okay, was ist passiert?«

»Es war nicht die Kopfwunde, die bei Pedro Lourenço zum Tod führte.«

»Sondern?«

»Er wurde vergiftet.«

Vergiftet? Was bedeutete das nun wieder? Dass Duarte tatsächlich nichts mit Pistolen am Hut hatte, sondern generell die subtilere Art zu töten bevorzugte?

»Was sagt der Schwiegersohn?«

»Er schweigt. Und er hat einen guten Anwalt.«

»Was heißt das?«

»Nur dass er einen guten Anwalt hat, einen sehr guten.«

»Aber er hat den Mord gestanden?«

»Ein Geständnis, das er nach der Rechtsberatung widerrufen hat. Er behauptet, wir hätten ihn unter Druck gesetzt.«

»Habt ihr?«

Helena schwieg, genau wie ihr Verdächtiger. Sehnsüchtig betrachtete er die Whiskyflaschen im Regal. Selbst auf das Risiko hin, dass sich der Alkohol nicht mit dem Pharmazeutikum vertrug, hätte er sich jetzt gern einen davon gegönnt. Aber da er sich nicht fähig fühlte aufzustehen, konnte er das Experiment nicht durchführen.

»Konntet ihr das Gift bestimmen?«

»Tetrodotoxin, ein Nervengift.«

»Woher kenne ich das?«, fragte er mehr sich selbst.

»Es stammt von einem Baiacu«, ergänzte sie.

Er runzelte die Stirn. »Was ist das?«

»Ein Kugelfisch.«

»Fugu?«, entfuhr es ihm.

»Ja, das Fugu ist die japanische Spezialität aus dem Muskelfleisch des Baiacu.«

»Das ist ...« Er fand keine Worte dafür. Zu den Schmerzen und der Unruhe gesellte sich nun endgültig eine Angst, die sich in Form einer eiskalten Hand um sein Herz legte. Fugu. Wer kannte nicht Geschichten über die verheerende Wirkung dieses Nervengifts, darüber, wie Leute noch im Restaurant starben, wenn der Koch den Fisch nicht mit höchster Präzision zerlegte. Mythos oder Realität, was zählte war, dass Helena von dem Gift eines Fisches sprach, der definitiv aus Japan kam. Genau wie der Purachinagoi. Es war schwer, das zu verarbeiten, aber das lag vor allem an seiner angeschlagenen Konstitution. Denn genau genommen bestätigten diese Indizien nur, dass er recht hatte.

»Wie lange lag Lourenço in dieser Kühltruhe?«

»Etwa ein Jahr; wir versuchen gerade, den Zeitraum exakter einzugrenzen.«

Auch Nguyen hatte also mit allem richtiggelegen. Vermutlich war der Mann tatsächlich, was er behauptet hatte zu sein. Ein abgetauchter Agent, einer, der ausgestiegen war – oder hatte aussteigen müssen, weil das Spionagegeschäft zu riskant für ihn geworden war. Und dessen neue Identität einen Arbeitsplatz in einer Fischfabrik vorsah, um weiter am Leben zu bleiben. Nur um dann von einem drogensüchtigen Buchhalter getötet zu werden. Das war Ironie. »Was ist mit dem Koreaner?«

»Was soll mit ihm sein?«

»Hatte er nicht auch irgendwie Dreck am Stecken?«

»Er war einer von Lourenços Arbeitern, mehr weiß ich nicht.«

»Gab es Angehörige, war jemand da, um ihn zu identifizieren?«

»Ich weiß nicht! Nur so viel, dass die Leiche freigegeben wurde. Irgendwer wird sich schon darum gekümmert haben. Warum bist du so sehr an diesem Mann interessiert?«

Das war dünn. Mächtig dünn. Sollte er ihr anvertrauen, welche Rolle Nguyen in seiner Untersuchung spielte? Wieder war er hin- und hergerissen. »Er ist in meinem Beisein erfroren, entschuldige, wenn mich das mitnimmt!«

»Ja, schon gut, tut mir leid, war ein harter Tag.«

Helena saß im Auto, das konnte er hören. Sie telefonierte während der Fahrt. Er hätte gerne gewusst, wohin sie unterwegs war. Seine Gedanken sprangen in alle Richtungen davon. »Müsst ihr Duarte freilassen?«

»Das entscheidet der Haftrichter.«

Er konnte ein genervtes Stöhnen nicht unterdrücken. »Warum führen wir dieses Gespräch über Dinge, die mich nichts angehen oder nichts anzugehen haben?«

Sie zögerte, und es war ein Zögern, das einer Entschuldigung gleichkam. Weil sie nicht auf ihn gehört hatte. Der Moment des Schweigens dauerte zu lange, als dass er die Frage zurückhalten konnte, die ihm in die Stille hinein einfiel.

»Dieser verdammt gute Anwalt, der ist doch sicher teuer. Duarte trägt kostspielige Klamotten und leistet sich Kokain. Beides keine billigen Hobbys. Woher hat der Mann das Geld? Ich meine, der Fischladen sah nicht gerade danach aus, als würde er damit groß Gewinn einfahren.«

In der Weise, wie sie die Luft ausstieß, lag etwas Anerkennendes. Als hätte er etwas von dem vorweggenommen, was sie ihm hatte sagen wollen. »Ich bin auf eine ... auf eine Verbindung gestoßen, die mich ins Grübeln gebracht hat.«

»Verbindung?«

»Zwischen dem Fischhandel Lourenço und dem Privatbankhaus Marques.«

»Marques«, wiederholte Henrik, weil sie erneut eine Pause einlegte. Und das offenbar nicht, weil es ihr schwerfiel, ihn zu informieren, sondern weil diese Verbindung sie die ganze Zeit beschäftigte.

»Ein sehr exklusives Bankhaus. Nicht, wo unsereins ein Konto eröffnet. Uns würde man dort auslachen, verstehst du?«

Natürlich verstand er. »Sprich weiter!«, forderte er sie gespannt auf.

»Der Fischhändler hat zu Beginn dieses Jahres einen hohen Kredit für Investitionen bewilligt bekommen. Nicht direkt von der Privatbank Marques, sondern von einem – sagen wir mal – gewöhnlichen Kreditinstitut. Allerdings haben meine Kollegen von der Wirtschaftskriminalität etwas gegraben und um ein paar Ecken geschaut. Die Bürgschaft für diesen Kredit hat Marques übernommen, auch wenn sein Name nicht offiziell auftaucht. Ich habe nicht alle Einzelheiten dieses verwinkelten Geschäfts verstanden, doch die Verbindung stünde belegbar fest, wenn man ein Ermittlungsverfahren aufnehmen wollte. Dafür gibt es derzeit zwar noch keinen Anlass, aber das ist es eigentlich auch nicht, was mich daran interessiert. Mich treibt vielmehr die Frage um, warum sich der Bankier José Marques mit einem derart kleinen, unbedeutenden Unternehmen abgibt.«

Nun, Duarte besaß sicher überzeugende Argumente, sinnierte Henrik, der davon ausging, dass nicht Pedro Lourenço diesen Finanzdeal eingefädelt haben konnte. Der war zu diesem Zeitpunkt ja schon steifgefroren gewesen. »Und was, abgesehen von dieser fragwürdigen Geschäftsbeziehung, ist nun so ungewöhnlich, dass du mir das erzählst?«

»Vermutlich wurde Duartes Anwalt von Marques geschickt.«

»Vermutlich?«

»Nur ein Hinweis, auf den wir zufällig gestoßen sind und der bislang nicht bestätigt werden konnte.«

»Warum sollte dieser Bankier dafür Sorge tragen wollen, Lourenços Schwiegersohn einen Staranwalt zur Seite zu stellen? Will er sichergehen, dass der weiterhin seine Kreditraten tilgen kann?« Sie hatte ihm immer noch nicht alles erzählt, bemerkte er. Auch wenn er ihr nicht in die Augen sehen konnte, ahnte er, dass sie noch etwas loswerden wollte. »Also, was noch?«, drängte er, obwohl Ungeduld vermutlich das falsche Mittel war. Doch was sollte er machen, so angespannt wie er war, konnte er nicht über seinen Schatten springen.

Sie räusperte sich. »Der Bankier José Marques gilt als leidenschaftlicher Koi-Sammler.«

30

Diesmal konnte er unverzüglich bestimmen, was ihn aus dem Schlaf geholt hatte. Schmerzen. Kaum zu lokalisierende Schmerzen. Die Kopfwunde tobte innerhalb seines Schädels und brannte außerhalb. Ein Toben und Brennen, das auch den Rest seines Körpers befiel. Es strahlte über den Nacken in jeden einzelnen Muskel, Knochen und Nerv hinein, und er fühlte sich, als hätte ihn die Eléctrico überrollt. Unter den Verbänden an den Beinen juckte die Haut. Er hatte vergessen zu fragen, wie oft er sie wechseln sollte.

Dass er unter diesen Umständen überhaupt hatte einschlafen können, grenzte an ein Wunder. Das er vermutlich weniger der körperlichen als der mentalen Erschöpfung verdankte. Eigentlich hatte er noch über den Fugu-Fisch und dessen extrem toxisches Sekret recherchieren wollen, das in den Innereien und, soweit er wusste, auch in der Haut des Meeresbewohners vorhanden war. Während seiner Zeit bei der Kripo hatte er einmal ein Seminar belegt, bei dem es um Gifte und deren Folgen für den menschlichen Organismus ging. Was wusste er noch über dieses Tetrodotoxin? Dass es Nerven und Muskelregungen unterband und dadurch motorische Lähmungen auslöste. Wer in Japan diesen Fisch zubereitete, benötigte eine spezielle Lizenz. Eine von vielen Fragen, die ihm durch den schmerzenden Kopf gingen, war, ob der Baiacu, wie Helena ihn nannte, überhaupt nach Europa importiert werden durfte. Und was genau im Organismus ablief, sobald man das Gift eingenommen hatte? Und ob die Person noch zu retten war, bevor es zur tödlichen Atemlähmung kam?

Tatsächlich dachte er sogar noch viel weiter. Wie lange war dieses Gift wohl in einem Körper nachweisbar? Hatte es zum Beispiel Symptome zur Folge, die beim oberflächlichen Hinsehen auf einen Herzinfarkt schließen ließen? Zu viele wirre Spekulationen. Tatsächlich war es vor allem wichtig herauszufinden, welche Möglichkeiten es gab, das Toxin zu beziehen, samt Fisch oder bereits extrahiert. Gut, Duarte saß vermutlich an der Quelle, auch wenn er vor ein paar Tagen noch darauf bestanden hatte, keinen Fisch aus Japan zu beziehen.

Er schrie auf, als er sich von dem unbequemen Sofa auf die Füße stemmte. Es war der Schrei eines verwundeten Tieres, der da eigenartig fremd aus seinem Mund kam. Bis in jede Zelle hinein verlangte sein Körper nach Ruhe, doch er hatte bereits einen Tag im Krankenhaus verschlafen, und letztlich waren bereits zwei vergangen, ohne dass er einen Schritt weitergekommen war.

Selbstverständlich wäre er ohne Helena nach wie vor auf der Stelle getreten. Warum sie ihn gestern Abend angerufen und ihm ihre neusten Erkenntnisse mitgeteilt hatte, lag in völligem Widerspruch zu dem, was sie noch kurz davor von ihm verlangt hatte. Vermutlich ging sie davon aus, er wäre ohnehin nicht in der Lage, etwas zu unternehmen, und wollte nur seine Meinung wissen. Oder sie war wieder einmal an einem Punkt, an dem die Anweisung eines Vorgesetzten ihre Ermittlungen einbremste. War sie jemandem zu nahe gekommen, der über den nötigen Einfluss verfügte, um die offiziellen Stellen zurückzupfeifen? Eine Persona non grata? Hatte sie ihn angerufen, weil ihr die Hände gebunden waren?

Ihm kam der Gedanke, dass sie ihn, sobald sie nicht mehr weiterkam, ebenso benutzte wie er sie. Und sie hatte ihm nur einen Namen zu nennen brauchen, um ihn zu aktivieren. War er so einfach zu kriegen? So leicht zu beeinflussen wie der schwarzbraune Hund in Udagawas Garten? Ja, das war er, und sein Ferkelkopf hieß José Marques. *Verflucht!*

Zu sehen gab es erst einmal nichts. Zumindest nicht auf dem Display seines Handys, mit dem er die Website der Bank besuchte. Ans Küchenfenster gelehnt, weil er meinte, dort den besten Empfang zu haben, fand er nur die rudimentärsten und vom Gesetzgeber für Unternehmen vorgeschriebenen Informationen. Wer bei Marques sein Geld anlegte, kannte die Konditionen oder erfuhr sie bei einem privaten Gespräch. Es handelte sich ja auch um eine Privatbank. Fotos von José Marques präsentierte ihm die Suchmaschine tausendfach, nur sah er auf jedem anders aus. Ein Allerweltsname, zumindest in Portugal und Lateinamerika. Unmöglich zu bestimmen, welches von diesen unzähligen Konterfeis den Bankier zeigte. Es half alles nichts, er musste an die Front.

Er brauchte lang im Bad und kam sich vor, als bewegte er sich im Tempo einer Schildkröte an einem kalten Regentag. Er entschied, auf den Kopfverband zu verzichten. Zwar hatte man ihn um die Wunde herum rasiert, aber sein verbliebenes Haar war lang genug, dass sie hinreichend verdeckt wurde. Wegen der Verbände wagte er nicht zu duschen, aber letztlich sah er auch so ganz manierlich aus. Ob es auch reichte, um in eine Privatbank zu spazieren, würde sich zeigen. Kurz spielte er mit der Überlegung, in den Anzug zu schlüpfen, den er sich neulich geleistet hatte. Nur für den Fall, dass irgendwann ein Anlass dafür bestand. Allerdings befielen ihn Bedenken, dass diese Verkleidung schnell durchschaut werden würde und er damit nur das Gegenteil des gewünschten Eindrucks heraufbeschwor. Seine Wahl fiel daher auf ein weißes, langärmliges Hemd, eine helle Hose und die Segelschuhe, die er in einem Anfall von Leichtsinn gekauft und bislang nie getragen hatte. So angezogen hoffte er dandyhaft rüberzukommen, wie ein reicher Schnösel, der eben mit seiner Yacht in der Marina de Belém angelegt hatte und keinen Anzug brauchte, um einen Termin beim Vorstand einer Bank zu ergattern. Fraglich, ob diese Maskerade besser funktionierte oder genauso auffällig war. Doch andere Alternativen gab sein Kleiderschrank nun einmal nicht her.

Er klingelte bei Renato, bekam jedoch keine Antwort. Gerne hätte er ihn im Antiquariat postiert, schon allein der Koi-Fahne wegen, doch offenbar war sein Mieter schon unterwegs. Einer der anderen Hausbewohner kam nicht infrage, da er nicht den Drang verspürte, weitschweifige Erklärungen abzugeben. Und ohne großes Verhandeln und Argumentieren, wieso, weshalb und warum, ging ohnehin nichts bei seinen Mietern. Nun, wenn alles glattlief, würde er nicht allzu lange weg sein. Das redete er sich jedenfalls ein.

Nach nur wenigen Metern wusste er, dass er sich in den Schuhen Blasen laufen würde, obschon es von seiner Wohnung aus nicht allzu weit war. Doch dank Filipas Tabletten vergaß er seine Bedenken bald wieder. Angenehm unempfänglich für mögliche Risiken, erreichte er nach Kurzem die Privatbank Marques. Sie residierte in der Rua Áurea, Ecke Rua do Arsenal im Baixa-Viertel, mit Blick über den Praça do Comércio auf den Tejo. Das in reinem Weiß erstrahlende Gebäude im manuelinischen Stil hatte damit eine höchst exquisite Lage. Der mit poliertem Messing verkleidete Eingang war trotz des Stucks und der Pracht zurückhaltend gestaltet, die Marmortafel neben der Tür kaum groß genug, um den Namen der Bank von der anderen Straßenseite aus lesen zu können. Dieses Understatement erzeugte einen Hauch von Ehrfurcht. Henrik strich sich das Haar hinter die Ohren und überquerte die Rua Áurea. Die Eingangstür gab seinem Druck nach. Kalter Marmor zierte das Foyer. Auch der Empfangstresen war damit verkleidet. Nur die Kameras in jeder Ecke des hohen Raums und der Wachmann in einer Nische links neben der Tür deuteten an, dass er eine Bank betreten hatte. Einen Schalter oder gar einen Geldautomaten gab es nicht. Natürlich nicht. Hier bekam man sein Geld in einem Lederkoffer überreicht, sofern man es in bar mitnehmen wollte. Aber das war vermutlich nur noch ein Klischee in Zeiten der digitalen Transaktionen von Schweizer Konten auf die Caymans, die in Millisekunden erfolgten.

Der Wachmann musterte ihn, wobei sich nur dessen Augen bewegten. Seine bullige Statur steckte in einem dunkelgrauen Anzug. Obwohl er das weizenblonde Haar relativ lang trug, waren der Knopf im Ohr und das gewundene Kabel gut zu erkennen, das in seinem gestärkten Hemdkragen verschwand. Henrik bemühte sich, ihn nicht weiter zu beachten, und marschierte mit durchgedrückter Wirbelsäule auf den Empfang zu. Die Dame, die dahinter Dienst tat, passte zu der Eleganz ihrer Umgebung, obwohl sie älter und unattraktiver war, als er es in diesem Ambiente erwartet hatte. Vermutlich hatte sie die fünfzig bereits überschritten, ihr grau meliertes Haar war kurz geschnitten und ungewöhnlich gescheitelt. In dem dezenten Make-up bestand der einzige Farbtupfer im Lippenstift, der mit ihrem Businesskostüm in Altrosa harmonierte. Sie war der eigentliche

Türsteher, das war ihm auf den ersten Blick bewusst. Die Brille mit dem dunklen Horngestell auf ihrer langen, aber extrem schmalen Nase entsprach der oberlehrerhaften Strenge in ihrem Blick.

Neben dem polierten Tresen war eine Schranke installiert, gläserne Türen, durch die man einen breiten Treppenaufgang sah. Panzerglas und Detektoren. Ab dort wurde diese Bank zur Festung. Und doch musste er genau dort hinein.

»Mein Name ist Henrik Falkner, ich möchte mit Senhor Marques sprechen!«

Die Dame musterte ihn nicht weniger durchdringend als der Wachmann, den er nun im Rücken hatte. Es verstrich eine unbestimmbare Zeit, die ihm in dem klimagekühlten Marmorfoyer endlos vorkam. Längst war ihm wieder kalt, und die Erinnerungen an die Gefrierkammer in der Fischfabrik drängten auf grässliche Weise zurück in sein Bewusstsein.

»Sie haben keine Terminvereinbarung«, stellte sie fest, ohne einen Rechner oder einen handschriftlichen Vermerk in einem Kalender zu konsultieren.

Er zuckte lässig mit den Achseln. »Mein Besuch in Lissabon kam überraschend, ich hatte keine Zeit, mich anzumelden. Dennoch duldet mein Anliegen keinen Aufschub, aber das tut es in unserem Business nie, das wissen Sie ja.«

»Abgesehen davon, dass Senhor Marques nicht im Haus ist, vergeben wir keine Termine ohne Vereinbarung …«

»Sagen Sie ihm, es geht um Platin!«, fiel er ihr ins Wort.

»Platin?«, fragte sie und rückte mit ausgestrecktem Zeigefinger ihre Brille zurecht

»Japanisches Platin. Ich bin sicher, Senhor Marques ist äußerst interessiert.«

Sie sah an ihm vorbei, was nur bedeuten konnte, dass sie einen Blick mit dem Wachmann tauschte. Vermutlich würde dieser sich jede Sekunde in Bewegung setzen, um ihn mit aller Bestimmtheit aufzufordern, die Bank zu verlassen, weniger verbal als mit eindeutigen Gesten. Henrik fühlte sich nicht in der Verfassung für eine Auseinandersetzung, weder mit Worten noch anderweitig. Egal, letztlich hatte er seinen Köder ausgelegt.

»Não!«, ließ die Empfangsdame nun sehr deutlich verlauten.

Es war nicht ratsam, einen Eklat zu provozieren, also behielt er sein süffisantes Lächeln bei. »Kein Problem, ich rufe ihn an«, verkündete er selbstsicher und drehte sich um. Der Wachmann empfing in diesem Moment eine weitere Anweisung, diesmal jedoch nicht über den Blickkontakt mit der Gouvernante, sondern per Funk direkt in sein fleischiges Ohr. Und irgendwie musste es mit ihm zu tun haben, denn der Muskelberg fixierte ihn gleich noch etwas strenger. Und nicht nur das. Er trat aus seiner Nische, in der er bislang ohne Regung verharrt hatte, und stellte sich in ganzer Breite vor den Ausgang. War Henriks Botschaft etwa schon bei José Marques angekommen?

Er trat einen weiteren Schritt vor, doch die in teuren Anzugstoff gehüllte Wand machte keine Anstalten, ihn durchzulassen. Erst jetzt erkannte er das in den Hemdkragen gestickte Emblem der Sicherheitsfirma. Irgendwie kam ihm dieses Logo bekannt vor. Aber das war ja unmöglich ...

»Globalisierung«, ertönte eine Stimme hinter ihm und lieferte umgehend die Erklärung. Henrik wandte sich langsam um. Ihm war nun definitiv nicht mehr wohl in seiner Haut, und diesmal lag es nicht an der nachlassenden Wirkung des Pharmazeutikums. Der beleibte Mann war aus einem versteckten Nebeneingang gekommen, der sich rechts vom Empfangsbereich befinden musste. Dort, wo vor drei Sekunden nur eine marmorierte Wand gewesen war, die von zwei dunkelgrünen Brokatvorhängen umrahmt wurde. Henrik erkannte den Dicken sofort, auch wenn er ihn weniger übergewichtig in Erinnerung hatte. Anfang letzten Jahres hatten sie sich gegenübergesessen. Während eines Bewerbungsgesprächs. Zu einer anderen Zeit in einer anderen Welt. Danach hätte er beinahe für die Firma dieses Mannes zu arbeiten begonnen. Doch dann kam das Erbe dazwischen, und er war davon ausgegangen, er wäre in Lissabon weit genug entfernt, um dieser Person nie wieder über den Weg zu laufen.

»Paßberger!«

»Immerhin erinnern Sie sich an mich, Falkner. Und jetzt sagen Sie nicht, das Leben hat keine Überraschungen parat!« Dirk Paßberger sagte dies ohne jede Ironie und mit der Skrupellosigkeit eines ausgehungerten Wolfes. Wobei ausgehungert kein treffender Vergleich war, gemessen an der Leibesfülle des Unternehmers. »Haben Sie damals, als Sie meinten, mich so kurzfristig hängen lassen zu müssen, nicht was von der Karibik gefaselt?«

»Wie Sie eben selbst feststellten, man kann in Zeiten der Globalisierung nicht mehr wirklich vorhersehen, wohin es einen verschlägt.«

Paßbergers frostige Miene änderte sich nicht. Sein Anzug spannte über den Schultern, sein Wanst quoll über den Hosenbund. Er sah hinauf zur Decke, hin zu dem Gitter, durch das der kalte Luftstrom das Foyer gleichbleibend auf zwanzig Grad hielt. Womöglich noch kühler. »Mir schwellen die

Nebenhöhlen zu, wenn ich im Zug stehe, also warum gehen wir nicht ein paar Schritte!«

Was er am wenigsten wollte, war ein Spaziergang mit diesem unangenehmen Menschen. Allerdings schien die Sicherheitsfirma Paßberger Security aus Süddeutschland expandiert zu haben und nun auch Kunden in Portugal zu betreuen. Und dabei war es offenbar gelungen, die Privatbank Marques als neuen Klienten zu gewinnen. Von daher konnte sich aus dieser überraschenden Zusammenkunft vielleicht noch etwas Brauchbares ergeben.

Paßbergers Angestellter trat nicht nur zur Seite, er öffnete seinem Chef auch die Tür. Der Sicherheitsexperte wies Henrik den Weg, drängte ihn so auf subtile Art gewissermaßen in die Richtung, in die er wollte. Weg vom Tejo, aber auch nicht in die belebten Einkaufsstraßen des Baixa. Henrik fiel auf, dass er darauf achtete, die Straßenseite zu benutzen, die im Schatten lag. Hitze vertrug er also nicht. Sie bogen zweimal nach links ab. Paßberger ging die ganze Zeit leicht versetzt hinter Henrik, wie ein Vollzugsbeamter hinter einem Gefangenen auf dem Weg zur Zelle. Auf diese Weise landeten sie in einer Gasse, die durch eine Baustelle verengt war. Die Fassade des Gebäudes, das dort renoviert wurde, war eingerüstet und zusätzlich mit langen Plastikbahnen verhängt, die sich im Wind blähten.

»Mit diesen Temperaturwechseln werde ich mich nie anfreunden. Und selbst im Frühjahr haben wir hier schon so eine unerträgliche Hitze, wer soll das aushalten? Zum Glück muss ich nur alle paar Wochen mal nach dem Rechten sehen.«

»Und Senhor Marques ist mit Ihrem Service zufrieden?«

»Sehe ich so aus, als würde ich mit Ihnen über meine Kunden sprechen?« Das war das erste Mal, dass er amüsiert klang.

»Ich frage mich überhaupt, worüber Sie mit mir sprechen wollen?«

Sie hatten sich an einem mit Sand beladenen Lastwagen vorbeigezwängt. Außer ihnen befand sich niemand in der schmalen Straße. Trotz seiner Körperfülle bewegte sich Paßberger sehr gewandt. Vielleicht lag es ja auch nur an den Medikamenten, die Henriks Reaktionsvermögen verlangsamten. Jedenfalls konnte er dem Leberhaken nicht ausweichen, eigentlich bemerkte er ihn erst, als er einschlug. Blitzartig gaben seine Beine nach, und er sackte auf die Knie. Mit aller verbliebenen Willenskraft konnte er diese Position beibehalten und schaffte es, nicht auf den Asphalt zu kippen. Zusammengekauert, die Arme um den Oberkörper gelegt, kämpfte er gegen den Schmerz. Der Dicke beugte sich zu ihm hinunter, einem Berg gleich, der seinen Schatten über ihn warf, während er um Luft rang.

»Es gibt Leute, die behaupten, ich sei nachtragend. Für mich unverständlich, aber gut, jedem seine Meinung. Andere wiederum halten mich für cholerisch. Sollen sie doch, sage ich mir immer. Der Anwalt meiner Exfrau hat in diesen beiden Wesenszügen eine explosive Mischung erkannt, weshalb er ein Kontakt- und Näherungsverbot erwirkte. Absolut überzogen, Falkner, aber was will man machen.« Er kicherte leise. »Sie haben mich echt verscheißert, letztes Jahr, und das ist nun wirklich etwas, was ich nicht ausstehen kann. Noch weniger als Klimaanlagen. Ich kann nicht erklären, woran es wirklich lag, aber irgendwie sind Sie mir nicht aus dem Kopf gegangen. Ich hatte einen Hals auf Sie, und dabei soll ich mich nicht aufregen, des Blutdrucks wegen. Eine eindringliche Empfehlung meines Hausarztes. Vermutlich hätte der Groll früher oder später tatsächlich nachgelassen, doch dann bekam ich diesen Anruf. Jemand aus Portugal, der sich nach Ihnen erkundigte und wissen wollte, warum Sie Ihren Job bei mir nicht angetreten haben. Dieses Interesse an Ihnen hat nicht nur meinen Zorn auf Sie neu befeuert. Es hat auch meine Neugier geweckt. Neugier ist auch so eine Schwäche von mir, jetzt wo ich darüber nachdenke. Jedenfalls drängte mich die Neugier dazu, mich unentwegt zu fragen, wieso jemand aus Lissabon mich über einen ehemaligen Polizisten aushorchen wollte, der nie wirklich für mich gearbeitet hat. Klar, diese Person konnte schlecht Ihren vorherigen Arbeitgeber um Auskunft bitten. Das wäre bei den Bullen nicht sonderlich gut angekommen.« Abrupt richtete er sich auf, und Henrik befürchtete einen weiteren Tritt oder Hieb, der ihn endgültig auf den mit Mörtelbrocken übersäten Boden schicken würde. Doch Paßberger schien zu wissen, dass dieser eine Schlag ausgereicht hatte, um in den nächsten Minuten nicht Gefahr zu laufen, dass Henrik ihm davonrannte. Aus seiner Sakkotasche kramte er eine Zigarettenschachtel, klopfte einen Glimmstängel heraus, zündete ihn an und sog genüsslich daran.

Henrik, der weiterhin damit beschäftigt war, den Schmerz niederzuringen, hatte nach wie vor keine Vorstellung, was der Verrückte von ihm wollte. Und von wem er da sprach. Wer mochte sich über ihn beim Chef des Sicherheitsunternehmens erkundigt haben? Verdammt, es war unmöglich, unter den momentanen Umständen Ordnung in seine Gedanken zu bringen.

»Sie rauchen nicht«, stellte Paßberger fest und steckte die Packung wieder ein. »Sie Glückspilz. Es ist eine beschissene Angewohnheit, genau wie die Völlerei.«

Wollte er jetzt etwa bedauert werden?

»Wissen Sie, ich war auch mal bei diesem Verein«, redete Paßberger weiter und lehnte sich ohne Rücksicht auf Staub und Dreck mit der Schulter gegen die Pritschenwand des Lastwagens. »Ich habe nach wie vor gute Verbindungen. Es war nicht schwer rauszufinden, wo genau Sie sich verkrochen hatten. Und wie es der Zufall wollte, verschaffte mir die rechtsbindende Verpflichtung für EU-weite Ausschreibungsverfahren ein paar lukrative Kunden in Lissabon.« Sein Lachen war kurz und ungewöhnlich schrill für jemanden, der über einen so mächtigen Resonanzkörper verfügte. »Und da dachte ich mir, irgendwann, wenn du mal wieder in dieser verfickten Stadt bist, nutzt du die Gelegenheit und schaust dir an, was der Falkner so treibt. Und hey, was passiert? Mir bleibt sogar erspart, mich in ein Taxi zu setzen und mich in die Rua do Almada karren zu lassen. Nein, Sie kommen direkt zu mir! Ich machte vielleicht nicht den Eindruck, aber ich bin immer noch fassungslos. Ja, das sind die Momente, in denen ich wahrlich behaupten kann, das Leben meint es gut mit mir.« Damit beugte er sich Henrik wieder entgegen und stieß ihm den Qualm aus seiner Lunge direkt ins Gesicht.

»Und da behaupten manche, ich wäre cholerisch. Hat mich ehrlich gefreut, Sie wieder mal getroffen zu haben, Falkner.« Er tätschelte Henrik den Oberarm, dann richtete er sich auf und wandte sich ab. Nach zwei Schritten hielt er noch einmal inne. »Aber falls ich Ihren Arsch noch mal bei meinem Klienten in der Bank sehe, und wenn es nur auf einer Aufzeichnung ist, die ich mir Wochen später reinziehe, dann statte ich Ihrem Antiquariat einen Besuch ab, den Sie nicht so schnell vergessen werden.«

31

Immer noch benommen, blieb er so lange hocken, bis es die Sonne über die Dachkante schaffte und ihm direkt in den Nacken zu brennen begann. Mithilfe des Lastwagens schaffte er es aufzustehen. Auf wackligen Beinen klopfte er sich den Mörtelstaub von der Hose. Immer noch war weit und breit niemand zu sehen, als hätte Paßberger lange im Vorfeld dafür gesorgt. Dass ausgerechnet dieser Irre von Marques engagiert wurde, war in der Tat unfassbar. Noch ein Verrückter mehr in der Stadt, der vorhatte, ihm das Leben schwer zu machen. Der Purachinagoi hatte wirklich keinen guten Einfluss auf sein Karma, selbst wenn er nicht an so etwas glaubte. Wieder einigermaßen bei Atem, überlegte er, wie er weitermachen sollte. Konnte er Helena erneut ansprechen?

Oder vielleicht …?

Nun, da er ohnehin schon im Baixa war, konnte er wohl einen kleinen Abstecher riskieren, auch wenn er sich nach dem letzten Mal geschworen hatte, diese Quelle künftig nicht wieder anzuzapfen. Alternativ fielen ihm nur noch Pater Bruno und dessen klerikale Verbindungen ein, und da er den Pfarrer von São Vicente de Fora nur ungern erneut in Schwierigkeiten brachte, musste er wohl oder übel der weniger guten Idee nachgehen. Er beschloss, es einfach darauf ankommen zu lassen. Sollte sie tatsächlich im Büro sein, würde er versuchen, Informationen zu bekommen; traf er sie nicht an, würde er das als vom Schicksal gegeben hinnehmen.

Er brauchte geschlagene zehn Minuten, was weniger an seinem desolaten Zustand, sondern vielmehr an den zahlreichen Touristen lag, welche die Straßen des mondänen Einkaufsviertels verstopften. Auf sein Klingeln öffnete sie nach wenigen Sekunden. Er wusste von der unsichtbar über der Tür eingelassenen Kamera, die ihr anzeigte, wer davorstand. Dementsprechend erwartete sie ihn im Treppenhaus, die Sonnenbrille ins hochgesteckte Haar geschoben. Offenbar hatte sie das Gebäude gerade verlassen wollen. Oder sie wollte ihn nicht in ihre Büroräume lassen.

»Wo sind die Steuerunterlagen?«

Er zuckte mit den Achseln. »Ich war bloß gerade in der Gegend.«

»Ein Besuch, einfach so?« Auf die Art, wie sie ihn musterte, noch während er schwerfällig die letzten Stufen nahm, mit leicht schräg gelegtem Kopf und einem amüsierten Schwung der vollen Lippen, sah sie zum Anbeißen aus.

»Jagst du mal wieder Geister?«

»Dämonen!«, sagte er, als er den Treppenabsatz endlich bewältigt hatte und nicht mehr zu ihr aufsehen brauchte.

»Du siehst aus, als hätte dich ein Hund angefallen.«

»Ein Walross!«

Sie hob die Brauen. »Irgendwo in dir steckt ein Magnet für Schwierigkeiten. Ich habe leider keine Zeit, ich muss zu einem Klienten.«

»Ganz ohne Akten?«, fragte er, weil sie nichts bei sich trug als eine kleine elegante Umhängetasche.

»Du bist zu sehr von deinem Antiquariat eingenommen, Henrik, die richtige Welt ist mittlerweile digital.«

In einer ergebenen Geste hob er die Hände. »Ich brauche nur kurz eine Auskunft!«

Ihr Mund lächelte, ihre Augen nicht. »Schon mal auf die Idee gekommen, dass das rufschädigend für mich sein könnte, was du verlangst?«

»Niemand erfährt, wer meine Quelle ist. Also, was weißt du über José Marques?«

»José Marques ist Peter Müller bei euch in Deutschland.«

»Der Bankier José Marques!«

Jetzt wirkte sie amüsiert, vergaß aber dennoch nicht, sich umzusehen, ob sie noch alleine im Treppenhaus waren. »Du hast echt einen Knall.«

»Weißt du wenigstens, wo er wohnt?«

Sie schüttelte den Kopf. »Ich gehe schwer davon aus, dass er mehrere Immobilien in der Stadt und landesweit, vermutlich sogar auf der ganzen Welt, sein Eigen nennt. Er ist in der komfortablen Lage, dort wohnen zu können, wo es ihn gerade hinzieht.«

»Besitzt er ein Haus im Alfama?«

»Ach, Henrik, bitte, lass die Finger davon. Dein Vorhaben mag ehrenhaft sein, aber es wird dir keinen Frieden verschaffen.«

»Mir ist egal, was dieser Mann für Geschäfte macht und woher er sein Geld hat. Ich brauche lediglich eine Adresse.«

»Und je weniger ich weiß, umso besser für mich, richtig?«, fragte sie sarkastisch.

»Du hast dieses Spiel schon verstanden, lange bevor ich hier aufgetaucht bin, Adriana.«

»Nur ziehe ich keinen Vorteil daraus, wenn ich dir helfe, vielmehr das Gegenteil ist der Fall.«

»Man kann nie wissen, in welche Richtung sich die Dinge entwickeln oder wie lange das bestehende System noch funktioniert.«

Adriana trat ganz nahe an ihn heran. Die Steuerberaterin kannte genau den Abstand, den sie ihm gegenüber einnehmen musste, um die biochemischen Vorgänge in seinem Organismus zu aktivieren. Sie war wie der Sonnenwind, der das elektromagnetische Feld der Erde beeinflusste.

»Ich mag dich, Henrik, und mir liegt was an dir, auch wenn du dir da was anderes einbildest. Nichtdestotrotz gehst du jetzt besser!«

»Ich hab wenig Zeit, ich brauche diese Auskunft!« Er hasste es zu betteln, aber was sollte er tun? Das Gefühl, nicht mehr viel Zeit zu haben, bis erneut etwas passierte, das nicht mehr rückgängig gemacht werden konnte, war von einem lauen Lüftchen zu einem Orkan angeschwollen.

»Geht es also wieder um Leben und Tod?«

»Bei mir geht es immer ums Sterben.«

»Du bist verrückt, Henrik Falkner! Und wenn ich bedenke, was du dir für ein hübsches Leben hier in Lissabon machen könntest, sogar völlig verrückt!«

Die Mittagssonne schmolz die Schatten in der Gasse. Die Koi-Fahne flatterte vor der Tür. War jemand da gewesen? Nichts deutete darauf hin. Vermutlich war das mit dem vergilbten Stoffschlauch ein Hirngespinst. Besser, er ging hoch und legte sich ins Bett. Ließ Körper und Geist zur Ruhe kommen. Der Körper würde vermutlich unverzüglich mitspielen und sich dankbar zeigen. Nur was den Geist anging, hatte er seine Zweifel. Konnte er tatsächlich abschalten, solange er die Zusammenhänge nicht verstand? Statt oben im Schlafzimmer ins Bett zu fallen, sank er erschöpft auf den Stuhl nieder, in dem sein greiser Kunde sich durch den Bücherbestand zu lesen pflegte. Das antike Stück ächzte unter seinem Gewicht.

José Marques, wer bist du?

Seine lückenhaft mit dem Handy durchgeführte Internetrecherche zeichnete einen wohlhabenden Bankier, der in der Öffentlichkeit nicht wirklich in Erscheinung trat – davon war wenigstens auszugehen. Weder als Wohltäter auf Benefizveranstaltungen noch als Förderer bildender Künste oder als anderweitig agierender Mäzen. Ein Mann, der dem von seinesgleichen oft exzessiv geführten Gesellschaftsleben fernblieb. Warum? Weil er es nicht als nötig erachtete, sich dem Treiben der Reichen und Schönen anzuschließen? Oder weil er ein Misanthrop war, der lieber für sich war? Nur er und seine Fische? Immerhin hatte Helena herausgefunden, dass er Koi-Karpfen besaß. Sie sammelte, züchtete, wie auch immer. Allein dass sie darauf gestoßen war, ließ vermuten, dass Marques sich zumindest auf diese Weise irgendwie hervortat. Waren die Fische seine Prestigeobjekte, so wie andere Millionäre sich an Van-Gogh-Gemälde hielten, ihre Fabergé-Eier-Sammlung zur Schau stellten oder Ferrari fuhren? Waren die Nishikigoi Marques' Achillesferse der Eitelkeit?

Und woher konnte Fabio Duarte von José Marques Leidenschaft wissen? Wo war die Verbindung? Der Bankier hatte dem Buchhalter nicht nur einen Anwalt zur Seite gestellt, sondern auch dafür gesorgt, dass die marode Peixeiro Lourenço eine Finanzspritze erhielt.

Darauf würde er jetzt keine Antwort finden. Er konnte lediglich Hypothesen darüber aufstellen, was vorgefallen war, als Duartes Schwiegervater vor einem Jahr den Purachinagoi ins Land geschafft hatte. Eine Mission, die trotz aller

Heimlichkeit dem Schönling nicht verborgen geblieben war. Basierend auf diesem Wissen, hatte er einen Plan entwickelt, der voraussetzte, dass er José Marques' Leidenschaft für derartige Fische kannte. Diesem Plan folgend, ließ Marques den Fisch aus Professor Udagawas Teich stehlen. Gut möglich, dass Paßbergers Leute diesen Auftrag ausführten. Jedenfalls erwies sich Marques später Duarte gegenüber entsprechend großzügig. Weil der Buchhalter den Schwiegervater beiseitegeschafft hatte? Möglich!

Doch was konnte da bloß vorgefallen sein? Henrik rieb sich über die Stirn. Vielleicht hatte Udagawa Pedro Lourenço beschuldigt, das Maul nicht halten zu können. Woraufhin der Fischhändler seinen Schwiegersohn zur Rede stellte und dafür in der Tiefkühltruhe landete. Schon wieder einer weniger, der von dem Fischraub wusste.

Vielleicht hatte das dann den Ausschlag gegeben, und Marques merkte, dass es das Beste war, die Spur des Kois völlig zu verwischen. Dass der Purachinagoi in seinem Besitz war, sollte sein Geheimnis bleiben. Ein Fisch, den er niemandem zu zeigen gedachte. Ein Schatz nur für ihn allein. Daher beauftragte er die Eliminierung weiterer Mitwisser, zumindest all jener, die für ihn nicht mehr von Nutzen waren. Einschließlich der Versicherungsdetektivin Hitomi Tadokoro, die ihm irgendwie auf die Schliche gekommen war. Nur wie passte da die Entführung von Yoko Udagawa ins Bild?

Henrik schüttelte ungehalten den Kopf. Seine Rekonstruktion war löchrig wie poröser Sandstein. Verdammt, wo war der Fehler?

An Duarte kam er nicht ran, solange der in U-Haft saß, und selbst wenn der Anwalt gerissen genug war, um eine

Entlassung zu erwirken, würde der Buchhalter kaum mehr mit ihm reden. Dafür würde José Marques schon sorgen – auf die eine oder andere Art. Wer war noch übrig, wen konnte er verhören? Wenn sich dieser Nebel in seinem Kopf nur endlich lichten würde.

Er schreckte auf. Offenbar war er eingenickt. Benommen spähte er durch den Spalt im Schaufenster. Die Sonne war verschwunden, die Schatten lang. Sein Kopf dröhnte regelrecht, und kurz dachte er an Einblutungen im zerebralen Lappen infolge einer nicht fachgerecht auskurierten Gehirnerschütterung.

Woher kam wohl diese Besessenheit, sich selbst aufzuopfern? Lag es daran, weil er Nina nicht hatte retten können? Damals hatte er nicht im Entferntesten die Gelegenheit dazu gehabt. Sie war aus dem Haus gegangen, auf ihr Fahrrad gestiegen und … Trotzdem rollte das Gefühl in ihm herum wie die stachelige Hülle einer Kastanie. Er wusste einfach, dass er versagt hatte. *Ich konnte sie nicht retten!* Genauso wenig wie er Martin hatte retten können. Was noch viel eindeutiger im Reich des Unmöglichen lag. Dennoch platzte die Frage auf wie eine Samenkapsel. War Martin ebenfalls mit dem Gift eines Fugus getötet worden? Einen Beweis dafür konnte er nicht mehr einholen, denn man hatte seinen Onkel eingeäschert. Falls es Mord war, bestand auch hier Henriks einzige Chance darin, denjenigen zu finden, der die Tat auf dem Gewissen hatte. Marques? Bei diesem Mann liefen die Fäden zusammen. Er musste mehr über José Marques herausfinden. Professor Udagawa rückte als mögliche Quelle natürlich in den Fokus. Wenn der Diplomat Marques auch nicht in Verdacht hatte, dann war ihm der Bankier vielleicht immerhin aufgrund ihrer gemeinsamen Obsession bekannt. Leider war der Japaner bislang nicht besonders kooperativ gewesen. Hatte nur so viel ausgeplaudert wie unbedingt nötig. Wie viel konnte Henrik diesem Mann in seinem angeschlagenen Zustand entgegensetzen? Also doch Pater Bruno. Den Pfarrer anzurufen war allerdings schwierig. Der Geistliche verzichtete auf ein Handy, zudem saß er häufiger im Beichtstuhl als in seinem Büro. Henrik erwog kurz, zur Abendmesse zu gehen, um im Anschluss sein Glück zu versuchen.

Unzufrieden stemmte er sich hoch. Der Stuhl knarrte. Nein, es half alles nichts. Bevor er weitermachte, musste er schlafen. Trotz der Absicht, sich unverzüglich hinzulegen, machte er noch einen kleinen Umweg und strich erneut an dem Regal mit den japanischen Büchern vorbei. Willkürlich nahm er eins heraus und blätterte darin. Die Schriftzeichen verschwammen vor seinen Augen. Besessenheit, dachte er erneut. Auch er war damit infiziert. Kopfschüttelnd steckte er das Buch zurück in die Lücke und bemerkte aus dem Augenwinkel, dass etwas zu Boden schwebte. Er bückte sich nach dem Stück Papier, von dem er nicht sagen konnte, wo es herausgerutscht war. Beim Aufrichten zuckte er erschro cken zusammen. Jaya stand im Antiquariat. Wieder trug sie den roten Sari. Ihre Neuerwerbung, die aus Henriks Sicht symbolisch dafür stand, dass sich etwas verändert hatte bei den Bikkhus, ohne dass er diesen Eindruck näher umreißen konnte. Hatte es vielleicht mit dem Söldner zu tun? War er jetzt womöglich zu Bestechungsgeldern übergegangen? Nach dem obligatorischen Kopfnicken, mit dem sie ihn zu begrüßen pflegte, legte Jaya wie zur Bestätigung seiner Theorie einen Umschlag auf den Tresen. »Die Miete«, erklärte sie, ohne Henrik anzusehen.

»Danke«, sagte er und ließ den Zeitungsausschnitt in der hinteren Hosentasche verschwinden.

»Für drei Monate.«

Drei Monatsmieten! Das schien seinen Verdacht weiter zu erhärten. »Da hat Ajit aber viele Fenster geputzt in letzter Zeit«, sagte er und versuchte sich sein Misstrauen nicht anmerken zu lassen.

Sie war offenbar nicht gewillt, darauf einzugehen, nickte erneut und verschwand so lautlos in ihren Sandalen, wie sie gekommen war.

Er sah in den Umschlag und strich mit dem Daumen über das Geldbündel. Schweigegeld … Er konnte sich nicht mehr einreden, dass diese Annahme aus der Luft gegriffen war. Verärgert über die Inderin, aber auch über sich selbst, schmiss er den Umschlag in die Schublade unter der Kasse. Dann verließ er die Bücherhöhle und schleppte sich die Stiege hinauf. Wie immer warf er dabei einen kurzen Blick aus dem Fenster, hinüber auf die Terrasse des Esquina.

Sie lehnte am Geländer. Er war sicher, dass sie ihn nicht sehen konnte. Die Sonne stand tief im Westen und machte das Fenster von außen undurchsichtig. Eine Glasscheibe, in der sich nur der magnolienfarbene Himmel spiegelte. Ihr Blick war auch nicht direkt hinein in sein Treppenhaus gerichtet, sondern auf das, was dort über dem Eingang zum Antiquariat wehte. Henrik schmerzte das Wissen darüber, dass ihm keine Pause vergönnt war, beinahe mehr als die Blessuren, die ihn quälten. Doch nur für einen Moment. Dann flutete mit einem Mal neue Energie seinen geschundenen Körper, eine Energie, von der er nicht sagen konnte, woher er sie eigentlich noch nahm. Aber sie war ein Segen.

Die Situation erlaubte es ihm, sie genauer zu betrachten. Sie wirkte abwesend, als wüsste sie nicht, wie sie auf Victors Terrasse gekommen war. Es war dieses eigenartige Verhalten, das ihm die Gewissheit gab, dass sie es sein musste. Die Koi-Fahne hatte tatsächlich ihre Funktion erfüllt. Er hatte nur nicht damit gerechnet, Yoko Udagawa damit anzulocken.

Die Rua do Almada war an dieser Stelle etwa vier Meter breit. Damit war er der jungen Frau nah genug, um aus den Fältchen neben ihren Augen schließen zu können, dass sie lichtempfindlich war oder lange Zeit viel geweint hatte. Geweint wegen der Dinge, die sie im letzten Jahr hatte erleiden müssen. Oder wegen ihres Vaters, in dessen Herz nicht mehr Wärme wohnte wie in seinen geliebten Karpfen. Der sie nicht hatte eintauschen wollen gegen den Gottfisch.

Und tatsächlich, wenn Henrik genau hinsah, dann trübten auch jetzt Tränen ihre Augen. Man musste nicht hier geboren sein, um den Saudade zu spüren. Portugiesische Tränen aus den dunklen Mandelaugen einer Japanerin – war es das, was er da soeben betrachtete? Plötzlich überschwemmte ihn Mitleid mit dieser jungen Frau, die schrecklich verloren unter den Sonnenschirmen der Barterrasse wirkte.

Unverhofft schob sich eine Wolke vor die Sonne und löschte den Lichteffekt, der sein Treppenhausfenster verspiegelt hatte. Sie bemerkte ihn sofort. Zuckte von der Reling zurück, als stünde diese plötzlich unter Strom. Im nächsten Moment wandte sie sich ab und eilte hinauf zur Calçada do Combro. Entweder wartete dort ein Taxi, oder sie nahm die Straßenbahn. Wie auch immer, er musste sich beeilen.

32

ZURÜCK IM JETZT

Menschen fressen Menschen!

Nicht nur einmal hatte er mit Sorge darüber nachgedacht, ob dieser Irrsinn weitere Opfer fordern mochte. Noch mehr Tote. Tief im Inneren war er davon überzeugt gewesen, doch die eiskalte Einsicht jetzt war noch schmerzvoller. Er hatte richtiggelegen mit dieser Befürchtung. Mindestens noch ein Leben würde es kosten. Nur hatte er bis zu diesem Moment nicht damit gerechnet, dass es sein Leben sein würde.

Augenscheinlich hatte nicht die verschwundene Yoko Udagawa *seinen* Köder geschluckt, sondern er den ihren. Nein, nicht den ihren. Sie war nur ein weiterer Lockvogel. Auf Henrik angesetzt von dem, der ihn nun mit einer Pistole bedrohte – und der niemand anderes sein konnte als José Marques. Die Pistole, die in der von einem dünnen Lederhandschuh verborgenen Bankiershand glänzte, war von der Sorte, die man bequem in die Hosentasche stecken konnte. Um das Modell oder den Hersteller zu erkennen, war es zu dunkel. Aber das spielte auch keine Rolle. Sie war ohne jeden Zweifel geladen und würde auf die kurze Entfernung mit Sicherheit töten, wenn die Kugel nur richtig platziert war. Henrik hatte einen reiferen Herrn erwartet. Doch sofern das Zwielicht nicht trog, war der Bankier kaum älter als vierzig. Groß, athletisch schlank, stand er dort am Waschtrog. Im dunkelblauen Maßanzug mit Einstecktuch und dank der fehlenden Krawatte lässig elegant. Das Gesicht lag im Schatten, aber eine unerklärliche Gewissheit sagte Henrik, dass dieser Mann mit sicherer Hand zielte. Das war kein dilettantischer Handlanger wie Fabio Duarte, der dem weltmännisch auftretenden Bankier offensichtlich nur nacheiferte. Nein, Marques wusste genau, was er tat. Dieser Mann schoss nicht daneben.

Und Yoko?

Er betrachtete die Japanerin, die nahe an ihren Entführer herangerückt war. Wenn sie den Kopf bloß ein wenig neigte, musste er Marques' Schulter berühren, und die beiden würden im Dämmerlicht zu einem einzigen Wesen verschmelzen.

»Sie haben sich also auf die Seite des Feindes geschlagen«, stellte Henrik ernüchtert fest. »Es gab nie eine Entführung, habe ich recht?«

»Ich wollte herausfinden, wofür mein Vater sich entscheidet, wenn es auf Messers Schneide steht.« Ihre Stimme klang sanft und hoch, fast wie die eines Mädchens.

»Und leider mussten Sie feststellen, dass der Purachinagoi ihm mehr bedeutete.«

Kurz sah sie zu Marques auf, der seinerseits Henrik nicht aus den Augen ließ. »Es war eine schlimme Erfahrung, auch wenn ich es schon geahnt habe, bevor ich ihn auf die Probe stellte.«

»Und weil es ihnen nicht Strafe genug war, in seinen Augen eine Geisel zu sein, haben Sie zudem arrangiert, dass Senhor Marques Ihrem Vater auch noch das nehmen konnte, was für ihn das Wertvollste auf der Welt ist. Er sollte leiden, so wie Sie lange Jahre gelitten haben. Ich frage mich nur, ob es Ihnen damit wirklich besser geht. Sie haben sich von dem einen zu einem anderen Besessenen geflüchtet.«

»Sie haben Yokos Seelenleben zur Genüge durchleuchtet; ich denke, wir sollten dieses Treffen nun zu einem sinnvollen Ende bringen.« Marques nestelte mit der freien Hand etwas aus seiner Sakkotasche, das mit dem Lederhandschuh offenbar nicht so leicht zu greifen war. Er reichte es Yoko, und die trat damit auf Henrik zu. Nur zwei Schritte, dann stellte sie die Phiole auf den Rand des Waschbeckens. Die Zerbrechlichkeit, die ihn noch vor einer knappen Stunde so gebannt hatte, als er sie auf der Terrasse des Esquina entdeckt hatte, war verschwunden. Nun wirkte sie einerseits teilnahmslos und kühl, andererseits jedoch auch gefügig, wie ein dressierter Hund, der zubiss, wenn der Herr es befahl.

»Ich würde nur ungern unnötig Lärm machen, aber ich habe keine Hemmungen, die Waffe zu benutzen«, verkündete Marques und wies mit seinem markanten Kinn auf das braune Glasfläschchen. »Es ist kein schöner Tod, aber ein leiser. Also tun Sie uns bitte den Gefallen! Wenn ich Sie mir so betrachte, könnte es für Sie ebenfalls eine Erlösung sein.«

»Hatte Hitomi Tadokoro sich geweigert, das Toxin zu schlucken? Ich frage bloß, weil Sie sie ja ertränkt haben«, erwiderte Henrik bissig.

»Senhora Tadokoro, ja, schade eigentlich, sie hat gut mitgespielt und schön für Verwirrung gesorgt bei ihrer Versicherung und den anderen Parteien. Dummerweise ist sie dann nervös geworden. Vermutlich haben die Gerüchte über Todesfälle in Verbindung mit dem Purachinagoi sie aufgeschreckt. Aber genug damit. Schlucken Sie das Zeug einfach, ich habe nicht ewig Zeit.«

Henrik reckte das Kinn. Ganz so einfach würde er es diesem Verbrecher nicht machen. »Wenn Sie es so eilig haben, warum sind wir dann hier in diesem Waschhaus, wozu diese Dramatik?«

»Yoko meinte, Sie würden nicht zögern, ihr zu folgen, wenn sie Sie hierherlockt. Offenbar lag sie richtig, auch wenn mir ein abgeschiedenerer Ort lieber gewesen wäre. Und jetzt machen Sie schon, oder ich schieße Ihnen in den Kopf.« Marques sprach mit derselben Geschäftsmäßigkeit, mit der er sonst vermutlich von nicht mehr tragbaren Kunden das Ablösen ihrer noch fälligen Kredite verlangte.

Henrik bemühte sich, Zeit zu schinden, auch wenn er nicht wusste, wofür. Wer sollte sich am späten Abend noch in das Waschhaus verirren? Verflucht, warum hatte er Yoko nicht gepackt, als sie gerade nur eine Armlänge von ihm entfernt gewesen war? Natürlich weil Marques trotzdem geschossen hätte, selbst auf die Gefahr hin, dass die Japanerin in die Schusslinie geriet. Genau das hatte Henrik davon abgehalten, sie sich zu schnappen. Diese Unberechenbarkeit. Obwohl sie ihn verraten hatte, konnte er seinem Beschützerinstinkt nicht zuwiderhandeln. Die junge Frau sah das Monster nicht, das in diesem noblen Anzug steckte. Wie auch? Sie war mit einem ganz ähnlichen Monster aufgewachsen.

»Glauben Sie denn auch an die mystische Kraft dieses Fisches? An die Unsterblichkeit?«

»Ich glaube bloß an mich!«, verkündete José Marques mit einem Lächeln, hob den Lauf des Revolvers auf Henriks Kopfhöhe und streckte den Arm durch.

Henrik überlegte fieberhaft. Konnte er sich vielleicht auf die seifigen Fliesen werfen und irgendwie unter einen Waschtrog rutschen? Nein, nichts um ihn herum bot ausreichend Deckung. Zwar hatte er die Tür im Rücken, aber sie war ins Schloss gefallen, nachdem er eingetreten war. Das Ende war also in der Tat unausweichlich. Sehr langsam griff er nach dem Giftfläschchen.

»Haben Sie meinen Onkel auf dieselbe Art dazu gezwungen, dieses Gift zu schlucken?«

Marques' Gesichtsausdruck wurde noch eine Spur amüsierter. Yoko schob sich wieder dicht an ihn heran, als suchte sie zwanghaft die Nähe dieses Wahnsinnigen, der nun aufmunternd mit der Pistolenhand ruckte. Auch ohne ausreichend Licht konnte Henrik durch das braune Glas die Flüssigkeit schillern sehen. Vielleicht bildete er sich das auch bloß ein, denn er war nicht mehr wirklich Herr seiner Sinne. Er hatte zu viel von dem Zeug genommen, das ihn auf den Beinen hielt, und Marques, dessen teuflisches Spiel ihn überhaupt in diesen schwer kontrollierbaren Zustand versetzt hatte, genoss die ganze Sache sichtlich, vor allem, da sein letzter Triumph unmittelbar bevorstand.

Henrik entkorkte die Phiole mit dem Daumen. Er suchte den Blick des Mannes und wappnete sich für das Ende. Statt das Fläschchen an die Lippen zu setzen, schleuderte er es Marques entgegen und warf sich gleichzeitig zur Seite.

Yokos spitzer Schrei übertönte einen Wimpernschlag später den ohrenbetäubenden Pistolenknall. Mündungsfeuer blitzte auf. Zweimal, in schneller Folge. Die Kugeln sprengten zwei Kacheln an der Wand links neben der Tür. Innerhalb einer Sekunde füllte sich das Waschhaus mit einer Mischung aus Korditdampf, Kalkstaub und pulverisierter Keramik.

In der Erwartung, mit dem nächsten Schuss getroffen zu werden, rollte Henrik noch über die kalten Bodenfliesen, als die partikeldurchsetzte Luft aufs Neue explodierte. Das Schussgeräusch kam ihm diesmal noch voluminöser vor, dabei spürte er eigentlich nur die Druckwelle, da seine Gehörgänge längst dichtgemacht hatten. Was offenbar auch auf Kosten seiner Orientierung ging. Er hätte schwören können, dass das Geschoss diesmal aus entgegengesetzter Richtung durch das Lavadouro zischte.

Irritiert versuchte er irgendetwas in dem vernebelten Raum zu erkennen. Ihm war, als wären nicht nur seine Ohren durch den schallenden Lärm beeinträchtigt worden. Hatte jemand die Tür geöffnet? War Yoko nach draußen geflüchtet? Und wo war Marques? Henrik robbte über die feuchten Fliesen, nach wie vor mit der Angst im Nacken, sich jeden Augenblick eine Kugel einzufangen. Waren da Stimmen? Füße, die über den Boden scharrten, als würden sie Tango tanzen. Wer stand da in der Tür?

Plötzlich stürzte jemand auf ihn zu. Mitten aus dem Dampf und dem schwachen Abendlicht. Ein Raubtier, das ihn ansprang, um ihm die Kehle zu zerfetzen. Der dürre Körper landete in seinen Armen. Spitze Knochen bohrten sich in seinen Unterleib, portugiesische Flüche drangen in seine wattierten Gehörgänge. Von irgendwoher rollte das braune Fläschchen mit dem Gift auf ihn zu und blieb unmittelbar vor seiner Nase liegen. Klare Flüssigkeit tropfte heraus. Er wollte davon wegrutschen wie vor einem Skorpion, aber er konnte nicht.

»Santa Maria Mãe de Deus«, stöhnte die Person, die auf ihm lag. Dann folgte in genuscheltem Portugiesisch irgendetwas über die kompromittierende Situation. Obwohl Henrik es kaum glauben konnte, hatte er doch keinen Zweifel mehr, wer da zeternd auf ihm lag. Es war der Padrone.

Er tat sein Bestes, um dem Alten auf seine dürren Beine zu helfen, und entdeckte dabei, dass dieser sich zusätzlich auf ein Gewehr stützte. Nun war klar, woher der voluminöse dritte Schuss gekommen war. Senhor Eduardo hatte ihn gerettet, auch wenn er wohl vor allem versucht hatte, sein geliebtes Waschhaus vor Schaden zu bewahren.

»Quem é o diabo?«, fragte er Henrik schließlich, der immer noch am Boden kauerte. *Wer ist dieser Teufel?*

»Einer aus der Nachbarschaft«, murmelte Henrik.

33

Zwar war er immer noch dabei zu verdauen, wie knapp er dem Tod entronnen war, doch nachdem er eine Weile neben dem Padrone durch die Gassen getaumelt war, wusste er, dass er auch in anderer Hinsicht auf den Richtigen getroffen war. Eduardo kannte sein Alfama, daran hätte Henrik schon eher denken können. Und natürlich kannte der Alte auch Gisela, also standen sie zehn Minuten später vor der Tür der jungen Baumarktmitarbeiterin. Der Roller, der den Zugang zum Hinterhof blockierte, verschaffte ihm die Gewissheit, dass sie zu Hause war, und so klingelte er voller Zuversicht. Nicht dass er Gisela in diesen Wahnsinn mit hineinziehen wollte, aber er brauchte eine Dolmetscherin, um sicherzustellen, alles richtig zu verstehen, was ihm Eduardo mitteilte. Der Preis für seine Informationen war zwar noch nicht ausgehandelt, aber vielleicht fühlte der rüstige Rentner ja auch Mitleid mit ihm. Die Blicke, mit denen er Henrik immer wieder musterte, ließen ihn darauf hoffen.

»O merda!«, entfuhr es Gisela, als sie öffnete. Er war schon froh, dass sie ihn überhaupt wiedererkannte.

Ihr Haar war feucht und kräuselte sich zu Tausenden Löckchen. Sie trug eine Jogginghose und ein verblichenes T-Shirt.

»Die Jagd ist nicht immer einseitig«, kommentierte Henrik ihre entsetzte Miene. »Nichtsdestotrotz könnte ich mal wieder deine Hilfe gebrauchen.«

»Wohl eher einen Arzt«, erwiderte die junge Frau und machte Platz, damit sie eintreten konnten. Die Erdgeschosswohnung war winzig, es gab keinen Flur; sie standen, kaum durch die Tür, direkt im unaufgeräumten Wohnzimmer, das halb wie eine Werkstatt aussah. Wobei nicht klar war, was genau sie hier anfertigte. Ein Bereich war mit alten Möbeln verstellt, die sie offensichtlich im Vintage Style wieder in Form brachte. Doch genauso gut mochte sie Rohrbomben basteln, wenn er sich den Tisch in der Mitte des Raumes so betrachtete.

»Zum Bad geht's da lang«, sagte sie jetzt und deutete auf eine von zwei Türen, die aus dem Raum führten. »Ich setze inzwischen Kaffee auf.«

Henrik folgte ihrer Aufforderung und betrat das winzige Badezimmer, in dem noch feuchter Dampf waberte. Gisela musste erst kurz vor ihrem Auftauchen aus der Dusche gestiegen sein. Er wischte den Spiegel frei und erschrak. Haare und Gesicht waren kalkweiß gepudert. Dazu hatte seine Kopfwunde irgendwann wieder angefangen zu bluten, ohne dass er es bemerkt hatte, und so zog sich eine groteske dunkelrote Spur über Stirn und Wangenknochen hinab bis zum Unterkiefer. Vermischt mit dem Staub der pulverisierten Kachel, sah das aus, als hätte man ihn nach einem Erdbeben aus den Trümmern eines zusammengestürzten Hauses gezogen. Es war schwierig, sich in der Enge zwischen Waschbecken und Duschwanne auszuziehen, vor allem, wenn man bei jeder Bewegung von Schmerzen geplagt wurde. Während er aus der Hose schlüpfte, fiel ihm plötzlich ein, was er vergessen hatte. Fiebrig fummelte er den Papierschnipsel aus der Hosentasche. Der kurze Artikel, den er vorhin im Antiquariat vom Boden aufgehoben hatte, stammte aus einer englischsprachigen Zeitung. Martin hatte in fein säuberlicher Schrift mit Bleistift ein Datum am Rand notiert, das ein gutes Jahr zurücklag.

Tokio (AFP) Nach der kürzlich erfolgen Spaltung innerhalb des größten japanischen Mafia-Clans Yamaguchi-gumi kam es nach örtlichen Medienberichten am Samstagabend zu einem direkten Angriff durch die neu gegründete Kumi-Gruppe auf den Anführer des größten Yakuza-Netzwerks in Tokio. Der bislang unangefochtene Gangsterboss Kenichi Matsuda wurde dabei durch eine Autobombe getötet. Experten aus dem Dezernat zur Bekämpfung des organisierten Verbrechens befürchten nun einen offenen Krieg innerhalb der Syndikate.

Der Bericht war möglicherweise noch weitergegangen, aber für seinen Onkel war diese Information ausreichend gewesen. Henrik versuchte, die hier erwähnte japanische Mafia mit dem in Verbindung zu bringen, was Professor Udagawa angedeutet hatte, doch sein Kopf spielte einfach nicht mit.

Die Wunde brannte unter dem harten Strahl der Brause. Immerhin belebte ihn der Schmerz, selbst wenn er sich nach der Dusche nicht gerade danach fühlte, als könnte er Bäume ausreißen. Dabei musste er bei Kräften sein, besonders wenn er bedachte, wie sein nächster Schritt aussah. Er brauchte Beweise für Helena. Etwas Konkretes, damit sie aktiv werden konnte. Und vor allem, damit sie ihm wieder vertraute.

Es blutete nichts nach, aber das war auch schon das einzig Gute. Die Verbände an den Extremitäten hatten sich mit Wasser vollgesogen und begannen sich abzulösen. Mit ein paar Pflastern aus Giselas Badschränkchen konnte er sie notdürftig fixieren. Schlimmer waren die Kopfschmerzen. Er wischte sein nasses Haar nach hinten und schlüpfte wieder in die verschmutze Hose und das notdürftig ausgeschüttelte Hemd. Dann verließ er das Bad. Eduardo stand am

Fenster, das Gewehr lässig in der Armbeuge, und nippte an einem Kaffeebecher mit dem Vereinslogo des FC Porto. Die Repetierbüchse mit dem abgenutzten Holzschaft und der Patina um den Lauf machte den Eindruck, dass sie schon im vorletzten Jahrhundert zum Einsatz gekommen war. Augenscheinlich hatte er sich schnell von dem kurzen Gerangel mit Marques erholt. Der Padrone trug wieder ein leicht angegilbtes Hemd und seine braune Stoffhose.

»Er war im Widerstand«, sagte Gisela, als reichte das als Erklärung für die Feuerwaffe. Sie hatte sich ebenfalls umgezogen. Jeans und Kapuzenpulli, beides in Schwarz, als wollte sie signalisieren, bereit für einen nächtlichen Einsatz im Untergrund zu sein.

»Hast du Aspirin?«

Mit gekrauster Nase wandte sie sich dem Küchenbuffet zu und kramte in einer Schublade, bis sie das Verlangte fand. Sie reichte ihm die Tabletten zusammen mit dem Kaffee.

»Frag ihn, ob er den Mann kennt, der ihn angegriffen hat!«, bat Henrik, nachdem er zwei Pillen mit dem heißen Gebräu hinuntergespült hatte.

»Du meinst den, auf den er geschossen hat.«

»Den, der zuerst geschossen hat«, korrigierte er. »Eduardo hat mir das Leben gerettet.«

»Was das angeht, decken sich eure Aussagen«, stellte Gisela fest und gab Henriks Frage an Eduardo weiter, der antwortete, ohne seinen Blick vom Fenster abzuwenden.

»Er sagt, es ging zu schnell, und es war zu dunkel, aber er geht davon aus, dass du weißt, wer dich ins Jenseits befördern wollte.« Erst nachdem die junge Frau mit Dolmetschen fertig war, wandte sich der alte Haudegen, der offenbar schon gegen Salazars Milizen gekämpft hatte, endlich um und starrte ihn herausfordernd an.

»Josè Marques«, verkündete Henrik in die Stille hinein.

»Der Bankier?«, fragte Gisela fassungslos. »Was hat der reiche Schnösel in unserem Lavadouro zu suchen?«

Eduardo nickte nur, als fühlte er sich damit in seinem Verdacht bestätigt, dass er sich trotz der schlechten Sichtverhältnisse nicht getäuscht hatte.

»Sie kennen ihn?«, vergewisserte sich Henrik.

»Vive aqui«, sagte der Alte, und das brauchte Gisela nicht zu übersetzen. *Er wohnt hier.*

»Ich wusste es«, entfuhr es Henrik. »Wo? Onde?«

Eduardo redete, und Henrik musste die Geduld aufbringen, auf Giselas Übersetzung zu warten. »Eine Stadtvilla, äh nein, er nennt es einen Stadtpalast, oben am Largo do Outeirinho da Amendoeira.«

»Ist das weit?

»Fünf Minuten von hier, wenn man den Weg kennt.«

Wohin sonst sollten Marques und Yoko nach dem Angriff auf ihn gegangen sein? »Bring mich hin!«, forderte er.

Wieder tauschte sie einen Blick mit dem Alten. Eduardo schüttelte den Kopf und flüsterte dann ein paar eindringliche Worte.

»Sinnlos«, übersetzte Gisela. »Das ist eine Festung, *niemand* kommt dort hinein.«

Seine neuen Verbündeten begriffen schnell, dass er sich davon lieber selbst überzeugen wollte. Also begleiteten sie ihn beide, auch wenn Henrik nicht besonders wohl dabei war, dass Eduardo weiterhin sein antikes Gewehr mitschleppte. Immerhin waren auch zu der fortgeschrittenen Stunde noch Leute unterwegs. Obwohl sich das Nachtleben eher drüben im Bairro Alto abspielte, gab es auch unterhalb des *Castelo de São Jorge* einige Fado-Restaurants und Bars. Glücklicherweise waren die Gassen, die sie benutzten, nur spärlich ausgeleuchtet, sodass sie kein Aufsehen erregten. Der Platz mit dem unaussprechlichen langen Namen, den Eduardo erwähnt hatte, existierte eigentlich gar nicht. Vielmehr handelte es sich um eine schmale Gasse, die rechts mit baufälligen Häusern und links durchgängig von einer Mauer gesäumt wurde, die gut und gerne acht Meter hoch war. Legte man den Kopf in den Nacken, konnte man Baumwipfel erkennen und einige Äste, die über die Mauerkrone hingen. Das Gebäude, das sich dahinter befand, war nicht zu sehen. Henrik fühlte sich an einen marokkanischen Riad erinnert und fragte sich, wo der Palast wohl seinen Eingang hatte.

Wortlos gingen sie die Kopfsteingasse entlang. An deren Ende stellte Henrik fest, dass das Anwesen, soweit er es beurteilen konnte, direkt an das Kloster São Vicente de Fora grenzte. Dort an der Kreuzung zweigte die steile, kurze Zufahrt ab, die vor einem massiven Eichentor in einem Rundbogen endete. Prachtvolle Schnitzereien ließen sich erahnen und Kameras über den tragenden Säulen, die sich durch ein schwaches, rotes Blinken verrieten und so installiert waren, dass kein toter Winkel entstand. Eduardo hatte recht, der Stadtpalast war eine Festung. Aber es war noch mehr, das erkannte Henrik an der Symbolik, die ein Steinmetz in den hervorspringenden Abschlussstein des Rundbogens gemeißelt hatte. Das Licht der nächstgelegenen Straßenlaterne reichte aus, um zu sehen, dass von dort oben ein Drache auf ihn herabblickte. Und zwar nicht im Stil europäischer

Künstler. Das war kein Lindwurm, durchbohrt von der Lanze des heiligen Georg, sondern eine asiatische Darstellung des Fabelwesens.

Er hielt seine beiden Begleiter davon ab, weiterzugehen und damit in das Sichtfeld der Kameras zu geraten.

»Wie kommen wir dort rein?«, flüsterte er, allerdings mehr zu sich selbst, weil ihm die Antwort bereits klar war. Er diktierte Gisela Helenas Telefonnummer und erklärte ihr, was sie zu sagen hatte. Versuchte dabei sich einzureden, dass es sich bei dieser Maßnahme schlichtweg um Pragmatismus handelte und nicht etwa um Feigheit. Die Kommissarin würde Gisela zuhören, ohne emotional abgelenkt zu sein. Ja, das war ein gutes Argument. Er selbst hätte zuerst zu Kreuze kriechen, sich entschuldigen und erklären müssen. Zu viel Zeit wäre dafür draufgegangen. Zeit, die er nicht hatte, die einzig und allein Marques in die Karten spielte. Sei es, um Beweise zu vernichten, eine Strategie mit seinen Anwälten zu besprechen oder die Flucht anzutreten.

Als Gisela signalisierte, alles verstanden zu haben, schickte er sie und Eduardo weg. Der Widerwille, ihn hier alleine zu lassen, stand beiden ins Gesicht geschrieben. Aber er blieb hart. Es hatte schon zu viel Leid und Unglück in dieser Sache gegeben, und er wollte nicht noch mehr Menschen in diesen Wahnsinn mit hineinziehen. Sobald Helena im Waschhaus das Fläschchen mit dem Gift sicherstellte, würde man Gisela glauben und damit indirekt auch ihm. Darauf setzte er.

Schließlich tätigte er ebenfalls einen Anruf.

Das Gespräch dauerte nicht viel länger als zehn Sekunden. Nachdem die Verbindung wieder unterbrochen war, erwog er kurz, noch zu warten. Dort, in dem einzigen toten

Winkel gegenüber dem Drachentor, das ihm kaum das ewige Leben versprach, sondern vielmehr die Hölle. Doch obschon er sich nach wie vor mies fühlte, Schmerzen hatte und nicht eben einen klaren Kopf, spürte er eine bohrende Ungeduld in jeder Faser seines Körpers. Es wäre nur vernünftig gewesen, auf die Verstärkung zu warten, doch der Drang, es zu Ende zu bringen, war einfach übermächtig. Also trat er bis vor das Eichentor und lächelte hinauf zu der Überwachungskamera.

34

Natürlich fragte er sich, warum sich Marques überhaupt auf dieses Spiel einlassen sollte. Noch gab es keine Zeugen, nichts, was ihn mit dem Mord an Hitomi Tadokoro in Verbindung brachte. Es stand Aussage gegen Aussage, und der Bankier hatte definitiv die besseren Anwälte auf seiner Seite. Allerdings glaubte Henrik, Marques' Charakter zu durchschauen und die Tragik dahinter zu erkennen, der dieser Mann ausgesetzt war. Er war im Besitz des Gottfisches, aber er befand sich in der misslichen Situation, niemandem damit imponieren zu können.

Ein Strahler flammte auf und zog einen grellen Lichtkreis um ihn. Danach dauert es keine zehn Sekunden mehr. Es überraschte ihn keineswegs, dass Dirk Paßberger persönlich das Empfangskomitee bildete, nachdem der linke Flügels des Drachentors lautlos nach innen geschwungen war.

»Sie haben es wieder mal nicht kapiert, Falkner«, stellte er fest. Obwohl die Nacht längst empfindlich kühl war, stand ihm Schweiß auf der Stirn.

»Wollen Sie mich *wieder mal* zusammenschlagen?«

Paßberger zeigte sein abstoßendes gelbes Nikotingrinsen, das jedoch mehr aus Verlegenheit geboren schien. Nichts hätte Henrik deutlicher machen können, dass dieser feiste Mann nur ein billiger Handlanger war. Zwei Dinge standen damit unumstößlich fest. Marques hatte eine klare Ansage gemacht, und – das war eindeutig die gewichtigere Erkenntnis – der Bankier war nicht getürmt, sondern erwartete ihn in seinem Palast.

»Nach Ihnen!«, sagte Paßberger und trat zur Seite. Während er dabei zusah, wie Henrik durch das Tor schritt, zündete er sich eine Zigarette an. Der Holzflügel glitt sogleich wieder zu. Eine versteckte Mechanik rastete schwer ein und vermittelte das Gefühl, einen Tresorraum betreten zu haben. Wie auch immer Henriks Unterstützung aussehen mochte, sie würde ihm nicht so ohne Weiteres folgen können.

Der Garten, der sich einen sanften Hügel hinauf erstreckte, wurde vom weichen Licht unzähliger Lampions beleuchtet und ließ wie der von Professor Udagawa sofort an Japan denken. Nur war hier alles noch pompöser, die Bepflanzung höher und dichter, der Bambushain zur Rechten ein wahrer Wald. Von der wehrhaften Einfriedung, die das Anwesen umgab, war kaum mehr was zu sehen. Henrik wäre nicht verwundert gewesen, einen Tiger durchs Halbdunkel des subtropischen Unterholzes schleichen zu sehen. Eine ausgeklügelte Landschaftsarchitektur, die im Schein der Lampen Weite vortäuschte, wo keine war. Die Illusion einer fremden Welt innerhalb historischer Mauern, ein japanischer Garten mitten im Alfama. Das ganze Arrangement erschreckte ihn mehr, als dass es ihn faszinierte. Doch soweit er das Areal überblicken konnte, fehlte hier etwas Entscheidendes. Nirgendwo gab es einen Teich. Wo zur Hölle schwammen die Kois?

Während er neben Paßberger den großen Steinplatten der Zufahrt folgte, wurde ihm noch etwas bewusst. Er hatte José Marques vermutlich falsch eingeschätzt. Außerhalb seines Daseins als Privatbankier lebte der Portugiese die japanische Kultur und Philosophie. Das konnte auch die Besessenheit von den Nishikigois erklären. *Hoffentlich sieht er sich nicht auch noch als Samurai.*

Der Weg herauf vom Tor endete in einer Rotunde vor dem romanischen Bau. Er entdeckte mindestens zwei weitere Wachleute, massige Schatten im Hintergrund. Das fünfstöckige Gebäude, das sie bewachten, stammte aus dem 12. Jahrhundert und war damit so alt wie das benachbarte Kloster. Schlichte, blockartige Romanik, wo man eigentlich einen Pagodenbau erwartete. Fenster ohne Kapitelle. Aus denen in der ersten Etage vereinzelt warmes Licht strahlte. Die Vorderfront zierten schmale, gemauerte Simse, aber keine Balkone. Zweckmäßige Sakralarchitektur, nach außen eine Festung, deren Pracht im Inneren verborgen war.

Paßberger nahm einen letzten Zug. Er hatte sein Schritttempo der Brenndauer einer Zigarette angepasst. Nun machte er sie aus, indem er sie ungeachtet der Glut zwischen Daumen und Zeigefinger zerrieb und den verbliebenen Stummel in seine Jacketttasche stopfte. Der Hausherr wünschte keine Unordnung, auch keine achtlos weggeworfenen Kippen. Auch bei den fünf Stufen hinauf zu dem breiten Eingang ließ Paßberger Henrik den Vortritt und wankte schwer schnaufend hinter ihm drein. Die Tür war ebenfalls aus Holz gefertigt, doch hier waren die Schnitzereien und Intarsien klar als asiatische Figuren zu erkennen.

Drinnen setzte sich der japanische Stil in der Einrichtung fort. Das wurde offensichtlich, als Paßberger die Tür öffnete. Das Interieur wirkte sehr reduziert. Weiße leere Wände, dunkles Holz, Bambusornamente. Indirektes Licht und gerahmte Papierwände, welche die einst großzügige Eingangshalle in ein unübersichtliches Labyrinth verwandelten.

Paßberger kannte den Weg. Er führte Henrik durch das Spalier der traditionellen, fragil wirkenden Paravents. Vorbei an hüfthohen Porzellanvasen, Wandbehängen und Bildern, an Zeichnungen von Ito Shinsui, die vermutlich keine Kunstdrucke, sondern echt waren. Genau wie die Farbholzschnitte von Katsushika Hokusai; sie zeigten allesamt Ozeane, auf denen sich mächtige Wellen türmten und kräuselten. Henrik verlor schnell die Orientierung zwischen den Kunstwerken und den Nischen mit Bonsaibäumen in geschmackvollen Keramikschalen oder lackierten Holzgestellen, auf denen Katanas, japanische Langschwerter, zusammen mit filigran verzierten Scheiden lagen. Nur die Fische fehlten noch immer, und Henrik beschlich der absurde Verdacht, er wäre doch falsch an diesem angenehm klimatisierten Ort, der so sehr dem Asiatischen Flügel in einem Völkerkundemuseum glich. Mit einem Mal betraten sie einen breiten, mit schwarzem Zedernholz getäfelten Flur; er führte auf einen Eingang zu, der von zwei leuchtend roten Samurai-Rüstungen flankiert war.

Henrik hatte vergessen, auf die Uhr zu sehen, bevor er die Drachenhöhle betreten hatte, und mittlerweile war ihm jedes Zeitgefühl abhandengekommen. Stärker als je zuvor während der letzten Tage überfiel ihn das Gefühl, auf sich allein gestellt zu sein. Und egal, mit wem er sich während seiner Zeit in Lissabon schon angelegt hatte, nie war ihm sein Gegner so überlegen erschienen.

Die deckenhohe Tür, die im selben dunklen Holz gehalten war wie die Licht absorbierende Wandverkleidung, öffnete sich, bevor er sie an Paßbergers Seite erreicht hatte. Yoko Udagawa erwartete sie in einem hellblauen, mit Rosenornamenten verzierten Kimono, umgeben von einem aquamarinfarbenen Schimmern, als wäre sie einer elektrischen Ladung ausgesetzt. Eine Illusion, die nur kurz beeindruckte, denn schnell war zu erkennen, dass das bläulich flackernde Leuchten aus dem Raum in ihrem Rücken kam. Verdrossen blickte sie Henrik entgegen, dann wies sie ihn an einzutreten.

»Viel Spaß!«, wünschte Paßberger, und das Bedauern, das in seiner Stimme mitschwang, rührte ohne Zweifel daher, dass er nur zu gerne dabeigeblieben wäre, um mit anzusehen, was mit Henrik in dem Zimmer mit dem mystischen Licht geschah. Wobei Zimmer eine Untertreibung war. Über poliertes Parkett betrat Henrik einen Saal, der früher vielleicht als Refektorium gedient hatte oder dazu verwendet worden war, Empfänge abzuhalten. Die Decke verlor sich in schwarzer Unendlichkeit, ähnlich einem sternenlosen Nachthimmel. Eine optische Täuschung, erzeugt durch die indirekte Beleuchtung aus der Saalmitte heraus. Denn heutzutage enthielt der Saal nichts als ein gigantisches Aquarium. Das erklärte, warum es auf dem Anwesen keinen Teich gab. Das Fischbecken hinter Glas hatte in etwa die doppelten Ausmaße von Henriks Wohnzimmer, nicht nur was die Grundfläche, sondern auch was das Raumvolumen betraf. Fische schwammen darin. Große schillernde Koi-Karpfen. Armlang, mit breiten Mäulern und hervorquellenden Augen. Elegant glitten sie durch die Wasserpflanzen, die in der steten Bewegung des Wassers ihre eigenen Schleiertänze vollführten. Raffiniert ausgeleuchtet, spiegelte sich das Wasser in blauen und türkisen Reflexen überall auf den Wänden wider. Hinter dem Aquarium, das die einzige Lichtquelle war, führte eine Stahltreppe auf eine Art Galerie, von der aus man die Fische füttern oder weiß Gott was mit ihnen machen konnte. Von hier unten sah es aus, als schlösse die stählerne Umrandung nur knapp mit dem Wasserspiegel ab. Es war unmöglich, auf die Schnelle zu bestimmen, wie viele Fische hinter dem gewölbten Glas gefangen waren. Sie wirkten ... aufgeregt, als übertrüge sich die angespannte Situation hinein in ihr künstliches Habitat. So imposant diese überdimensionierte Aquaristik auch war, hielt Henrik doch nur nach einem bestimmten Fisch Ausschau. Wobei er gleichzeitig auch den Mann nicht aus den Augen ließ, der an der Glaswand lehnte.

Auch José Marques hatte sich nach ihrer Auseinandersetzung im Waschhaus umgezogen. Passend zu Yokos Outfit, trug er nun die männliche Variante eines Kimonos. Seidig glänzender, indigofarbener Stoff, in dem goldene Fäden zu verschnörkelten Mustern verwoben waren. Sein streng nach hinten gegeltes Haar, noch ohne Spuren des Alters, verlieh ihm tatsächlich einen leicht asiatischen Touch. Der Effekt wurde verstärkt durch die kantigen Züge und eine unbändige Kraft, die aus seinen hellen Augen strahlte. Ein Asket, sagte sich Henrik, einer, der Smoothies statt Wein trank. Das exakte Gegenteil eines einfach zu bezwingenden Gegners. Wie viel Zeit war verstrichen, seit sie sich zuletzt gegenübergestanden hatten? Kaum mehr als zwei Stunden. War die Maschinerie bereits angelaufen, die Henrik im Hintergrund in Bewegung gesetzt hatte? Er hoffte es inständig.

Yoko gesellte sich wieder an die Seite ihres vermeintlichen Entführers. Die Szene war durchaus ein Abbild der Situation, die er schon aus dem Waschhaus kannte. Nur fehlte bislang die Bedrohung durch die handliche Pistole. Diesmal war die Gefahr subtiler, aber es gab absolut keinen Zweifel, dass sie nicht genauso intensiv und bedrohlich vorhanden war.

Marques lächelte überlegen. »Sie sind entweder mutig oder wirklich dumm. Was davon, das interessiert mich; nur deshalb habe ich Sie hereingelassen. Und natürlich, weil Sie Ihre Belohnung für all das erhalten sollen, was Sie in den letzten Tagen ertragen mussten.«

Henrik musterte ihn für einige Sekunden. »Ich denke, Sie haben mich hereingelassen, damit Sie endlich jemandem Ihren Gottfisch vorführen können, den Sie bislang doch vor allen verbergen mussten. Ein großer Moment, Sie müssen sich fühlen wie der selbstsüchtige Direktor einer Kuriositätenshow, der seinem Publikum endlich die größte Sensation präsentieren kann, die er im Programm hat. Das schmeichelt Ihrem Ego, nicht wahr, Senhor Marques?«

Der Bankier lächelte noch immer. »Dankbarkeit ist nicht gerade Ihre Stärke.«

»Ich wüsste nicht, wofür ich Ihnen Dank schulde«, gab Henrik zurück, ohne dass das amüsierte Grinsen aus Marques' Gesicht verschwand.

»Was wollen Sie hören – dass ich Sie unterschätzt habe? Im Waschhaus hatten Sie einfach nur Glück. Wäre dieser verrückte Alte nicht aufgetaucht, hätte alles ein sauberes Ende gefunden. Sowohl für Sie als auch für mich.«

»Stimmt, dann wäre nur noch Fabio Duarte übrig, der Letzte, der von dem Purachinagoi weiß. Aber den haben Sie ohnehin an der Kandare.« Und Yoko weiß es, fügte er in Gedanken an. Doch Marques war sicher nicht so nachlässig, die junge Japanerin zu vergessen. Solange sie ihm nachlief wie ein Hündchen, konnte er das Risiko eingehen, sie am Leben zu lassen.

»Duarte, dieser Idiot, versteckt die Leiche seines Schwiegervaters im Keller der Fischfabrik.«

»Sie mussten demnach verhindern, dass der marode Betrieb womöglich verkauft und der Tote gefunden wird. Darum die Bürgschaft für die Kredite«, folgerte Henrik.

»Ich hätte ahnen müssen, dass Duarte nicht dazu geschaffen ist, derlei vernünftig zu regeln.«

Henrik betrachtete erneut die Stahlrohrkonstruktion im hinteren Bereich des Glaskubus. War Hitomi dort oben überwältigt und ertränkt worden? Der Verdacht lag nahe, sofern es ihr wirklich gelungen war, die Spur des Kois bis hierher zu verfolgen. Vom Palast bis hinunter zum Waschhaus konnte ein kräftiger Mann eine zarte Frau wie die Versicherungsdetektivin durchaus tragen. Nachts waren die schmalen Gassen dunkel, und bekanntermaßen verfügte der Bankier über Helfer mit entsprechendem Körperbau. Im Vordergrund stand für Henrik jedoch die Frage, wie sie es angestellt hatte, überhaupt in Marques' Festung zu gelangen.

Er beschloss, den Mann ein wenig zu provozieren. »Sie fühlen sich zu sicher. Ich bin nicht der Erste, der Ihnen auf die Schliche gekommen ist, und ich werde nicht der Letzte sein.«

Der Bankier folgte seinem Blick hinauf zur Galerie. »Sprechen Sie von Senhora Tadokoro?« Marques schüttelte lächelnd den Kopf. »Sie haben nichts, Senhor Falkner. Nichts außer Hirngespinsten und fadenscheinigen Theorien. War diese Japanerin vielleicht eine professionelle Einbrecherin, die sich früher als Kunstdiebin verdingte und irgendwann die Seiten wechselte? War sie daher in der Lage, unbemerkt von all der Sicherheits- und Überwachungstechnik bis in diesen Raum vorzudringen? Was meinen Sie, könnte es so gewesen sein?«

»Egal wie, sie hat Sie aufgespürt. Vermutlich weil sie in den Kreisen der Koi-Sammler recherchiert und irgendwann eins und eins zusammengezählt hat.«

»... und sich danach persönlich überzeugte, indem sie bei mir eingebrochen ist. Ja, das wäre eine schöne und gleichwohl tragische Geschichte. Aber es ist viel einfacher, Senhor Falkner, und sicher werden Sie enttäuscht sein. Senhora Tadokoro hat nämlich tatsächlich die Seiten gewechselt. *Ich* habe sie engagiert, damit sie fortan dafür Sorge trägt, dass niemand die Spur des Purachinagoi zu mir zurückverfolgen kann.«

Diese Information tat unerwartet weh, denn so weit hatte Henrik nicht gedacht – oder nicht gewagt zu denken. »Dann verstehe ich nicht, warum sie sterben musste.«

Marques' bedauernde Miene war unglaubwürdig, als er zu einer Erklärung ansetzte. »Die Talente dieser Frau waren käuflich, und letztlich findet sich immer jemand, der ein noch besseres Angebot abgibt. Diese neue Verlockung war augenscheinlich so groß, dass sie sich zu der Dreistigkeit hat hinreißen lassen, ein doppeltes Spiel zu spielen. Ich habe das erst durchschaut, als sie sich ohne mein Wissen dem Aquarium genähert hat. Sie kam nicht mehr dazu, mir zu erklären, was genau sie vorhatte. Nun, den Rest überlasse ich Ihrer Fantasie.«

Es musste etwas passiert sein, das sie veranlasst hatte, erneut die Fronten zu wechseln, und Henrik hätte gerne daran geglaubt, dass sie Skrupel bekommen hatte, nachdem ihr klar geworden war, dass Marques für den Purachinagoi über Leichen ging.

»Aber darum sind Sie doch nicht wirklich hier«, fragte Marques in seine Überlegungen hinein, »nicht wegen dieser exaltierten Versicherungsdetektivin. Sie wollen von mir hören, ob ich Ihren Onkel auf dem Gewissen habe.«

Henrik hätte einfach nur Ja zu sagen brauchen, doch in diesem Moment bewegte sich etwas aus der Tiefe des Aquariums langsam und majestätisch auf die Glasfront zu und verharrte dann regungslos über dem Kopf des Bankiers. Er war größer als seine Artgenossen und von reinstem Weiß. So strahlend hell, als wäre er die Quelle des Lichts innerhalb des Beckens. *Es ist nur ein Fisch*, sagte sich Henrik, *und ich stehe unter dem Einfluss von diversen Schmerzmitteln.* Doch vermutlich hatte der kulthafte Irrsinn, den er in den letzten Tagen erlebt hatte, ein wenig auf ihn abgefärbt. Er war unwillkürlich beeindruckt und merkte erst, dass ihm der Mund offen stand, als Marques ein leises, krächzendes Kichern entfuhr. Ohne sich umzudrehen, wusste der Portugiese, wer da in seinem Rücken herangeschwommen war, und genoss offenbar Henriks infantile Reaktion. Selbst Yoko konnte nicht umhin, den Blick über die Schulter nach oben zu richten, um den Koi zu betrachten. Allerdings weniger ehrfürchtig, sondern vielmehr mit einer Mischung aus Abscheu und Eifersucht. Offenkundig war ihr durchaus bewusst, dass der Fisch nicht nur bei ihrem Vater, sondern auch bei Marques an erster Stelle rangierte.

Bevor jedoch irgendetwas Mystifizierendes geschah, erklang ein lautes Surren, und der Fisch verschwand mit zwei schnellen Flossenschlägen im Pulk seiner Artgenossen. Marques' Mundwinkel sackten nach unten. Er griff in seine Brusttasche und zog ein Handy hervor.

»Was?«, fauchte Marques und hörte dann missmutig zu. Ohne ein weiteres Wort stapfte er zu der getäfelten Wand neben dem Eingang und drückte gegen einen unsichtbaren

Schalter. Ein Teil der Holzverkleidung glitt zur Seite, und ein Bildschirm kam zum Vorschein, der ein scharfes Bild von dem Platz vor dem Eingangstor zeigte. Yoko sog scharf die Luft ein.

In einen seiner italienischen Designeranzüge gehüllt, wirkte Professor Udagawa allein und verloren, wie er da nach oben in die Kamera blickte.

»Was will der hier?«, fauchte die Japanerin.

Marques warf Henrik einen amüsierten Blick zu. »Fragen wir ihn doch«, schlug er vor und drückte eine weitere Taste.

36

Vermutlich war es diesmal nicht Paßberger, der den Diplomaten abholte und durchs Haus begleitete. Denn der Japaner stürmte nicht nur innerhalb kürzester Zeit in den Aquariumssaal, er hatte auch ein Schwert dabei. Vermutlich eine der Schauwaffen aus den Stellagen auf seinem Weg. Doch wie auch immer es dem gedrungenen Mann gelungen war, seine Eskorte zu überwältigen, man sah in Makoto Udagawas Augen, dass er nicht damit gerechnet hatte, in diesem Raum gleich beides vorzufinden, was ihm vor einem Jahr abhandengekommen war.

Bei seinem Anruf hatte Henrik ihm lediglich verkündet, gefunden zu haben, wonach der Professor so verzweifelt suchte, und ihm die Adresse genannt. Aus ihrem kurzen Gespräch hatte Henrik den Eindruck gewonnen, dass José Marques dem Japaner durchaus nicht unbekannt war. Sie teilten dieselbe Leidenschaft für Koi-Karpfen, und dieser Kreis war in Lissabon zweifellos recht überschaubar. Udagawa brauchte demzufolge nicht lange zu überlegen, warum er von Henrik herbestellt worden war. Und was seine Bewaffnung betraf – da hatte er offenbar weiter gedacht als Henrik.

Nur mit seiner Tochter hatte er nicht gerechnet. Trotzdem oder gerade wegen Yoko zog er nach einer Schrecksekunde das Katana aus seiner reich verzierten Scheide. Nur hatte auch Marques plötzlich eines der japanischen Langschwerter in Händen. Das eindringliche Leuchten aus dem Aquarium warf einen blauen Lichtreflex auf die blanke Klinge.

»Sie haben eine gute Wahl getroffen, Udagawa-San, aber natürlich bleibt es ein Ausstellungsstück und ist kein Vergleich zu diesem hier.« Mit einem fast zärtlichen Ausdruck betrachtete Marques das Schwert in seiner Hand. »Die Griffwicklung aus Rochenhaut, die Klinge aus zwei Stahlsorten gegossen und tausendfach gefaltet, bevor es zur Vollendung geschmiedet wurde. Wollen Sie wirklich dagegen antreten?« Er stieß Yoko von sich weg, bevor er in einer eleganten Bewegung das Schwert über die rechte Schulter hob. Während Yoko von ihrem Entführer und Liebhaber wegtaumelte, machte Henrik einen beherzten Schritt vorwärts zwischen die Konkurrenten und hob beschwichtigend die Hände.

»Aus dem Weg!«, verlangte Udagawa.

»Er stört mich nicht«, erwiderte Marques, »und ich fürchte, Senhor Falkner wird nicht gehen, bis er seine Antwort bekommen hat.«

Schweren Herzens musste er Marques recht geben. Ihm war es egal, wenn sich die beiden gegenseitig die Schädel spalteten. Aber bitte nicht, solange noch Fragen offen waren.

»Nach Yokos Verschwinden wusste Ihr Onkel, dass er einen Fehler begangen hatte. Ich entschuldige mich erneut dafür, ihn in diese Situation gebracht zu haben«, erklärte der Professor, als wäre damit alles gesagt.

Danach umkreisten ihn die Kämpfer wie zwei Satelliten, bereit, mit ihren rasiermesserscharfen Klingen ins Zentrum zu stürzen und ihre Schlacht um den Karpfen zum Ende zu bringen. Zu einem tödlichen Ende für einen der beiden, da machte sich Henrik nichts vor. Und letztlich ging es auch um sein Leben, selbst wenn er jetzt zurücktrat und die Kampflinie nicht mehr blockierte. Siegte der Bankier, würde auch er diese Nacht nicht überleben. Was immer also auch in den nächsten Minuten passierte, er musste die Gelegenheit, die sich ihm hier bot, beim Schopf packen. Selbst wenn die Lösung des Rätsels um den Tod von Martin Falkner nur noch seiner eigenen Genugtuung diente.

»Musste er sterben, weil er herausfand, wer hinter dem Diebstahl des Kois steckte? Oder weil er dahinterkam, dass Yoko Udagawa ihre Entführung selbst inszeniert hatte? Oder beides zusammen?«

Falls ihm die Information bezüglich seiner Tochter neu war, ließ der Diplomat sich das nicht anmerken. »Vergessen Sie nicht das Wissen über den Mord an João de Castro, das ich an ihn weitergegeben habe. Wenn er sich damit an die falschen Leute gewandt hatte …«, gab der Japaner zu bedenken, die Augen grimmig auf seinen Gegner gerichtet.

»Genug geplaudert!«, entschied der in diesem Moment und startete seinen Angriff.

Henrik hechtete zur Seite. Noch während er über den gewienerten Holzboden schlitterte, drehte er sich nach den Kämpfern um. Metall klirrte, als Udagawa parierte. In kurzer Folge trafen die Stahlklingen aufeinander. Für seine Statur bewegte sich der Diplomat überraschend geschickt, doch seinem verzerrten Gesicht war anzusehen, dass er, wie von Marques prophezeit, wohl das schlechtere Katana in den Händen hielt. Schon waren im kalten Licht erste Scharten in der Klinge zu erkennen. Henrik war klar, dass er aufgrund von Udagawas Wissen über Joãos Tod alles daransetzen musste, den Japaner vor einem tödlichen Hieb zu bewahren. Bloß wie?

Obwohl im Moment nicht direkt ins Kampfgeschehen involviert, war er vollgepumpt mit Adrenalin und kam mühelos wieder auf die Beine. Das lautstarke Aufeinandertreffen von Metall auf Metall verscheuchte die farbenprächtigen Karpfen, die sich nun in den hinteren Ecken des Kubus drängten.

Bald wurde sichtbar, dass nicht nur der härtere Stahl, sondern auch die bessere Kondition für Marques sprachen. Während dem Japaner schon nach wenigen Paraden Schweißperlen auf der Stirn standen, wirkte der Bankier souverän und siegessicher. Vielleicht zu sehr, denn den ersten Wirkungstreffer landete überraschend der Japaner. Die vibrierende Schwertspitze hinterließ einen klaffenden Schlitz im Brustbereich des seidigen Überwurfs, in den sich der Portugiese gehüllt hatte. Ein paar Blutstropfen ritten auf dem Luftzug des Schwerts und besprenkelten Yokos blasses Gesicht, die sich bereits seit Beginn der Auseinandersetzung gegen die Glaswand drückte. Der unterdrückte Schrei, der ihr daraufhin entfuhr, führte dazu, dass ihr Vater den durch seinen Treffer erzielten Vorteil nicht ausnutzen konnte. Abgelenkt zögerte er einen Moment zu lange und kassierte unverzüglich den Konter. Marques' Klinge schlitzte quer über Udagawas Oberschenkel. Der Japaner verlor das Gleichgewicht, taumelte gegen das Aquarium, fand dort keinen Halt und stürzte zu Boden. Dabei rutschte ihm das Schwert aus der Hand und schwirrte wie ein Kreisel über das blanke Parkett.

Marques war sofort über ihm, das Katana zum finalen Streich erhoben.

Jetzt oder nie, dachte Henrik und machte einen Satz auf den Portugiesen zu.

»José!«, rief Yoko.

Der Bankier rotierte um die eigene Achse, und Henrik sah sich schon in die Klinge fallen, die von rechts auf ihn zuflog. In einem Reflex drehte er sich weg, und der tödliche Stahl zischte über ihn hinweg, während er hart zu Boden ging. Er landete auf dem Rücken, und der Aufprall presste ihm die Luft aus den Lungen.

Henrik, darum bemüht, die Panik vor der einsetzenden Atemnot unter Kontrolle zu bekommen, dachte erst ein paar unendliche Augenblicke später daran, die Arme nach oben zu reißen, um wieder Luft zu kriegen. Der Bankier, der sich in einer affig wirkenden Pirouette von ihm wegbewegt hatte, erkannte, was los war. Langsam und fast genießerisch holte er aus. Doch Henriks nach oben gereckte Finger hatten soeben den Griff des Schwerts ertastet, das der Professor verloren hatte. Rochenhaut, dachte er, packte es und brachte es im letzten Augenblick zwischen sich und Marques' Klinge. Der Hieb ließ Stahl und Körper erzittern. Einem zweiten würde er nicht standhalten können, nicht in der Position, in der er sich befand. Marques' Katana kreiselte geschickt in seinen manikürten Bankiershänden. Als hätte er wirklich die Unsterblichkeit auf seiner Seite, dachte Henrik und empfand für eine Sekunde den bittersüßen Drang, sich geschlagen zu geben. Zu flüchten von dieser Welt aus Schmerz.

Doch dann sah er das Blut, das aus der Wunde auf die Brust des Portugiesen gesickert war und einen handtellergroßen Fleck auf dem Seidenkimono hinterlassen hatte. *Unsterblich, aber nicht unverwundbar.*

Marques stand mit einem arroganten Lächeln über ihm. Es bedurfte keiner großen Kampferfahrung, um zu erkennen, dass Henrik aus seiner misslichen Stellung heraus nicht mehr die Kraft aufbringen konnte, den nächsten Hieb abzuwehren.

Doch Marques vergaß, dass Henrik noch zwei gesunde Beine hatte. Ihm blieb nur ein Versuch, aber der Tritt unter das Knie des Portugiesen war perfekt platziert. Anstatt in sein Herz bohrte sich das herabsausende Schwert wenige Zentimeter neben seinem Kopf ins Parkett. Zum ersten Mal, seit Henrik diesen Saal betreten hatte, verlor der Bankier seinen unbezwingbaren Habitus und stolperte mit einem Schrei nach vorn.

Das Katana steckte im Boden und vibrierte. Marques wälzte sich auf dem Boden und umklammerte mit beiden Händen seine Kniescheibe. Die unerwartete Wendung in diesem irrwitzigen Kampf schien Udagawa neue Kraft zu verleihen, der es jetzt trotz eines blutdurchtränkten Hosenbeins auf die Füße schaffte. Er half sogar Henrik beim Aufstehen, ehe er die Stahlklinge mit finsterer Miene aus dem Holz riss. Der Japaner tauschte einen Blick mit Henrik, wie um sich zu vergewissern, dass sie auf derselben Seite kämpften, dann humpelte er auf Marques zu und drückte ihm die Schwertspitze unters Kinn.

Yoko, immer noch an der Glaswand kauernd, begann zu wimmern.

Henrik wollte soeben einschreiten, doch bevor er etwas sagen konnte, war von draußen lautes Gepolter zu hören. Gleich darauf fielen Schüsse, und alle im Raum bekamen große Augen. In seltsamer Einigkeit wandten sich sämtliche Beteiligte dem Lärm zu. Die Tür flog auf, und Paßberger erschien rotgesichtig im Rahmen. »Da draußen ... steht die Kavallerie«, keuchte er mit dünner Stimme.

37

Hinter ihm tauchte in der Tür eine mattschwarze Glock auf und drückte im nächsten Moment gegen den Hinterkopf des Sicherheitschefs. Neun Millimeter, dachte Henrik. Falls sich der Finger am Abzug krümmte, würde von dem Schädel nicht viel übrig bleiben. Mit erhobenen Händen tapste Paßberger vorwärts, angeschoben von dem Pistolenlauf in seinem Nacken. Erst als sich der kleine Tross weit genug in den Saal hineinbewegt hatte, trat ein nicht allzu großer, dünner Mann aus dem Schatten des dicken Deutschen.

Udagawa ließ das Schwert fallen, das er eben noch so siegessicher geschwungen hatte.

Der Dünne, der einen schlecht sitzenden schwarzen Anzug trug, zeigte ein gelbes Bibergrinsen. Die Schneidezähne im Oberkiefer des schmächtigen Asiaten waren tatsächlich gigantisch. Aus der Reaktion des Professors schloss Henrik, dass sie einen Landsmann des Diplomaten vor sich hatten. Als wäre die Szene nicht schon irrwitzig genug, drängten hinter dem Bibergesicht fünf weitere Männer in den Raum und verteilten sich lautlos auf strategische Positionen. Wie diese Leute auf das Anwesen gekommen waren, darüber konnte Henrik nur spekulieren. Vermutlich hatten sie die Situation ausgenutzt, als der Wachdienst Professor Udagawa eingelassen hatte. Oder sie hatten bereits vorher jemanden eingeschleust. Letztlich spielte das jetzt keine Rolle mehr. Obwohl ihr Auftritt die Absurditäten dieser Nacht auf die Spitze trieb, war Henrik nicht zum Lachen. Dafür wirkten die Schnellfeuerwaffen in den tätowierten Händen zu Respekt einflößend.

»Schöne Grüße vom Oyabun!«, wandte sich der Dünne nun an den Professor.

»Das ... ist unmöglich«, stammelte Udagawa.

Marques rappelte sich auf. »Was zur Hölle suchen Sie in meinem Haus?«

»Matsuda-San ist tot, zerfetzt von einer Bombe. Das kam überall in den Medien ...«, redete Udagawa weiter, ohne auf den erbosten Bankier zu achten.

Der Hänfling lächelte noch breiter. Über seine kurze Oberlippe spannte sich ein dünn ausrasiertes Bärtchen. Aus seinem steifen Hemdkragen ragte eine Tätowierung, eine sich windende Schlange, die sich bis hinauf hinters linke Ohr zog und ihren Schuppenkörper um den Hals des Mannes gewickelt hatte, als wäre sie gerade dabei, ihn zu erwürgen. Irgendwo knackte ein Funkgerät. Dann kamen drei weitere Männer herein, diesmal in Weiß gekleidet. Zwei trugen eine große Box wie für einen notärztlichen Einsatz oder eine Organtransplantation. Der Dritte im Bunde zerstörte dieses Bild jedoch, denn er trug einen überdimensionierten Kescher bei sich.

»Nein, nein«, schrie Marques, »was machen Sie da?« Die Verunsicherung in seiner Stimme war unüberhörbar. Damit, dass an diesem ereignisreichen Abend auch noch die Yakuza sein Haus stürmte, hatte er definitiv nicht gerechnet.

Der Dünne richtete die Pistole auf den Bankier und schoss.

38

Udagawa war zur Salzsäule erstarrt. Im Fischbecken jagten die Kois, aufgescheucht durch den Pistolenknall, panisch umher. Das Wasser schien regelrecht zu kochen. An manchen Stellen schwappte es bereits über den Rand. Yoko kniete bei Marques und drückte ihre Hände auf die blutende Wunde in der Schulter. Sie wirkte verzweifelt, scheute sich aber offenbar, um Hilfe zu bitten. Dass der Schlangenmann den Portugiesen nicht getötet, sondern nur angeschossen hatte, wertete Henrik als positives Zeichen für die vage Hoffnung, dass die Yakuza heute nicht vorhatte, sie allesamt zu eliminieren.

Der Japaner betrachtete die kniende Frau gleichgültig, ehe er sich wieder Udagawa zuwandte. »Matsuda-San hat überlebt«, verkündete er ernst. »Zwar lag er lange im Koma, aber schließlich ist er aufgewacht. Damit war das Schicksal besiegelt. Wir sind bereit, in den Krieg zu ziehen, um in Tokio die alte Ordnung wiederherzustellen. Und dafür braucht der Oyabun den Gottfisch zurück. Das verstehen Sie doch, Professor, nicht wahr?« Er lächelte und fuhr fort, ohne eine Antwort zu erwarten. »Als der ehrenwerte Matsuda-San noch im Krankenbett erfahren hat, dass der Purachinagoi verschwunden ist, hat mich das nicht nur einen Finger gekostet.« Der Mafioso hob seine immer noch verbundene Hand und zeigte ihnen die vier verbliebenen Finger. »Ich habe einiges gutzumachen, Udagawa-sensei.«

Die Männer in Weiß hatten mittlerweile das Gerüst erklommen und die Tragebox geöffnet. Vermutlich waren die drei tatsächlich Tierärzte, die für das Wohl des Purachinagoi sorgen würden, sobald ihn derjenige mit dem Kescher aus dem Becken gefischt hatte.

»Wie haben Sie ihn gefunden?«

Der Dünne blickte Henrik entgegen, als würde er ihn erst jetzt bemerken. Dabei schien ihm aufzufallen, dass Henrik immer noch das Schwert in der Hand hielt. Der Japaner richtete seine Glock auf ihn, und Henrik ließ das Katana fallen.

»Wie haben Sie den Fisch gefunden?«, fragte Henrik erneut.

Das Bibergesicht grinste. »Niemand wusste, dass der Oyabun dem Gottfisch einen Chip hat implantieren lassen, über den man ihn orten kann. Erst als der werte Herr wieder bei Bewusstsein war, konnte er uns diese Information mitteilen. Der Rest war einfach.«

»Und wer ist das, dieser Oyabun?«, fragte Henrik, allerdings mehr um Zeit zu gewinnen, denn im Großen und Ganzen war ihm mittlerweile vieles klar. Vor allem wegen des Zeitungsartikels, den er heute im Antiquariat gefunden hatte. Dieser Bericht über die Auseinandersetzung zwischen den Mafia-Clans in der japanischen Hauptstadt.

»Sie sind Europäer, daher sehe ich Ihnen dieses respektlose Verhalten nach. Matsuda-San führte unsere Organisation mit Weisheit und Umsicht, daher gebührt ihm der Titel Oyabun: der, der über den Wolken lebt.«

»Nicht mehr länger nur über den Wolken«, murmelte Udagawa.

Trotz seiner Matschbirne fügten sich nun immer mehr Puzzleteile zusammen. Der Diplomat hatte es gewagt, den Purachinagoi stehlen zu lassen, weil er davon ausging, dass sein Besitzer, dieser Oyabun, bei dem Bombenanschlag getötet worden war.

Von der Galerie ertönte ein kurzer Ruf. Der Koi zappelte im Netz. Marques stöhnte, diesmal nicht wegen des Lochs in seiner Schulter, sondern wohl eher, weil ihn der Anblick schmerzte. Yoko weinte still vor sich hin und bemühte sich weiter, die Blutung zu stoppen. Ihr Vater beobachtete wie versteinert das Tun der Yakuzaleute. Die Fleischwunde im Oberschenkel schien längst vergessen.

Die Männer zogen den Kescher samt Fisch unter großer Anstrengung aus dem Becken. Der Karpfen, der bis soeben wild um sich geschlagen hatte, hörte plötzlich auf, sich weiter gegen das Unvermeidliche zu wehren. Als verstände er mit einem Mal, dass es keinen Sinn hatte. Vielleicht war er schon mehrfach umgesetzt worden und kannte die Prozedur. Man ließ ihm keine Wahl, auch diesmal nicht. Das traurige Schicksal des Gottfisches, dem es niemals vergönnt war, durch das Drachentor zu springen. In diesem Moment tat er Henrik wahrhaftig leid, wie sie ihn da in die Box packten und den Deckel daraufsetzten. Wie in einen mit Wasser gefüllten Sarg. Würden sie ihn ruhigstellen, bevor sie ihn ins Flugzeug verfrachteten? Auch das war wahrscheinlich. Oder die Flüssigkeit, in der er nun etliche Stunden ausharren musste, war mit einem Anästhetikum versetzt.

Der Dünne klatschte in die Hände. Er rief etwas auf Japanisch, mahnte vermutlich zum Aufbruch, dann widmete er sich erneut Udagawa. »Ihnen ist klar, Professor, dass wir Sie bestrafen müssen für das, was Sie getan haben. Und auch für den Verlust meines Fingers. Sie haben nur insofern Glück, als mir Matsuda-San nahegelegt hat, persönliche Befindlichkeiten zur Seite zu schieben, bis der Purachinagoi sicher zurück in Tokio ist. Zu meinem Bedauern hat er noch nicht entschieden, wie Ihre Strafe aussehen wird. Ich rate Ihnen daher, genießen Sie die Zeit, die Ihnen noch bleibt. Vielleicht zusammen mit Ihrer reizenden Tochter.«

Man sah den beiden weiß gekleideten Männern, die behutsam die Stahltreppe herunterkamen, an, dass die Transportbox nun deutlich mehr Gewicht hatte. Der Dritte war auf der Galerie geblieben und stellte den Kescher beiseite. Henrik hätte nicht sagen können, in welchem Moment er Gummihandschuhe übergestreift oder ob er sie bereits von Anfang an getragen hatte. Jedenfalls zauberte der Fischfänger jetzt einen länglichen Behälter aus seiner Umhängetasche, der anmutete, als könnte man darin spaltbares Material transportieren. Ein Eindruck, der sich noch verstärkte, weil er den Metallzylinder weit von sich streckte, während er sorgsam den Deckel abschraubte.

In Marques kam mit einem Mal wieder Bewegung. Er wollte sich aufrichten, doch um gegen Yokos Widerstand anzukämpfen, die ihn vehement am Boden hielt, fehlte ihm die Kraft. Kurz kam Henrik der Gedanke, dass sie diese dominierende Rolle, die sie so unvermittelt erlangt hatte, vielleicht sogar genoss, auch wenn sie sich dessen nicht bewusst war.

»Nein, nein, nein!«, flehte Marques stöhnend, was den Japaner oberhalb des Fischbeckens jedoch nicht beeindruckte. Mit angehaltener Luft kippte er den klaren Inhalt aus dem Behälter in das Wasser zu seinen Füßen. Kaum mischten sich die beiden Flüssigkeiten, entstand eine rotbraune, in sich verwirbelnde Wolke, die sich von ihrem brodelnden Zentrum weg nach außen hin verdünnte und sich durch die Umwälzpumpen des aquaristischen Systems binnen Sekunden im ganzen Habitat zu verteilen begann.

Marques' Stöhnen ging in ein Wimmern über.

»Bestrafung«, erklärte das Bibergesicht erneut und blickte fast ein wenig mitleidig auf den Portugiesen hinab, bevor er ein weiteres Mal in die Hände klatschte.

Und während im Aquarium ein Fisch nach dem anderen mit dem tödlichen Giftschleier in Berührung kam, innerhalb weniger Sekunden verendete und bäuchlings zur Oberfläche hochstieg, zogen sie ab, so zügig und geordnet, wie sie erschienen waren. Disziplinierte Verbrecher. Kaum fiel die schwere Tür ins Schloss, erwachte auch Paßberger wieder aus seiner Starre und eilte zu seinem am Boden liegenden Auftraggeber. Den Vertrag mit Paßberger Security würde das Privatbankhaus Marques wohl nicht mehr verlängern – wenn nicht sogar vorzeitig kündigen.

Henrik hätte nicht geglaubt, dass die Szene mit den sterbenden Koi-Karpfen an Dramatik noch zu überbieten war, doch er wurde eines Besseren belehrt. Der Wahnsinn findet kein Ende, bis man ihm nicht Fesseln anlegt. Professor Udagawa, der wehmütig das Fischsterben beobachtet hatte, humpelte nun mit finsterer Miene zu seiner Tochter hinüber.

»Komm jetzt!«, sagte er und fasste nach Yokos Oberarm, um sie von Marques wegzuzerren. Der Banker, der nichts um sich herum mitzubekommen schien, stierte katatonisch in das Aquarium. Es störte ihn auch nicht, dass da plötzlich niemand mehr war, der seine Schusswunde in der Schulter abpresste. Yoko vollführte indessen eine schnelle Bewegung und befreite sich so aus dem Griff ihres Vaters. Wut funkelte aus ihren dunklen Mandelaugen. »Du hast alles zerstört, du zerstörst immer alles! Ich hasse dich!«, fauchte sie ihn an.

»Red keinen Unsinn!«, schrie dieser zurück und versuchte erneut, sie zu packen, woraufhin sie mit wildem Ausdruck noch weiter von ihm zurückwich. Vermutlich bemerkte Udagawa gar nicht, was damit für sie in Reichweite kam. Selbst wenn, hätte er in seinem eigenen Fleisch und Blut keine Gefahr gesehen. Also ging er trotz des verletzten Beins hinter ihr her, hielt selbst dann nicht an, als Yoko sich das Schwert schnappte, das er vorhin hatte fallen lassen.

Mit einem Wutschrei in einer Tonlage, bei der zu befürchten war, die Glaswand des Aquariums könnte zerspringen, rammte sie Udagawa die Klinge in den Unterleib.

39

Henrik wankte hinaus in die Nacht. Helena stand an der Ecke, von der aus er vor einer Ewigkeit das Drachentor studiert hatte. Sie lehnte an der Hausmauer und telefonierte. Rund um sie herum blinkten und flackerten die Lichter der Einsatzfahrzeuge, die den kleinen Vorplatz zugeparkt hatten. Vor wenigen Minuten erst war José Marques in ein Rettungsfahrzeug verfrachtet worden, dessen Sirene zwischen den engen Gassen des Alfama immer noch nachhallte. Während er auf Helena zuschritt, bemühte er sich um eine möglichst aufrechte Haltung, obwohl ihm eher nach Kriechen zumute war. Natürlich war ihm klar, dass sie ihm trotz aller Anstrengungen ansah, was er durchgemacht hatte. Nichts von den schrecklichen Ereignissen dieses Abends ließ sich verbergen, indem er mit nach hinten gezogenen Schultern über das Kopfsteinpflaster marschierte. Nicht seine Schmerzen, die vom Kopf ausgehend über den Nacken und das Rückgrat hinunter bis in die Eingeweide strahlten. Und erst recht nicht sein Frust darüber, dass er trotz seines beherzten Einsatzes mit leeren Händen dastand. Außerdem war ihm klar, dass es zwischen ihnen nicht nur eine räumliche Distanz zu überwinden galt. Ihre Herzen waren zu Beginn dieser verfluchten Woche drauf und dran gewesen zu verschmelzen, doch nun kam es ihm vor, als ob erneut eine kilometerbreite, unüberwindbare Schlucht zwischen ihnen läge. Und das war ohne Zweifel weitaus schlimmer als jeder physische Schmerz, der ihn piesackte.

Der Ertrag, den er nach den vergangenen Tagen letztlich eingefahren hatte, war niederschmetternd gering.

Es würde schwer sein, Marques den Mord an Hitomi Tadokoro zu beweisen, und völlig unmöglich, was den an Martin betraf. Der Einzige, der den Bankier wirklich belasten konnte, war Fabio Duarte, aber da hatte Henrik keine große Erwartung. Nicht einmal, dass er auf ihn geschossen hatte, würde zu belegen sein. Da er Handschuhe getragen hatte, gab es keine Schmauchspuren oder Abdrücke auf der Waffe, falls diese überhaupt gefunden werden sollte. Keine Verurteilung also. Eine Feststellung, die ihn allerdings nicht sonderlich grämte. Recht zu sprechen war nicht seine Aufgabe, und genau genommen war der Portugiese ja nicht ohne Bestrafung geblieben, auch wenn diese anders ausgefallen war, als Henrik es sich gewünscht hatte.

Und darüber hinaus?

Der Gottfisch kehrte zu seinem ursprünglichen Besitzer zurück, war vermutlich schon auf dem Weg nach Tokio. Die Polizei war zu spät eingetroffen, um die Yakuzaleute noch aufzuhalten. Alles, was die erste Streife in Marques' Stadtpalast vorgefunden hatten, waren Verletzte. Etliche Wachleute, und natürlich der Hausherr selbst, den die Schusswunde, die ihm das Bibergesicht zugefügt hatte, nicht umbringen würde.

Aber obwohl die Handlanger der japanischen Mafia sich heute großzügig gezeigt und keine Leben genommen hatten, war letztlich nicht zu verhindern gewesen, dass es doch noch einen Toten zu beklagen gab. Die Hoffnung, von Makoto Udagawa das Versprechen einzufordern und endlich zu erfahren, was dieser Martin anvertraut hatte, war durch eine tausendfach gefaltete Schwertklinge zunichtegemacht worden. Ob Yoko wirklich die Absicht gehabt hatte, ihren Vater zu töten, hielt er für fraglich, doch in ihrem unbändigen Zorn hatte sie offenbar dessen Bauchschlagader durchtrennt. Der Diplomat war nicht mehr zu retten gewesen.

Nachdem ihr bewusst geworden war, was sie getan hatte, war sie hinausgestürmt. Niemand hatte sie aufgehalten. Sobald die Ermittler vor Ort alle Fakten und Aussagen zusammengetragen hatten, würde sie zur Fahndung ausgeschrieben werden. Ein Jahr lang hatte ja niemand offiziell nach ihr gesucht – was sicher einen Teil ihrer Tragik darstellte.

Aber er war zu kaputt, um darüber nachzudenken. Er hätte einfach nur gerne mit ihr gesprochen, sobald er ausgeschlafen hatte. Darüber, warum sie mit Martin in Verbindung getreten war, nachdem sie ihrem Vater gegenüber eine Entführung vorgetäuscht hatte. Oder ob diese Begegnung vielleicht zufällig erfolgte und was dabei zwischen ihr und seinem Onkel vorgefallen war. Hatte sie Martin vor Augen geführt, was er ihr angetan hatte, als er dabei half, für Udagawa den Purachinagoi heranzuschaffen? Henrik rechnete nicht damit, dass er jemals eine Gelegenheit für dieses klärende Gespräch mit ihr bekam. Sobald die Polizei sie erwischte, war sie endgültig aus seiner Reichweite, und das würde wohl bald passieren, da sie nun niemanden mehr hatte, bei dem sie untertauchen konnte.

Helena beendete ihr Telefongespräch und blickte ihm ernst entgegen. *Danke, dass du mir wieder so ein Chaos hinterlassen hast!* Das in etwa las er in ihren Augen.

»Habt ihr das Gift sichergestellt?« Auch dieses Beweismittel würde sich wohl kaum zu Marques zurückverfolgen lassen. Auf dem braunen Glasfläschchen waren neben den seinen nur noch Yokos Fingerabdrücke.

»Wir sind dabei, einen ersten Überblick zu gewinnen. Mehr kann ich dir zum jetzigen Zeitpunkt nicht sagen.«

»Kann ich gehen?«

»Falls Lui dich nicht verhaften will.«

Für Sekunden standen sie still inmitten des hektischen Treibens ringsumher.

»Kommst du danach zu mir?«

»Sofern ich diese Nacht überhaupt noch eine Chance auf Schlaf kriege, gehe ich nach Hause. Und für danach habe ich Sara versprochen, sie abzuholen. Aber du solltest bald in der Dienststelle vorbeischauen, damit wir deine Aussagen protokollieren können!« Damit ließ sie ihn stehen.

40

EINE WOCHE DARAUF

»Haben Sie was von der Baugenehmigung gehört?«

»Sie klingen, als gäbe es Probleme«, entgegnete Anabela de Castro.

»Das befürchte ich, ja. Vermutlich ist irgendwo ein Rohr undicht, unten im Keller steht das Wasser. Ich muss jemanden beauftragen, die Lage zu inspizieren, bevor alles in sich zusammenfällt.«

Sie zögerte. Aber er wusste natürlich, dass sie es nicht riskieren würde, das Haus samt seinen Geheimnissen einstürzen zu lassen. Nicht solange die Chance bestand, dass irgendwo in den verstaubten Tiefen des Antiquariats ein Hinweis begraben lag, der zur Aufklärung der Ermordung ihres Bruders beitragen konnte.

»Ich schicke jemanden vorbei, der den Schaden begutachtet, dann sehen wir weiter.«

Der Hörer klemmte ihm zwischen Schulter und Ohr, und er legte ihn nicht zurück auf die Gabel, da seine Finger damit beschäftigt waren, einen Hautstreifen vom Unterarm zu zupfen. Er schälte sich wie eine Schlange oder zumindest wie jemand, der einen satten Sonnenbrand erlitten hatte. Das Gleiche war es an den Beinen, aber das hatte ihm Filipa ja bereits prophezeit, als er zu Beginn der Woche beim längst überfälligen Verbandwechsel in der Klinik war. Außerdem juckte es wie die Hölle, weshalb er die frischen Bandagen nicht lange ertragen hatte. Wenigstens verheilten die äußerlichen Wunden allmählich. Auch die Kopfschmerzen hatten irgendwann nachgelassen, obschon die Gefahr bestand, wegen des angespannten Nackens einen Rückfall zu provozieren. Endlich hatte er die Hand frei, um den Hörer aufzulegen, und seine Halswirbel dankten es ihm mit lautem Knacken. Als er aufblickte, stand Renato vor der Theke. Er sah wieder einmal recht mitgenommen aus.

»Scarlett Johansson«, verkündete Henrik stolz und hoffte ihn damit aufzumuntern. Doch der Mime betrachtete ihn nur stirnrunzelnd.

»Lost in Translation«, half Henrik ihm auf die Sprünge, wofür er eine wegwerfende Geste erntete. »Was ist los, warum so zerknirscht?«

»Probleme mit den Stimmbändern«, knurrte Renato.

Das erklärte die Laune und warum er sich nicht mehr rasierte. »Deshalb tritt Leónia Porto in letzter Zeit also nicht mehr auf.«

»Ja, verdammt. Wenn das nicht bald wieder wird, bin ich pleite.«

Die Verzagtheit des älteren Mannes berührte ihn. »Sag Bescheid, falls du ein Darlehen brauchst.«

»Stimmt, du hast ja jetzt so gute Connections ins Bankgewerbe.«

Na, sticheln konnte er wohl auch mit angegriffenen Stimmbändern.

»Woher kommt die Azulejo?«, fragte Renato und zeigte auf die Kachel, die Henrik vorhin aus der Schublade geholt hatte. Dorthin hatte er sie gesteckt, nachdem er zusammen mit Renato das Regal hinter dem Schrank entdeckt hatte. Er hatte in einer halben Stunde eine Verabredung, um eine Meinung darüber einzuholen, weshalb er sich jetzt auch nicht lang mit seinem Mieter aufhalten wollte. »War da drin«, erklärte er und zeigte Renato das Buch mit den ausgehöhlten Seiten.

Der nickte. »Sieht alt aus.«

»Schon mal gesehen?«

Entschiedenes Kopfschütteln.

»Hängt irgendwie mit dem Regal hinterm Schrank zusammen. Ist dir dazu noch was eingefallen?«

Diesmal fiel das Kopfschütteln seltsam zaghaft aus.

»Lüg mich nicht an!«

»Das Buch mit der Fliese, stammt das aus dem Regal?«

»Nein, es lag auf dem Schrank.«

»Verrückt«, murmelte Renato.

»Ich habe jetzt eine Woche darüber nachgedacht und stelle immer wieder fest, wie schwer es mir fällt zu akzeptieren, dass Martin sterben musste, weil er sich darauf eingelassen hat, einen Fisch ins Land zu bringen. Ja, da ist dieses Gift, dessen Einnahme zum Herzstillstand führt. Und Marques ist ohne Frage verrückt genug, so einen Mord zu planen ... genau wie Yoko Udagawa ... und trotzdem.«

»Willst du von mir hören, dass Martin zu schlau war, um auf die beiden reinzufallen und sich derart in Gefahr zu bringen?«

Henrik verschränkte die Arme vor der Brust und wartete.

»Ich kann es dir nicht sagen, Henrik, aber ich wünsche mir genau wie du, dass dein Onkel nicht deswegen getötet wurde.«

Nach einem tiefen Atemzug griff Henrik nach der Azulejo und hielt sie Renato vor die Nase.

»Bitte glaub mir, falls die von Martin stammt, ich kann mit diesem Hinweis nichts anfangen.«

»Und das versteckte Regal? Du hast doch irgendwas darin gesehen, ich habe deine Reaktion bemerkt, kaum dass der Schrank beiseitegerückt war.«

»Teufel noch mal, warum zwingst du mich in diese Situation«, lamentierte Renato. »Alles, was ich habe, sind Spekulationen …«

»Besser als nichts, also bring's hinter dich!«, verlangte er.

Renato stopfte die Hände in die Hosentasche und schlurfte mit gesenktem Kopf zu dem mysteriösen Regal in der Wandnische. Sie mussten sich an dem Schrank vorbeizwängen, der nach wie vor ungünstig im Weg stand.

»Wie hat Martin sein Antiquariat sortiert?«

Was sollte das denn jetzt? Gar nicht, hätte Henrik am liebsten erwidert, doch das stimmte nicht. »Es existiert eine ungefähre Sortierung der Bücher nach Themen, Erscheinungsjahren, nach Ländern und Autoren. Aber das weißt du doch!«

Renato nickte bestätigend. »Und was ist hiermit?«

Henrik betrachtete die schmalen Borde. »Offenbar eine alphabetische Sortierung nach Titel, wie dir sicher nicht entgangen ist.« Dieses ominöse Regal erweckte den Eindruck, als hätte Martin nicht gewusst, wie er diese Bücher sonst dort unterbringen sollte.

»Martin hat immer gewusst, was er tat. Und hiervon hat er mal gesprochen – das ist allerdings lange her, und deshalb hab ich es vermutlich vergessen. Bis zu dem Moment, als wir den Schrank verrückten.« Renato musterte ihn bedeutungsvoll. »Alles hat seinen Platz, hat Martin immer gesagt, und jede Wette, das hast du auch von Catia nicht nur einmal gehört.« Er hielt für einen Moment inne, nachdem Catias Name gefallen war. »Das gilt auch hierfür!«

»Ich versteh's immer noch nicht. Was soll dieses Regal und die Anordnung der Bücher darin?«

»Dabei geht es um eines von Martins Hirngespinsten. Um die Große Verschwörung, um ... keine Ahnung, wie ich es anders nennen soll.«

Die Große Verschwörung? Was sollte er damit anfangen? Die rund zweihundert Bücher durchzublättern und auf Hinweise zu untersuchen würde bestimmt eine Woche Arbeit beanspruchen. »Hast du's nicht etwas genauer? Was habe ich da vor mir?«, fragte er gereizt.

Renato wirkte keineswegs herablassend, weil Henrik nicht verstand, was er da vor sich sah. Nein, der Alte machte eher einen ehrfürchtigen Eindruck. Wieder überkam Henrik das Gefühl, vor einem Schrein zu stehen.

»Ich kann dir nicht sagen, was du in diesen Büchern finden wirst, welche Botschaften Martin hier versteckt hat. Den Spaß, das rauszufinden, überlasse ich ganz dir.«

»Wieso hast du dann so seltsam reagiert?«

»Weil auch für mich eine Nachricht dabei ist. Ein Gruß von Martin aus dem Jenseits, wenn du so willst. Zu fester, klar umrissener Materie gewordenes Ektoplasma.«

Gott, wie theatralisch, sind wir jetzt doch wieder bei Bill Murray? Trotz allem sah er nichts weiter als eine Wand mit Büchern vor sich. »Erklär's mir!«, verlangte er erneut.

»Es fängt oben mit A an und hört unten mit Z auf«, sagte Renato und wies mit großen Gesten auf die jeweiligen Ecken. Dann hob er belehrend den Zeigefinger. »Doch es gibt einen Bruch, genau auf Augenhöhe.« Er fuhr die beiden Reihen entlang, die er meinte, während er erklärte: »Hier haben wir D, doch dann kommt nicht E, wie zu erwarten, sondern hintereinandergereiht M, O und N.

»D – M – O – N«, wiederholte Henrik. »Was ist das für ein Code?« *DMON.* Dämon? »Dämon«, sprach er laut aus, was er dachte, ohne ein leichtes Beben in der Stimme unterdrücken zu können.

»Demônio auf Portugiesisch. Stimmt, das ist eine Möglichkeit, aber dein Onkel war derlei Dingen nicht besonders zugetan.«

»Komm schon, du weißt mehr darüber, sonst hättest du mich nicht darauf hingewiesen.«

»Genaueres weiß ich nicht, das solltest du endlich begreifen. Martin war wie gesagt nie sonderlich redselig, was seine Geheimnisse im Antiquariat anging, vor allem nicht, was *das* hier betraf ... aber er hatte gelegentlich schwache Momente. Manchmal, wenn wir zu viel Wein getrunken hatten ...«

»Und was hat er dir über dieses Regal anvertraut, in so einem schwachen Moment mit zu viel Wein?«, fragte Henrik mit Nachdruck.

»DMON war für ihn eine Abkürzung. Hergeleitet aus dem Deutschen, und da habe ich meine Schwächen, wie du weißt. Ins Portugiesische übertragen würde es so viel bedeuten wie O homem sem umbigo.«

»Und was heißt das?«

»Es ist ein Mythos, Henrik«, betonte sein Mieter ein weiteres Mal.

»Renato, verdammt, raus damit! Wer oder was ist *O homem sem umbigo*? Wofür steht DMON?««

»Der Mann ohne Nabel.«

41

Zuerst die sechsunddreißig Gerechten und jetzt der Mann ohne Nabel. Wie konnte Renato da behaupten, Martin hätte sich nicht für »derlei Dinge« interessiert? Diese Sache artete langsam in eine Richtung aus, die Henrik schaudern ließ. Von daher hielt er es für ratsam, sich auf das Fassbare und Wesentliche zu konzentrieren.

Er kam zehn Minuten zu spät, aber seine Verabredung lächelte milde, als er den Largo do Carmo erreichte. Pater Bruno, der auf den Steinstufen beim Brunnen gesessen hatte, sprang auf und kam ihm in seinem eiernden Schritt entgegen, um ihn herzlich in die Arme zu schließen. »Henrik, wie schön!«

»Padre! Es freut mich, dass Sie sich Zeit genommen haben!«

»Das war längst überfällig.« Der Priester schob ihn ein Stück von sich weg und musterte ihn kritisch. »Ich würde lügen, wenn ich sage, dass Sie gut aussehen.«

Henrik grinste. »Sie hätten mich vor einer Woche sehen sollen.«

Der Padre lachte leise.

»Ich hole uns etwas zu trinken, wenn Sie erlauben.« Henrik wartete nicht auf Brunos Einwand, sondern ging an der Esplanade vorbei hinüber zum Kiosk und bestellte zwei Gläser Vinho Verde.

Der Kioskbetreiber servierte den Wein, kassierte und rief ihn zurück, als er sich schon umgedreht hatte. »Das ist dir aus der Tasche gefallen, als du das letzte Mal hier warst. Es lag zumindest dort auf der Bank, wo du gesessen hast«, verkündete der Mann, zog einen Zettel hinter der Kasse hervor und reichte ihn über den Tresen. Henrik stellte die Weingläser ab und nahm das Stück Papier in Empfang. Er musste es nicht auseinanderfalten, denn er wusste auch so, worum es sich handelte. *Aus der Tasche gerutscht. So einfach funktioniert manchmal die Welt.*

Für einen Moment dachte er darüber nach, ob er den japanischen Lieferschein zum Anlass dafür nehmen konnte, Helena anzurufen. Sie hatte sich seit einer Woche nicht mehr gemeldet. Selbst als er zwei Tage nach dem Vorfall in Marques' Palast in ihrer Dienststelle war und seine Aussage machte, hatte er sie nicht zu Gesicht bekommen. Nur einen übel gelaunten Lui, der ihm eindringlich hinterherstarrte, als ihn ein Beamter durch die Büros geleitet hatte. Ansonsten hatte sein Besuch in der Polizeistation kaum den Eindruck hinterlassen, dass die Ereignisse im Alfama noch intensive Ermittlungen nach sich zogen. Der Polizist, der seinen Zeugenbericht aufnahm, stellte keinerlei Fragen, gerade so, als wäre alles bereits aufgeklärt und zu den Akten gelegt. Der angesehene Privatbankier José Marques war nicht Täter, sondern Opfer, und dementsprechend wurde der Fall nun behandelt. Der Justizapparat würde keine Anklage erheben. Von daher musste Henrik der Yakuza beinahe dankbar sein, dass wenigstens von deren Seite eine Form der Bestrafung erfolgt war. Wenn er ehrlich war, hatte er kaum erwartet, dass dieser Fall im juristischen Sinne gerecht ausging. Letztlich blieb alles beim Alten in der Stadt am Tejo. Er musste lernen, damit zurechtzukommen. Und vor allem musste er einen Weg finden, wie er sich Helena wieder nähern konnte.

Mit dem Wein überquerte er den halben Platz und setzte sich neben Pater Bruno auf die Stufen des vor sich hin plätschernden Chafariz do Carmo. Henrik war froh, dass der Geistliche sofort zu plaudern anfing und er selbst nur zuhören und ab und zu ein *Aha* oder *Soso* einzustreuen brauchte. Friedlich lauschte er den Geschichten aus dem Klosterleben und dem Alfama. Allerdings fiel ihm dabei ein, dass er sich immer noch nicht bei Gisela und Eduardo für ihre Hilfe bedankt hatte. Noch etwas, das er dringend erledigen wollte.

Erst als die Weingläser fast geleert waren, unterbrach sich Bruno mit einem Mal. »Ich erzähle und erzähle, dabei haben wir uns sicher nicht nur der Zerstreuung wegen getroffen, oder?« Sofort klang seine Stimme weniger fröhlich. Auch wenn Henrik sich nicht zu den Schäfchen des Padres zählte, so wusste dieser doch recht gut über ihn und sein Erbe Bescheid.

Henrik holte die Azulejo aus seiner Jackentasche und reichte sie Bruno.

»Ein Fundstück aus dem Antiquariat?«, fragte dieser mit angespanntem Unterton.

»Ich muss rausfinden, woher diese Fliese stammt.«

»Sie meinen, von welchem Fliesengemälde?«

»Ich fürchte, das ist meine nächste Aufgabe. Ich brauche das Gesamtbild. Irgendwo in der Stadt muss es ein Mosaik geben, in dem an einer bestimmten Stelle ein Loch klafft.«

Bruno trank zuerst seinen Wein leer, bevor er antwortete. »Wir leben hier in der Stadt der Keramik, mein Freund, und wir sind wahrlich stolz darauf. Mit anderen Worten: Es existieren eine Menge dieser aufwendigen Wandverzierungen. Allein bei uns im Viertel kenne ich zwei Dutzend öffentlich zugängliche Kachelbilder, egal ob in Kirchen, Restaurants, in Amtsstuben oder an Monumenten. Lieber Himmel, mir wird schwindlig, wenn ich daran denke! Sehen wir von der moderneren Azulejo-Kunst ab, bleiben bestimmt noch einmal halb so viele Wandbilder, die vor allem aus den klassischen, fein gezeichneten, in Blau-Weiß gehaltenen Kacheln bestehen. Haben Sie denn nicht noch einen Anhaltspunkt? Irgendeinen Hinweis?«

»Das *ist* der Hinweis«, gestand Henrik und deutete auf die Azulejo in den feingliedrigen Priesterhänden. »Ich hatte gehofft, Sie kennen vielleicht einen Experten …«

Der Pater klopfte ihm aufmunternd auf den Unterarm. »Den finden wir, Henrik, da bin ich zuversichtlich.«

Er kam nicht dazu, etwas darauf zu erwidern oder sich für die Zuversicht und Unterstützung zu bedanken. Er war nicht einmal mehr in der Lage, sein Weinglas festzuhalten, das zwischen seinen Schuhen auf dem Pflaster zerschellte. Selbst das Klirren nahm er nicht wahr, weil sich sein Verstand und seine Sinne allein auf das konzentrierten, was er drüben beim Zugang zum Museu Arqueológico do Carmo erspäht hatte. Es war diese Frau, die dort drüben hinter einer Gruppe Touristen, die einem Stadtführer folgten, die Treppe heraufkam.

Obwohl er eben noch Wein getrunken hatte, war sein Mund wie ausgetrocknet, als er laut ihren Namen rief.

»Catia!«

Muito obrigado!

Herzlichen Dank, liebe Leserinnen und Leser, dass Sie Henrik Falkner durch Lissabon begleitet haben. Für manche mag es das erste Mal gewesen sein, für andere unter Ihnen war es möglicherweise bereits das dritte Abenteuer. Beides freut mich sehr! Denn ganz egal, ob Sie neu dazugestoßen oder schon von Beginn an dabei sind, Sie allein machen es möglich, dass Henrik weiter mit Ihnen zusammen durch die schmalen Gassen und breiten Boulevards in der Stadt am Tejo streifen darf. In diesem Sinne von Henrik und mir ein herzliches *Muito obrigado!* Ich hoffe, dass wir uns noch oft begegnen werden.

Ich nehme an, Experten für japanische Koi-Karpfen und passionierte Ichthyologen werden kein gutes Haar an meinem schriftstellerischen Umgang mit jenen übergroßen japanischen Goldfischen lassen. Zumindest bin ich so weit informiert, dass gefleckte Nishikigoi gegenüber den einfarbigen Artgenossen die begehrteren Exemplare sind. Darüber hinaus bitte ich um Nachsicht – denn dies ist eine in allen Details erfundene Geschichte, und wie immer setze ich hier auf die Freiheit der Fiktion. Das Gleiche gilt für meine Beschreibung der japanischen und koreanischen Kultur. Auch hier handelt es sich um frei erfundene Charaktere, die lediglich der Unterhaltung dienen sollen und in keinster Weise dafür erschaffen wurden, jemandem nahezutreten.

Mein besonderes *Muito obrigado* gilt diesmal Yuka und Olaf Buchheim, die sehr viel über Japan und auch eine ganze Menge über Kois wissen und mir bei den Recherchen bereitwillig und engagiert geholfen haben. Sämtliche Fehler und Ungenauigkeiten gehen dabei natürlich auf mein Konto.

Dass dieses Buch seinen Weg zu Ihnen gefunden hat, liegt selbstredend auch am Zutun und der fundierten Unterstützung meiner Lektoren Tim Müller und Tamara Rapp, die wie immer hervorragende Arbeit geleistet haben.

Lissabon bleibt für mich nach wie vor eine wundervolle Quelle der Inspiration, weshalb ich mich diesmal auch bei der Stadt am Tejo bedanken möchte. Es gibt noch so viel in dir zu entdecken, und mit jedem meiner Besuche begeisterst du mich wieder genauso wie bei unserer ersten Begegnung. Wenn es dir gelingt, mich auch weiterhin so gekonnt zu überraschen, wird unsere Beziehung noch sehr lang andauern, versprochen!

Zum Schluss danke ich von Herzen meiner Familie – es ist sicher nicht immer einfach, es mit einem Schriftsteller auszuhalten.

Ihr
Luis Sellano